Markus Dullin

Dass niemand weiß …

Kriminalroman

Die Handlung, die Figuren und manche Schauplätze dieses Romans sind fiktiv. Ähnlichkeiten mit lebenden und toten Personen sind unbeabsichtigt.

Erste Auflage September 2018

Lektorat: Regina Nössler

Umschlag und grafische Realisierung von Sergio Vitale
unter Verwendung eines Fotos von © santiago silver
(Fotolia).
Gesamtherstellung: CPI
ISBN 978-3-89656-266-1
Printed in Germany

Bitte fordern Sie unser Gesamtverzeichnis an:
Querverlag GmbH
Akazienstraße 25, 10823 Berlin
www.querverlag.de

Querverlag

August 2002

Unter der Bettdecke, bedruckt mit den Figuren aus Disneys *Dschungelbuch*, sah er aus wie ein kleiner Engel. Seine dunklen Locken, die ihm ungebändigt in die Stirn fielen, seine Stupsnase und die großen, freudig geweiteten Augen, all das erzeugte in mir ein Gefühl der Liebe und der Melancholie. Nachdem ich den letzten Satz halb vorgelesen und meinem Sohn in sein müdes Gesicht geblickt hatte, schloss ich theatralisch das Buch.

„... und sie lebten glücklich bis an ihr Ende."

„Noch eine Geschichte", rief mein Sohn, obwohl er sich ein Gähnen kaum verkneifen konnte.

„Es ist schon spät", erwiderte ich und beugte mich vor, um ihm über die Locken zu streichen.

„Bitte, Papa. Nur noch eine."

„Kommt nicht in Frage, Pooh. Jetzt wird geschlafen."

Pooh, so benannt nach einer seiner Lieblingsfiguren, verzog die zarten Lippen zu einem niedlichen Schmollmund. Nur ganz kurz allerdings, bevor er sich besann und die Decke bis weit unter sein Kinn zog.

„Okay, Papa", sagte er, ohne zu quengeln.

Mein Sohn quengelte nie. Seinem Alter weit voraus, akzeptierte er jegliche Gegenrede mit stoischer Gelassenheit, als hätte er das Für und Wider innerlich abgewogen und die elterliche Entscheidung für berechtigt befunden. Nicht nur bei seinem Vater, auch beim Spielen mit anderen Kindern entwickelte Pooh einen Gerechtigkeitssinn, der mich jedes Mal überraschte. Unaufgefordert teilte er seine Süßigkeiten und sein Spielzeug, immer sorgfältig abgezählt und darauf bedacht, niemanden zu benachteiligen. Ein Verhalten, das ich an meinem Sohn bewunderte, auch wenn ich nicht nachvollziehen konnte, von wem er es gelernt haben könnte. Von seiner Mutter jedenfalls nicht.

Ich legte das Buch auf den Nachttisch neben dem Bett und ging zum geöffneten Fenster. Die Nacht draußen war warm und sternenklar.

„Kann ich nicht hierbleiben?", hörte ich Pooh hinter mir fragen.

Ich wandte mich zu meinem Sohn. „Das geht nicht, Pooh. Das weißt du doch."

Pooh antwortete nicht, sondern starrte nachdenklich auf den Boden neben seinem Bett.

„Und außerdem", fuhr ich fort, „deine Schwester und deine Mama freuen sich auf dich. Und deine ganzen Spielsachen sind bei ihr."

Noch immer sagte Pooh kein Wort.

„Ist es wegen Jürgen? Habt ihr euch gestritten?"

Mein Sohn schüttelte leicht den Kopf. Er würde sich jetzt nicht erklären, das wusste ich genau. Pooh erzählte selten etwas von dem, was er bei seiner Mutter und ihrem neuen Freund erlebte. Von ihm erfuhr ich über diesen Mann nicht das Geringste. Ob er Pooh und seine Schwester akzeptierte, ob er mit ihnen etwas unternahm oder sie als Störfaktor ansah. Es schien, als ließe Pooh alles hinter sich, sobald er alle vierzehn Tage für ein Wochenende hier eintraf. So, als lebte er in zwei verschiedenen Welten, die nichts miteinander gemein hatten, und als wollte er nicht an die jeweils andere Welt erinnert werden.

Vielleicht benahm Pooh sich bei seiner Mutter ähnlich. Auch ihr mochte er verschwiegen haben, dass eine neue Frau in Vaters Leben getreten war und diese neue Konstellation das Leben zu dritt erschwerte. Pooh war zu einem Spielball geworden, den man einander zuwerfen konnte, ganz egal, wie sehr ich mich weiterhin bemühte, meinem Sohn die Aufenthalte bei mir so angenehm wie möglich zu gestalten.

Bei seiner Schwester verhielt es sich anders. Wahrscheinlich, weil Tanja zu jung gewesen war, als die familiären Probleme begannen, und weil für sie diese Zweiteilung des häuslichen Lebens deshalb der Normalität entsprach. Wie ihr Bruder berichtete sie wenig über die Zeit bei ihrer Mutter. Im Gegensatz zu Pooh aber war ihre Verschwiegenheit kein Zeichen der Verdrängung, sondern Ausdruck einer tiefen kindlichen Zufriedenheit und der damit verbundenen Annahme, dass es keine Geheimnisse gab und jeder über jeden Bescheid wusste.

„Papa?“, fragte Pooh schließlich. „Was ist mit den Eltern von Hänsel und Gretel passiert? Sind sie bestraft worden, weil sie ihre Kinder weggeschickt haben?“

„Die Eltern?“ Gedankenverloren sah ich hinauf zum Halbmond und seufzte. „Nun ja, die Mutter war bereits gestorben, als die beiden aus dem Wald zurückgekommen sind. Man könnte also sagen, dass sie ihre Strafe erhalten hat.“

„Und der Vater?“

Über die Schulter hinweg blickte ich auf meinen Sohn. Poohs Gesicht hatte sich verdunkelt. Da war ein Blitzen in den Augen unter den tief gesenkten, dichten Brauen. Seinen Mund hatte er fest zusammengepresst, die schmale Nase dabei gerümpft, und seine Finger umfassten verkrampft das Ende der Bettdecke.

„Der Vater war doch ein anständiger Mann“, sagte ich und schloss das Fenster. „Die Mutter hat ihn zu der Tat verleitet, weißt du nicht mehr?“

„Nein!“, rief mein Sohn so laut und unerwartet, dass ich mich erschrocken umdrehte. „Er hat den Kindern nicht geholfen. Er hat nichts dagegen getan. Warum wird er nicht bestraft?“

„Pooh, bitte. Beruhige dich.“

Mit wenigen Schritten war ich an der Seite meines Sohnes.

„Nein! Nein! Nein!“, schrie er jetzt und strampelte mit den Füßen unter der Decke. Sein Gesicht war rot angelaufen und wutverzerrt. „Er darf nicht davonkommen. Er muss bestraft werden.“

Mit beiden Armen hob ich ihn hoch und drückte sein Gesicht gegen meine Brust. Pooh schrie und schrie, bis sich die Schreie langsam verbraucht hatten und in ein tränenreiches Schluchzen übergingen.

„Das ist nicht fair“, schniefte er. „Wieso passiert so was?“

„Es ist nur ein Märchen, Pooh. Nur eine Geschichte.“

Minutenlang verharrten wir in dieser Stellung. Ich wiegte meinen Sohn in den Armen und seine Tränen versiegten. Vorsichtig legte ich Pooh zurück auf das Bett und küsste ihn auf die Stirn.

„Versuch jetzt zu schlafen, okay?“, flüsterte ich.

Ich knipste die Nachttischlampe aus, zog endlich die Vorhänge zu und ging leise zur Tür. Dort angekommen, vergewisserte ich mich, dass Pooh wieder friedlich atmete.

Beim Anblick meines Sohnes überkam mich ein schmerzhaftes Gefühl. Es war nicht das erste Mal, dass Pooh derart heftig reagierte. Es hatte Szenen auf Spielplätzen gegeben, in der Schule und beim Abendessen. Jedes Mal diese Schreikrämpfe, das Strampeln und Treten mit den Füßen und dieser hasserfüllte Blick, der für ein Kind seines Alters nicht normal sein konnte. Woher nahm er all diese Wut, die sich ungebremst entlud, sobald er eine Ungerechtigkeit verspürte? Was hatte ich falsch gemacht?

Auf diese letzte Frage kannte ich die Antwort nur allzu gut. Jahrelang hatten Carola und ich gestritten, zunächst hinter geschlossenen Türen, dann ohne Rücksicht auf unsere Kinder. Seit seinem sechsten Lebensjahr hatte Pooh unseren Rosenkrieg miterlebt, den Auszug des Vaters, die geplante, aber nie vollzogene Scheidung und die jeweils neue Beziehung seiner Eltern. Zwischen Vater und Mutter hin- und hergeschoben, hatte Pooh nicht mehr gewusst, wer in diesem Spiel der Erwachsenen der Gute und wer der Böse gewesen war. Und genau diese fehlende Abgrenzung hatte mein Sohn nie ertragen können. Er hatte Schritt für Schritt die ihm vertraute Ordnung verloren, von der er geglaubt hatte, sie würde auf ewig Bestand haben. Stattdessen versank seine kleine Welt in einem Chaos, aus dem Pooh sich nicht anders zu befreien wusste, als mit seinen kindlichen Mitteln dagegen zu rebellieren. Lange konnte ich diese Entwicklung nicht mehr ertragen. Seit Monaten spielte ich bereits mit dem Gedanken, Pooh zu einem Kinderpsychologen zu schicken, auch wenn meine Noch-Ehefrau sich dagegen sträubte.

„Gute Nacht, Pooh", sagte ich leise ins Zimmer. Mein Sohn lag mir zugewandt, die Augen geschlossen und vom Licht des Flurs matt erleuchtet.

Ich hatte die Tür nicht gänzlich geschlossen, da öffnete mein Sohn die Augen. Dieser kalte Blick aus seinen stechenden, grünen Augen versetzte mir einen Stich. Manchmal, musste ich mir eingestehen und schämte mich augenblicklich für diesen Gedanken, jagte er mir Angst ein.

„Wenn ich groß bin, Papa", sagte er mit eiskalter Stimme, „dann werde ich Hänsel und Gretel helfen. Und den anderen Kindern auch. Ich will nicht, dass böse Leute davonkommen. Das ist nicht fair, Papa."

Bei seinen letzten Worten starrte mein Sohn mich durchdringend an, ohne dabei auch nur ein einziges Mal zu blinzeln.

September 2018

Kapitel 1

Der Nebel hing tief und verschleierte die aufgehende Sonne. Mit jedem Atemzug brannte die kalte Luft des Herbstes in den Lungen und mit jedem Schritt spürte er den ersten Raureif auf den abgestorbenen Blättern unter den Sohlen seiner Schuhe. Zu dieser frühen Stunde war der Park menschenleer. Der Fuchs, den er seit Wochen nicht mehr gesehen hatte, eilte vor ihm über den breiten Weg und verschwand mit einem toten Eichhörnchen im Maul in den Büschen. Krähen hockten auf den kahlen Ästen der Buchen und blickten mit schwarz glänzenden Augen zu ihm herab.

Vor einem Jahr erst hatte er zu joggen begonnen. Einerseits, weil er Gewicht verlieren wollte. Vor allem aber, weil er die Träume vertreiben musste, die ihn nachts nicht schlafen ließen. Es waren keine Alpträume, im Gegenteil. Es waren Träume von Dingen, die er sehnlichst begehrte, von Dingen, die ihn einst sehr glücklich gemacht und sein Leben beinahe ruiniert hatten. Mit einer schmerzhaften Sehnsucht war er jeden Morgen um vier Uhr erwacht und hatte sich im Bett hin und her gewälzt. Die Schlaftabletten, die er monatelang eingenommen hatte, schienen die Unruhe im Schlaf noch verstärkt zu haben. Eines Nachts war er deshalb aufgestanden, hatte seine Sporthose und ein T-Shirt angezogen und war durch den angrenzenden Park gejoggt. Seitdem ging es ihm besser. Die körperliche Anstrengung siegte über die quälenden Gedanken, zumindest für ein paar Stunden.

An der Straße am gegenüberliegenden Ende des Parks würde er umdrehen. Die Laternen dort warfen mattgelbes Licht auf den Asphalt. In einem der Lichtkegel wartete ein einsamer Hundebesitzer darauf, dass sein weißer Pudel sein Geschäft verrichtete.

Von den Träumen in seinen schlaflosen Nächten hatte er nur einer einzigen Person erzählt. Davor und danach hatte er darüber geschwiegen. Diese Gespräche waren, anders als erhofft, keine Erleichterung gewesen. Die bloße Erwähnung hatte Überwindung gekostet und auf die Ursache dieser Träume einzugehen, war ihm wie das Eingeständnis seiner Schuld vorgekommen. Dabei hatte er Schuld nie gespürt. Was ihn dazu bewogen hatte, sich jemandem anzuvertrauen, war allein seinem Bedürfnis entsprungen, sich mitzuteilen. Vielleicht, um zu prahlen und Aufmerksamkeit zu erhaschen. Vielleicht auch bloß, um sich erneut zu vergewissern, dass niemand ihm etwas anhaben konnte. Denn die wenigen Beweise, die es gab, hatte nie jemand zu Gesicht bekommen.

Vor den parkenden Autos auf dem Bürgersteig joggte er auf der Stelle. Die kalte Luft verwandelte den Atem in weißen Dunst. Der Hundebesitzer war weitergezogen und nicht mehr in Sicht. Hinter ihm zog sich der breite Weg quer durch den Park. Die Nebelschwaden hatten sich langsam gelichtet und ließen in der Ferne die Wohnsiedlung erkennen, aus der er gekommen war. Dort, im Keller seines Hauses, hatte Oliver an dem wackligen Gartentisch gesessen, seinen Kopf mit den dunkelblonden Haaren über das Malbuch gesenkt. „Wann kann ich wieder nach Hause?", hatte er gefragt, weder verängstigt noch besorgt. Das Glas Milch hatte er ausgetrunken und die Kekse gegessen. „Bald", war seine Antwort gewesen, während er Oliver durch die Haare strich. „Bald. Wir wollen deine Mutti doch ordentlich erschrecken, nicht wahr?" Mit einem kindlich naiven Lächeln hatte Oliver ihn angesehen und genickt.

Vom Hauptweg führte ein schmaler Pfad tiefer hinein in den Park. Der Boden hier war uneben und das Laub rutschig und feucht. Büsche und Bäume wuchsen dichter beieinander und verschluckten die ersten Sonnenstrahlen. Er spürte ein Stechen in der Seite, ohne das Tempo zu verringern. Weiter vorn war eine kleine Lichtung. Dort würde er kurz verschnaufen und anschließend nach Hause zurückkehren.

Anders als sonst verschaffte ihm das Joggen keine Befriedigung. Womöglich hatte die Abwechslung körperlicher Anstrengung sich aufgebraucht und die Gedanken, die es zu vertreiben galt, forderten erneut ihren Tribut. Sie zu ignorieren war sinnlos. Zu lange schon war er besessen von Olivers Mutter. Seit sie mit vierzehn Jahren mit ihren Eltern in das Haus am Ende der Straße gezogen und er ihr bei einem Spaziergang im Park das erste Mal begegnet war, hatte er sie begehrt. All die Jahre über hatte er sie heimlich und schmachtend beobachtet, war ihr gefolgt, wann immer er konnte, und hatte an ihrem Leben Anteil genommen, als wäre es sein eigenes. Und all die Jahre über war er für sie nur der kauzige Nachbarsjunge geblieben, den man behandeln konnte wie einen streunenden Hund. Dabei verdankte sie ihm alles.

Einmal, nachdem die Existenz ihrer Eltern zu scheitern drohte, hatte er ihrem Vater finanziell unter die Arme gegriffen, um dessen Bäckerei vor dem Bankrott zu bewahren. Und später hatte er sogar das erste Treffen mit ihr und seinem besten Freund in die Wege geleitet. Lieber hatte er sie an Joachims Seite gesehen, als sie an einen Fremden zu verlieren. Doch gedankt hatte sie ihm nie. Im Gegenteil. Sie wurde abweisender denn je, besonders nach Olivers Geburt. Sie vermied Begegnungen, wann immer sie konnte, und sprach abfällig über ihn hinter seinem Rücken. Damit, so schwor er sich, sollte endgültig Schluss sein.

Nicht umsonst hatte er jene Beweise jahrelang aufgehoben, die sie endgültig zur Einsicht zwingen würden.

Diese plötzliche Eingebung beflügelte ihn. Das Laufen fiel leichter und das Brennen in seiner Lunge verschwand. Er hörte die ersten Vögel, die ihn mit ihrem Zwitschern in seinem neuen Vorhaben bestärkten, und der Nebel über ihm zerriss an den Baumkronen, hinter denen der Himmel einen herrlichen Tag versprach.

Ein weiteres Mal würde sie ihn nicht abweisen können. Dafür würde er Sorge tragen. Was sein Geld und die Verkupplung mit seinem besten Freund nicht vermocht hatten, sollte beim dritten Versuch endlich gelingen. Die Sorge um ihren Sohn, als er ihn für ein paar Stunden in seinem Keller versteckt gehalten hatte, war ihm noch deutlich bewusst. Ihre Besorgnis hatte er sehen können und auch die Erleichterung in ihren Augen, nachdem er Oliver, an seiner kleinen, zarten Hand haltend, zu ihr zurückgebracht hatte. Hier war ihre Schwachstelle. Hier war die Ursache dafür, dass sie ihm nichts würde abschlagen können. Warum hatte er das nicht schon früher erkannt? Damals hatte er ihr lediglich einen Schrecken einjagen wollen, gepaart mit der Hoffnung, dass sie ihm, dem Retter ihres Sohnes, unendlich dankbar sein müsste. Doch außer einigen netten Worten war nichts geschehen. Sie hatte Oliver in die Arme genommen, ihn auf sein Zimmer geschickt und die Haustür vor ihm geschlossen.

Die Wut über ihre Reaktion kehrte unweigerlich zurück. Er spürte erneut das Stechen in der Seite und musste pausieren. Sein Atem ging schwer und laut, so dass er glaubte, die Vögel wären verstummt. Von beiden Seiten drängte hohes Gestrüpp über den schmalen Pfad, an dessen Ende er die Lichtung erkennen konnte. Die Luft war noch dunstig und trüb und das wenige Laub über ihm warf flackernde Schatten auf den Pfad und die Büsche. Er fühlte sich belagert und verfolgt. Von den zitternden Zweigen und Blättern, von dem Rascheln im Unterholz und den Begierden in seiner Brust.

So, als wäre er nicht mehr allein.

Er atmete tief durch, um die beklemmenden Gefühle zu vertreiben, und begann erneut zu joggen. Es waren die Hemmungen gewesen, die ihn bisher abgehalten hatten, seinem Verlangen nachzugehen. Die moralischen Skrupel, von denen er sich endgültig befreien musste. Das Reden über seine Gefühle, das monatelange Joggen, all das hatte letztendlich nichts bewirkt. Dessen war er sich nun bewusst. Schon bald würde er seinen Plan in die Tat umsetzen und ihr ein letztes, ein drittes Mal die Chance einräumen, sich ihm für immer hinzugeben. Und sie würde nicht ablehnen können, dessen war er sich sicher. Denn alles, was es brauchte, um sie zu überzeugen, war das Leben ihres Sohnes. Warum also warten? Heute bereits würde er die Vorkehrungen treffen und morgen schon holte er sich ihr Kind.

Mit neuer Zuversicht erhöhte er das Tempo. Sein Atem ging leichter, als wäre eine Last von ihm abgefallen, und vor ihm, wie ein weiteres Zeichen, erstrahlte die Lichtung im grellen Sonnenlicht. Doch etwas verwunderte ihn. Inmitten der von wilden Gräsern und Moos bewachsenen Fläche war ein Loch ausgehoben und die Erde achtlos daneben geworfen worden. Dieses Loch, das hätte er schwören können, war gestern nicht dort gewesen. Vielleicht gab es hier Wildschweine, die sich in der feuchten Erde gesuhlt hatten. Oder Kinder hatten versucht, eine Höhle zu graben. Was immer der Grund für dieses Loch auch sein mochte, es waren nur noch wenige Meter, bevor er die Lichtung erreichte. Dort würde er es genauer betrachten können. Gleich hinter dem nächsten Rhododendronbusch, wo der Pfad ein klein wenig anstieg und wo er die Zweige im Lauf zur Seite biegen musste, um …

Mit dem unteren Schienbein stieß er gegen ein Hindernis. Nicht gegen einen Stein oder eine Wurzel, eher gegen etwas Dünnes, Scharfes, das ihn stolpern ließ. Er fiel vornüber und landete bäuchlings auf dem steinigen Boden. Seine Knie und Ellenbogen brannten von den Schürfungen und grobkörniger Sand war ihm beim Aufprall in die Augen geflogen. Fluchend drehte er den Kopf, um zu sehen, was ihn zu Fall gebracht hatte. Ein Draht war quer über den Pfad gespannt worden, wahrscheinlich zu beiden Seiten inmitten des Gestrüpps an einem Baumstamm befestigt. Welcher Idiot sollte so etwas tun? Er stützte seine Handflächen gegen den Boden und wollte aufstehen. Im selben Moment trat neben ihm jemand aus den Büschen. Das Gesicht erhoben, blendete ihn die Sonne. Alles, was er erkennen konnte, war die Silhouette einer Gestalt im Gegenlicht.

„Können Sie mir helfen, bitte“, sagte er und streckte die linke Hand nach ihr aus. „Ich glaube, ich habe mir den Fuß …“

Weiter kam er nicht. Ein unglaublicher Schmerz durchfuhr seinen Rücken und er fiel zurück auf den Boden. Sein Schrei durchbrach die Stille des herbstlichen Morgens, dann traf ihn ein Schuh am Kopf. Mit einer rudernden Bewegung der Arme versuchte er davonzurobben. Seine Beine waren taub und ließen sich nicht bewegen. Er jammerte laut und Tränen rannen ihm über die Wangen. Noch einmal blickte er seitlich auf, zu der Gestalt, die einen langen, glänzenden Gegenstand mit beiden Händen über den Kopf hielt.

Bevor er erkennen konnte, um was es sich handelte, schnellte der Gegenstand zu ihm herab, und ihm war, als würde sein Körper in Stücke gerissen.

Kapitel 2

Der Tatort war weiträumig abgesperrt. Vom Teltower Damm kommend, war Kriminalhauptkommissarin Monika Seyfarth in die Leo-Baek-Straße in Berlin-Zehlendorf eingebogen und parkte ihren Wagen auf dem für Lehrer vorgesehenen Parkplatz einer Grundschule. Ihm gegenüber begann die Grünanlage, an deren Begrenzung Polizeibeamte in regelmäßigen Abständen die ersten Schaulustigen daran hinderten, die Wege und Pfade zu betreten. Monika blieb einen Moment lang neben ihrem Auto stehen und ließ die Umgebung auf sich wirken. Einfamilienhäuser säumten hinter der Schule den Bürgersteig. Auch hier standen die Bewohner an ihren Gartenzäunen und starrten gebannt auf das für sie noch unerklärliche Geschehen.

Vor einer halben Stunde, auf der Fahrt ins Landeskriminalamt, hatte sie Dr. Baumbachs Anruf auf ihrem Handy erreicht. Der Gerichtsmediziner hatte sich wie gewöhnlich mit Andeutungen begnügt, hatte ihr lediglich den Fund einer Leiche und die Adresse mitgeteilt und das Gespräch abrupt beendet. Was sie jetzt, nach einer Irrfahrt durch ihr unbekannte Stadtteile, erwartete, darüber konnte sie nur spekulieren. Sie hasste solche Überraschungen und in diesem Moment hasste sie Dr. Baumbach, der sich offensichtlich einen Spaß daraus machte, sie im Unklaren zu lassen.

Die Schule hinter ihr war an diesem Sonntag glücklicherweise geschlossen. Ein Haufen Kinder, der sich um sie herum versammelt und sie mit Fragen gelöchert hätte, konnte Monika am frühen Morgen nicht gebrauchen. Es war sieben Uhr achtundzwanzig. Sie hatte in ihrem Büro längst überfällige Berichte beenden und ein wenig Ordnung auf dem Schreibtisch schaffen wollen, wozu sie in den letzten Wochen nicht gekommen war beziehungsweise keine Lust verspürt hatte. Und so, wie es aussah, würde ihr Schreibtisch auch weiterhin unter einem Chaos versinken.

Monika verließ den Parkplatz und überquerte die Straße. Rechts von ihr zog sich ein breiter Weg durch den gesamten Park, vor dessen Eingang ein uniformierter Polizist Wache stand und ihr einige Schritte entgegenkam. Aus der Handtasche kramte sie den Dienstausweis hervor, den der Beamte skeptisch beäugte.

„Ist was nicht in Ordnung damit?", fragte sie.

„Nein, nein", erwiderte er, ohne aufzusehen. „Ich denke nicht."

„Ich suche Dr. Baumbach von der Gerichtsmedizin", sagte sie, während ihr Blick dem Weg folgte, der am anderen, entfernten Ende in einer weiteren Straße mündete. Die Kriminalpolizei musste von dort hinten den Tatort betreten haben, da auf ihrer Seite des Parks, abgesehen von den wachhabenden Polizisten entlang des Bürgersteigs, nichts auf einen Einsatz schließen ließ.

„Die sind alle beschäftigt", antwortete er und reichte ihr den Ausweis zurück.

„Natürlich sind sie das. Könnten Sie mir deshalb sagen, wo genau die alle beschäftigt sind? Immerhin führe ich die Ermittlungen. Oder würde es gern."

Der Beamte, ein junger Bursche mit markantem Kinn, errötete. Ihr ungehaltener Tonfall hatte ihn verunsichert. Er schob sich die Mütze aus dem Gesicht und sah über die Schulter ins Dickicht der Büsche. Monika kannte diese, vorzugsweise von männlichen Kollegen hervorgerufene, Reaktion. Sie resultierte aus ihrem unscheinbaren Äußeren, das mit ihrer zugegebenermaßen oft herrischen Stimme kollidierte und ihr Gegenüber in die Schranken wies.

„Wenn Sie bitte einen Moment warten würden."

Der Polizist nahm sein Handy aus der Gürteltasche und wandte sich von ihr ab. Nachdem er das Gespräch beendet hatte, lächelte er Monika zu.

„Entschuldigen Sie vielmals“, sagte er. „Es ist wegen der Presse. Vorhin hat einer von denen versucht …“

„Mit wem haben Sie gesprochen?“, unterbrach sie ihn.

„Mit Hauptmeister Wilmers. Ich soll Sie ein Stück weit begleiten. Dr. Baumbach wird Sie dann am Tatort in Empfang nehmen.“

„Schön. Begleiten Sie mich.“

Der Polizist eilte voraus, den breiten Hauptweg entlang, und Monika folgte ihm. Der Weg, bemerkte sie, war mit groben Holzspänen planiert. Sollte der Täter oder sein Opfer hier entlanggekommen sein, hätte es keinerlei Abdrücke gegeben.

Gut zwei Drittel des Weges legten sie zurück, ehe der Polizist stehenblieb. Im selben Augenblick trat ein korpulenter Mann von links aus den angrenzenden Büschen. Er trug einen weißen Tyvek-Anzug, die Kapuze noch über den Kopf gezogen, und Latexhandschuhe an den Händen.

„Hier entlang“, begrüßte Gunter Baumbach sie und deutete auf den schmalen Pfad, der sich hinter ihm durch die Büsche hinein ins Dickicht schlängelte.

„Ich bin so schnell gekommen, wie ich konnte“, erwiderte Monika. „Leider wurde ich aufgehalten.“

Sie sah auf den Polizisten, ihre Augenbrauen vorwurfsvoll in die Höhe gezogen. Dieser verstand, räusperte sich und murmelte eine Verabschiedung. Als er außer Hörweite war, fragte Baumbach:

„Was hat der arme Kerl Ihnen denn getan?“

Monika zuckte mit den Schultern.

„Das Übliche. Er hat den Macho raushängen lassen. Aber egal. Was ist hier eigentlich los? Wo ist die Leiche?“

„Die ist am Ende des Pfads, auf einer kleinen Lichtung.“

Bevor er fortfuhr, zog er sich die Kapuze vom Kopf und die Handschuhe von den Händen.

„Kein schöner Anblick, wenn Sie mich fragen. Ich will Sie bloß vorwarnen.“

Monika blickte an Baumbach vorbei und nickte. Seit den grässlichen Morden vor zwei Jahren glaubten ihre Kollegen, sie vor jeder weiteren grauenvollen Tat beschützen zu müssen. Dabei war nicht sie es gewesen, die an den Vorfällen beinahe zerbrochen wäre.

„Die Spurensicherung ist nahezu abgeschlossen“, fuhr er fort. „Und wie es aussieht, ist das Opfer von diesem breiten Weg aus in den Pfad abgebogen. Männlich. Um die vierzig. Oder besser, er ist gejoggt. Auf dem Boden sind seine Abdrücke erkennbar, zu weit auseinander für einen gemütlichen Spaziergang. Außerdem trug er eine Jogginghose. Von welcher Seite des Parks er hierher gelangt ist, wissen wir noch nicht, wegen der Holzspäne überall auf den Hauptwegen.“

Erneut blickte Monika sich um. Der Polizist stand wieder an seinem Platz, dort, wo auch sie den Park betreten hatte. In entgegengesetzter Richtung bemerkte sie die Wagen der Polizei, die halb auf dem Bürgersteig der dortigen Straße geparkt hatten.

„Na, dann los“, sagte sie. „Bringen wir es hinter uns.“

Baumbach ging voran, immer dicht am linken Rand des laubbedeckten schmalen Pfades, um die Fußabdrücke auf dem Sand nicht zu beschädigen. Die Sicht nach vorn wurde von den hochwachsenden Büschen und den Baumstämmen der Buchen und Eichen verdeckt. Abgesehen von dem Zwitschern der Vögel war es still. Monika wich den wild wuchernden Zweigen, so gut sie konnte, aus und konzentrierte sich auf Baumbachs weiße Gestalt. Der Tyvek-Anzug unterstrich seine kleine, untersetzte Figur, auf deren Schultern sein runder Kopf wie eine Bowling-Kugel hin und her schaukelte. Dann plötzlich, vor einer scharfen Biegung nach rechts, blieb Baumbach stehen.

„Was ist?“, fragte sie. „Warum ...?“

Monikas Blick war seinem ausgestreckten Zeigefinger gefolgt, der scheinbar wahllos zu Boden deutete. Erst bei genauerem Hinsehen erkannte sie den dünnen Nylondraht, der quer über den Pfad gespannt war.

„Genau in dieser Kurve", erläuterte Baumbach, „ist der Mann gestürzt."

Sie ging in die Hocke, um den Draht genauer zu betrachten. Beinahe unsichtbar führte er von einem Baumstamm zu ihrer Linken zu einem weiteren zu ihrer Rechten. Der letzte Fußabdruck vor dem Draht war verwischt und die Spuren dahinter zeigten deutlich, wo das Opfer gefallen war. Und genau dort mündete der Pfad in einer Lichtung.

Monika erhob sich und stieg vorsichtig, an Baumbach vorbei, über den Draht. Auf der Lichtung hinter der Biegung herrschte geschäftiges Treiben. Uniformierte Polizisten, darunter Hauptmeister Wilmers, standen abseits vor den Büschen. Weitere Kriminalbeamte in weißen Overalls eilten umher, fotografierten oder sicherten Proben und hielten augenblicklich inne, als ihre Vorgesetzte zwischen dem Gestrüpp hervortrat.

Die Lichtung, auf der Monika stand, war nicht besonders groß, vielleicht zwanzig Meter im Durchmesser. Sonnenlicht fiel schräg auf die mit Gras und Moos bewachsene Fläche und erhellte, wie ein Scheinwerfer, die Buche in ihrer Mitte. Was Monika davor zu sehen bekam, ließ sie alles andere um sich herum zunächst vergessen.

In einem engen Loch im Waldboden steckte der Oberkörper eines toten Mannes. Bis zum Brustkorb schien er eingegraben zu sein, so dass beide Unterarme seitlich auf dem Moos ruhten, die Handflächen dabei nach unten gedreht, als wollte der Mann sich aus eigener Kraft aus dem Loch befreien. Sein Kopf war halb auf die Brust gefallen, der Mund leicht geöffnet und die Augen geweitet. Unter dem Kinn klemmte ein Stock, der sich schräg nach vorn in den Untergrund bohrte und verhinderte, dass der Körper zu Boden sackte. Daneben, über dem ausgehobenen Sand, lag der Unterkörper. Zwei Beine in Jogginghosen und Sportschuhen an den Füßen. Oberhalb der Hüfte, am Hosenbund, eine klaffende Öffnung, aus der seine Gedärme quollen. Um diese riesige Wunde hatte das Blut sich in kleinen Pfützen im Sand gesammelt und zu gerinnen begonnen.

Es war ein unwirklicher und abstoßender Anblick. Von den Abdrücken hinter dem Nylondraht, wo das Opfer gestolpert war, verliefen Schleif- und Blutspuren durch das Gras bis hin zu dem Loch. Nach seinem Fall musste der Mann in zwei Stücke zerhackt und sein Oberkörper anschließend im Boden vergraben worden sein.

Unbemerkt hatte sich Gunter Baumbach genähert. Unter seiner Berührung am Arm zuckte Monika unwillkürlich zusammen.

„Ein Hundebesitzer hat ihn gefunden“, sagte er. „Sein Pudel war in den Büschen verschwunden und hat gejault wie am Spieß. Ansonsten wäre hier wohl niemand zufällig vorbeigekommen.“

„Womit …?“ Monika musste schlucken, bevor sie die Frage beenden konnte. „Womit hat man ihn zerteilt?“

„Schwer zu sagen. Jedenfalls mit etwas Schwerem und verdammt Scharfem. Ich tippe auf eine Axt oder ein Schwert. Gefunden haben wir nichts. Genaueres werde ich also erst sagen können, wenn ich ihn auf dem Seziertisch habe.“

Monika überwand ihren Ekel und trat weiter vor. Teile des ausgehobenen Sandes waren nachträglich um den abgetrennten Oberkörper verteilt worden, so dass es den Eindruck vermittelte, als hätte sich der Mann von allein in den Boden gerammt. Das fahle Gesicht unter den dunklen, kurzen Haaren zeigte den Ausdruck der Überraschung und des Schmerzes. An den Fingern, bemerkte sie, trug er keinen Ring.

Monika wandte sich von der Leiche ab und nahm endlich die Kollegen wahr, die auf der Lichtung ihrer Arbeit nachgingen oder sie neugierig anstarrten. Mit ihren Overalls und den Kapuzen über den Köpfen sahen sie aus wie weiße Gartenzwerge.

„Wer von Ihnen“, fragte sie in die Runde, „leitet die Spurensicherung?“

Einer der Zwerge, der seine Utensilien in einen metallenen Koffer gepackt hatte, richtete sich auf, klopfte sich den Sand von den Knien und kam ihr entgegen.

„Das wäre wohl ich, Frau Seyfarth“, erwiderte er und streckte ihr lächelnd die Hand entgegen.

Unter der Kapuze erkannte sie Herrn Gökdal, der in der kriminaltechnischen Untersuchung arbeitete und dem sie bei ihrem Mordfall am Wannsee das erste Mal begegnet war. Erkan Gökdal war um mindestens fünf Zentimeter kleiner als sie, dafür um ebenso viele Jahre jünger und trug ein schmales, schwarzes Bärtchen auf der Oberlippe. Seine ausgestreckte Hand in dem Latexhandschuh ignorierte sie.

„Entschuldigen Sie, dass ich einfach so hereinplatze“, sagte Monika mit Blick auf ihre Kleidung, die graue Jacke, die Jeans und die Wanderschuhe. Auch sie hätte wohl in einen dieser weißen Anzüge schlüpfen sollen, ehe sie den Tatort betrat.

„Ach was, kein Problem“, winkte Gökdal ab. „Wir haben bereits alles dokumentiert und gesichert. Wir wollten bloß auf Sie warten, bevor wir zusammenpacken und verschwinden. Ich hätte Sie ja selber am Hauptweg abgeholt, aber Dr. Baumbach war schneller.“

Gökdal grinste über sein ganzes Gesicht, zog sich die Kapuze vom Kopf und deutete auf die Leiche. „Und? Was sagen Sie? Ganz schön verrückt, was?“

„Haben Sie schon irgendwelche Vermutungen?“, fragte sie zurück.

„Na ja, außer dem Offensichtlichen nicht besonders viel. Der Mann kam von dem Pfad dort drüben und stolperte über den Nylondraht. Aus welcher Richtung der Täter die Lichtung betreten und wieder verlassen hat, ist unklar. Er hat den Boden nach der Tat mit einigen Zweigen gefegt und alle Abdrücke damit vernichtet. Die einzigen Spuren sind die von dem Mann, der die Leiche entdeckt hat, und von seinem Hund. Wir glauben allerdings, dass der Täter in dem Busch gleich neben dem Draht gewartet hat, da auch dort gefegt wurde und einige dünne Zweige abgeknickt sind. Nachdem der Mann also gestürzt war, muss der Typ herausgesprungen sein und sein Opfer in zwei Teile gehackt haben. Mit einem Beil oder Ähnlichem. Anschließend hat er die Leiche zu dem Loch gezerrt, den Oberkörper hineingesteckt und den Kopf mit dem Stock abgestützt."

Während er sprach, hatte Gökdal gestikuliert und in die jeweiligen Richtungen gezeigt. Zum Abschluss wanderte sein Finger zu dem aufrecht stehenden Oberkörper.

„Die untere Hälfte hat er abschließend daneben gelegt", beendete er seine Ausführungen, die Monika keine Neuigkeiten mehr verrieten. All das hatte sie sich selbst zusammengereimt.

„Ist das alles?"

Herr Gökdal schien gekränkt. Er wechselte das Standbein und kratzte sich am Hinterkopf.

„Im Großen und Ganzen, ja. Wie gesagt, wir prüfen noch, aus welcher Richtung der Täter gekommen ist. Bisher haben wir dazu keinerlei Anhaltspunkte. Wir nehmen an, dass er in einer der angrenzenden Straßen ein Fahrzeug geparkt hatte, um schnell und unbemerkt verschwinden zu können."

„Was ist mit dem Opfer?", fragte Monika. „Irgendein Hinweis darauf, wie der Mann heißt?"

„Bisher nicht. Er trug keinen Ausweis bei sich. In seiner Jogginghose befand sich ein Hausschlüssel an einem Mickey-Maus-Anhänger. Leider ohne Adresse. Da er keinen Autoschlüssel dabei hatte, nehmen wir an, dass er hier in der Gegend wohnt. Wir werden das schnellstmöglich überprüfen."

„Und der Hundebesitzer? Hat er etwas aussagen können?"

Erneut musste Erkan Gökdal verneinen. „Der hat einen Schock und wird befragt, sobald er dazu in der Lage ist. Solch ein Anblick kann einen ganz schön aus dem Ruder werfen."

Dem konnte Monika nur beipflichten. Sie warf einen weiteren Blick auf den abgetrennten Oberkörper, der wie eine groteske Skulptur aus dem Loch ragte. Diese ganze Anordnung, mit dem Stock unter dem Kinn, der ein Umfallen verhindern sollte, dem sorgfältig gehäuften Sand um die abgetrennte Bauchgegend und dem daneben platzierten Unterkörper mit den verdreht liegenden Beinen, all das war eine grauenhafte Inszenierung. Mit ihr hatte sich der Mörder viel Mühe gegeben und in Kauf genommen, vorzeitig auf der Lichtung entdeckt zu werden. Doch zu welchem Zweck? Was wollte der Täter ihnen mit dieser aufwendigen Komposition mitteilen?

„Kann ich den armen Kerl jetzt wegbringen?"

Dr. Baumbach war von hinten an sie herangetreten. Ihn hatte Monika fast vergessen.

„Natürlich, ja", sagte sie und fügte hinzu: „Wann, glauben Sie, ist er gestorben?"

„Oh, das kann nicht lange her sein. Die Totenstarre hat noch gar nicht richtig eingesetzt. Hier, sehen Sie, seine Arme sind völlig beweglich."

Bevor Monika einschreiten konnte, hatte Baumbach sich neben die Leiche gekniet und zum Beweis die Hand vom Boden gehoben. Warum, fragte sie sich kopfschüttelnd, mussten Gerichtsmediziner immer einen solchen Eifer an den Tag legen? Spaß an der Arbeit zu haben, war ja schön und gut, aber es gab Berufe, deren Spaßfaktor ihr entging.

„Dem ersten Anschein nach würde ich sagen, nicht länger als drei oder vier Stunden. Da er durch den Park gejoggt ist, dürfte er frühestens beim Morgengrauen losgerannt sein."

Diese Erklärung schien einleuchtend. Sie drehte sich um und ging noch einmal zu dem Pfad, von dem sie gekommen war. Von dort ließ Monika den Tatort auf sich wirken. Der Mord, befand sie, war sorgfältig geplant gewesen. Der Täter musste gewusst haben, welchen Weg sein Opfer nehmen würde. Wahrscheinlich, weil dies die Strecke war, die der Mann bei seinem morgendlichen Training üblicherweise zurücklegte. Also hatte der Täter ihn gekannt. Zumindest kannte er dessen Gewohnheiten, so dass er den Nylondraht an der richtigen Stelle spannen und in seinem Versteck auf ihn warten konnte. Der anschließende Gewaltakt zeugte von ungebändigter Wut und angestautem Hass. Selbst mit einer Axt oder einem Schwert dürfte es nicht leicht gewesen sein, einen menschlichen Körper in der Mitte zu durchtrennen. Dies, gemeinsam mit der Anstrengung, die es gekostet haben musste, den Oberkörper in das Loch zu hieven, ließ auf einen männlichen Täter schließen.

Nach diesen Vermutungen hatte Monika genug gesehen. Sie würde die Ergebnisse der Spurensicherung und der Gerichtsmedizin abwarten müssen, von denen sie hoffentlich mehr erfuhr.

Dem Tatort bereits den Rücken gekehrt, runzelte Monika die Stirn und sah zurück auf die Lichtung. Etwas am Tatort hatte sie irritiert. Etwas, das sie zuvor übersehen und das auch Herr Gökdal mit keinem Wort erwähnt hatte: Steine.

Da lagen Steine rund um das Loch, so groß wie Hühnereier. Anthrazitfarbene, abgeflachte Steine, wie zufällig auf dem Boden verstreut und doch nicht zufällig genug.

„Herr Gökdal!", rief sie ihm zu. „Die Steine da. Haben Sie die Steine bemerkt?"

Herr Gökdal und Herr Baumbach blickten sich verwundert an. Baumbach hatte gerade den Stock unter dem Kinn des Toten entfernen wollen und ließ davon ab. Gökdal stellte seinen metallenen Koffer auf den Boden.

„Was soll damit sein?“, fragte er.

„Fällt Ihnen nichts auf? Sie liegen genau im Kreis.“

„Was reden Sie da? Die liegen alle durcheinander.“

Tatsächlich hatte sich, als Monika erneut auf den Leichnam zugegangen war, die Distanz zwischen den einzelnen Steinen optisch verschoben. Aus ihrem jetzigen Blickwinkel wirkten die Steine wie wahllos angeordnet. Kein Wunder also, dass ihnen dies zuvor entgangen war.

„Kommen Sie mit. Alle beide!“

Bei diesem Befehlston folgten die Angesprochenen ihr zu der Stelle, an der sie eben noch gestanden hatte. „Da, sehen Sie!“

Einen Moment lang sagte keiner ein Wort. Ohne Zweifel bildeten die Steine aus dieser Perspektive einen, wenn auch eingedellten, Kreis. Wie eine Umzäunung oder ein magischer Zirkel, der den zerhackten Körper in seiner Mitte umschloss.

„Verdammt“, stieß Gökdal neben ihr aus. „Das haben wir übersehen.“

„Ein weiteres Rätsel“, murmelte Baumbach.

„Es sind sieben“, zählte Monika. „Sieben etwa gleichgroße Steine.“

Was, zum Teufel, dachte sie, ging hier vor? Weshalb dieser Aufwand und für wen? Die Szenerie wirkte wie ein penibel vollzogenes Ritual. Wie die Opferzeremonie einer heidnischen oder satanischen Sekte. Auf jeden Fall aber wie die Ausgeburt eines kranken Hirns.

„Okay“, sagte Gökdal und klatschte in die Hände. „Gehen wir wieder an die Arbeit.“

Monika blieb mit Baumbach, wo sie war. Gemeinsam mit einem Kollegen begann Gökdal, die Steine zu vermessen und zu fotografieren. Aufmerksam verfolgte sie jeden seiner Arbeitsschritte und hoffte auf eine Eingebung. Auf die plötzliche Erkenntnis, die all die Puzzleteile zu einer sinnvollen Erklärung vereinigen würde. Diese Erklärung blieb aus.

Stattdessen bemerkte sie einen Polizisten, der sich Hauptmeister Wilmers genähert hatte und mit ihm sprach. Kurz darauf kam Wilmers auf sie zu.

„Entschuldigen Sie, Frau Hauptkommissarin", sagte er in einem Flüsterton, als wollte er die Ruhe des Toten nicht stören. „Der Zeuge wäre jetzt bereit, mit Ihnen zu sprechen."

„Ich dachte, der ist im Krankenhaus."

„Ja. Nein, er … er hat sich geweigert. Er wartet am Parkeingang auf Sie."

Am Ende des Hauptweges, neben einem der Wagen der Einsatzkräfte und inmitten der Polizisten, stand ein Mann Ende fünfzig, mit einem ungepflegten struppigen Bart, in einem langen Trenchcoat, einer altmodischen Brille auf der Nase und mit einem tiefsitzenden Hut auf dem Kopf. Jemand hatte ihm einen Pappbecher Kaffee in die Hand gedrückt, den er mit beiden Händen umklammert hielt. Zu seinen Schuhen, auf dem Bürgersteig, zerrte ein weißer Pudel ungeduldig an der kurzen Leine.

Monika reichte ihm die Hand und stellte sich vor. Nachdem die Formalitäten geklärt waren, begann der Mann zu berichten.

„Ich hab doch schon alles gesagt", sagte er, leicht genervt und mit rauer Stimme, während er den Kopf gesenkt hielt, als spräche er zu seinem Hund. „Tommy hier war plötzlich verschwunden. War einfach abgehauen, ohne auf meine Rufe zu reagieren. Das ist sonst nicht seine Art, müssen Sie wissen. Er ist ein guter Hund, wirklich." Wie zum Gegenbeweis fing der Pudel zu kläffen an. „Tommy, sei ruhig! Also bin ich ihm nach, einfach quer durch die Büsche, weil Tommy anfing zu jaulen. Und dann, auf der Lichtung, es … es war grauenvoll. Ich musste ja ganz dicht heran, um Tommy die Leine anzulegen. Er war völlig außer sich. Ich … Tommy! Geh weg da!" Erneut hatte der Hund zu bellen angefangen und an Monikas linkem Hosenbein geschnüffelt. Sie trat irritiert zurück und lächelte gequält.

„Ich hab versucht", fuhr der Mann fort, „nicht hinzusehen, hab Tommy weggezerrt und die Polizei angerufen. Mit meinem Handy. Ein Geschenk von meiner Nichte, die immer meint, ich bräuchte so ein Ding und …"

„Beruhigen Sie sich", unterbrach Monika ihn, da seine Stimme immer brüchiger und hektischer geworden war. Sein struppiges, dünnes Haar unter dem Hut fiel ihm ungeordnet ins Gesicht, seine Augen blinzelten nervös und er nahm einen Schluck aus dem Becher. „Haben Sie sonst jemanden gesehen oder etwas gehört?"

Noch während des Trinkens schüttelte der Mann den Kopf. „Nein, nichts. Da war niemand sonst."

„Und der Tote? Kannten Sie ihn?"

„Flüchtig, ja. Wir sind uns hin und wieder im Park begegnet. Er war ein Frühaufsteher, genau wie ich. Geredet haben wir nie miteinander, nur gegrüßt, wenn er an Tommy und mir vorbeigejoggt kam. Genau wie heute früh."

Monika horchte auf. Der Mann hüstelte in die hohle Hand und schniefte.

„Er kam den breiten Weg entlang", sagte er unsicher und deutete an Monika vorbei. „Ich stand auf der anderen Straßenseite unter der Laterne. Er joggte ein bisschen auf der Stelle und machte kehrt."

„Wann genau war das?", fragte Monika mit Blick auf den Pudel, der zum wiederholten Male ihr Hosenbein hochschnüffelte und kläffte. Dieser Hund machte sie ganz nervös. Sich zu konzentrieren fiel schwer.

„So um halb sechs, nehme ich an. Oder kurz davor."

„Und dann?"

„Wie hätt ich denn ahnen sollen, dass …? Ich bin die Straße auf und ab und erst später rüber zum Park. Mir war kalt und ich hatte eigentlich keine Lust auf einen längeren Spaziergang. Aber Tommy drängelte, deshalb bin ich rüber."

„Wie viele Minuten, würden Sie sagen, waren vergangen, nachdem Sie das Opfer gesehen hatten und bevor Ihr Hund Sie zum Tatort geführt hat?"

Mit einem Blick auf den hyperaktiven Pudel schien der Mann zu überlegen.

„Ich weiß nicht mehr. Wir sind bis ans Ende der Straße geschlendert und anschließend auf der Parkseite zurück. Tommy schnüffelt gern überall herum. Er war die ganze Zeit an der Leine, jedenfalls bis wir wieder am Hauptweg waren. Erst dort hab ich ihn losgemacht und er ist auf und davon wie der Blitz."

„Wie lange ungefähr?", hakte Monika nach. „Zwanzig, dreißig Minuten?"

„Ja, das kommt hin."

Während dieser Zeit, dachte sie, musste der Mörder seinem Opfer aufgelauert, es zerstückelt und den Tatort nach seinen grausamen Vorstellungen hergerichtet haben. Womöglich hatte er nur in letzter Minute die Begegnung mit dem Hund vermeiden können und war in entgegengesetzter Richtung aus dem Park geflohen.

„Sie wissen nicht zufällig, wo der Mann gewohnt hat?", fragte sie.

„Nein. Allerdings kam er immer von der anderen Seite des Parks. Wie ich dem Polizisten da bereits gesagt hab."

Der Mann zeigte auf einen der Beamten, der gegen eine der Laternen lehnte und sich augenblicklich aufrichtete. Monika winkte ihn näher zu sich.

„Das stimmt, Frau Hauptkommissarin", antwortete er mit einem angedeuteten Salut gegen seine Mütze. „Zwei

Kollegen sind auch bereits unterwegs und klingeln an den Häusern. Wenn Sie möchten, dann ..."

„Ich erledige das schon selbst, danke. Haben Sie die Personalien des Mannes aufgenommen?"

„Ja, Frau Hauptkommissarin. Ich hab mir den Ausweis zeigen lassen."

„Okay." Und an den Zeugen gerichtet fragte sie: „Gibt es sonst noch etwas, das Sie uns mitteilen sollten?"

Beinahe gekränkt starrte der Mann sie an. „Was ich sonst ...? Nein, natürlich nicht. Ich war doch bloß zufällig hier und ..."

Der Becher in seiner Hand zitterte. Der Pudel bellte wie vom Teufel besessen und erleichtert ließ Monika Hund und Herrchen in der Obhut ihrer Kollegen.

Der Spaziergang über den Hauptweg zurück durch den Park tat Monika gut. Er vertrieb ihr ein wenig die grausamen Bilder der vergangenen Stunde. Stattdessen versuchte sie, sich am bunten Laub der Bäume zu erfreuen, und genoss die klare, kalte Luft, für die sie zu leicht bekleidet war. Immerhin hatte sie einen Tag im Büro geplant und nicht einen Einsatz im Freien. Ihren Sonntagnachmittag aber konnte sie vergessen. Das Vorhaben, endlich mit ihrem Sohn die Blumenkästen auszuleeren und die Balkonmöbel in den Keller zu schleppen, musste sie wohl verschieben. Sven zumindest würde ihr nicht böse sein.

Der Polizist von vorhin bewachte noch immer den Eingang des Parks an der Leo-Baek-Straße. Neben ihm warteten zwei weitere Polizisten, einer davon in Zivil, die alle drei übertrieben Haltung annahmen, als sie die Kriminalhauptkommissarin kommen sahen. Möglicherweise, dachte Monika, hatte sie den jungen Beamten bei ihrer ersten Begegnung zu sehr eingeschüchtert.

„Wir haben den Wohnort des Opfers gefunden, Frau Hauptkommissarin", sagte der in Zivil, ebenfalls ziemlich jung, mit einem Dreitagebart und einer zu großen Nase. „Sein Name ist Walter Steiner, wohnhaft in der Prinz-Handjery-Straße, gleich dort drüben."

Monika folgte der Handbewegung des Beamten. Etwa hundert Meter rechts von der Schule, auf deren Grundstück ihr Auto parkte, führte die genannte Straße in ein von Ein- und Mehrfamilienhäusern geprägtes Viertel.

„Wir hatten ja leider kein Bild von dem Opfer", fuhr der Polizist mit der großen Nase fort. „Nur eine grobe Beschreibung der Kleidung. Daran haben die meisten Anwohner ihn erkannt. Die stehen fast alle an ihren Gartenzäunen und wollen wissen, was los ist."

„Also gut, führen Sie mich hin."

„Sehr gern, Frau Hauptkommissarin", erwiderte der Polizist, der seinen Kollegen zuzwinkerte, ehe er mit ihr auf die andere Straßenseite wechselte.

„Haben die Nachbarn irgendetwas über diesen Herrn Steiner erwähnt?", fragte sie.

„Nicht besonders viel. Nur, dass er seit seiner Kindheit hier wohnt und ein ziemlicher Einzelgänger gewesen sei. Ein komischer Kauz, der mit kaum einem geredet hat. Außer mit einer Familie, ein paar Häuser weiter."

Hinter den Zäunen und Hecken bemerkte Monika die Anwohner, einige mit Kaffeetassen in den Händen, die ihnen neugierig nachschauten und manchmal Fragen zuriefen, auf die sie nicht reagierte. Sie konzentrierte sich auf die Häuser und Gärten, auf die gepflegten Beete, die Obstbäume und die Autos in den Auffahrten. Eine ruhige Gegend, empfand sie, in der man einander behilflich war, sich kümmerte und vielleicht zu viel voneinander wusste. Ein Umstand, der ihr bei den Ermittlungen von Vorteil sein konnte.

Vor einem der Grundstücke machte der Polizist schließlich Halt. Die Hecke war lange nicht geschnitten worden und hinter der rostigen Tür im Zaun führten brüchige

Steinplatten über einen Rasen zum Haus. Das Gebäude war zweistöckig, mit Gittern vor den Fenstern und einem flachen Dach. Von den Wänden blätterte der graue Putz und der Vorgarten war vom Laub eines Apfelbaums übersät.

„Es wird niemand aufmachen", vermutete der Polizist, als Monika die Klingel neben der Gartentür betätigen wollte. „Herr Steiner war alleinstehend, hat der Nachbar gesagt."

Im selben Moment ging die Haustür auf. Die Frau, die auf der Schwelle erschien, erschrak und rief über ihre Schulter einen Namen in den verdunkelten Flur. Gleich darauf gesellte sich ein Mann zu ihr, der wie zum Schutz seinen Arm um ihre Hüfte schlang.

Ohne eine Aufforderung abzuwarten, betrat Monika den Garten und trat auf das Paar zu.

„Entschuldigen Sie bitte die Störung", sagte sie lächelnd und hielt dem Mann ihren Ausweis entgegen. „Kriminalhauptkommissarin Seyfarth und das ist …" Monika musste stocken, da sie keine Ahnung hatte, wer sie eigentlich begleitete.

„Kommissar Mielke", ergänzte der Polizist.

„Kommissar Mielke?", wiederholte Monika, den Dienstgrad betonend, und starrte ihn ungläubig an. „Wieso …?"

Mielke grinste. „Jawohl, ganz frisch. Letzten Monat erst ins Kriminalamt versetzt worden."

„Und warum erzählt mir das keiner? Bin ich etwa …?" Monika hatte die Blicke des Mannes und der Frau bemerkt und unterbrach sich selbst. „Entschuldigen Sie, interne Angelegenheiten. Vergessen Sie's. Wir würden Ihnen gern ein paar Fragen stellen."

Die Frau hob den Kopf und blickte ängstlich auf ihren Mann, der um einiges größer war. Beide schienen sie Mitte vierzig zu sein. Sie eine attraktive Frau mit rotblonden Haaren und großen grünen Augen, er mit einer leicht glänzenden Glatze, einem ovalen Gesicht und schmalen, verbitterten Mundwinkeln.

„Es … es stimmt also, was die Leute sagen?", stotterte die Frau.

„Nun, ich weiß ja nicht, was Sie gehört haben", erwiderte Monika. „Wenn wir uns deshalb irgendwo setzen könnten …?"

Einen Moment lang zögerte das Paar, ehe der Mann mit einem Nicken einwilligte und sie durch den Flur in das angrenzende Zimmer führte. Es war ein mit altmodischen Mustern tapezierter Raum, vollgestellt mit schweren Möbeln und einer Ledercouch mit zwei entsprechenden Sesseln.

„Bitte", sagte der Mann. „Nehmen Sie Platz."

Dicht aneinandergeschmiegt setzten sich die Gastgeber auf die Couch. Monika und ihr Begleiter ließen sich in die tiefen, weichen Bezüge der Sessel fallen.

„Bevor wir beginnen", sagte Monika. „Sie sind …?"

„Mein Name ist Joachim Müller. Und das ist meine Frau, Sandra."

„Oh, verzeihen Sie meine Verwunderung. Ich dachte, das Haus gehört einem Herrn Steiner."

„Das ist richtig", entgegnete der Mann. „Wir wohnen ein paar Häuser weiter. Herr Steiner und wir, wir sind einander näher bekannt. Nachdem wir gehört haben, dass mit ihm etwas passiert sei … jemand erwähnte ein Schlüsselbund mit einem Mickey-Maus-Anhänger, deshalb waren wir sicher, dass es sich um Walter handeln muss … da wollten wir nachsehen. Wir haben einen Zweitschlüssel, wissen Sie? Aber es war niemand hier. Dieses Gerede, dass es ein … ein Gewaltverbrechen gegeben hat, ist es wahr?"

Seine Stimme klang distanziert. Was auch immer Monika ihm antworten würde, sie hatte nicht den Eindruck, dass es ihn sonderlich schockieren könnte. Seine Frau dagegen starrte ins Leere und kämpfte mit den Tränen.

„Sie werden hoffentlich verstehen, dass wir keine Einzelheiten bekanntgeben dürfen. Lediglich, dass im Park ein toter Mann gefunden wurde, auf den die Beschreibung von Herrn Steiner passt. Es sei denn, Sie wissen, wo er sich gerade aufhält?"

Herr Müller schüttelte den Kopf. „Walter verlässt selten das Haus. Er geht jeden Morgen joggen, ansonsten bleibt er lieber für sich."

„Gibt es Familienangehörige, die man benachrichtigen und die ihn gegebenenfalls identifizieren könnten?", fragte Monika.

„Walter hat einen Sohn", erwiderte Sandra Müller, ohne den Blick zu heben. „Allerdings weiß ich nicht, wo er wohnt. Walter und er ... sie standen sich nicht besonders nah. Torge ist unehelich und, na ja, Walter war wohl nie ein guter Vater gewesen."

„Er hat die Frau und den Sohn im Stich gelassen", fiel ihr Mann dazwischen. „Torge muss jetzt Mitte zwanzig sein, schätze ich. Man kann es ihm nicht verdenken, wenn er sich kaum hier hat blicken lassen. Außerdem hat Torge vor ein paar Jahren ..."

„Aber das war doch bloß dummes Geschwätz."

Monika horchte auf und sagte zu Sandra gewandt: „Was denn für Geschwätz?"

Erneut ließ Joachim sie nicht zu Wort kommen. „Angeblich sei er vorbestraft. Weswegen, wissen wir nicht."

Das, spürte Monika, war gelogen. Sie sah beide abwechselnd an und fragte, nachdem weder Joachim noch Sandra bereit schienen, weitere Einzelheiten über den Sohn zu verraten: „Und Walter Steiner? Wie war er so, Ihr Freund?"

Auf diese Nachfrage war das Ehepaar nicht gefasst. Wie in Trance nahm Frau Müller den Kopf von der Schulter ihres Gatten, richtete sich auf und begegnete seinem Blick. Etwas Unausgesprochenes wechselte zwischen ihnen hin und her, ein gegenseitiger Zweifel darüber, wie Monika schien, ob und wie viel sie preisgeben sollten.

„Um ehrlich zu sein“, sagte Herr Müller schließlich und umklammerte die Hand seiner Frau, „wir haben uns Sorgen gemacht. In letzter Zeit war er ... na ja, eigenartig. Wir kannten ihn ja schon sehr lange, als Kinder bereits. Die letzten zwei, drei Jahre aber, da wurde es schlimmer mit ihm. Er bekam Wutausbrüche und ging tagelang nicht ans Telefon. Manchmal, haben uns Nachbarn erzählt, redete er im Garten mit sich selbst und einmal, als unser Sohn nicht nach Hause kam ...“

„Walter war immer sehr gut zu uns“, unterbrach Sandra Müller ihn, „ehrlich. Besonders zu mir und meinem Vater. Ich möchte nichts Schlechtes über ihn sagen. Die Probleme, die er hatte ...“ Sie lachte kurz auf. Ein übertriebenes, hohes Lachen, wie bei einem unanständigen Witz. „Wir haben doch alle so unsere Probleme, nicht wahr?“

Abwechselnd sah sie auf Monika und Kommissar Mielke. Neben ihr wusste Mielke nicht, wohin mit seinen Händen.

„Hör auf, ihn zu verteidigen.“ Müllers Tonfall wurde schärfer. „Selbst Oliver wollte nicht mehr zu ihm zum Spielen. Du weißt, wie er Walter genannt hat. Und dennoch hast du ...“

„Oliver ist Ihr Sohn?“

Joachim Müller holte tief Luft. Monikas Frage nahm ihm ein wenig die Anspannung und seine verkniffenen Mundwinkel entspannten sich.

„Ja. Er ... er ist unser einziges Kind. Nächsten Monat wird er zehn. Er ist ein wunderbares Kind, er ... Ich wollte einfach nicht, dass ...“

„Walter würde Oliver nie etwas antun, das weißt du genau!“, fiel Sandra Müller ihm erneut ins Wort.

„Natürlich weiß ich das. Schließlich ging es ihm nie um Oliver, nicht wahr? Es ging ihm immer nur um ...“ Er ließ seine Hand hektisch durch die Luft wirbeln, bevor er sich besann. Die Hand fiel zurück auf sein Knie. „Entschuldigen Sie. Wir sind beide sehr beunruhigt, das müssen Sie verstehen. Wir gehen beinah täglich in den Park und zu wissen, dass ein langjähriger Bekannter dort … Hat man schon jemanden verhaftet?"

„Die Ermittlungen haben ja gerade erst begonnen", entgegnete Monika ausweichend. „Wären Sie eventuell bereit, den Toten zu identifizieren? Ich weiß, wie belastend das ist, aber solange wir keine Angehörigen erreichen können, wäre uns dies eine große Hilfe."

Erneut wechselten die Ehepartner Blicke. Ihre kleine Auseinandersetzung schien vergessen.

„Wenn es sein muss", antwortete Herr Müller.

„Schön. Dann werden wir uns bei Ihnen melden. Wenn Sie jetzt noch so freundlich wären, uns den Schlüssel auszuhändigen? Meine Kollegen werden sicherlich eine Durchsuchung veranlassen wollen. Reine Routine in solchen Fällen."

Joachim Müller neigte sich zur Seite und zog den Schlüsselbund aus seiner Hosentasche. Zögernd legte er ihn Monika, die sich bereits erhoben hatte, in die ausgestreckte Hand. Anschließend verließen sie gemeinsam das Haus.

„Wow!", entkam es Kommissar Mielke und starrte dem Paar hinterher, wie es das Grundstück nacheinander durch die Gartentür verließ. „Bei denen ist echt dicke Luft, was?"

„Sie haben nicht viel Erfahrung mit der Ehe, stimmt's?"

Irritiert blinzelte Mielke mit seinen kleinen Augen.

„Ach, vergessen Sie's."

Monika schloss die Haustür ab und lächelte ihn an. In seinem Alter, dachte sie, wäre es unfair, ihm die Illusionen zu rauben.

*

In Monika Seyfarths Büro im dritten Stock des Landeskriminalamtes herrschte weiterhin Chaos. Die Aktenstapel auf und neben dem Schreibtisch hatten sich nicht von selbst in die Schränke geräumt und der unverhoffte Mordfall hatte ihr Vorhaben, endlich klar Schiff zu machen, vereitelt. Glücklicherweise gab es, sobald sie die Stapel auf dem Tisch zur Seite schob, noch ausreichend Platz. Platz genug jedenfalls, um die ersten Fotos, die sie gerade erhalten hatte, auf der Tischplatte auszubreiten.

Bevor sie mit deren Auswertung beginnen konnte, wartete sie ungeduldig auf das Röcheln der Espressomaschine. Es war die verchromte, teure Maschine, die Harald Lüders ihr bei seiner Pensionierung vor zwei Monaten hierher auf das Sideboard gestellt hatte. „Ich weiß, wie viel sie dir bedeutet", hatte Harald gesagt und seine Finger sanft über das Gerät fahren lassen. „Behandle sie gut."

Jedes Mal, wenn Monika seitdem einen Espresso trank, fühlte sie sich ein klein wenig alleingelassen. Harald war, seit sie bei der Kriminalpolizei als junge Frau angefangen hatte, immer an und vor allem auf ihrer Seite gewesen. Jetzt hockte er mit seinem Lebenspartner in seiner kleinen Laube inmitten einer Kleingartensiedlung, züchtete Tomaten und genoss das Dasein als Pensionär. Und Monika musste zusehen, wie sie mit ihrem ersten Mordfall ohne ihn zurechtkommen würde.

Mit dem Espresso in der kleinen Tasse setzte sie sich an den notdürftig geräumten Schreibtisch und betrachtete die Fotos vom Tatort. Wie bereits heute Morgen war es nicht so sehr der Anblick der Leiche an sich, der sie erschütterte. Nicht die aschfahle Haut oder die glasigen Augen, ja nicht einmal der abgetrennte Unterkörper mit seinem klaffenden, schwarzschimmernden Loch. Solche Grausamkeiten hatte sie oft genug gesehen. Nein, was sie zutiefst beunruhigte, waren die Bilder aus einiger Entfernung. Der Gesamteindruck dieses irrsinnigen Schauplatzes, mit dem aufrechtgehaltenen Oberkörper in dem präparierten Loch und den im Kreis angeordneten Steinen. Was hatte das alles zu bedeuten? Und wem galt dieser ganze Aufwand?

Denn eins war Monika von Anfang an bewusst gewesen. Sie hatte es hier nicht mit einem Mord aus Rache, Eifersucht oder den ansonsten üblichen Beweggründen zu tun. Was sie vor sich hatte, war das Werk eines Verrückten, der sich und seine Tat in den Mittelpunkt drängen wollte. Die Frage nach dem Motiv mochte daher völlig irrelevant sein. Womöglich war Herr Steiner seinem Mörder nie zuvor begegnet und nur ein zufällig gewähltes Opfer, dessen Routineläufe durch den Park ihn das Leben gekostet hatten.

„Darf ich reinkommen?"

Monika hob den Blick und drehte instinktiv die Fotos mit der Rückseite nach oben. Vincent Schröter hatte sie länger nicht gesehen, obwohl sie wusste, dass er die Arbeit im Kriminalamt vor einigen Wochen wieder aufgenommen hatte. Ihre letzte Begegnung war eher peinlich als versöhnlich verlaufen, weshalb sie sich beide bewusst oder unbewusst aus dem Weg gegangen waren.

„Was gibt es, Vincent?", fragte sie.

Etwas unbeholfen schloss er die Tür hinter seinem Rücken und trat an den Schreibtisch.

„Ich will wieder mit dir arbeiten", sagte er unvermittelt. „An deinem neuen Fall."

Damit hatte Monika nicht gerechnet. Sie lehnte sich zurück und atmete einmal tief durch.

„Ich glaube nicht, dass das eine gute Idee ist."

„Warum nicht? Wir waren ein gutes Team, du und ich. Ein sehr gutes sogar. Und ich habe mich vollständig erholt."

„Das mag ja sein. Und das freut mich für dich, ehrlich. Aber ich denke, für das hier", sie tippte mit dem Zeigefinger auf die Fotos, „wäre es noch zu früh."

Der optimistische Ausdruck auf Vincents Gesicht verschwand. Er kniff die Mundwinkel zusammen, zog einen der beiden Stühle zu sich heran und nahm Platz.

„Ich habe ein Attest, wenn du mir nicht glaubst." Seine Stimme klang wie die eines beleidigten Kindes.

„Darum gehst es nicht", erwiderte sie. „Ich finde bloß, dass ..."

„Selbst Unterberg ist der Ansicht, ich sollte dir helfen."

„Du hast bereits mit ihm gesprochen?"

Dass Vincent ihren Chef mit hineinzog und ihn sogar hinter ihrem Rücken um Hilfe gebeten hatte, missfiel ihr zutiefst. Monika konnte sich denken, wie das Gespräch verlaufen war. Männer unter sich. Unterberg mit seinem maßgeschneiderten Anzug, seinen manikürten Fingernägeln und seiner überheblichen, chauvinistischen Art und Vincent als der loyale Untergebene, der mit seinem Charme und seinen treuen, blauen Augen um eine Chance gebettelt hatte. Natürlich hatte Unterberg zugestimmt. Und ebenso natürlich war es ihm gar nicht erst in den Sinn gekommen, Monika Seyfarth könnte etwas dagegen haben.

„Der Boss hat nichts einzuwenden", sagte Vincent. „Im Gegenteil. Bei einem solchen Fall sollten seine besten Männer zusammenarbeiten, hat er gesagt."

„So, so, hat er das."

Sich aufzuregen hätte keinen Sinn. Selbstverständlich würde sie einen Partner an die Seite gestellt bekommen, dessen war sie sich bewusst. Nur wäre ihre Wahl nicht auf Vincent gefallen.

„Also, meinetwegen", gab sie nach und schob ihm das oberste, verdeckt liegende Foto über der Schreibtischplatte entgegen. „Hier. Sieh es dir ganz genau an."

Mit neuer Zuversicht und seinem unwiderstehlichen Lächeln nahm er das Foto und drehte es um. Augenblicklich wich jegliche Farbe aus seinem hübschen Gesicht.

„Oh, das … das ist ziemlich schrecklich“, stammelte er.

Sie war nicht fair zu ihm. Vielleicht sogar boshaft. In diesem Moment aber hatte Monika lediglich das Gefühl, mit denselben Mitteln zu spielen wie er.

Zwei Jahre war es her, dass sie gemeinsam einen Serienkiller gejagt hatten, der Vincent in seine Gewalt gebracht und ihn beinahe zu Tode gefoltert hatte. Das Trauma, das er nach seiner Rettung durchleiden musste, war nicht nur schuld an der Auszeit gewesen, die Vincent sich von der Arbeit nehmen musste, sondern auch der Auslöser für ihre Trennung. Nach nicht einmal einem Jahr war ihre Beziehung daran zerbrochen. Sie waren einfach auseinandergedriftet, ohne dass Vincent ihr jemals die Gelegenheit gegeben hatte, über den Verlust zu reden. Ein Umstand, der Monika manchmal noch schmerzte und den Vincent jetzt, mit seinem Versuch, sich aufzudrängen, wieder aufflammen ließ.

„Sei dir bitte ganz genau im Klaren darüber, worauf du dich einlässt“, betonte sie und reichte ihm die restlichen Bilder.

Schweigend blätterte Vincent durch die Fotos, bemüht, sich nichts anmerken zu lassen.

Aufmerksam verfolgte sie seine unterdrückten Reaktionen. Beinahe verspürte sie so etwas wie Mitleid mit ihm und das Bedürfnis, nach seiner Hand zu greifen. Entweder, dachte sie, hatte er sein Trauma tatsächlich überwunden oder er würde erneut den Psychiater aufsuchen müssen.

Nach einer gefühlten Ewigkeit legte Vincent die Bilder beiseite.

„Und?“, fragte sie. „Wirst du damit zurechtkommen?“

Seine Antwort kam ohne das leiseste Zögern. „Ich denke, das wird kein Problem für mich sein.“

„Gut. Dann lass uns gehen“, sagte sie und stand auf. „Fahren wir zur Charité und hören uns an, was Dr. Baumbach herausgefunden hat. Unterwegs bringe ich dich auf den neuesten Stand."

An der Tür wandte Monika sich um. Vincent war ihr nicht gefolgt. Er saß weiterhin vornübergebeugt und starrte auf die Bilder. Ihr blieb nur zu hoffen, dass er mit seiner Selbsteinschätzung recht behalten würde.

Gunter Baumbach erwartete sie an seinem Arbeitsplatz, einem steril wirkenden gefliesten Raum der Gerichtsmedizin der Charité. Vor ihm, auf einem der Seziertische, lag der Leichnam. Das weiße Tuch, mit dem der Tote bedeckt war, zeigte in der Mitte eine verräterische Delle.

Als Monika mit Vincent eintrat, hob der Rechtsmediziner verwundert die Brauen. Wenigstens besaß er den Anstand, sein Erstaunen über Kommissar Schröters Anwesenheit mit keinem Wort zu erwähnen. Lediglich seine fragenden Blicke, die er Monika mehr oder weniger unauffällig zuwarf, verrieten die ungestellten Fragen, die Baumbach auf der Zunge lagen. Daran, dachte sie, würde sie sich gewöhnen müssen. Es gab wohl niemanden im Kriminalamt, der über den damaligen Serienkiller und die Folgen seiner Festnahme nicht informiert gewesen wäre.

„Tja, dann", sagte Baumbach, nachdem Vincent und er sich steif lächelnd begrüßt hatten, „sehen wir uns den Kerl mal an. Ich hab ihn ein bisschen zurechtgemacht, damit dieser Herr Müller, der vorhin hier war, keinen Schock bekommt."

„Was hat er gesagt?", fragte Monika.

„Er hat die Identität bestätigt. Es handelt sich tatsächlich um diesen Walter Steiner, seinen Jugendfreund. Obwohl, wie ich den Eindruck hatte, Herr Müller alles andere als schockiert gewesen war."

Diese Vermutung konnte Monika, aufgrund ihres ersten Treffens mit ihm, nur bestätigen. In den nächsten Tagen würde sie das Ehepaar Müller eindringlicher befragen müssen.

Mit einer theatralischen Handbewegung schlug Baumbach das Tuch über dem Leichnam zurück und begann sofort mit seinen Erläuterungen. Vincent, bemerkte sie, hatte kurz die Augen geschlossen, bevor er angestrengt auf den Toten starrte. Ober- und Unterkörper lagen dicht beieinander. Die Kleidung war entfernt worden, so dass die Abtrennung beider Teile und die klaffenden Wunden deutlicher zur Geltung kamen.

„Über die Todesursache“, sagte Baumbach, „brauchen wir ja nicht zu spekulieren. Laut meiner Obduktion war der Typ kerngesund. Kein Alkohol im Blut, keine Drogen und fit wie ein Turnschuh. Die Läsion hier unter dem Kinn rührt von dem Stock her, mit dem der Körper aufrecht gehalten wurde. Es muss eine ziemliche Sauerei gewesen sein, ihn in das Loch zu zerren. Teile seiner Innereien waren halb herausgefallen und voller Sand und natürlich hat er geblutet wie ein …“

„Ja, ja, schon gut. Machen Sie weiter.“

Von Vincents Unterbrechung kurz verstimmt, zuckte Baumbach mit den Schultern und deutete auf die Lücke zwischen Brustkorb und Hüfte.

„Es hat mehrere Hiebe gebraucht, das Opfer zu durchtrennen. Deutlich erkennbar an der Wunde am Oberschenkel, wo der Schlag danebengegangen ist. Ich tippe jetzt auf eine Axt, da die Einschlagstellen zu kurz für eine andere Art von Waffen sind. Der erste Hieb hat ihn am Rückgrat erwischt, als er am Boden lag. Das dürfte ihn gelähmt, aber nicht getötet haben. Der arme Kerl hat genau gewusst, was mit ihm geschieht.“

„Was ist mit dem Todeszeitpunkt?“, fragte Monika. „Unser Zeuge behauptet, er hat das Opfer gegen halb sechs im Park gesehen, bevor sein Hund ihn etwas später aufgespürt hat.“

„Das kommt hin. Wieso? Glauben Sie dem Zeugen nicht?"

„Es gibt keinen Grund, ihm nicht zu glauben. Es ist bloß, weil der Mörder verdammtes Glück gehabt haben muss. Der Hund hätte auch früher Alarm schlagen können."

Dr. Baumbach legte das Tuch zurück über die beiden Leichenteile.

„Glück und gute Planung", sagte er. „Ich konnte keinerlei fremde Blut- oder DNA-Spuren am Körper finden."

„Haben Sie eine Vermutung", schaltete sich Vincent ein, „was der ganze Aufwand mit dem Loch und den Steinen zu bedeuten hat?"

„Es ist offensichtlich ein Schrei nach Aufmerksamkeit. Der Mörder brüstet sich mit seiner Tat. Deshalb die übertriebene Todesart und das ganze Drumherum. Gewöhnlich findet man solche Inszenierungen bei Serienmördern, die …"

„Wofür es noch keinerlei Anzeichen gibt", warf Monika ein, was sie ärgerte. Es missfiel ihr zutiefst, dass sie ungewollt auf Vincents Befindlichkeiten Rücksicht nahm. Immerhin war es nicht ihre Idee gewesen, ihn hierherzuschleppen.

„Nein", stimmte Baumbach zu, „bisher nicht. Aber der Mörder will genau das erreichen. Dass wir fasziniert sind von seiner Tat und über den Sinn dahinter ins Grübeln geraten. Es ist ein Rätsel, das er uns stellt. Und wir werden es wohl oder übel lösen müssen."

Monika starrte ans Ende des Seziertisches, auf den Registrierzettel am rechten Zeh des Leichnams, der unter dem Tuch hervorlugte. Was Baumbach gesagt hatte, deckte sich mit ihren eigenen Überlegungen. Und das bereitete ihr Sorgen.

Kapitel 3

Margarethe Goldschmied sah angestrengt auf die Uhr. Mit einem Seufzer griff sie dann zum Telefonhörer und wählte die Nummer, die sie den ganzen Vormittag über bereits vergeblich gewählt hatte. Wie die unzähligen Male zuvor ging niemand ran.

Lange hielt sie die Ungewissheit nicht mehr aus.

Dabei könnte es Margarethe egal sein. Was kümmerte es sie, wenn ihre Schwester sich tagelang nicht meldete? Sie sollte froh sein, nicht dem Gejammer und den Vorwürfen ausgesetzt zu sein, mit denen Maria sie ständig konfrontierte. Beinahe jeden Tag musste sie mit anhören, wie schlecht es Maria angeblich ging, wie viele Scherereien sie wegen des Hauses hatte, mit all den Kosten für die anstehenden Reparaturen, und dass niemand, schon gar nicht ihre eigene Schwester, ihr half und dass Margarethe sowieso immer mehr Glück im Leben gehabt hatte als sie.

Ja, sie sollte dankbar sein für diese Ruhepause, die seit vier Tagen andauerte.

Mit einer Hektik, die Margarethe überraschte, sprang sie vom Sofa auf, eilte in den Flur, um sich Schuhe und Mantel überzuziehen, kramte Marias Schlüssel aus der obersten Schublade der Kommode und verließ ihre kleine Wohnung im vierten Stock. Erst auf dem Bürgersteig vor dem riesigen und hässlichen Wohnkomplex verlangsamte sie völlig außer Atem ihren Schritt. Unabhängig davon, wie erleichtert sie über das Schweigen ihrer Schwester auch sein mochte, es beunruhigte sie. Nie im Leben würde Maria freiwillig vier Tage auf die Genugtuung verzichten, ihr den Frust und die angestaute Wut auf Margarethe im Speziellen und die Welt im Allgemeinen durch das Telefon ins Ohr zu jammern.

Über den für diese Hochhaussiedlung viel zu kleinen Parkplatz gelangte Margarethe zur Angerburger Allee. Von hier war es ein Spaziergang von einer guten halben Stunde zu Marias Haus. Dreißig lange Minuten, in denen Margarethe hin und her gerissen war, ob sie nicht umdrehen und ihre Anspannung vergessen oder, gegen alle inneren Widersprüche, sich beeilen sollte. Sie schuldete Maria nicht das Geringste. Im Gegenteil. Seit ihrer Kindheit hatte Maria keine Gelegenheit ausgelassen, sie zu demütigen und vor ihrer Mutter bloßzustellen. Und selbst im Erwachsenenalter, nach Mutters Tod vor zehn Jahren, hatte sich an ihrem Verhalten nichts geändert. Alles hatte Maria an sich gerissen. Das winzige Erbe, die Erinnerungsstücke und vor allem das Haus, auf das Margarethe, juristisch gesehen, keinen Anspruch gehabt hatte. Auf diese Tatsache hatte Maria gepocht und ihre Schwester vor die Tür gesetzt.

Am Ende der Angerburger Allee bog Margarethe nach links und von dort in eine kleinere Straße, gesäumt von stattlichen Einfamilienhäusern. Sie hätte nicht so nah bei ihrer Schwester wohnen bleiben dürfen. Sie hätte ans andere Ende der Stadt ziehen oder ganz aus Berlin verschwinden sollen. Doch zumindest für sie war die Hoffnung nie ganz erloschen, dass Maria irgendwann zur Vernunft kommen und erkennen würde, wie sehr sie einander brauchten. Eine Hoffnung, die sich bisher nicht erfüllt hatte. Dabei gab es ansonsten niemanden mehr. Weder Maria noch sie hatten jemals geheiratet. Es gab keine Verwandten, mit denen sie Kontakt gehalten hätten, keine Freunde und erst recht keine Liebhaber. Auf Gedeih und Verderb waren sie aufeinander angewiesen.

Hinter der nächsten Abzweigung gelangte Margarethe an ihr Ziel. Eingebettet zwischen zwei villenartigen Häusern befand sich das Grundstück mit dem flachen, einstöckigen Haus, in dem sie aufgewachsen war. Ein Schandfleck in dieser Gegend, für den Margarethe sich schämte.

Der graue Putz blätterte von der Fassade, die Regenrinne baumelte schief und nutzlos am Dach und in den Fenstern hingen vergilbte, teils zerrissene Gardinen. Der Garten wirkte verwildert, mit seinem Unkraut auf dem Rasen, den unbestellten Beeten und der wild wuchernden Hecke am Zaun. Seit Jahren hatte Maria jede Hilfe verweigert und alles verkommen lassen.

Margarethe blickte sich um. Niemand sonst war auf der Straße und sie streckte die Hand aus, um die Klingel am Zaun zu betätigen. Und wie jedes Mal versetzte es ihr einen Stich, wenn sie, wie jetzt, das Namensschild neben der Klingel las: Maria Holländer.

Margarethe gehörte nicht hierher, hatte es nie getan. Sie war lediglich die Stiefschwester. Die Tochter, die der zweite Mann mit in die neue Ehe gebracht hatte. Nachdem ihr Vater kurz vor ihrem fünften Geburtstag bei einem Arbeitsunfall ums Leben gekommen war, hatte ihre Stiefmutter sie aufgezogen. Maria, als leibliche Tochter, hatte diesen Eindringling nie akzeptiert. Vielleicht, weil Margarethe klüger und hübscher gewesen war und alles getan hatte, um ihrer Stiefmutter zu gefallen. Vielleicht aber auch nur aus reiner Bosheit.

Auf ihr Klingeln hatte niemand reagiert. Margarethe trat durch das Holzgatter im Zaun und ging langsam über den Kiesweg zum Haus. In keinem der Fenster brannte Licht. Sie klopfte gegen die Tür, erst zaghaft, dann stärker, bevor sie den Schlüssel aus der Manteltasche zog und ins Schloss steckte.

„Maria?“, rief sie in den dunklen Flur und trat vorsichtig ein.

Schon von hier aus konnte sie sehen, wie verwahrlost alles war. Im schmalen Flur standen Schränke und Kartons, die alte Tapete war schmutzig und der dicke Teppich unter ihren Schuhen klebrig und verstaubt. Es roch nach Schimmel und altem Müll.

Margarethe schloss hinter sich die Tür, schaltete das Licht ein und ging nach links ins Wohnzimmer. Abgesehen vom Zustand der Einrichtung hatte sich seit ihrer Kindheit nichts mehr verändert. Es waren dieselben Möbel, dieselbe Couch und derselbe Esstisch wie damals. Wann hatte sie diesen Raum das letzte Mal betreten? Margarethe konnte sich nicht erinnern. Mit Maria sprach sie nur noch am Telefon oder bei ihren zufälligen Begegnungen im Supermarkt. Dass ihre Schwester in einem derartigen Saustall wohnte, hatte sie nicht geahnt und niemals für möglich gehalten.

Angewidert ließ sie den Blick durch das Zimmer wandern, der schließlich auf dem Bilderrahmen auf der Anrichte hängen blieb. An der Couch vorbei ging sie darauf zu und beugte sich vor. Es waren Fotos aus Kindertagen. Ihre Mutter zwischen den beiden Töchtern, fröhlich in die Kamera lächelnd. Maria meist mit verkrampftem Gesichtsausdruck und sie selbst ... Margarethe starrte von einem Bild zum nächsten. Auf jedem der Fotos klaffte dort, wo ihr Kopf sein sollte, ein Loch. Jemand – Maria, wer sonst? – hatte sich die Mühe gemacht, mit einer Schere ihren Kopf am Hals herauszuschneiden.

Wütend wandte Margarethe sich ab und rief ein weiteres Mal nach Maria.

Erinnerungen kehrten augenblicklich zurück. Erinnerungen an einen Unfall, der kein Unfall gewesen war. Maria hatte sie absichtlich gestoßen. Mit einem Aufschrei war Margarethe die Stufen hinuntergefallen und hatte beim Aufprall das Bewusstsein verloren. Das war im Treppenhaus des Hochhauses geschehen, in dem sie heute wohnte und in dem sie früher, aus Ermangelung eines Spielplatzes, des Öfteren als Kinder Räuber und Gendarm gespielt hatten. Maria war anschließend nach Hause gegangen und hatte behauptet, nicht zu wissen, wo ihre Schwester geblieben sei. Ein Anwohner hatte Margarethe gefunden und einen Notarzt verständigt.

In den folgenden Wochen, in denen sie im Krankenhaus mit einem gebrochenen Arm und gestauchten Rippen gelegen hatte, wusste sie nicht mehr mit Bestimmtheit zu sagen, was wirklich geschehen war. Maria blieb hartnäckig bei ihrer Version und Mutter glaubte ihr. Ebenso wie bei dem Vorfall mit der vergifteten Limonade mehrere Jahre später. Auch hierbei hatte Margarethe so lange an sich und ihren Erinnerungen gezweifelt, bis sie zugeben musste, das Glas mit dem Rest Terpentin wohl selbst aus Versehen mit der Limo aufgefüllt und getrunken zu haben.

Mit erneutem Ärger darüber, dass Marias Schweigen der letzten Tage sie derart beunruhigt hatte, eilte Margarethe in die restlichen Zimmer. Das Bett im Schlafzimmer war ungemacht, überall lag Kleidung auf dem Boden verstreut und in dem Zimmer, das ihre Mutter früher bewohnt hatte, überzog der Staub millimeterdick jede Oberfläche. Am schlimmsten jedoch herrschte das Chaos in der Küche. Benutztes Geschirr stand in der Spüle und auf den Ablagen, der Müll quoll aus dem Abfalleimer, es stank nach verdorbenen Essensresten und eine Kakerlake huschte über den Linoleumfußboden in Sicherheit.

Unordentlich und faul war Maria schon als Kind gewesen. Dieser verwahrloste Zustand aber durfte nicht länger andauern. Ganz gleich, mit welchen Widerständen sie kämpfen musste, sie würde Maria zwingen, erneut einen Therapeuten aufzusuchen. Bereits vor einem Jahre war sie wegen Depressionen in Behandlung gewesen, hatte die Sitzungen allerdings nach wenigen Monaten abgebrochen. Eine weitere Chance durfte Maria nicht versäumen. Ansonsten, befürchtete Margarethe, wäre es für ihre Schwester zu spät.

Kopfschüttelnd verließ sie die Küche und verharrte nachdenklich im Flur. Wohin, in Gottes Namen, war Maria verschwunden? Es gab nur dieses eine Stockwerk mit den drei Zimmern und diese hatte sie abgesucht. War sie verreist? Dafür hatte ihre Schwester kein Geld und bei Freunden untergekommen zu sein, war unmöglich. Maria hatte keine Freunde.

Margarethe wusste nicht weiter. Sie könnte aufräumen, den ganzen Dreck entfernen und das Haus wieder bewohnbar machen. Es störte sie nicht zu putzen, sie putzte gern. Es half ihr vielleicht, die Gedanken zu ordnen und sich darüber klar zu werden, wie sie das Verhältnis zu Maria in Zukunft gestalten wollte. Ob es nicht an der Zeit wäre, das dünne Band zwischen ihnen endgültig zu zerschneiden.

Doch wo sollte sie anfangen? Ihr Blick wanderte zu der schmalen Tür des Badezimmers und von dort zu der noch schmaleren und offen stehenden Tür, hinter der eine steile Treppe hinunter in den Keller führte.

Auf der obersten Stufe erkannte sie etwas Sonderbares.

Als sie näherkam, runzelte Margarethe die Stirn. Auf jeder der Stufen lag Stroh. Keine alten Grashalme, sondern tatsächlich zu winzigen Ballen gebundenes Stroh. Selbst weiter unten, im Spalt der angelehnten zweiten Tür, lag ein solcher Ballen.

Wozu brauchte ihre Schwester Stroh?

Mit behutsamen Schritten stieg sie die Treppe hinab. Ein beißender Gestank drang ihr in die Nase, den der Geruch der restlichen Wohnung bisher überdeckt hatte. Unten angekommen blieb sie stehen und hielt sich ein Taschentuch vor die Nase. Diesen feuchten Keller, mit den dicken, unverputzten Wänden und den Spinnweben in den Ecken, hatte sie immer gehasst.

Mit ihrer freien Hand stieß Margarethe die Tür auf. Innen war es stockdunkel und sie tastete an der Wand nach dem Lichtschalter. Eine einzelne Glühbirne baumelte von der Decke und erleuchtete die Szenerie.

Mit einem Aufschrei fiel sie rücklings auf die Stufen. Sie schrie, während sie die Treppe auf allen vieren erklomm, schrie im Flur und draußen auf dem Weg zum Zaun. Selbst als Margarethe auf dem Bürgersteig einem Passanten in die Arme fiel, schrie und schrie sie, bis ihre Stimme gänzlich versagte.

Kapitel 4

Wenn Monika Seyfarth gehofft hatte, dass Vincent Schröter sich nach dem gestrigen Besuch in der Charité umentscheiden und auf eine Mitarbeit verzichten würde, wurde sie am nächsten Vormittag gründlich enttäuscht. Er empfing sie vor den Räumlichkeiten der kriminaltechnischen Untersuchung, freudestrahlend und ausgeschlafen, als hätte er die zerteilte Leiche aus seinem Gedächtnis mühelos gestrichen.

Sie dagegen hatte unruhig geschlafen. Nicht wegen der grausamen Bilder, sondern weil sie in Gedanken all die Szenarien durchgegangen war, wie sie Vincent weiterhin ertragen und mit ihm zusammenarbeiten sollte, ohne ständig in ihm den Ex-Freund zu sehen. Die Trennung, musste sie sich eingestehen, war nicht ganz so spurlos an ihr vorübergegangen, wie sie geglaubt hatte.

Warum aber tat er das? Warum mischte er sich in ihre Arbeit? Es lag ja nicht daran, dass es in Berlin keine anderen Fälle zu lösen gab. Die Stadt war voll von Verbrechen. Und bei seiner Vorgeschichte wäre es klüger gewesen, sich um Morde zu kümmern, die die Erinnerungen an die eigene Todesangst weit weniger schmerzhaft wiederaufleben ließen.

Entweder Vincent hatte sich entschlossen, seinen Ängsten gegenüberzutreten, oder er versuchte bei ihr eine erneute Annäherung. Was Monika von dieser zweiten Möglichkeit halten sollte, wusste sie nicht. Immerhin war es ihr endlich gelungen, den Verlust der Beziehung und die damit einhergehenden Gefühle nicht länger zu spüren. Wie sie reagieren würde, sollte Vincent sich eines anderen besinnen, darüber war sie gespaltener Meinung. Und gerade dieser Umstand, dass sie ihre Reaktion nicht vorhersehen konnte, bereitete ihr Unbehagen.

So, wie er da stand jedenfalls, in seiner Jeans und dem blauen Hemd mit dem offenen Kragen, war es kein Wunder, dass sie sich verguckt hatte. Vincent war ein schöner Mann, das stand außer Frage. Mit diesem unwiderstehlichen Lächeln unter der geraden Nase, den schwarzen Haaren, den strahlend blauen Augen und dem Grübchen im Kinn, war er bei Weitem der attraktivste Kommissar des gesamten Kriminalamtes. Lediglich seine Haut war blasser geworden, fiel ihr auf, und seinem Blick fehlte die unbefangene Lebensfreude, die er wohl im Keller des damaligen Serienkillers verloren hatte.

„Ich habe schon befürchtet", log sie zur Begrüßung, „du hättest es dir anders überlegt."

Vincent sah sie an, als wüsste er nicht, was sie meinte.

„Warum sollte ich?", log auch er und war versucht, sie zu umarmen. Etwas hielt ihn glücklicherweise davon ab. „Ich bin einfach nur froh, meine Fähigkeiten endlich wieder unter Beweis stellen zu können."

Von seinem Optimismus keineswegs überzeugt, ging Monika voran durch die Glastür. In einem der riesigen Laborräume wartete Erkan Gökdal hinter einem weißen Tisch und biss in seinen aufgeweichten Schokoriegel. Als er die beiden bemerkte, wickelte er den restlichen Riegel in sein Papier und legte ihn, während er ein „Hallo" zwischen den Bissen murmelte, neben die in Plastiktütchen verpackten Fundstücke des gestrigen Tatorts.

„Wenn Sie glauben", sagte er schnippisch, „ich hätte all das Zeug mal schnell an einem Sonntag auswerten können, dann sind Sie gehörig auf dem Holzweg. Das habe ich Ihrem Chef, diesem Unterberg, bereits am Telefon mitgeteilt. Wofür haltet ihr mich alle, für einen Zirkusmagier?"

„Keine Sorge", entgegnete Monika. „Wir sind nicht hier, Sie zu drängen. Aber lassen Sie uns wenigstens einen Blick in Ihren Zauberkasten werfen."

Misstrauisch sah Gökdal erst auf sie, dann auf Vincent. Unterbergs herrischen Tonfall hatte Monika genau im Ohr und sie konnte nachvollziehen, warum Gökdal derart gereizt reagierte.

„Okay, meinetwegen", antwortete er sichtlich erleichtert und setzte sich auf einen der Drehhocker. „Genaugenommen haben wir erschreckend wenig gefunden."

„Haben Sie eine genauere Ahnung vom Ablauf der Tat?"

„Bedauerlicherweise nein. Es gibt einige Abdrücke auf einem der Pfade, der nördlich auf die Leo-Baeck-Straße zuführt. Allerdings ist es schwer zu sagen, wie alt diese Spuren sind. Wir werden das weiter analysieren. Dadurch, dass der Mörder die Lichtung sorgfältig gefegt hat, sind uns nicht viele Anhaltspunkte geblieben. Wie gesagt, es bleiben nur die Spuren von dem Hundebesitzer und seinem Pudel, die ich noch verifizieren muss. Was wir ebenfalls nicht gefunden haben, ist eine Schaufel oder Ähnliches, weshalb wir annehmen, dass der Täter das Loch bereits einen oder mehrere Tage vorher ausgehoben hat. Die Mordwaffe konnte der Suchtrupp schließlich in einem der Büsche finden. Eine Axt. Sie ist gerade im Labor und wird untersucht. Leider werden wir nichts Brauchbares daran finden."

„Wieso sind Sie sich da so sicher?", fragte Vincent.

„Weil wir auch sonst nichts Brauchbares finden konnten. Nicht einmal ein Haar hat der Kerl hinterlassen. In dem Busch, in dem er gewartet hat, waren abgerissene Zweige und Blätter. Ansonsten nichts. Entweder der Typ hat eine Vollglatze oder er hat ein Haarnetz getragen. Und Handschuhe natürlich."

„Was ist mit denen hier?" Monika nahm einen der Plastikbeutel in die Hand, in dem sich ein abgeflachter Stein befand.

„Die sind das einzig Interessante", sagte Gökdal und aß die zweite Hälfte seines Schokoriegels. „Diese Steine hat der Täter nicht im Park gefunden. Er hat sie mitgebracht."

„Das macht doch keinen Sinn."

Mit einer unwirschen Handbewegung schmetterte Gökdal Vincents Bemerkung einfach ab und wandte sich an Monika.

„Jedenfalls gibt es in dem Park solche Steine nicht. Unsere haben lange Zeit im Wasser gelegen. Vermutlich in einem Fluss oder an einem Seeufer. Deshalb die glatte, gekrümmte Oberfläche."

Monika drehte den Beutel hin und her und musste Vincents Äußerung recht geben: Das ergab keinen Sinn.

„Was hat das alles zu bedeuten?", fragte sie, mehr zu sich selbst.

„Tja", sagte Gökdal und warf das Papier seines Riegels in den Mülleimer. „Das ist Ihre Aufgabe. Ich mache hier bloß die Drecksarbeit."

„Und der Stock?", wollte Vincent wissen. „Ist der auch von woanders her?"

„Den können Sie ruhig in die Hand nehmen. Den habe ich bereits untersucht." Gökdal nahm den Stock an sich und reichte ihn Vincent über den Tisch. „Das ist der Ast einer Buche. Wir haben die Abbruchstelle an dem Baum gleich hinter dem Loch gefunden. Womöglich ein spontaner Einfall des Täters, weil der Körper nicht aufrecht stehen wollte. Aber wie auf den Steinen keinerlei Abdrücke oder Spuren."

„Was ist mit Zeugen?", fragte Monika. „Irgendjemand, der ihn an der Straße hat kommen oder wegfahren sehen?"

Gökdal schüttelte den Kopf. „Niemand. Vergessen Sie nicht, es war Sonntag früh bei Sonnenaufgang. Wer sollte da in dieser Gegend unterwegs sein?"

Enttäuscht legte Monika ihren Stein zurück zu den anderen. Mit so wenigen Informationen war nicht viel anzufangen und im Moment hatte sie nicht die leiseste Ahnung, wie es weitergehen sollte. Vielleicht könnte sie mit Frau Müller ein weiteres Gespräch unter vier Augen führen. Irgendwie war sie gestern das Gefühl nicht losgeworden, dass Sandra Hemmungen hatte, in Anwesenheit ihres Mannes offen zu sprechen.

„Ist das Ihr Telefon?“, unterbrach Herr Gökdal ihre Gedanken, da von irgendwoher ein Klingelton vernehmbar war.

Eilig griff Monika in die Jackentasche und wandte sich ab. Kurz darauf starrte sie Vincent und Gökdal entgeistert an.

„Alles in Ordnung?“, fragte Vincent.

„Es gab einen weiteren Mord“, sagte sie. „In Spandau. Eine Frau, sie ...“

„... wurde zerstückelt?“, ergänzte Gökdal.

„Nein. Viel schlimmer, wie es scheint. Die Polizei vor Ort ist völlig ratlos.“

Auf dem Bürgersteig vor einem schäbigen Haus zwängte sich Monika in einen der dünnen Tyvek-Anzüge und streifte sich Latexhandschuhe über. Neben ihr tat Vincent das Gleiche. So verkleidet betraten sie das Grundstück. Hinter ihr lud Erkan Gökdal mit seinen Assistenten das nötige Equipment aus dem Einsatzwagen. Zu beiden Seiten war die Straße abgesperrt und Polizisten in Uniform drängten Passanten und Anwohner zur Umkehr.

Kurz zuvor hatte Monika Anweisungen gegeben, zunächst mit Kommissar Schröter den Tatort allein betreten zu wollen, bevor sie die Experten dazu bitten würde. Sie zog die Gesichtsmaske über Mund und Nase und wandte sich an den Beamten vor der Haustür.

„Sie waren der Erste am Tatort?“

„Ja, Frau Hauptkommissarin“, sagte er, sein Gesicht völlig blass und die Stimme zittrig und schwach. „Wir erhielten den Notruf um elf Uhr neun. Als wir eintrafen, stand die Haustür weit offen und ich bin runter in den Keller. Ich hab versucht, nichts anzufassen. Ich ... ich musste mich abstützen, gegen die Wand, und wahrscheinlich hab ich das Treppengeländer berührt, ich weiß nicht mehr genau."

„Okay, danke."

Gemeinsam mit Vincent betrat Monika den Flur. Gleich rechts von ihr führte eine steile Treppe ins Untergeschoss, auf deren Stufen gebündelte Halme lagen. Von dort drang Licht nach oben und ein Geruch, den Monika nur allzu gut kannte. Mit einem kurzen Blick über die Schulter vergewisserte sie sich, dass Vincent bereit war, und stieg die Treppe hinab. Soweit es ihr möglich war, wich sie den Halmen aus und betrat durch die zweite Tür den von einer Glühbirne beleuchteten Raum.

Die Wände waren unverputzt, Kartons und ein zerlegter Schrank lehnten dagegen und Abfluss- und Heizungsrohre verliefen an der Decke in alle Richtungen. In der Mitte stand ein eckiger Tisch mit einem Gaskocher darauf und davor ein wuchtiger Stuhl. Auf ihm saß eine Frau in einem geblümten Kleid, ihre Fußknöchel an den vorderen Stuhlbeinen und die Hände auf den beiden Armlehnen mit Klebeband gefesselt. Der Kopf lag zurück in den Nacken gebeugt, ihr Gesicht von einer schwarz glänzenden Masse überzogen.

„Was zum Teufel ist das?"

Vincent schritt an ihr vorbei und beugte sich über den Leichnam. Unter der Kapuze und dem Atemschutz verrieten seine Augen die Bestürzung, die auch Monika überkam.

Die schwarze Masse verlief vom Scheitel des Kopfes über beide Ohren bis hinunter zum Hals. Beide Augenhöhlen sowie der aufgerissene Mund waren eingefallene Vertiefungen, die die Umrisse grotesk zur Geltung brachten. Wie eine luftundurchlässige Maske umschloss die verhärtete Substanz alle Sinnesorgane.

„Es sieht aus wie Asphalt", sagte Monika. „Oder Teer."

„Soll das heißen, man hat sie damit übergossen?"

„Ganz offensichtlich, ja." Sie richtete sich auf und überprüfte den Boden rund um den Stuhl. „Da sind Tropfen auf dem Beton."

„Das würde bedeuten, sie ist darunter erst verbrannt und dann erstickt."

Monika hatte sich bereits dem Tisch zugewandt. Jetzt ergab der Gaskocher auf seiner Mitte einen Sinn. Ebenso wie der Metalltopf, der umgekippt darunter lag und aus dem die Reste der schwarzen Masse geflossen waren. Wie lange mochte die Frau hier gelitten haben? Wehrlos mitanzusehen, wie ihr Peiniger den Topf erhitzte, wie er ihr dann den Kopf an den Haaren nach hinten gezogen haben mochte, um die kochend heiße Masse über ihr Gesicht zu gießen … eine Ewigkeit in Todesangst und unter entsetzlichen Schmerzen.

„Wie lange, glaubst du, ist das her?", fragte Vincent.

Die Finger ihrer gefesselten Hände lagen erschlafft über den Armlehnen und die Füße waren unnatürlich verdreht. Die Frau musste sich verzweifelt gewehrt haben, ehe sie an den Verbrennungen und dem Luftmangel gestorben war. Ihr Bauch unter dem Kleid war aufgedunsen und an den Waden unter den Nylonstrümpfen zeichneten sich dunkle Flecken ab.

„Die Totenstarre ist längst vorbei", versuchte Monika eine Einschätzung. „Was gewöhnlich erst sechsunddreißig Stunden nach dem Ableben der Fall ist. Außerdem haben sich Gase in ihrem Magen gebildet. Der Gestank wird von der einsetzenden Verwesung stammen und von der verbrannten Haut. Also sitzt sie schon mindestens zwei Tage hier, wenn nicht länger. Die Luft hier unten ist kühl, was den Prozess verlangsamt haben dürfte."

„Gehen wir rauf und holen die anderen?"

„Warte einen Moment", hielt sie ihn zurück und durchschritt den Keller bis zu seiner Rückwand. Unterhalb der

Decke befand sich ein schmales Fenster, dessen verdreckte Scheibe das einfallende Licht fast gänzlich verschluckte. In der einen Seitenwand führte ein Durchgang in einen zweiten Raum, der mit altem Mobiliar zugestellt war. Hier zeigte der Fußboden, anders als nebenan, keinerlei Abdrücke im Staub.

„Komm mal her, Monika", rief Vincent ihr zu. „Sieh dir das an!"

Zu ihrer Verwunderung hatte sich Vincent dicht über das maskenhafte Gesicht des Opfers gebeugt. Womöglich, dachte sie, war er weniger empfindlich, als sie befürchtet hatte, und ihre Missbilligung, was zumindest ihre berufliche Zusammenarbeit betraf, völlig unbegründet gewesen.

Sie gesellte sich zu ihm und Vincent deutete mit dem Finger auf eine Stelle neben dem linken, von der schwarzen Masse verdeckten Ohr.

„Da klebt ein Haar", sagte er. „Es sieht dicker und dunkler aus als die Haare der Frau."

„Tatsächlich! Gut beobachtet, Vincent. Wenn wir Glück haben, ist dies unser erstes, hilfreiches Indiz. Rufen wir Gökdal, damit er anfangen kann."

Am unteren Treppenabsatz hielt Vincent inne und blickte sie fragend an.

„Meinst du, es gibt eine Verbindung zwischen diesem und dem gestrigen Mord?"

Dieser Gedanke war auch Monika gekommen. Denn obwohl die Todesarten vollkommen verschieden waren, ließen sich die Parallelen nicht leugnen. Zwei grausame Hinrichtungen inmitten zweier wie bewusst inszenierter Tatorte, an denen der Mörder jeweils Dinge hinterlassen hatte, die nicht zusammenpassen wollten. Sieben Steine an dem einen und winzige Strohballen am jetzigen Schauplatz.

Anstatt zu erwidern, zuckte Monika mit den Schultern, da sie Vincent nicht grundlos beunruhigen wollte. Sollte sie jedoch recht behalten, dann hatten sie es, genau wie vor zwei Jahren, mit einem Serienkiller zu tun.

In einem Kleinbus der Polizei saß Margarethe Goldschmied auf der gepolsterten Bank, die Hände auf dem schmalen Tisch um einen dampfenden Kaffeebecher gelegt. Monika, die sich ihres Tyvek-Anzuges entledigt hatte, saß der etwa fünfundfünfzigjährigen Frau gegenüber. Wie die Tote im Keller trug auch sie ein geblümtes Kleid mit einer Strickjacke darüber. Ihre blonden Haare hingen ihr strähnig um das schmale Gesicht und ihre Augen wirkten verquollen vom vielen Weinen.

„Ich weiß, wie schwer das für Sie sein muss", sagte Monika, nachdem sie sich vorgestellt hatte, „und ich bin dankbar, dass Sie bereit sind, sofort mit uns zu reden. Ich werde die Fragen so kurz wie möglich halten, versprochen."

Frau Goldschmied nickte, ohne aufzusehen.

„Schildern Sie mir einfach, wie der heutige Vormittag abgelaufen ist."

Mit stockender Stimme begann Margarethe Goldschmied zu berichten. Von der Sorge um ihre Schwester, die sich länger nicht gemeldet hatte, vom Eintreten in das Haus, über den Zustand der verwahrlosten Zimmer, bis zu ihrem Gang in den Keller.

„Ich hab ja nur ihr Kleid erkannt", schluchzte sie zwischen den Worten. „Ihr Kopf, der war völlig … völlig schwarz. Da hab ich Panik gekriegt und bin hoch und bis auf die Straße gerannt. Ich hab die ganze Zeit geschrien. Ein Mann hat mir draußen geholfen und die Polizei angerufen."

„Sie sagten, Sie hätten die Haustür aufgeschlossen. War sie verschlossen gewesen?"

„Ich … ich weiß nicht mehr genau." Frau Goldschmied runzelte die Stirn und nahm einen schlürfenden Schluck aus dem Becher. „Nein, warten Sie, ich erinnere mich. Sie war nicht abgeschlossen, nur zugezogen. Ganz bestimmt. Ich fand das sehr eigenartig, weil Maria ja anscheinend nicht da war. Und selbst, wenn … Maria war ängstlich. Sie schloss auch ab, wenn sie im Haus war. Ist das wichtig?“

„Nun ja, es könnte bedeuten, dass Ihre Schwester ihren Mörder hereingelassen hat.“

Sofort schossen ihr erneut die Tränen in die Augen. Monika reichte Frau Goldschmied ein Papiertaschentuch und ließ ihr Zeit.

„Sie meinen, Maria hat das Scheusal gekannt?“, fragte sie, sobald sie ihre Tränen getrocknet hatte.

„Gäbe es denn jemanden, der Ihrer Schwester Böses wollte?“

Erschrocken senkte Frau Goldschmied den Blick. Ihre Wangen erröteten, bevor sie langsam den Kopf schüttelte.

„Wer würde so etwas bloß tun? Außerdem, wir … ich meine, Maria. Sie hatte keine Freunde, wissen Sie. Sie hatte Probleme. Psychische Probleme. Sie war deshalb schon mal in Behandlung, aber ich glaube kaum, dass sie da noch hingegangen ist.“

„Welche Art von Problemen, wenn ich fragen darf?“

„Na ja, Sie haben das Haus doch gesehen. Maria lebte wie eine dieser, wie nennt man die gleich? Wie ein Messie. Außerdem hatte sie Wutanfälle, Ausraster eben.“

„Auch Ihnen gegenüber?“

Zum wiederholten Male senkte Frau Goldschmied den Blick.

„Wir haben uns nicht gerade geliebt, wenn Sie verstehen, was ich meine. Wir sind Stiefschwestern und es gab in unserer Jugend ein paar Vorfälle … nichts, was ich damals hätte beweisen können, doch ich bin sicher, sie hat mich vergiften wollen. Und das Haus, es gehört ihr, weil es ihrer Mutter gehörte. Nach ihrem Tod hat Maria mich rausgeschmissen. Es herrschte eine Art Hassliebe zwischen uns. Wir hatten ja nur noch uns beide. Jeden Tag haben wir telefoniert. Deshalb würde ich wissen, wenn bei Maria jemand ein- und ausgegangen wäre."

„Ist Ihnen sonst im Haus etwas aufgefallen? Gegenstände, die Ihnen fremd waren, vielleicht, oder hat etwas gefehlt?"

„Nein, ich glaube nicht", erwiderte Frau Goldschmied. „Allerdings war ich länger nicht dort gewesen."

Monika lehnte sich auf der Bank zurück und fischte eine Visitenkarte aus ihrer Jackentasche.

„Sollte Ihnen noch irgendetwas einfallen", sagte sie und schob die Karte Frau Goldschmied entgegen, „dann melden Sie sich bitte bei mir. Ganz egal, wie unbedeutend es Ihnen auch vorkommen mag."

„Heißt das, ich kann jetzt nach Hause?"

„Eine letzte Kleinigkeit noch", ergänzte Monika. „Wenn Sie ein aktuelles Foto Ihrer Schwester für uns hätten, würde ein Kollege später vorbeikommen und es abholen. Das würde uns helfen, da wir ja keine Ahnung haben, wie sie …" Angesichts ihrer taktlosen Äußerung hielt Monika inne.

„Natürlich", erwiderte Frau Goldschmied, deren Gesicht jegliche Farbe verloren hatte. „Ich suche Ihnen eins heraus."

„Danke. Sollen wir jemanden für Sie benachrichtigen? Jemand, der sich um Sie kümmern kann?"

Frau Goldschmied war bereits seitlich auf ihrer Bank zum Ausgang des Busses gerutscht. Bei Monikas Frage biss sie sich auf die Unterlippe und verschwand, ohne zu antworten, aus der offenen Schiebetür.

Wenige Sekunden, nachdem Frau Goldschmied gegangen war, zwängte sich Vincent auf die freigewordene Bank. Auch er ohne den Schutzanzug, dafür mit einem Kaffeebecher in den Händen, den er vor ihr auf den Tisch stellte.

„Hier", sagte er, seltsam aufgekratzt. „So, wie du ihn magst. Schwarz wie die Sünde. Und? Kann sie uns weiterhelfen?"

Monika nahm einen Schluck und verzog das Gesicht. Sünde, befand sie abwertend, schmeckte anders.

„Das einzig Interessante ist die Tatsache, dass die Haustür nicht verriegelt war. Sollten auch keine Einbruchsspuren am Haus vorhanden sein, dann muss das Opfer ihren Mörder hereingelassen haben."

„Immerhin ein Anfang", sagte Vincent.

„Angeblich hat unser Opfer aber niemanden gekannt. Abgesehen von der Schwester."

„Das deckt sich mit dem, was der Mann mir gerade erzählt hat", stimmte Vincent zu. „Der, dem die Schwester in die Arme gelaufen ist. Ein Herr Dietrich. Er wohnt schräg gegenüber. Die Frau wäre selten vor die Tür gegangen und hätte nie Besuch empfangen. Es hat wohl auch einige Beschwerden gegeben, wegen der Verwahrlosung des Gartens. Ansonsten konnte er nichts Nennenswertes berichten."

Trotz allem nahm Monika einen weiteren Schluck des zumindest heißen Gebräus. Durch die Tür des Busses sah sie das geschäftige Treiben der weißgekleideten Beamten, darunter Dr. Baumbach, der soeben eingetroffen war und ihr zuwinkte, bevor er im Innern des Hauses verschwand.

„Was spukt dir durch den Kopf?"

Aus den Gedanken gerissen, sah sie Vincent an. Sein leichtes Lächeln irritierte sie.

„Wir müssen herausfinden", sagte Monika, „wo die Gemeinsamkeiten liegen. Was das verbindende Element dieser beiden Morde ist."

„Du gehst also davon aus, dass wir es mit ein und demselben Täter zu tun haben."

„Mit ziemlicher Sicherheit, ja. Dieses ganze Drumherum, diese ungewöhnliche Art des Tötens, die Steine und das Stroh. Oder Heu, oder was immer das ist. Hier will uns jemand etwas mitteilen."

„Und wenn gar keine Gemeinsamkeiten existieren?", gab Vincent zu bedenken. „Die Opfer könnten rein zufällig ausgewählt worden sein."

„Vielleicht. Warum dann aber diese unterschiedliche Vorgehensweise? Einerseits das Zerstückeln und jetzt dieses ... dieses Übergießen mit Teer? Gewöhnlich bleiben Serienmörder bei ihrem Ritual. Sie haben ein Schema, das sie jedes Mal wiederholen. Sie mögen es verfeinern, neue Details hinzufügen, aber sie weichen nicht grundsätzlich davon ab. Es sei denn, die Todesarten wurden speziell auf die beiden Opfer zugeschnitten. Und das wiederum würde bedeuten, dass der Täter nach ganz bestimmten Kriterien gesucht hat, die ausschließlich das jeweilige Opfer erfüllen konnte."

Nach diesem kleinen Monolog hielt Monika inne und wartete auf eine Reaktion. Noch immer erwartete sie, dass Vincent die Nase voll haben und sich von dem Mordfall verabschieden würde. Wie viel Überwindung es ihn kosten mochte zu bleiben, darüber konnte sie nur spekulieren.

„Wie willst du jetzt vorgehen?", fragte er.

„Ich fahre zurück zu den Müllers. Ich will die Frau erwischen, solange der Mann bei der Arbeit ist."

„Und ich?"

„Du bleibst hier und trittst Gökdal und Baumbach auf die Füße. Heute Nachmittag will ich Genaueres wissen. Wir treffen uns um fünf in meinem Büro."

„Sehr wohl, Frau Kriminalhauptkommissarin!", sagte er mit einem angedeuteten Salut und sprang aus dem Bus.

Mit genau dieser übertriebenen Anrede hatte Vincent früher auf ihre Anweisungen reagiert, wenn er scherzhaft mit ihr zu flirten versuchte.

Kapitel 5

„Ich weiß wirklich nicht, was ich Ihnen weiter erzählen soll. Wir haben gestern bereits alles gesagt. Und außerdem … mein Mann ist gerade nicht da."

„Das ist schon in Ordnung, Frau Müller. Mir ist bewusst, dass er wochentags arbeiten geht."

„Nein, nein. Joachim ist beim Arzt. Er fühlt sich nicht gut. Er wird sicher ein paar Tage zu Hause bleiben müssen."

Monika Seyfarth saß in der Küche von Sandra Müller, an einem Tisch am Fenster. Vor dem Glas hingen ausgeschnittene Pappfiguren in Form von Dinosauriern und auf dem Sims stand eine Vase mit bunten Astern. Sandra hockte auf der Kante ihres Stuhls, sichtlich nervös, ihre Blicke in kurzen Abständen der Tür zugewandt, als befürchtete sie die verfrühte Rückkehr ihres Mannes. Dass Herr Müller krank war, davon hatte Monika während ihres Gesprächs am Vortag nichts bemerkt.

„Ihr Mann", fuhr Monika ohne Umschweife fort, „schien den Eindruck zu vermitteln, dass er sich Sorgen um Ihren Sohn machen müsste."

„Oh, das." Sandra Müller winkte ab. Dann fuhr sie sich gedankenverloren durch die rotblonden Haare und verschob die Vase, bis die Blüten der Astern ihr zugewandt waren. „Joachim übertreibt manchmal ein bisschen. Sie dürfen das nicht allzu wörtlich nehmen."

„Wie habe ich seine Äußerung sonst zu verstehen?" Monikas Stimme war fordernder geworden. Zudem beugte sie sich weit über den Tisch nach vorn. „Bitte, Frau Müller, wir versuchen zu begreifen, was für ein Mensch Herr Steiner gewesen ist. Wir suchen nach einem möglichen Motiv des Mörders, der da draußen frei herumläuft. Und Sie sind die Einzige, die uns dabei helfen kann."

Diese Worte schienen zu wirken. Sandras grüne Augen schweiften erneut zur Küchentür, bevor sie den Kopf senkte und den Ehering am Finger unruhig hin und her drehte.

„Walter, also Herr Steiner", sagte sie leise, „war vernarrt in mich. Ich möchte nicht eingebildet klingen, aber … schon als Kind hat er mir nachgestellt. Ich fand das schmeichelhaft damals, er war ja ein gutaussehender Junge. Und als er mir schließlich Joachim vorgestellt hatte, da dachte ich, Walter wäre über mich hinweg. Er war Trauzeuge bei unserer Hochzeit, wissen Sie? Ich habe erst viel später bemerkt, dass er hoffte, durch die Heirat mit seinem besten Freund mir näher zu kommen, da er jetzt einen Grund hatte, mich ständig zu besuchen. Natürlich hat Joachim das irgendwann mitgekriegt und Walter zur Rede gestellt. Es gab Streit zwischen ihnen, heftigen Streit. Seitdem wollte Joachim nichts mehr mit ihm zu tun haben. Was nicht ganz einfach war, immerhin wohnen wir ja nur ein paar Häuser voneinander entfernt."

„Und Sie?"

Frau Müller errötete. Sie holte tief Luft und starrte hinaus in den Garten.

„Ich hatte das Gefühl, ihm dankbar sein zu müssen. Er hat meinen Vater vor Jahren vor dem Ruin bewahrt, ihm Geld geliehen. Sehr viel Geld, das Vater ihm bis zu seinem Tod nicht zurückzahlen konnte. Walter hat auch nie darauf bestanden, obwohl ich ahnte, was er heimlich als Gegenleistung erwartete."

„Hat Herr Steiner Sie jemals belästigt?"

Es entstand eine Pause, ehe Frau Müller beinahe unbemerkt nickte.

„Ein einziges Mal. Hier, in der Küche. Er hat mich gegen den Kühlschrank gedrängt und mir seine Hand unter den Rock geschoben. Er sagte, das stünde ihm zu, und dass ich mich nicht so anstellen solle. Ich muss mich gewehrt oder geschrien haben, jedenfalls kam Oliver aus seinem Zimmer gerannt. Er war sechs. Bitte, Frau Seyfarth, mein Mann darf nie etwas davon erfahren."

„Keine Sorge", beschwichtigte Monika. „Das bleibt unter uns."

„Seitdem … Nun ja, seitdem habe ich manchmal das Gefühl, Walter versucht unseren Sohn als Druckmittel zu benutzen. In der Hoffnung, ich könnte irgendwann einlenken. Joachim denkt, es ginge um Oliver, aber in Wahrheit … Im letzten Jahr ist es besser geworden mit Walter. Vielleicht, weil er Hilfe gesucht hat, bei einem Arzt oder einem Therapeuten, ich weiß es nicht."

„Gab es außer Ihnen irgendjemanden sonst, der von Herrn Steiners Besessenheit gewusst haben könnte?"

Darüber brauchte Frau Müller nicht nachzudenken. „Nein, niemand. Walter lebte ja völlig zurückgezogen."

„Und sein Sohn, Torge? Was ist mit ihm?"

Sandra Müller zuckte gleichgültig mit den Schultern. „Ich kenne Torge so gut wie gar nicht. Er wuchs bei seiner Mutter auf und war auch früher als Kind nur selten bei seinem Vater. Für Walter war es nie eine ernsthafte Beziehung zu dieser Frau gewesen. Eher der Versuch, mich eifersüchtig zu machen. Die beiden haben nie geheiratet. Und als Daniela schwanger wurde, hat Walter sie verlassen. Das war lange, bevor ich Joachim kennenlernte."

„Wann haben Sie Torge das letzte Mal gesehen?"

„Oh, das muss einige Monate her sein. Ich sah ihn irgendwann aus Walters Haus kommen. Torge schien sehr aufgebracht, weil er die Haustür hinter sich zuwarf und Beschimpfungen rief. Als ich ihn grüßen wollte, eilte er bloß an mir vorbei. Ich glaube, sie haben oft gestritten. Und Walter hat nie viel von ihm erzählt. Wir wissen ja nicht mal, wo Torge wohnt. Ich kann mir deshalb nicht vorstellen, dass Walter seinem Sohn erzählt hat, was er für mich empfand."

„Also wussten lediglich Sie und eventuell Ihr Ehemann von Walters Gefühlen?“

Diese Frage war ungeschickt. Sofort verhärtete sich der Blick in Sandras grünen Augen. Ihre Haltung, die sich im Verlauf des Gesprächs entspannt hatte, kehrte zurück in die anfängliche, verspannte Position.

„Das ist kein Verhör, Frau Müller. Dennoch muss ich Fragen stellen und dazu gehört, wo Sie und Ihr Mann Sonntag früh gewesen sind.“

„Wo wir…? Wir haben geschlafen. Ich hätte bemerkt, wenn Joachim vor mir aufgestanden wäre.“

„Natürlich, entschuldigen Sie. Ich bin gezwungen, alle Eventualitäten ausschließen, das ist alles.“

Ihre Gesprächspartnerin schien nicht überzeugt. Jede weitere Befragung, befürchtete Monika, hätte ab jetzt keinen Sinn.

„Dürfte ich mal kurz die Toilette benutzen?“

Frau Müller deutete ihr den Weg und Monika eilte ins Badezimmer auf der anderen Seite des Flurs. Hinter sich schloss sie ab.

Das Badezimmer war weiß gefliest, mit einer Duschzelle, einer Badewanne und zwei getrennten Waschbecken mit jeweils einem Spiegelschränkchen an der Wand. Monika öffnete den linken der beiden Schränke, dessen Glasböden mit Parfumflaschen, Schminkutensilien und Tablettenschachteln zugestellt waren. Einige der Schachteln nahm sie in die Hand und las deren Aufschrift: Paroxetin und Zolpidem. Genau, wie Monika vermutet hatte. Ein Antidepressivum und Schlaftabletten, beide Packungen beinahe leer. Wenn Sandra Müller gestern Abend je eine dieser Tabletten geschluckt haben sollte, dann hätte nichts auf der Welt ihren Schlaf stören können.

Vorsichtig legte Monika die Schachteln zurück in den Schrank und betätigte die Spülung.

Als sie das Badezimmer verließ, lehnte Frau Müller in der Küchentür und sah sie misstrauisch an.

„Schwache Blase", murmelte Monika mit einem Lächeln, das Frau Müller mit gekünstelter Miene erwiderte.

Seit den letzten zwei Stunden hing Monika am Telefon und verlangte Ergebnisse. Während Erkan Gökdal völlig überfordert klang und sie zum Teufel wünschte, ließ sich Gunter Baumbach nicht aus der Ruhe bringen. Das Handy wohl zwischen Ohr und Schulter geklemmt, kommentierte er seelenruhig die einzelnen Schritte, die er zeitgleich an der Leiche von Frau Holländer vollzog. Ihre eingestreuten Aufforderungen, dass eine vorläufige Einschätzung genügen würde, ignorierte er.

Als anschließend Herr Unterberg, ihr Chef und Leiter der Abteilung für Delikte am Menschen, anrief, um mit seiner cholerischen Stimme erste Festnahmen einzufordern, fühlte sie sich mit den Nerven gänzlich am Ende. Da half selbst der Espresso aus Haralds teurer Maschine nichts.

„Was ist? Brauchst du mehr Kaffee?", war dann auch Vincents erste Bemerkung, nachdem er pünktlich um fünf ihr Büro betreten und sich, was sie in diesem Moment kaum ertragen konnte, gutgelaunt an den Schreibtisch gesetzt hatte.

„Was ich brauche, ist ein Mörder", sagte sie und fuhr sich über ihr müdes Gesicht. „Unterberg hat mich bereits zur Schnecke gemacht. Er will was vorzuweisen haben, wenn er am Mittwoch die Pressekonferenz hält."

„Das ist völlig illusorisch. Wir haben ja nicht mal die Laborbefunde."

„Hier", antwortete sie spöttisch und hielt ihm den Telefonhörer entgegen. „Sag du es ihm."

Vincent winkte dankend ab.

„Ich komm grad von Gökdal", sagte er. „Ihm muss irgendeine Laus über die Leber gelaufen sein. Jedenfalls war er nicht grad in allerbester Stimmung. Immerhin hat er mir einige Fragen beantworten können. Das Haar, das ich gefunden habe, stammt tatsächlich nicht von der Toten. Es ist ein Männerhaar, wahrscheinlich von unserem Täter."

„Und die Halme auf der Treppe?"

„Ganz gewöhnliches Stroh. Er muss es mitgebracht haben, so wie er die Steine in den Park geschleppt hat. Ach ja, und die Abdrücke im Staub auf dem Kellerboden sind Abdrücke von Turnschuhen. Größe dreiundvierzig. Das ist alles, was wir derzeit vorweisen können."

„Irgendwelche Hinweise darauf, dass es sich um ein und denselben Täter handelt?"

„Nein, aber zweifelst du dran?"

Um das Wort „Serienkiller" nicht in den Mund zu nehmen, verzichtete sie auf eine Antwort. Stattdessen ging Monika zum Sideboard und bot Vincent einen Espresso an.

„Baumbach hat mir vorhin das Ohr abgekaut", sagte sie und steckte eine neue Kapsel in die Maschine. „Von den ganzen Fachausdrücken habe ich nur die Hälfte verstanden. Das Zeug auf ihrem Gesicht nennt sich Bitumen."

„Nie von gehört."

„Es ist ein wesentlicher Bestandteil von Asphalt. Bei sehr hohen Temperaturen entstehen Rückstände, die man landläufig als Teer bezeichnet. Bitumen wird aus Erdöl gewonnen und meist zur Dachabdeckung oder zur Außenbeschichtung von Kellergeschossen verwendet. Es lässt sich gut erhitzen und im flüssigen Zustand verarbeiten."

Der Espresso röchelte in die Tasse, die Monika ihm anschließend an den Schreibtisch brachte.

„Ich habe leider weder Milch noch Zucker", sagte sie.

„Macht nichts, danke. Wie lange war die Frau schon tot?"

„Drei, maximal vier Tage, nach Baumbachs jetzigem Erkenntnisstand. Da Frau Goldschmied meinte, ihre Schwester hätte sich seit vier Tagen nicht gemeldet, tippe ich auf Donnerstag letzter Woche. Der Tod muss sehr schmerzhaft gewesen sein. Die Masse, hat Baumbach gesagt, hat sich tief in die Gesichtshaut gebrannt und lässt sich nicht ohne Weiteres wieder entfernen."

Vincent nahm einen Schluck von seinem Kaffee, verzog über den bitteren Geschmack das Gesicht und schob die Tasse weit von sich.

„Sie war also das erste Opfer", bemerkte er.

„Ja. Wahrscheinlich hat der Täter nicht damit gerechnet, dass es so lange dauern würde, sie zu finden."

„Das wird ihm nicht gefallen haben. Seine Morde scheinen darauf ausgerichtet zu sein, entdeckt und bewundert zu werden."

„Es könnte gut möglich sein", ergänzte Monika und setzte sich zurück auf ihren Bürostuhl, „dass er Mord Nummer zwei deshalb etwas vorgezogen hat. Aus Ungeduld. Bei all der Mühe, die er bei Frau Holländer aufgebracht hat, wird er sich endlich nach Anerkennung für seine Taten gesehnt haben."

„Ich wette", sagte Vincent, „er lacht sich gerade ins Fäustchen bei dem Gedanken, dass wir hier sitzen und grübeln, was das alles zu bedeuten hat."

„Das ist ja genau die Frage. Was hat es zu bedeuten?" Von einem der Aktenstapel auf dem Schreibtisch nahm Monika die Bilder der Tatorte und breitete sie zwischen ihnen aus. Jene vom heutigen Tatort hatte sie erst vor einer Stunde erhalten. „Wo, bitte schön, steckt der Zusammenhang, die Gemeinsamkeit?"

Vincent, der die neuen Fotos noch nicht gesehen hatte, betrachtete sie eingehend, beide Schauplätze nebeneinandergelegt. Während er grübelte, griff Monika nach seiner Tasse und trank den Espresso in wenigen Zügen aus.

„In beiden Fällen", versuchte Vincent eine Interpretation, „handelt es sich um besonders grausame Tötungsdelikte. Und in beiden Fällen hat der Täter etwas am Tatort hinterlassen, das offenbar nicht dorthin gehört."

„Steine und Stroh“, dachte Monika laut. „Die Steine bei einem zerstückelten Mann, das Stroh bei einer qualvoll erstickten Frau. Dazu fällt mir beim besten Willen nichts ein.“

„Warten wir's ab. Wenn ...“

„Worauf willst du da warten?“, fuhr Monika ihn an. „Auf den nächsten Mord und auf das nächste Puzzleteil?“

Abwehrend hob Vincent beide Hände. „He, so hab ich das nicht gemeint.“

„Entschuldige, Vincent. Ich bin übermüdet. Ich hatte bloß gerade das Gefühl, dass sich ...“

„... alles wiederholt?“, beendete er ihren Satz.

Ja, genau das hatte sie sagen wollen und nicht rechtzeitig den Mund halten können. Ganz ähnlich hatte es schon einmal begonnen, vor exakt zwei Jahren. Und wohin es geführt hatte, war ihr noch immer schmerzlich bewusst.

„Vielleicht sollten wir für heute Schluss machen“, schlug Vincent vor und erhob sich von seinem Stuhl.

Monika nickte und verspürte das Bedürfnis, etwas sagen zu müssen. Die versöhnlichen Worte aber blieben aus. Vincent verließ das Büro und sie lehnte sich weit zurück. Erst da fiel ihr auf, dass sie unbewusst seine Tasse geleert hatte.

Bereits beim Öffnen der Wohnungstür wusste Monika, dass etwas nicht stimmte. Roch es nach Rauch? Sie hängte ihre Jacke an die Garderobe und warf die Handtasche auf die Kommode. Wenn Sven in der Wohnung geraucht haben sollte, konnte er was erleben. Sie war nicht in der Stimmung, ihm zum tausendsten Male die Regeln aufzuzählen, nach denen er sich unter ihrem Dach gefälligst zu richten hatte.

Ihr Sohn lag, als sie das Wohnzimmer betrat, ausgestreckt auf dem Sofa und starrte in den Fernseher. Vor ihm standen drei leere Bierflaschen und ein gefüllter Aschenbecher auf dem Couchtisch.

„Hi, Mama", sagte er abwesend und winkte.
„Sag mal, hast du den Verstand verloren?"
Sein unschuldig dreinblickendes Gesicht konnte sie nicht besänftigen. Zumindest nahm er die Füße vom Sitzpolster und setzte sich aufrecht.
„Oh, du meinst die Flaschen", sagte er. „Keine Sorge, ich hab nur eins davon getrunken. Die anderen zwei sind von Papa."
Über diese Nachricht war Monika weit mehr schockiert, als wenn Sven besoffen auf dem Boden gelegen hätte.
„Fred war hier?", rief sie aus. „Was, in aller Welt, hat er hier zu suchen gehabt?"
„Reg dich nicht auf. Eigentlich wollte er ja gleich wieder gehen."
„Du weißt genau, dass dein Vater Hausverbot hat! Wenn du ihn sehen willst, geh gefälligst zu ihm."
„Er hat mir doch bloß ein Geschenk vorbeigebracht. Na ja, und weil du nicht da warst, hab ich ihn kurz reingelassen. Tut mir leid."
„Räum wenigstens die Flaschen weg. Und zwar sofort."
Sven wusste genau, dass dies die falsche Zeit für Diskussionen war. Er stand auf, steckte drei seiner Finger in die Flaschenhälse, nahm mit der anderen Hand unaufgefordert den Aschenbecher und verschwand in Richtung Küche. Unterdessen ließ sich Monika in den Sessel fallen und schaltete mit der Fernbedienung den Fernseher aus. Dass ihr Ex-Mann in ihrer Wohnung herumgelungert hatte, setzte dem ausklingenden Tag die Krone auf. Vorbei war es mit der Ruhe, die sie sich von diesem Abend versprochen hatte. Jetzt hatte sie Freds Gesicht vor Augen und den leichten Zigarettendunst in der Nase.
„Du hast noch gar nichts zu meinem Geschenk gesagt."
Schwerfällig hob sie den Kopf von der Rückenlehne des Sessels und sah auf ihren Sohn. Sven stand im Türrahmen,

beide Zeigefinger demonstrativ auf sein rot-weißes T-Shirt gerichtet, und grinste. Irritiert runzelte Monika die Stirn.

„Du weißt hoffentlich, dass das ein Fußballtrikot ist“, sagte sie.

Sven blickte an sich herab und zuckte mit den Schultern.

„Klar weiß ich das. Union Berlin. Ich finde, es steht mir.“

„Genau das wird dein Vater gehört haben wollen“, entgegnete sie zynisch.

Halb beleidigt trottete Sven zum Sofa und setzte sich ihr gegenüber. Mit seinen neunzehn Jahren waren die Pickel in seinem Gesicht endlich verschwunden. Die blonden Haare trug er wesentlich kürzer als noch vor einem halben Jahr und mit den Bartstoppeln an Kinn und Oberlippe wurde er Fred immer ähnlicher. Eine Feststellung, die Monika Überwindung kostete, auch wenn sie zugeben musste, dass dies für Sven nur von Vorteil sein konnte. Unattraktiv war Fred nie gewesen.

„Will er dich wieder zu einem Spiel mitnehmen?“, fragte sie.

„Logisch will er. Ich werde kurzfristig absagen.“

„Wann sagst du es ihm endlich?“

Dieser wunde Punkt löste die übliche Reaktion hervor. Verweigerung. Gekoppelt mit der Hoffnung, dass Fred blöd genug sein könnte, jegliche Anzeichen zu übersehen. Und da sich Fred, zumindest nach außen, über fehlende Freundinnen bisher nicht gewundert zu haben schien, mochte die Hoffnung berechtigt sein.

„Hat er nie nachgefragt?“, wollte Monika wissen.

Sven schüttelte den Kopf. Er fürchtete um die ohnehin spärliche Aufmerksamkeit seines Vaters, die ihm vielleicht gerade deshalb so wichtig war. Früher hatte sich Monika darüber geärgert. Dass Sven seinen Vater verklärte, obwohl dieser sich, abgesehen von den Geburtstags- und Weihnachtskarten, nie gemeldet, geschweige denn das

Sorgerecht und die Unterhaltskosten mit ihr geteilt hatte. Im Laufe der vergangenen Jahre hatte Monika gelernt, dies zu akzeptieren, und konnte zumindest nachvollziehen, wie sehr es Sven nach einer Vaterfigur verlangte.

„Sag's ihm einfach. Er kommt schon irgendwann darüber hinweg."

„Okay", stimmte Sven zu. „Bei der nächsten Gelegenheit."

Sie wussten beide, dass dies gelogen war. Sven würde weiterhin den Hetero mimen und Fred würde weiterhin versuchen, mit Fußball aus seinem Sohn einen richtigen Mann zu formen. Sollen die beiden ruhig machen, dachte Monika. Sie würde aus der Ferne zusehen und auf den großen Knall warten.

„Wie war's bei dir heute?", wechselte Sven das Thema. „Ich hab in der Abendschau gesehen, dass es einen neuen Mord gegeben hat."

„Ich darf nicht darüber reden, das weißt du." Und sie hatte auch keine Lust dazu.

„Ist es wieder einer dieser Serienkiller?"

„Das Fernsehen übertreibt."

„Auf brutalste Weise ermordet, haben sie gesagt. Und die Polizei völlig ratlos."

Monika erhob sich schwerfällig aus dem Sessel und ging zum Esstisch, auf dem noch ihr Glas und die angebrochene Flasche Rotwein von gestern standen. Sie goss den restlichen Wein ins Glas und trank.

„Wie brutal war es denn?", hakte Sven nach, da er tatsächlich glaubte, seine Computerspiele hätten ihn abgehärtet. Dabei würden ihm die realen Bilder den Magen umdrehen.

„Musst du nicht langsam ins Bett?", fragte sie ausweichend.

„Ich lass die Vorlesung morgen früh ausfallen. Das ist bloß Statistik, das kann ich."

Ausgerechnet Betriebswirtschaft studierte er. Als ob es davon nicht schon genug Studenten gab! Sie hätte es hundert Mal lieber gesehen, wenn Sven eine Ausbildung begonnen hätte. Irgendetwas Kaufmännisches, Sinnvolles. Ihretwegen auch bei der Polizei. Stattdessen saß er seit diesem Semester in überfüllten Hörsälen und schwänzte, wann immer er konnte. Was für ihn wahrscheinlich das ausschlaggebende Argument für ein Studium gewesen war.

„Hast du die Leichen gesehen?", fing er erneut davon an.

„Ja, habe ich."

„Shit. Wie krank im Hirn müssen die Leute sein, die so etwas tun. Anstatt sich Hilfe zu suchen, beim Arzt oder beim Therapeuten."

„Diese Leute halten sich nicht für krank, das ist das Problem. Und selbst ..." Monika hielt mitten im Satz inne.

„Was ist?", fragte Sven, der ihren verwirrten Ausdruck bemerkt hatte.

„Ach, nichts. Ich hab nur grad an was denken müssen."

Leider wusste Monika nicht genau, woran. Beim Reden schien es ihr, als wollte ihr Gehirn eine Verknüpfung herstellen, eine Verbindung zweier Details, deren Zusammenhang ihr bisher entgangen war. Diese diffuse Erkenntnis war nicht völlig ins Bewusstsein gedrungen und versagte ihr jetzt die Erinnerung.

„Ich sollte schlafen gehen", murmelte sie ins Weinglas, dessen Inhalt ihr pelzig auf der Zunge lag.

„Wirst du den Killer schnappen, bevor er zum dritten Mal zuschlägt?"

Sven hatte nach der Fernbedienung gegriffen und sich zurück auf die Couch gelegt. Aus dieser Perspektive heraus mussten die Morde wie ein Fernsehkrimi mit Spezialeffekten erscheinen. Für Monika dagegen war seine Frage die alles entscheidende. Denn dass der Täter erneut zuschlagen würde, stand außer Zweifel.

Kapitel 6

Die winzigen Häuser standen inmitten eines Naturschutzgebiets am Rande der Havel. Kleine Kanäle durchzogen die sumpfigen Wiesen, an deren höhergelegenen Ufern die Gartenkolonie lag, in der auch Harald Lüders sein Grundstück besaß.

Monika hatte an der Heerstraße geparkt, von wo aus sie die Hochhaussiedlung über den Baumkronen erkennen konnte, in der Margarethe Goldschmied wohnte. Durch ein Kiefernwäldchen hindurch und über einen Steg hinweg, unter dessen Bohlen die Frösche quakten und zu dessen Seiten das Schilf in die Höhe wucherte, gelangte sie zu einem eingezäunten Garten mit einer etwas heruntergekommenen Laube. Von der Großstadt rings herum war inmitten dieser kleinen Idylle nichts mehr zu erkennen.

Über ihren Besuch hatte sie Harald nicht informiert. Sie war auf gut Glück gekommen, da sie annahm, dass Harald den wahrscheinlich letzten warmen Tag des Jahres in seinem Garten verbringen würde. Sollte sie sich geirrt haben, hätte sie wenigstens einen Spaziergang unternommen, bevor sie ins Büro fahren und Herrn Unterberg Bericht erstatten musste.

Als sie den Garten betrat, hinter dessen Pforte einige Gartenzwerge Spalier standen, rief sie seinen Namen. Das flache, einfache Haus befand sich hinter einem Rasenstück, in dessen Mitte ein Pflaumenbaum in die Höhe ragte. Daneben quietschte eine Hollywoodschaukel im Wind. Rechts entlang des Hauses befanden sich unzählige Beete, in denen Harald außer seinen heißgeliebten Tomaten auch Kürbisse und Zucchini anpflanzte. Abgesehen von einem verspäteten Kürbis wuchs dort zurzeit allerdings nichts mehr.

Nachdem sie ein weiteres Mal gerufen hatte, öffnete sich die Haustür und Harald trat, mit einer seltsam gemusterten Schürze über seinen ausladenden Bauch gebunden, auf die Veranda und trocknete sich die Hände an einem Spültuch.

„Monika!“, rief er. „Was für eine Überraschung.“

„Ich hoffe, ich störe nicht.“

„Natürlich nicht. Ich koche gerade die letzten Kürbisse ein.“

Harald kam ihr entgegen und nahm sie in den Arm. Selbst hier in seiner Abgeschiedenheit hatte er seine schwarzen Haare mit Pomade zugekleistert und streng gescheitelt. Sein hochroter Kopf strahlte vor ungekünstelter Freude, sie zu sehen.

„Lass dich anschauen, mein Kleines. Was ist mit deinen Haaren passiert?“

„Oh, das“, sagte sie verlegen und versuchte, eine Strähne aus dem Gesicht zu pusten. „Ich lasse endlich den Pagenkopf rauswachsen. Der Übergang sieht scheußlich aus, ich weiß.“

„Sehr vernünftig von dir. Komm rein, komm rein. Oder willst du lieber auf der Schaukel sitzen, falls es dir nicht zu kühl ist?“

„Solange die Sonne scheint, bleiben wir lieber draußen. Wo ist dein Mann?“

Harald war bereits zur Hollywoodschaukel geeilt und schlug die Kissen auf.

„Der ist in der Stadt geblieben. Wie gesagt, ich muss hier einiges erledigen, bevor der Nachtfrost einsetzt. Ein Garten, selbst so ein kleiner, macht eine Heidenarbeit.“

„Das hast du dir doch immer gewünscht.“

„Ich beschwer mich ja gar nicht. Und glaub mir, die Arbeit im Kriminalamt habe ich bisher keine einzige Minute vermisst. Willst du Kaffee? Ein Stück selbstgemachten Pflaumenkuchen?“

Monika wollte beides und musste lächeln, wie Harald aufgeregt und gutgelaunt vom Garten ins Haus und wieder zurückhastete, um einen Klapptisch vor der Schaukel aufzurichten, anschließend Teller und Tassen daraufzustellen und die Kuchenplatte zu bringen.

„Der Kaffee braucht einen Moment“, sagte er völlig außer Puste und ließ sich in die Schaukel fallen. „Und jetzt raus mit der Sprache. Was führt dich zu mir?“

Derart direkt auf ihr Anliegen angesprochen zu werden, war ihr unangenehm. Monika setzte sich ans andere Ende der Schaukel, die leise quietschend vor und zurück wippte, und versuchte eine Erklärung.

„Seit du weg bist“, begann sie, „ist es nicht mehr dasselbe. Ich vermisse dich, Harald, ehrlich. Vor allem dein gutes Gespür und deine …“

„Ah, du steckst also fest. Und es geht, wie ich annehme, um die beiden Morde der letzten Tage.“

„Es ist wie verhext. Ich weiß nicht mal, wo ich anfangen soll.“

„Kein Problem“, sagte Harald und tätschelte mitfühlend ihr Knie. „Das kriegen wir schon hin. Mit wem arbeitest du zusammen?“

„Mit Vincent.“

Harald hatte sich erhoben, um nach dem Kaffee zu schauen. Ruckartig blieb er stehen und blickte sie durchdringend an. „Mit Kommissar Schröter?“

„Ja, ja, ich weiß, was du sagen willst. Aber ich kann nichts dafür. Er hat sich an Unterberg gewandt und gejammert, bis er gekriegt hat, was er wollte. Wie immer.“

„Meine Herrschaften“, entkam es Harald, der beide Hände in die Hüften gestemmt hatte. „Fühlt er sich für einen solchen Fall schon gewappnet?“

„Vincent behauptet, ja.“

„Was ist mit dir? Fühlst du dich gewappnet?“

Einen Moment lang senkte Monika den Blick. Harald brauchte sie nichts vorzumachen. Er hatte den gesamten Zyklus ihrer Beziehung zu Vincent miterlebt. Vom ersten Techtelmechtel über ihr Zusammensein bis hin zum tragischen Bruch.

„Es ist in Ordnung für mich", gestand sie sich ein. „Nach meiner anfänglichen Wut darüber, dass er mich vorher nicht gefragt hat, läuft es eigentlich wie früher. Wir sind ein gutes Team."

„Dabei wird es hoffentlich auch bleiben", sagte er mahnend und verschwand im Haus.

Monika schnitt den Kuchen an und verteilte je ein Stück auf die Teller. Sie mochte es nicht, wenn Harald sie zurechtwies, ganz egal, wie sehr er im Recht war. Sie war kein kleines Kind, dem man erklären musste, dass Feuer wehtat. Ihre Gefühle hatte sie im Griff.

Mit einer Thermoskanne in der einen und einer Decke in der anderen Hand kehrte Harald zurück.

„Hier, leg dir die über die Beine. Es ist frisch."

Zu ihrem vorherigen Thema verlor er kein Wort mehr. Harald wusste im richtigen Augenblick zu schweigen. Erst als er sich neben sie auf die Schaukel gesetzt, den Kaffee eingeschenkt und einen Schluck getrunken hatte, begann er von vorn.

„Also, du steckst fest, hast du gesagt. Inwiefern?"

Während Monika zwei Tassen Kaffee trank und zwei Stücke Kuchen aß, schilderte sie ihrem ehemaligen Kollegen die Einzelheiten der beiden Morde. Besonderen Wert legte sie auf die Beschreibung der Tatorte, da dort zweifelsohne der Schlüssel verborgen lag, der sie der Identität des Täters näherbringen würde.

Nachdem sie geendet hatte, ließ Harald sich Zeit. Er kaute lange und gedankenverloren, nahm einen schlürfenden Schluck und starrte in den Himmel.

Seine übertriebene Art des Nachdenkens hatte Monika seit ihrer ersten Zusammenarbeit amüsiert. In diesen Momenten wirkte Harald wie eine Gestalt aus einem Roman des vorletzten Jahrhunderts.

„Vordergründig", sagte er schließlich, „haben die Morde nichts miteinander gemein. Und doch scheint es mehr als unwahrscheinlich, dass es sich bei zwei so ungewöhnlichen Todesarten in so kurzer Zeit um zwei verschiedene Täter handeln sollte. Folglich muss es einen Zusammenhang geben."

„Aber welchen?"

„Was ist mit den Opfern? Gibt es zwischen ihnen irgendeine Verbindung?"

„Nicht, dass ich wüsste. Wie es aussieht, waren es zwei zufällig gewählte Personen."

„Es gibt keine Zufälle", mahnte Harald mit erhobenem Zeigefinger. „Nur Wissenslücken. Und die müssen wir schließen."

„Herr Steiner und Frau Holländer sind einander nie begegnet. Beide haben einfach nur Pech gehabt, das ist alles."

Über die Tasse hinweg starrte Harald sie merkwürdig an.

„Sag das noch mal", forderte er sie auf.

„Was? Dass sie sich nie begegnet sind?"

„Nein. Das andere."

„Dass sie Pech hatten? Was soll denn ...?"

Harald ließ sie nicht ausreden, sondern fiel ihr aufgeregt ins Wort.

„Frau Holländer ist mit Teer übergossen worden, richtig?", fragte er.

„Der Fachausdruck lautet Bitumen."

„Meinetwegen. Mit Bitumen oder Teer also. Oder, um eine dritte Variante zu verwenden, mit Pech."

Noch immer hatte Monika keine Ahnung, worauf er hinauswollte.

„Überleg mal. In welchem Zusammenhang ist dir Pech geläufig?“

„In dem Ausdruck ‚wie Pech und Schwefel‘?“

Walter schüttelte den Kopf. „Nein, nein. Denk weiter.“

Mit der Gabel am Mund musste sie innehalten. Sie kannte nur einen einzigen, weiteren Kontext, in dem dieses altertümliche Wort eine Rolle spielte. Ein Kontext, der so abwegig schien, dass Monika bereit war, ihn sofort zu verwerfen. Doch sie blieb an dem Begriff kleben, wie das Pech über Frau Holländers Gesicht. Langsam ließ sie die Gabel sinken.

„Aber das wäre total verrückt!“, sagte sie.

„Es ist die einzig sinnvolle Erklärung. Und sie passt zu allen Einzelheiten.“

„Bloß, um das klarzustellen. Reden wir jetzt tatsächlich über Frau Holle?“

„Über das Märchen, ja. Manchmal auch bekannt als *Goldmarie und Pechmarie*. Von den zwei Stiefschwestern, die bei Frau Holle Hausarbeit verrichtet haben, die eine fleißig, die andere faul. Und während die erste Marie für ihre Mühen mit Gold belohnt wurde, wurde die zweite bei ihrer Rückkehr mit Pech überschüttet. Oder, wie im Fall von Frau Holländer, mit Bitumen, was ja mehr oder weniger dasselbe ist.“

Weiterhin skeptisch, starrte Monika ihren früheren Kollegen an, der sich selbstgefällig zurücklehnte und die Hollywoodschaukel leicht ins Wippen brachte. Gedanklich versuchte sie, das Märchen, das ihr lediglich bruchstückhaft in Erinnerung geblieben war, mit den Fakten des Mordes in Einklang zu bringen. Margarethe und Maria waren Stiefschwestern. Das Haus war verdreckt und zugemüllt gewesen, als hätte Maria für Hausarbeit nicht das Geringste übriggehabt. Und nicht zu vergessen die Sache mit dem Teer oder dem Pech, dessen Parallele einen Zufall auszuschließen schien.

„Wenn du recht haben solltest“, sagte Monika vorsichtig, „und der Mörder mit seinen Taten Märchen zitiert, dann müsste auch Herr Steiners Tod auf ein Märchen verweisen.“

Harald nickte und warf ihr ein einziges Wort entgegen: „Rumpelstilzchen.“

„Rumpel…?“ Eilig versuchte Monika erneut, ihr verschüttetes Wissen über ein Märchen auszugraben, das sie seit Svens Kindertagen nicht mehr gelesen hatte. „Ging es da nicht um eine Müllerstochter, die einen König geheiratet hat?“

„Die angeblich Stroh zu Gold spinnen konnte“, ergänzte Harald. „Was selbstverständlich gelogen war, weil der König sie ansonsten niemals geheiratet hätte. Also hat Rumpelstilzchen bei dieser kniffligen Aufgabe geholfen. Als Gegenleistung forderte er ihr erstes Kind, sollte die Müllerstochter nicht innerhalb von drei Tagen seinen Namen erraten.“

„Ich kann mich dunkel erinnern. Hat das kleine Männlein nicht jeden Abend einen Spruch aufgesagt?“

Mit geschlossenen Augen begann Harald bühnenreif zu rezitieren. „Heute back ich, morgen brau ich, übermorgen hole ich der Königin ihr Kind. Ach, wie gut, dass niemand weiß …“

„… dass ich Rumpelstilzchen heiß“, beendete Monika den Vers.

„Genau. Und wie hat Rumpelstilzchen reagiert, als die Müllerstochter seinen Namen in letzter Minute erraten konnte?“

Dieses Detail war Monika entfallen, auch wenn sie eine unangenehme Vorahnung verspürte.

„Der kleine Kerl hat getobt“, beantwortete Harald seine eigene Frage, „und hat mit dem Fuß so heftig auf den Boden gestampft, dass er vor Zorn bis an den Leib im Boden versank. Dann packte er seinen linken Fuß und riss sich selber mitten entzwei."

Für eine gefühlte Ewigkeit blieb es still. Monika hörte lediglich das Zwitschern eines Vogels im Pflaumenbaum und das rostige Quietschen der Hollywoodschaukel. Unbewusst tauchten die Bilder der beiden Tatorte vor ihrem geistigen Auge auf, überlagert von ihrer eigenen Stimme, die ihrem sechsjährigen Sohn aus einem dicken Buch vorlas. Damals waren ihr die Enden dieser Märchen unnötig grausam vorgekommen und die Strafen für die Bösewichte zu extrem. Jetzt, all die Jahre später, schien jemand anderer Meinung zu sein.

„Walter Steiner steckte mit dem Oberkörper in einem Loch", sagte sie. „Und sein Unterkörper lag daneben, als hätte er sich ..."

„Na, bitte. Da hast du deinen Zusammenhang. Passt alles wie die Faust aufs Auge."

„Wenn das stimmen sollte, dann ..."

Mit einem Satz war Monika aufgesprungen. Sie warf die Decke achtlos auf die Schaukel und trank den letzten Schluck ihres erkalteten Kaffees.

„Ich sollte dringend zurück ins Büro", ergänzte sie.

„Warum so überstürzt?", fragte Harald, der sich ebenfalls erhob.

„Erinnerst du dich, was ich dir vorhin gesagt habe? Über die merkwürdigen Dinge, die der Mörder hinterlassen hat? An das Stroh bei Frau Holländer und an die Steine bei Herrn Steiner?"

Harald ahnte, worauf sie anspielte, und presste seine schmalen Lippen energisch aufeinander.

„Er gibt uns Hinweise", fasste er ihre Gedanken angewidert in Worte. „Frau Holländer war sein erstes Opfer und das Stroh am Tatort der Verweis auf sein zweites. Auf Rumpelstilzchen, der das Stroh zu Gold spinnen sollte."

„Und er plant bereits seinen dritten Mord! Die Steine rund um den eingegrabenen Leichnam sind der Schlüssel. Denk nach, Harald. Was fällt dir zu den Steinen ein?"

„Ich weiß nicht recht", murmelte er. „Kieselsteine vielleicht? Hänsel und Gretel haben mit Hilfe von Kieselsteinen den Weg zurück aus dem Wald gefunden. Und weil sie beim zweiten Mal Brotkrumen statt Steine benutzten, die von Vögeln aufgepickt wurden, verirrten sie sich zu der Hexe in ihr Knusperhäuschen."

„Du bist ein Genie", rief Monika aus, was Harald mit einem selbstbewussten Schulterzucken kommentierte. So, als hätte er an dieser Aussage keinen Moment lang gezweifelt. „Trotzdem, ich muss los und deine Überlegungen vertiefen. Endlich haben wir etwas, das uns weiterhelfen wird."

„Wenn du wieder mal ein paar Anregungen brauchst ...", sagte er. „Du weißt ja, wo du mich finden kannst."

„Natürlich, das werde ich."

Den etwas melancholischen Tonfall in seiner Stimme hatte Monika deutlich gehört. Ganz gleich, wie sehr Harald sein Dasein als Pensionär genoss, sich völlig von der Polizeiarbeit verabschiedet zu haben, fiel ihm sichtlich schwer.

„Bevor du gehst", hielt Harald sie zurück, „wie wär's mit ein paar eingelegten Kürbissen?"

Genau dieser Frage hatte Monika mit ihrem übereilten Aufbruch entkommen wollen. Jetzt war es für Ausflüchte zu spät.

Auf dem Weg ins Kriminalamt hatte Monika an einer Buchhandlung gehalten und die *Kinder- und Hausmärchen* der Brüder Grimm gekauft. Vor über einem Jahrzehnt musste sie Sven aus einer anderen Ausgabe vorgelesen haben, da sie sich an die meisten der grausamen Bestrafungen der Bösewichter kaum erinnern konnte. Modernere Versionen, vor allem jene von Disney, hatten den Märchen ihren Gänsehauteffekt und jegliche moralische Zweideutigkeit genommen. Wie sonst sollte Monika sich beim Durchblättern ihr Erstaunen erklären, dass die Prinzessin ihren Frosch nicht geküsst, sondern ihn gegen eine Wand geschleudert und Rapunzel nach dem Entkommen aus dem Turm in einer Wüste Zwillinge geboren hatte?

Kein Wunder also, dass sie die Bezüge zu den Morden nicht erkannt hatte.

An ihrem Schreibtisch, umgeben von fünf Einweckgläsern gefüllt mit Kürbissen, las Monika die Märchen *Frau Holle* und *Rumpelstilzchen* aufmerksam durch. Haralds Gedächtnis hatte ihn, was das Schicksal von Pechmarie und Rumpelstilzchen betraf, nicht betrogen. Sogar in den Einzelheiten verrieten die Geschichten eine Ähnlichkeit zu den Morden, die jeglichen Zufall ausschloss.

Die Goldmarie war das fleißige und schöne Stiefkind, das für Mutter und Schwester schuften musste. Die Pechmarie dagegen war unansehnlich und faul. Maria Holländer hatte, als leibliche Tochter, das Haus der Mutter geerbt und verwahrlosen lassen. Margarethe, die hübschere von beiden, sofern Monika dies von den Fotos, die sie erhalten hatte, beurteilen konnte, hatte von Rivalitäten gesprochen. Und obwohl Margarethe kein Gold zu besitzen schien, war doch zumindest Maria dem Märchen entsprechend bestraft worden.

Bei Herrn Steiner traten die Gemeinsamkeiten weit deutlicher hervor. Sandra Müller hatte erwähnt, dass Herr Steiner ihren Vater vor dem Ruin bewahrt hatte, so wie Rumpelstilzchen für die verarmte Müllerstochter das Stroh zu Gold gesponnen hatte, damit sie den König heiraten und in Reichtum leben konnte. Und war Joachim Müller nicht besorgt gewesen, dass Herr Steiner seinem Sohn etwas antun könnte? Dies würde sich mit Rumpelstilzchens Androhung decken, sich der Königin ihr Kind zu holen, sollte die Müllerstochter seinen Namen nicht rechtzeitig erraten.

Von den neuen Entdeckungen überwältigt, ließ Monika das Buch auf den Schreibtisch sinken. Einerseits erleichtert darüber, endlich den Grund für die ungewöhnlichen Todesarten gefunden zu haben, warf diese Erkenntnis andererseits mehr Fragen auf, als sie beantworten konnte. Der Mörder musste über die Familienverhältnisse seiner Opfer sehr genau Bescheid gewusst haben. Er hatte Informationen besessen, an die ein Außenstehender nicht ohne Weiteres herankommen konnte. Es musste also sowohl zu Herrn Steiner als auch zu Maria Holländer eine Verbindung existieren. Eine Verbindung, die Monika zurzeit völlig rätselhaft erschien.

Bevor sie weiter darüber nachdenken konnte, betrat Vincent Schröter das Büro und legte ihr zwei Adressbücher auf den Tisch.

„Hat etwas länger gedauert als erwartet", sagte er. „Das von Steiner hatte Gökdal bei sich in der Asservatenkammer. Für das andere, von Frau Holländer, musste ich erst einen Kollegen nach Spandau schicken. Es lag unter Stapeln von Zeitschriften und anderem Krimskrams versteckt. Was liest du da?"

Wortlos hob Monika ihm den Einband ihres Buches entgegen.

„Grimms Märchen? Bist du nicht etwas zu alt dafür?"

„Hast du gewusst", fragte sie, „was mit Rumpelstilzchen am Ende passiert ist?"

„Was mit …?" Von ihrer Frage zunächst überfordert, schien Vincent sich zu erinnern. Mit geweiteten Augen setzte er sich auf einen der Stühle und starrte sie entgeistert an. „Verdammt! Der Zwerg hat sich in Stücke gerissen, oder?"

„Allerdings", bestätigte Monika und berichtete ihm, wie Harald Lüders auf die Parallelen gestoßen war.

„Respekt“, sagte Vincent anerkennend, nachdem sie geendet hatte. „Darauf wär ich im Leben nicht gekommen.“

„Dabei ist es völlig einleuchtend, wenn man die Geschichten kennt.“

„Wie geht es Lüders?“

„Oh, er scheint ganz zufrieden zu sein. Jedenfalls weiß er sich zu beschäftigen“, sagte sie und fuhr mit der Hand über die Einweckgläser. „Wenn du nachher Hunger auf Kürbisse verspürst, darfst du dich gern bedienen.“

Vincent winkte lächelnd ab. „Nein, danke. Ich hab sogar noch ein Glas vom letzten Jahr bei mir rumstehen.“

„Jeder im Präsidium hat eins“, seufzte Monika. „Ich weiß echt nicht mehr, wohin damit.“

„Lass ihn das ja nicht hören“, ermahnte er sie scherzhaft und lenkte das Gespräch zurück auf die Morde. „Und du glaubst, dass die Steine bei Herrn Steiners Leichnam der nächste Hinweis sind?“

„Lüders vermutet einen Zusammenhang mit *Hänsel und Gretel*.“

„Könnte gut sein“, erwiderte Vincent. „Doch wie sollen wir herausfinden, auf wen die Steine verweisen sollen? Im Moment haben wir nicht mal eine Ahnung, wer hinter den Morden stecken könnte. Alles, was wir vorzuweisen haben, ist ein Männerhaar.“

„Genau deshalb wollte ich diese beiden Adressbücher sehen“, sagte Monika. „Gestern Abend hat Sven etwas erwähnt, das mich stutzig werden ließ. Es war nur eine diffuse Ahnung, die ich heute früh erst richtig begriffen habe. Sven meinte, dass so ein Irrer wie unser Täter in Behandlung gehöre. Und da fiel mir ein, was sowohl Sandra Müller als auch Margarethe Goldschmied behauptet hatten.“

Vincent hob fragend seine linke Augenbraue. Eine Fähigkeit, die sie früher faszinierend und sexy gefunden hatte.

„Beide haben ausgesagt", fuhr Monika fort und senkte ihren Blick errötend auf die Adressbücher, „dass Herr Steiner und Frau Holländer in Therapie gewesen seien. Wenn das zutrifft, dann lassen sich die Namen ihrer Ärzte sicherlich in diesen Büchern finden. Also, schnapp dir eins und fang an zu suchen."

„Okay, wenn du meinst."

Vincent griff nach dem in Leder gebundenen Adressbuch von Herrn Steiner, während Monika das rote DIN-A5-Heft in die Hand nahm. Auf einem Etikett auf dem Einband stand in unleserlicher Schrift „Telefonnummern" und es beinhaltete eine einfache, nicht alphabetische Auflistung von Namen, Adressen und Nummern, die nach eineinhalb Seiten endete. Zwei Doktoren waren dort aufgeführt, ein Dr. Albrecht und ein Dr. Kiesinger.

„Ich habe hier einen Doktor unter T", sagte Vincent, dessen Büchlein wohl sorgfältiger gegliedert war. „Das könnte auf einen Therapeuten hinweisen. Ein gewisser Dr. Albrecht."

„Zeig her!" Ruckartig schnellte Monika von ihrem Stuhl und entriss Vincent über den Schreibtisch hinweg das Buch. Nach einem kurzen Vergleich schob sie ihm beide Adressbücher entgegen. „Sieh dir das an. Beide hatten denselben Therapeuten."

Nachdem auch er sich vergewissert hatte, sagte er: „Womöglich haben sich Opfer und Täter in seiner Praxis kennengelernt. Oder der Täter hatte Zugriff auf die Patientenakten. Auf jeden Fall hätten wir eine erste Verbindung."

„Wurde auch Zeit. Ich werde mit diesem Dr. Albrecht mal reden müssen."

„Glaubst du, wir können daraus ein Muster ableiten? Dass der Täter sich auf psychisch labile Personen beschränkt?"

„Zumindest auf Personen, deren Lebensumstände bestimmten Märchengestalten entsprechen."

„Bemerkenswert erscheint mir dabei, dass er diejenigen umbringt, die in den Märchen das Böse verkörpern. So, als spiele unser Täter den Richter."

Dem stimmte Monika uneingeschränkt zu. Walter Steiner hatte Sandra gedroht, ihrem Sohn etwas anzutun, und Maria Holländer hatte ihre Schwester vergiften wollen. Beiden hätte man schwer etwas nachweisen, geschweige denn, sie dafür bestrafen können. Und genau diesen Umstand schien der Mörder korrigieren zu wollen.

„Ich rede mit dem Therapeuten", sagte Monika. „Vielleicht kann er uns weiterhelfen."

„Dann frag ihn gleich mal nach einer Hexe, die kleine Kinder mästet."

Monika hatte sich von ihrem Stuhl erhoben. Bei Vincents Äußerung sah sie an ihm vorbei ins Leere.

„Wegen der Steine, meinst du? Wer in aller Welt sollte denn Kinder mästen? Das alles ist vollkommen absurd", stöhnte sie und klemmte sich ihr Märchenbuch unter den Arm. „Am besten, ich suche heute Abend nach weiteren Geschichten, in denen Steine vorkommen. Und du könntest ..."

Das schrille Klingeln des Telefons unterbrach ihren Satz. Vincent, der näher am Apparat stand, nahm ab. Er meldete sich mit Namen und Dienstgrad, lauschte angestrengt und blickte Monika, als er den Hörer zurück auf die Gabel legte, verwundert an.

„Unten ist jemand, der uns sprechen will", sagte er. „Ein gewisser Herr Naumann. Es geht um den Mord an Frau Holländer."

„Der Name sagt mir nichts", erwiderte Monika stirnrunzelnd.

„Mir auch nicht. Gehen wir nachsehen?"

Mit dem Fahrstuhl fuhren Vincent und Monika hinunter ins Foyer. Hinter dem Empfangstresen im Eingangsbereich deutete die diensthabende Frau auf einen Mann, der im Wartebereich in einem der Sessel saß. Er trug einen blauen Anzug mit grellroter Krawatte, war um die fünfzig und wirkte sichtlich nervös. Vornübergebeugt, die Ellenbogen auf die Knie gestützt, spielten seine Finger mit einem Stück Papier, das er gedankenverloren in alle Richtungen faltete. Als er die beiden Kommissare auf sich zukommen sah, sprang er auf, zerknüllte das Papier und steckte es in die Hosentasche.

„Was können wir für Sie tun, Herr Naumann?", fragte Monika nach einer knappen Begrüßung. Gleichzeitig deutete sie auf die Sessel und setzte sich neben Vincent dem Besuch gegenüber.

„Ich bin mir nicht sicher, ob Ihnen das wirklich weiterhilft", begann Herr Naumann, „aber ich dachte, besser so als …"

„Warum fangen wir nicht von vorne an?", unterbrach Monika lächelnd. „Zunächst bräuchten wir Ihren vollen Namen und Ihre Adresse."

Vincent hatte bereits einen Stift und einen Notizblock gezückt und notierte die Angaben. Anschließend fuhr Herr Naumann fort.

„Ich wohne also schräg gegenüber von Frau Holländer", sagte er. „Ich habe die ganze Sache natürlich mitbekommen und einer Ihrer Kollegen hat mich ja auch befragt, ob ich etwas gesehen und ob ich die Frau gekannt hätte. Ich habe alles verneint, weil Frau Holländer ziemlich zurückgezogen lebte und weil ich annahm, der Mord sei in der Nacht davor geschehen. Heute Morgen dann habe ich gelesen, dass sie bereits einige Tage in ihrer Wohnung gelegen haben soll, und da ist mir was eingefallen." Herr Naumann machte eine Pause und zuckte mit den Schultern. „Bestimmt ist es völlig unwichtig und ich verschwende bloß Ihre Zeit. Ich arbeite gleich hier um die Ecke, in der Dudenstraße, deshalb habe ich mir in der Mittagspause einen Ruck gegeben und bin hergekommen."

„Das war die absolut richtige Entscheidung, Herr Naumann", bekräftigte Monika.

„Ich kann mich erinnern, weil Frau Holländer eigentlich nie Besuch bekam. Wie gesagt, sie lebte allein und schien ein wenig sonderbar. Die Nachbarn hatten sich schon des Öfteren beschwert, wegen des Gartens und dem ganzen Müll. Das lockt die Ratten an und anderes Ungeziefer. Selbst Wildschweine und einen Waschbären hatten wir in der Gegend. Wie dem auch sei... ein paar Tage zuvor, da kam jemand aus ihrem Haus. Ich stand im Garten und sah zufällig rüber."

„Wissen Sie noch, an welchem Tag und zu welcher Uhrzeit das war?", fragte Vincent.

„Das muss am Abend gewesen sein, gegen sechs ungefähr. Und zwar am letzten Donnerstag. Das weiß ich genau, weil ich am Freitag früh übers Wochenende nach Köln fliegen musste."

„Und wen haben Sie gesehen?" Monika hatte sich vorgebeugt, bemüht, die Ungeduld in ihrer Stimme zu unterdrücken.

„Einen Mann. Er trug eine Art Lodenmantel und einen Hut. Sein Gesicht habe ich aus der Entfernung nicht richtig erkennen können, bis auf den Vollbart. Alles in allem benahm er sich ganz normal. Jedenfalls war er nicht in Eile oder so. Er schloss die Haustür hinter sich, ging zur Gartentür und bog nach rechts. Wohin genau, kann ich nicht sagen. Ich habe mir ja nichts dabei gedacht. Wie hätte ich denn ahnen sollen, dass ..."

„Natürlich nicht. Ist Ihnen sonst etwas aufgefallen?", wollte Vincent wissen.

„Das ist alles, fürchte ich. Hilft Ihnen das weiter?"

„Wir sind für jeden Hinweis dankbar“, sagte Monika und erhob sich. Herr Naumann stand ebenfalls auf. „Sollten Sie sich an weitere Einzelheiten erinnern, hier ist meine Karte.“

Herr Naumann nahm ihre Karte entgegen, warf einen flüchtigen Blick darauf und ließ sie in der Innentasche seines Jacketts verschwinden. Vincent und Monika hatten sich bereits abgewandt, als er ihnen nachrief.

„Warten Sie! Das hätte ich fast vergessen. Der Mann hatte einen Hund bei sich.“

„Einen Hund?“ Monika hatte sich ruckartig umgedreht und ging erneut Herrn Naumann entgegen. „Was für einen Hund?“

Kurz erschrocken über ihre Reaktion, sah Herr Naumann beschämt zu Boden.

„Na ja, er führte ihn an der Leine. Allein deshalb habe ich mir nichts dabei gedacht. Welcher Verbrecher bringt denn schon einen Hund mit zum Tatort? Es war auch ein ziemlich kleiner, niedlicher. Ein weißer Pudel.“

Kapitel 7

Der Besuch müsste jeden Moment eintreffen.

Hinter dem Vorhang des Fensters lag die Straße unter einem wolkenverhangenen Himmel. Bald würde der Regen einsetzen, der laut Wetterbericht die ganze Nacht andauern sollte. Starker Wind riss das letzte Laub von den Bäumen und jagte die Blätter über den verwaisten Bürgersteig.

Er wandte sich ab und ließ seinen Blick durch das Zimmer schweifen. Eine der Glühbirnen in der Deckenlampe war kaputt, so dass das Licht gedämpft wirkte und die Möbel Schatten warfen. Vorhin erst war er mit dem Putzen der Wohnung fertig geworden. Anschließend hatte er seine Jacke von einem der Stühle entfernt und das benutzte Glas vom Esstisch in die Küche gebracht. Diese ganze Mühe war unnötig gewesen. Denn sobald er das Treffen hinter sich gebracht hatte, würde er ein weiteres Mal putzen müssen. Eine saubere Wohnung war wichtig. Sehr wichtig sogar.

Die Standuhr schlug leise vier. Ein wuchtiger, altmodischer Kasten, mit einem Pendel hinter Glas. Als er vor Stunden eingetroffen war, hatte er sie aufziehen müssen, und bereits jetzt ging sie drei Minuten nach. Er blieb vor dem Fenster stehen, starrte auf das Pendel und lauschte dem Ticken des Uhrwerks.

Ganz wohl war ihm nicht zumute. Er mochte keine Fremden im Haus, die ihn und die Umgebung abschätzen und bewerten würden. Er wollte nicht die Ablehnung in ihren Gesichtern sehen, nicht ihr Fehlurteil aufgrund von Äußerlichkeiten und vor allem wollte er sich nicht erklären müssen. Da spielte es keine Rolle, dass er seinen heutigen Besuch nie wieder sehen würde. Darum ging es nicht. Es ging ums Prinzip.

Das Klingeln riss ihn aus seinen Gedanken.

Noch einmal vergewisserte er sich, dass in der Küche alles an seinem Platz war, dann ging er langsam zur Tür. Davor stand ein Mann in einem Parka und mit einer weit ins Gesicht gezogenen Baseballkappe.

„Hallo, Peter“, sagte der Mann.

„Guten Tag, Wolfgang.“

Der Mann hob leicht seinen Kopf und hielt ihm die Hand entgegen. Er trug schwarze Lederhandschuhe, die er zur Begrüßung anbehielt. Sein Griff war fest und bestimmt.

„Darf ich reinkommen?“

Er trat zur Seite und ließ seinen Gast ins Haus. Im Wohnzimmer blieben sie stehen, unsicher, wie sie beginnen sollten.

„Nett hast du's hier“, sagte Wolfgang, ohne sich umzusehen, die Hände in den Taschen seines Parkas vergraben.

„Danke. Möchtest du was trinken?“

„Ich denke, wir kommen gleich zum Geschäftlichen, Peter.“

Dass ihre Namen erfunden waren, wussten sie beide. Doch seit er Wolfgang vor Monaten in einem Internetchat kontaktiert hatte, waren sie bei ihren Pseudonymen geblieben. Wolfgang amüsierte diese längst durchschaute Farce und er, er hatte alles getan, um Wolfgang bei Laune zu halten. Diese Mühe hatte sich ausgezahlt.

Wolfgangs Lächeln, das mehr einem Grinsen glich, verriet seine Ungeduld und den Wunsch, ihre Angelegenheit so schnell wie möglich zu beenden. Diesen Besucher hätte er sich, allein aufgrund ihrer anonymen Chats im Internet, anders vorgestellt. Einen älteren, dicklichen Mann mit Pausbacken vielleicht, jemand Introvertiertes, Verschüchtertes mit dünnem Haar und nervösem Blick. Stattdessen war Wolfgang, wie er seit Längerem wusste, keine dreißig Jahre alt. Er war nicht besonders groß, dafür schlank und gutaussehend. Mit diesem hübschen Gesicht hatte er bei den jungen Mädchen leichtes Spiel. Zudem wirkte er selbstsicher, um nicht zu sagen, herrisch. Lediglich die geballten Fäuste in den Manteltaschen verrieten eine gewisse Anspannung.

„Hast du das Geld und das andere Zeug?“, fragte Wolfgang.

„Klar hab ich“, sagte er. „Steht alles in der Küche.“

Wolfgang sah an ihm vorbei in den Flur.

„Okay. Kann ich es sehen?“ Und als wäre dies eine Nebensächlichkeit, fügte Wolfgang hinzu: „Sind wir uns nicht schon mal begegnet? Du kommst mir bekannt vor.“

„Ich glaube nicht“, erwiderte er. „Woher auch?“

Wolfgang zuckte mit den Schultern. „Ich dachte bloß. Wo ist die Küche?“

Dass Wolfgang ihn nicht erkannte, beruhigte ihn. Denn tatsächlich waren sie einander bereits begegnet, wenn auch nur für einen kurzen Augenblick.

Er verließ das Wohnzimmer und spürte seinen Gast ihm folgen. Mit Wolfgang im Rücken fühlte er sich unbehaglich. Schnell öffnete er deshalb die Küchentür und ließ ihm den Vortritt. Die Küche war hell gefliest, mit billigen Schränken, einem alten Herd und einem surrenden Kühlschrank ausgestattet. In der Mitte stand ein runder Tisch und darauf ein großer Karton.

Wolfgang trat vor und strich mit den behandschuhten Fingern über den Karton. Bevor er ihn öffnete, fiel sein Blick auf einen der beiden Stühle, deren Sitzflächen unter die Tischplatte geschoben waren. Er zog den Stuhl zurück und deutete amüsiert auf das dort liegende Stofftier.

„Ist das deiner?“, fragte Wolfgang und hielt den Teddybären an einem Ohr in die Höhe.

Den Teddy hätte Wolfgang nicht sehen sollen. Er räusperte sich verlegen und versuchte eine Erklärung. Und wie so vieles, das er sich für dieses Treffen zurechtgelegt hatte, würde auch diese Erklärung die Wahrheit nur streifen.

„Den habe ich, seit ich sieben war. Ein Geschenk meines Vaters."

„Deines Vaters, eh? Hat er dich sehr gern gehabt, dein Daddy? Ein bisschen zu gern vielleicht?"

Auf Wolfgangs Anspielung ließ er sich nicht ein.

„Leg ihn bitte wieder hin", sagte er.

Etwas in seiner Stimme hatte Wolfgang aufhorchen lassen. Da war erneut dieses falsche Grinsen, während er den Bären an seinem Ohr baumeln ließ.

„Niedlich. Ich bin sicher, die Kinder fahren voll drauf ab. So wie du damals."

„Leg ihn hin! Und zwar sofort!"

„Okay, okay", sagte Wolfgang und setzte den orangefarbenen Bären in seinem roten T-Shirt zurück auf den Stuhl. „Was ist das übrigens für ein komisches Geräusch?"

„Das?" Er lauschte gemeinsam mit Wolfgang auf die Kratzgeräusche, die aus dem Flur in die Küche drangen. „Oh, das ist nur mein Hund. Ich hab ihn ins Badezimmer gesperrt. Er mag Fremde nicht."

„Ein Hund? Na, der klingt nicht grad gefährlich. Eher wie ein Schoßhündchen."

Dann beugte sich Wolfgang über den Tisch und öffnete den Karton. Zunächst irritiert, wühlten seine Hände in dem Inhalt. Hektisch warf er die Styroporflocken und Papierschnipsel zu allen Seiten, bis er ungläubig in den leeren Karton starrte.

„Was zum ...? Willst du mich verarschen? Wo ist ...?"

Während Wolfgang mit dem Karton beschäftigt gewesen war, hatte er die Tür hinter sich geschlossen und eine der Schubladen des angrenzenden Schranks geöffnet.

Als Wolfgang sich wütend aufrichtete, hielt er ihm die Pistole an die Schläfe.

*

„Verdammter Mist!", rief Monika aus und betrat erneut mit Vincent ihr Büro. „Wie konnten wir bloß so dämlich sein! Genau deshalb konnte es gar keine anderen Spuren auf der Lichtung im Park geben. Weil kein anderer außer diesem Hundebesitzer dort gewesen ist. Und der gefegte Boden rund um den zerhackten Körper von Herrn Steiner war nichts weiter als ein geschicktes Ablenkungsmanöver, damit wir keine weiteren Spuren vermissen würden."

Wie eine nervöse Katze lief Monika im Büro hin und her. Mit dem letzten Satz wischte ihre Hand über den Schreibtisch und riss dabei den Stapel Akten zu Boden. Lose Blätter flatterten durch die Luft und verteilten sich wahllos auf dem Teppich. Vincent kannte Monika gut genug, als dass er gewagt hätte, sie in ihrer Wut zu unterbrechen. Stattdessen bückte er sich wortlos, sammelte die Papiere auf und legte sie zurück auf ihren Platz.

Inzwischen hatte Monika zum Telefon gegriffen.

„Gökdal? Hören Sie zu, es ist wichtig! ... Was? Nein, das kann nicht warten. Die Abdrücke von dem Hundebesitzer, haben Sie die bereits untersucht? Was für Schuhe hat er getragen und welche Größe haben die? ... Na, dann sehen Sie nach! Und zwar sofort!"

In der entstehenden Pause hockte sich Monika auf die vordere Kante des Schreibtisches und trommelte mit den Fingern auf der Glasplatte. Vincent ging zur Espressomaschine und bereitete den Kaffee vor, den seine Vorgesetzte jeden Moment einfordern würde.

„Natürlich bin ich noch dran. Wo soll ich denn hin?", hörte er Monika hinter sich in den Hörer schreien. „Also, was haben Sie? ... Mh, ja, genau wie ich dachte. Und die Schuhe? ... Okay, immerhin. Trotzdem, danke."

Monika hatte ohne Verabschiedung aufgelegt, was für Vincent das Signal war, ihr die Tasse mit dem schwarzen Espresso zu bringen.

„Und? Was hat er gesagt?", fragte er.

Bevor sie antwortete, trank Monika die winzige Tasse mit einem Schluck leer.

„Es ist dieselbe Größe wie bei den Abdrücken im Keller von Frau Holländer", sagte sie. „Allerdings stammen sie von zwei verschiedenen Paar Schuhen. Gökdal ist sich aber ziemlich sicher, dass sie von demselben Mann getragen wurden. Aufgrund der gleichartigen Gewichtsverteilung, die die Abdrücke in beiden Fällen aufwiesen. Wenn ich Gökdal richtig verstanden habe, hat unser Mörder demnach einen Spreizfuß." Monika hob die leere Tasse zum Mund und stellte sie enttäuscht neben sich auf den Schreibtisch. „Der Typ hat uns an der Nase herumgeführt!"

„Du hast doch mit ihm gesprochen, oder nicht?"

„Ja, habe ich. Er sah aus wie ein ... wie jedermann. Völlig unauffällig. Ich bin nicht mal sicher, ob ich ihn wiedererkennen würde. Außerdem hat der Hund die ganze Zeit gekläfft und versucht, mich zu bespringen. Ich war so abgelenkt von dem Köter, dass ich auf den Zeugen kaum geachtet habe. Und wie Herr Naumann eben schon sagte, wer vermutet denn, dass ein Mann mit Hund kurz zuvor einen Mord begangen hat? Dieser Pudel war ein perfider Geniestreich!"

„Haben wir seine Personalien?"

Monika ging um den Schreibtisch herum und klappte eine der Akten auf. Nach kurzem Blättern durch die Unterlagen fand sie das Gesuchte.

„Hier", sagte sie. „Der Beamte vor Ort hat sich den Ausweis zeigen lassen. Ein gewisser Volker Grimmich, wohnhaft in der Persantestraße. Die liegt nicht weit vom Park entfernt."

„Also gut, fahren wir hin."

Mit einem Seufzer ließ sich Monika auf ihren Schreibtischstuhl fallen und vergrub das Gesicht in den Händen.

„Hör auf, dich zu grämen", sagte Vincent, der ahnte, was ihr gerade durch den Kopf ging. Diesen Fehler, ganz egal, wie unbeabsichtigt er auch gewesen sein mochte, würde sie vor Unterberg rechtfertigen müssen.

„Fahr du hin", antwortete sie schließlich. „Mich würde er wiedererkennen. Es ist besser, es sieht wie eine Routinebefragung aus. In der Zwischenzeit werde ich in der Praxis vorbeischauen, in der Herr Steiner und Frau Holländer angeblich therapiert wurden."

„Okay, mach ich."

„Ach, und Vincent? Nimm Verstärkung mit. Sicher ist sicher."

Er blickte Monika an und nickte. Die Intention hinter ihrem Vorschlag hatte er sehr wohl verstanden. Nicht ein weiteres Mal, wie vor zwei Jahren, sollte er in die Fänge eines Serienmörders geraten.

Kurz darauf waren die Vorbereitungen abgeschlossen.

Wolfgang saß auf dem Küchenstuhl, die Fußgelenke mit Kabelbinder an die vorderen und die rechte Hand an eines der hinteren Stuhlbeine gebunden. Seine linke Hand blieb frei. Sie würde er brauchen.

Während Wolfang sich selbst die Kabelbinder anlegen musste, hatte er zunächst geflucht und dann gebettelt, ihn gehen zu lassen. Genutzt hatte es ihm nichts. Die Pistole mit dem Schalldämpfer blieb direkt auf ihn gerichtet, bis er die Kabelbinder mit einiger Mühe um die Stuhlbeine und anschließend um sein rechtes Handgelenk geschlungen und festgezogen hatte. Selbst wenn er geschrien hätte, wäre niemand gekommen, ihn zu retten. Die Küche lag im Erdgeschoss, die angrenzende Wohnung stand seit Monaten leer und über ihnen lebte eine schwerhörige, alte Frau, die ihren Fernseher laut aufgedreht hatte.

„Bitte", stammelte Wolfgang. „Ich hab niemandem was erzählt. Ich hab alles so gemacht, wie du wolltest. Niemand hat was gemerkt."

Er wandte sich wortlos ab und ging zur Spüle. Ohne die Waffe abzulegen, nahm er ein Glas, füllte es mit Wasser aus dem Hahn und stellte es vor Wolfgang auf den Tisch.

„Was soll das?", fragte Wolfgang, der ihm ängstlich mit Blicken gefolgt war und verwirrt auf das Wasserglas starrte. „Lass mich gehen! Ich habe dir nichts getan."

„Nein, mir nicht", erwiderte er kalt. „Aber den Kindern."

„Was redest du da? Ich habe nie ... Außerdem, was ist mit dir? Du hast doch auch ..." Wolfgang brach ab, da er sein Grinsen bemerkt hatte. „Oh, Scheiße."

„Ja, ich habe von Anfang an gelogen. Du dagegen hast bereits eine Anzeige wegen Kinderpornografie."

„Das ist Jahre her. Und die Anklage wurde fallengelassen. Es gab keine Beweise. Ich bin unschuldig!"

Wie auf ein Stichwort wanderten ihre Blicke auf den Karton. Hier stand der eindeutige Beweis, weswegen Wolfgang gekommen war. Für eine vermeintliche Schachtel voller CDs mit Bildern und einem Umschlag voller Geld. Beides hatte er Wolfgang über das Internet angeboten. Als Gegenleistung für ein paar Informationen, die Wolfgang, nach seinen Anweisungen, beschaffen sollte und beschafft hatte. Informationen, die er nie gebraucht und die er sich ausgedacht hatte, damit Wolfgang an ein gegenseitiges Geschäft glauben konnte.

Inmitten des Schweigens öffnete er den Kühlschrank. Dem mittleren Fach entnahm er einen Suppenteller, den er vor Wolfgang neben das Wasserglas schob. Auf dem Teller häuften sich Steine. Dunkle, glänzende Steine in unterschiedlicher Größe.

„Was hast du vor?", fragte Wolfgang. „Du bist ja vollkommen verrückt!"

„Ich werde es nur einmal sagen", antwortete er und richtete die Pistole auf Wolfgangs Brust. „Du wirst die

Steine in den Mund nehmen und schlucken. Einen nach dem anderen.“

Wolfgangs Gesicht erbleichte. Er starrte auf den Teller, dann auf den Schalldämpfer, bevor seine linke freie Hand zögernd nach einem der kleineren Steine griff, der mit einer fettigen Substanz überzogen war.

„Na los“, drängte er. „Das ist bloß Speiseöl. Es wird dir das Schlucken erleichtern. Und trink Wasser dazu.“

„Die sind zu groß. Wie soll ich die … Ich werde ersticken.“

„Nein, das wirst du nicht. Nicht, wenn du die obersten zuerst schluckst. Für die anderen, größeren kann ich nichts garantieren.“

Wolfgangs Hand begann zu zittern. Er sah panisch auf den Stein, den er langsam zum Mund führte. In seinen Augen bildeten sich Tränen. Er öffnete den Mund und legte den öligen Stein auf die Zunge.

„Schluck!“, befahl er und erhöhte den Druck um den Abzug der Pistole. „Oder muss ich nachhelfen?“

Der Stein verschwand in Wolfgangs Mund. Er hörte das Klacken gegen die Zähne, den Würgereflex und sah die geblähten Wangen. Jetzt heulte Wolfgang wie ein kleines Kind. Wie eines der Kinder, die damals gebettelt hatten, in Ruhe gelassen zu werden. Den Kindern hatte es nichts genutzt und auch Wolfgang würde jedes Jammern nichts nutzen. Zahn um Zahn. Oder, um im Bild zu bleiben: Stein um Stein.

„Nun mach schon. Schluck!“

Die Sehnen an Wolfgangs Hals traten deutlich hervor, er warf den Kopf in den Nacken und schluckte. Sofort begann er zu röcheln, griff nach dem Glas Wasser und trank. Dann war der Stein aus seinem Mund verschwunden.

Mit dem Lauf der Pistole deutete er auf den Suppenteller.

Wolfgang griff nach dem nächsten Stein. Dieser war ein klein wenig größer als der vorherige. So wie auch jeder weitere ein klein wenig größer war, bis es Wolfgang schließlich unmöglich sein würde, den letzten unbeschadet herunterzuwürgen.

Mit Genugtuung betrachtete er Wolfgangs panischen Gesichtsausdruck. Alles andere um ihn herum verblasste. Weder der einsetzende Regen, der gegen die Fensterscheiben prasselte, noch der Fernseher der alten Dame über ihm drang an sein Ohr. Er sah nur die Steine, die nacheinander in Wolfgangs Mund verschwanden und die Wolfgang mit immer größerer Anstrengung zu schlucken versuchte.

Bis der sechste Stein in seiner Kehle steckenblieb.

Kapitel 8

Das Gebäude war ein moderner Bau mit verglaster Außenfassade und einem marmorverkleideten Atrium in der Nähe des Bahnhofs Friedrichstraße. An den Messingschildern neben der Drehtür standen die Namen von Rechtsanwälten, Immobilienmaklern, einem Schönheitschirurgen und zwei Psychotherapeuten.

Mit dem rundum verspiegelten Fahrstuhl fuhr Monika Seyfarth in den elften Stock. Leise Barockmusik tönte aus versteckten Lautsprechern und eine übertrieben freundliche Stimme verkündete die Ankunft auf der gewünschten Etage. Die kurze Fahrt über hatte Monika zu Boden gestarrt. Sie hasste es, sich von überall im Spiegel zu sehen, ganz egal, wohin sie auch blickte, und verfluchte den Architekten, der offenbar glaubte, dass dieses grelle Licht in diesem beengten Kasten irgendjemandem schmeicheln könnte.

Dem Fahrstuhl endlich entkommen, folgte sie einem Flur bis zur Tür der Praxis von Dr. Albrecht und einem Dr. Dürer. Von diesen beiden Namen irritiert, hielt Monika einen Moment lang inne, bevor sie die Praxis betrat. Der Empfangsbereich war ein quadratischer Raum mit mehreren Türen, die in geschlossene Zimmer führten, mit einem Wartebereich mit bequemen Stühlen und einem Tresen, hinter dem eine junge Blondine ihr entgegenlächelte.

„Seyfarth ist mein Name“, sagte Monika und legte ihre Handtasche auf dem zu hohen Tresen ab. „Ich möchte zu Dr. Albrecht.“

„Sie waren schon einmal bei uns?“

„Nein, ich ... ich bin keine Patientin. Oder wie man die Leute hier nennt. Jedenfalls brauche ich keinen ... Es geht um ein paar Auskünfte. Ich hatte vorhin mit Dr. Albrecht telefoniert."

Die junge Frau hatte sie merkwürdig angesehen, den Kopf leicht zur Seite geneigt, ohne ihr gefrorenes Lächeln aufzugeben.

„Ich verstehe", sagte sie, mit Blick auf den Bildschirm. „Wie sind Sie versichert?"

Ehe Monika empört darauf erwidern konnte, trat ein Mann aus einem der Zimmer neben dem Tresen und kam auf sie zu.

„Alles in Ordnung, Yvonne. Frau Seyfarth ist von der Polizei", sagte er zu seiner Angestellten und bot Monika die Hand zur Begrüßung an. „Ich bin Dennis Albrecht. Freut mich sehr, Ihre Bekanntschaft zu machen. Am besten, wir gehen rüber in mein Sprechzimmer. Ich habe meinen letzten Termin verschieben können."

Dr. Albrecht war groß und schlank und erinnerte Monika ein wenig an George Clooney. Er trug Jeans und ein blaues Hemd ohne Krawatte. An den Schläfen war sein dunkles Haar leicht ergraut und seine Zähne schienen gebleicht. Monika folgte ihm in sein Sprechzimmer, das sie angenehm überraschte. Die moderne, neongrelle Ausstattung des Hauses und des Empfangsbereichs wich einer eher heimeligen Einrichtung, mit einem altmodischen Schreibtisch aus Holz, einer Sitzecke, bestehend aus einem Sofa und einem Sessel, und mit gerahmten Landschaftsbildern an den Wänden.

Monika sah sich aufmerksam um, ging ans Fenster, warf einen kurzen Blick hinunter auf die Straße und trat anschließend an den Schreibtisch. Unterdessen hatte Dr. Albrecht die Tür geschlossen und wartete ungeduldig.

„Ist das Ihr Sohn?", fragte sie und nahm den Fotorahmen in die Hand, der als einziger neben einer Ablage für Stifte stand.

„Ja, das ist Paul. Das Bild ist allerdings einige Jahre alt."

„Sie werden so verdammt schnell erwachsen, die Kinder, nicht wahr?"

Für Smalltalk schien Dr. Albrecht nicht in Stimmung zu sein. Er grummelte eine kurze Bestätigung, von der Monika sich nicht beirren ließ. Stattdessen sah sie erneut auf das Foto.

„Ist das Winnie Pooh, den Ihr Sohn da in den Armen hält?"

„Das war sein Lieblingsstofftier", erwiderte er und trat auf sie zu.

„Mein Sohn hatte einen Koala. Ich glaube, er hat ihn sogar behalten und das arme Tier liegt jetzt irgendwo in seinem Zimmer vergraben. Hat Ihrer seinen Teddy noch?"

Dr. Albrecht nahm ihr den Rahmen ab.

„Nein, Paul hat ihn verloren", sagte er und blickte, wie Monika bemerkte, beinahe wehmütig auf das Bild seines Sohnes. „Ich kann mich erinnern, wie verzweifelt er war. Dabei war Paul, als der Teddy verschwand, eigentlich schon viel zu alt dafür. Wir haben ihn nicht wiedergefunden. Das muss nach dem Tod seiner Mutter gewesen sein."

„Es tut mir leid, das zu hören."

„Für Paul war es eine schwere Zeit. Aber wie gesagt, das ist Jahre her. Und Sie sind sicherlich nicht hergekommen, um meine Familiengeschichte zu hören."

Ein charmantes Lächeln huschte über Dr. Albrechts Lippen, bevor er den Rahmen zurück auf den Schreibtisch stellte und Monika mit einer Handbewegung zur Sitzecke bat.

Sie setzte sich auf das Sofa, während er in dem Ledersessel Platz nahm, seine Ellenbogen auf die wuchtigen Lehnen gestützt. Die Finger legte er vor seinem Gesicht zu einem Dach gegeneinander.

„Also, wie kann ich Ihnen helfen?", fragte er. „Sie sagten am Telefon, es ginge um ein oder zwei meiner Klienten."

„Das ist richtig. Um einen gewissen Walter Steiner und eine Maria Holländer.“ Monika zog zwei Fotos aus ihrer Handtasche und schob sie ihm über den niedrigen Tisch zwischen ihnen entgegen. „Vielleicht erinnern Sie sich?“

Dr. Albrecht zog seine dichten Augenbrauen zusammen und senkte den Blick zu den Porträtbildern. Der Ausdruck auf seinem Gesicht verriet nichts.

„Sie wissen, dass ich der Schweigepflicht unterliege“, sagte er.

„Natürlich. Aber ich glaube kaum, dass die beiden etwas dagegen hätten. Sie sind tot.“

Erneut beugte Monika sich vor und legte zwei weitere Bilder neben die ersten. Diesmal zwei Bilder der beiden Tatorte.

„Wie Sie sehen können“, fuhr Monika fort, „wurden die beiden ermordet. Und das auf ziemlich grausame Weise.“

Dr. Albrecht hatte seine steife Haltung aufgegeben und nahm die letzten beiden Bilder in die Hand. Noch immer zeigte sein Gesicht keinerlei Reaktion.

„Ja, ich habe darüber gelesen. Schrecklich.“

„Wir glauben, dass die Art der Tötung mit ihren jeweiligen Lebensumständen zu tun hat.“

Ohne dass er den Kopf von den Bildern hob, wanderten seine Augen zu Monika. Sein starrer Blick aus diesen tiefblauen Augen hatte eine beinahe hypnotische Wirkung, durchdringend und empathisch zugleich.

„Sie erkennen die beiden wieder?“, fragte sie.

Dr. Albrecht nickte. „Ja. Herr Steiner war erst vorletzte Woche bei mir gewesen. Seinen Termin vor sechs Tagen hat er nicht wahrgenommen. Ich nahm an, er hätte ihn vergessen.“

„Weswegen war er bei Ihnen?“

Er legte die Fotos auf den Tisch und lehnte sich im Sessel zurück. Erneut formten seine Finger ein Dreieck vor seinem Gesicht.

„Hören Sie, Doktor“, sagte Monika etwas zu forsch, da ihr seine Selbstgefälligkeit auf die Nerven ging. „Wir können das hier ganz in Ruhe unter vier Augen erledigen. Oder ich komme später mit einem Durchsuchungsbeschluss wieder und lasse Ihre Praxis auf den Kopf stellen. Ihre Entscheidung.“

Diese kleine Drohung zeigte Wirkung. Dr. Albrecht ließ die Hände auf die Lehnen fallen und schlug ein Bein über das andere. Dann lächelte er.

„Herr Steiner litt an einer zwanghaften Fixierung“, begann er. „An einer Fixierung auf eine bestimmte Person, von der er sein eigenes Wohlbefinden abhängig machte. Er glaubte, allein durch diese und mit dieser Person eine innere Balance zu finden. Da diese Person aber für ihn unerreichbar blieb, entwickelte er starke Abwehrmechanismen, die wechselseitig gegen ihn selbst und gegen das Fixierungsobjekt gerichtet waren. Nach dem ersten Jahr seiner Behandlung bei mir zeigte sich zum Glück eine deutliche Besserung seiner Neurose.“

„Sie meinen, er war geheilt?“

Dr. Albrecht entblößte seine gebleichten Zähne in einem nicht ganz ernst gemeinten Lachen.

„Heilung ist ein Begriff, den wir hier ungern verwenden, Frau Seyfarth. Sagen wir lieber, ich hatte das Gefühl, dass Herr Steiner seine Fixierung besser zu kanalisieren wusste.“

„Ich verstehe“, sagte Monika, ohne ihm innerlich zuzustimmen. Sandra Müllers Ausführungen hatten ihr einen anderen Eindruck vermittelt. „Was ist mit Frau Holländer?“

„Ja, Frau Holländer …“, erwiderte er nachdenklich und beugte sich über das Bild der betreffenden Frau. „Das ist eine ganze Weile her. Sie war auch nicht lange bei mir. Den letzten Termin hatte sie ungefähr vor einem halben Jahr. Bipolar, soweit ich mich erinnere. Mit einem Messie-

Syndrom. Sie erschien die ersten Male immer in Begleitung ihrer Schwester, so als wäre sie nicht freiwillig gekommen. Ich müsste in den Akten nachsehen, um Ihnen Genaueres sagen zu können."

„Das wird im Moment nicht nötig sein", lehnte Monika ab. „Aber es ist gut zu wissen, dass Sie sich Notizen machen. Schreiben Sie die mit der Hand?"

„Selbstverständlich mache ich mir Notizen. Und ja, mit der Hand. Yvonne tippt sie anschließend in den Computer."

„Wer sonst, außer Ihnen und Ihrer Sprechstundenhilfe, hätte Zugang zu diesen Daten?"

Das leicht überhebliche Lächeln, das Dr. Albrecht die meiste Zeit aufrechterhalten hatte, gefror. Zudem verhärtete sich sein Blick, da er die Implikation ihrer Worte sehr wohl gehört hatte.

„Diese Daten sind passwortgeschützt", sagte er. „Niemand sonst erfährt, was in diesen Räumen gesprochen wird."

„Niemand, der das Passwort nicht kennt, meinen Sie."

Sie sahen sich an und Monika beschlich das seltsame Gefühl, von seinen tiefblauen Augen vollständig durchschaut zu werden.

„Sie glauben also, dass zwei ähnlich gelagerte Ereignisse kein Zufall mehr sein können", sagte er. „Sie glauben, dass die Opfer aufgrund ihrer Leidenssymptome ausgewählt wurden und dass der Täter von diesen Symptomen aus meinen Aufzeichnungen Kenntnis erlangt haben muss."

„Das wäre eine durchaus plausible Erklärung, ja."

„Und Sie erwarten, dass es bei den zwei bisherigen Morden nicht bleiben wird."

„Auch das ist korrekt, Dr. Albrecht."

„Das mögliche dritte Opfer wäre demnach ein weiterer meiner Klienten", schlussfolgerte er.

„Haben Sie die Fotos genau betrachtet?", fragte Monika, die sein herablassendes Getue nicht länger ungestraft hinnehmen wollte. Aus diesem Grund schob sie ihm ein weiteres Mal die Fotos der Tatorte entgegen. „Achten Sie auf die Art und Weise, wie die beiden ums Leben kommen sind."

„Ja, ja. Die habe ich bereits gesehen."

„Dann sehen Sie noch einmal hin, Dr. Albrecht. Mir zuliebe. Und Sie werden erkennen, wie Herr Steiner sich offensichtlich in zwei Stücke gerissen und in den Boden gerammt hat. Wie ein kleines, bösartiges Männlein, das von seiner angebeteten Bäckerstochter nicht bekam, was es wollte. Und hier", Monika tippte auf das zweite Foto, „erkennen Sie jetzt vielleicht eine Frau, die es mit der Sauberkeit nicht so genau genommen hat und anstatt des erhofften Lohns in Form von Goldstücken mit Pech überschüttet wurde. Jemand wusste also genau Bescheid, mit welchen Problemen diese beiden Patienten zu Ihnen kamen. Probleme, mit denen man im Bekanntenkreis gewöhnlich nicht prahlt. Die man am liebsten mit keinem Wort erwähnt. Es sei denn in einer vermeintlich vertrauten Unterhaltung zwischen Therapeut und Patient."

Während sie sprach, hatte das hübsche Gesicht von Dr. Albrecht allmählich an Farbe verloren. Dass er den Zusammenhang zwischen den Morden und den Grimm'schen Märchen verstanden hatte, bezeugten seine nächsten Worte.

„Ich verstehe, was Sie meinen", sagte er leise. „Die Verknüpfung der individuellen Probleme mit den entsprechenden Märchen, das ist ... abscheulich."

„Deshalb bin ich hier. Um hoffentlich einem weiteren Ihrer Patienten ein ähnliches Schicksal zu ersparen."

„Was erwarten Sie von mir?"

„Ich möchte, dass Sie sich Gedanken machen. Darüber, ob einem ihrer Patienten solche Morde zuzutrauen wären. Wer weiß, vielleicht hat der Mörder seine Opfer hier im Wartezimmer kennengelernt. Außerdem möchte ich wissen, wer Zugang zu Ihren Daten hat oder haben könnte und von welchen Ärzten die beiden Ermordeten eventuell überwiesen wurden. Und ich will wissen, welche weiteren Märchengestalten sich womöglich in Ihrer Kartei verstecken. Würden Sie das alles für mich tun?"

„Ja, das lässt sich machen."

Schwerfällig erhob sich Monika aus dem weichen Polster des Sofas, hob ihre Handtasche vom Boden auf und reichte Dr. Albrecht, nachdem er ebenfalls aufgestanden war, die Hand.

„Eine letzte Kleinigkeit gäbe es da noch", sagte sie. „Wären Sie und die anderen in dieser Praxis bereit, sich einem DNA-Test zu unterziehen? Es würde uns helfen, die Beteiligten von jedem Verdacht freizusprechen."

„Oder uns zu überführen", erwiderte Dr. Albrecht mit schelmischem Lächeln.

„Im Zweifel auch das, ja."

„Kein Problem. Ich werde meinem Partner und Yvonne Bescheid geben. Sie werden, denke ich, nichts dagegen haben."

„Danke. Ich schicke einen Beamten vorbei, der jeweils eine Speichelprobe bei Ihnen abnehmen wird", sagte Monika. „Und ich … ich würde mich gegebenenfalls wieder bei Ihnen melden. Oder Sie benachrichtigen mich, sollte Ihnen was Sachdienliches einfallen. Ich lasse meine Karte vorne bei Ihrer Sprechstundenhilfe."

„Sie haben mich gar nicht nach meinem Alibi gefragt."

Monika, die bereits an der Tür seines Sprechzimmers stand, wandte sich ihm zu. „Haben Sie denn eins?"

Das unangenehme Lächeln auf seinen Lippen kehrte zurück. Seinen Kopf hob Dr. Albrecht dabei theatralisch zur Decke, als müsste er überlegen.

„Sonntagvormittag, nicht wahr?", fragte er. „Jedenfalls stand das, was einen der Morde betrifft, in der Zeitung.

Da werde ich zu Hause gewesen sein. Ich bin Langschläfer."

„Sie schlafen allein, nehme ich an?"

Dass Dr. Albrecht keinen Ehering am Finger trug, hatte Monika längst bemerkt.

„Für gewöhnlich, ja. Werden Sie mich jetzt verhaften?"

Bei anderen Frauen mochte der Blick aus diesen blauen Augen Eindruck schinden. Auf sie wirkte sein Gehabe lediglich arrogant und pubertär.

„Es tut mir außerordentlich leid", sagte er, als von ihr keine Antwort kam, „Ihnen nicht weiter behilflich sein zu können. Trotz allem werden Sie hoffentlich verstehen, dass ich die Privatsphäre meiner Klienten so weit wie möglich schützen muss."

„Diese Privatsphäre", erwiderte sie trocken und öffnete die Tür, „hat zwei Ihrer Klienten bisher das Leben gekostet. Da ist mir, mit Verlaub, deren Privatsphäre ziemlich schnuppe."

Als Monika Seyfarth zurück ins Vorzimmer trat, saß die Sprechstundenhilfe hinter dem verchromten Tresen und starrte auf den riesigen Bildschirm vor ihr. Nachdem sie Monika bemerkt hatte, schloss sie mit der Maus die geöffnete Internetseite, stand auf und lächelte ihr entgegen.

„Es tut mir leid, Ihren Feierabend verzögert zu haben", sagte Monika, noch bevor sie am Tresen angekommen war.

„Oh, das ist kein Problem", erwiderte Yvonne. Das breite, leicht gekünstelte Lächeln, dachte Monika, war wohl eine der Voraussetzungen, in dieser Praxis arbeiten zu dürfen.

„Ich lasse Ihnen meine Karte hier, falls der Doktor mich kontaktieren möchte."

„Es ging um diese schrecklichen Morde, nicht wahr? In der B.Z. haben sie geschrieben, es war ein Verrückter.

Man traut sich ja kaum noch allein aus dem Haus. Zum Glück kennt Dr. Albrecht sich aus mit solchen Typen. Er hat Ihnen sicherlich helfen können."

Während Yvonne sprach, kramte Monika in ihrer Handtasche und murmelte kurze Bestätigungen. Dann legte sie eine ihrer Visitenkarten auf den Tresen und schob sie der Sprechstundenhilfe entgegen.

„Wie lange arbeiten Sie bereits in dieser Praxis, wenn ich fragen darf?"

Yvonne starrte auf die Karte mit der genauen Dienstbezeichnung, die ihr offensichtlich imponierte.

„Wie lange ich ...? Na, seit ungefähr vier Jahren, denke ich. Ja, im November werden es genau vier Jahre."

„Arbeiten Sie gerne hier?"

„Oh, ja. Beide Doktoren sind sehr nett. Und es gibt Weihnachtsgeld."

„Das ist schön", bestätigte Monika und versuchte erfolglos, Yvonnes Lächeln zu imitieren. „Sie tragen bestimmt eine Menge Verantwortung in diesem Job, hab ich recht?"

„Das können Sie laut sagen. Ich muss mich um die ganze Organisation kümmern", erwiderte sie mit Stolz in der Stimme.

„Und müssen die Patientenberichte in den PC eintippen, hat der Doktor erwähnt. Da kann ich nur hoffen, dass die auch geheim bleiben. Wegen der Schweigepflicht, meine ich."

„Keine Sorge. Außer mir haben die beiden Doktoren das Passwort niemandem anvertraut."

Genau dies hatte Monika hören wollen und wechselte das Thema.

„Hatte Dr. Albrecht schon immer einen Partner?", fragte sie.

„Dr. Dürer meinen Sie? Ja. Soweit ich weiß, haben sie die Praxis damals gemeinsam eröffnet. Die beiden kennen sich aus dem Studium, wissen Sie? Zu Anfang hatte ich da ein paar Bedenken, als einzige Frau bei zwei Männern zu arbeiten. Man hört ja so einiges. Und ehrlich gesagt", jetzt flüsterte sie, „dachte ich erst, die beiden seien … Na, Sie wissen, was ich meine. Aber das ist Quatsch. Dr. Albrecht war sogar mal verheiratet und hat einen Sohn. Angeblich gab es da einen Skandal. Das war natürlich lange vor meiner Zeit. Bei Dr. Dürer blicke ich allerdings nicht ganz durch."

„Das ist verständlich", ging Monika darauf ein. „Männer sind nun mal komplizierter als wir, nicht wahr?"

„Wem sagen Sie das!"

„Und ich bin sicher, Sie kommen hier mit einigen skurrilen Typen in Kontakt."

„Oh, ich kann Ihnen Geschichten erzählen. Erst letzte Woche, da …"

Monika ließ sie nicht ausreden. Aus der Handtasche hatte sie die Fotos der beiden Opfer gefischt, die sie Yvonne vor die Nase hielt. Nicht die grausamen von den Tatorten, sondern die zwei älteren, die Monika von Frau Müller und Frau Goldschmied erhalten hatte.

„Kennen Sie die Personen auf den Fotos zufällig?", fragte sie.

Nach einem kurzen Blick und einem erschrockenen Ausdruck auf dem Gesicht nahm Yvonne das Bild von Herrn Steiner in die Hand. Auf das andere hatte sie kaum geachtet.

„Oh, mein Gott", rief sie aus. „Das ist Torges Vater. Aber wieso …?"

„Torges Vater?", wiederholte Monika überrascht.

„Ja, das ist er. Das ist Herr Steiner."

Yvonne setzte sich auf ihren Stuhl, ohne von dem Foto aufzusehen. Monika wartete geduldig, bis die Sprechstundenhilfe endlich den Kopf hob. Ihre roten Lippen begannen leicht zu zittern und in ihren Augen hatten sich Tränen gesammelt.

„Entschuldigen Sie", stammelte Yvonne. „Das kommt alles so plötzlich. Herr Steiner war doch erst vorletzte Woche hier gewesen. Ist er einer der Ermordeten?"

Auf diese Frage ging Monika nicht ein. „Sie kennen seinen Sohn?", wollte sie stattdessen wissen.

„Ja, klar. Er hat seinen Vater meistens begleitet. Und wir haben immer ein wenig geplaudert, wenn Herr Steiner drinnen beim Doktor war."

„Nur geplaudert?"

Die leichte Röte, die Yvonne in die Wangen gestiegen war und die Monika sehr wohl bemerkt hatte, verstärkte sich.

„Verraten Sie das bitte nicht Dr. Albrecht", antwortete sie mit einem verstohlenen Blick zur Sprechzimmertür. „Er sieht es nicht gern, wenn ... Na ja, Torge und ich, wir ... er ist mein Freund."

„Ich verstehe. Und seit wann?"

„Oh, nicht sehr lange. Bisher haben wir es auch niemandem gesagt. Torge wollte es geheim halten, bis er es seinem Vater gesagt hat. Er wollte den richtigen Moment abwarten, weil Herr Steiner doch ein bisschen ..." Yvonne kreiste ihren Zeigefinger vor der Stirn. „Sie wissen schon."

„Haben Sie sich in der Praxis kennengelernt?"

Yvonne begann zu kichern. „Ja, verrückt, was? Ich hab ihn die ganze Zeit angestarrt, als er das erste Mal mit seinem Vater kam. Torge sieht verdammt gut aus, wissen Sie? Ich hätte nie gedacht, dass er sich ausgerechnet für mich interessieren würde. Aber er kam rüber zum Tresen und hat mich angesprochen."

Während sie sprach, betrachtete Monika die Sprechstundenhilfe genauer. Unter der ganzen Schminke und den toupierten Haaren steckte eine unscheinbare junge Frau, mit Stupsnase und schiefen Zähnen. Dazu war sie eher klein und pummelig.

„So hat das alles angefangen", seufzte Yvonne. „Wir sind echt verliebt."

„Wann haben Sie sich das letzte Mal gesehen?"

Augenblicklich verschwand das Funkeln in Yvonnes Augen und ihre Stimme wurde kälter.

„Vor zweieinhalb Wochen", murmelte sie. „Hier, in der Praxis. Dabei habe ich wirklich geglaubt, dass alles ganz prima zwischen uns läuft. Aber an diesem Tag hat er mich kaum beachtet. Ich weiß nicht, was los war, und ich war zu beschäftigt, um ihn wirklich zu fragen. Und vorletzte Woche dann kam sein Vater allein."

„Sie werden doch zwischenzeitlich mit ihm telefoniert haben, oder?"

„Das wollte ich ja!", rief Yvonne aus, bevor sie sich besann und die Stimme senkte. „Er hat auf meine Anrufe und SMS überhaupt nicht reagiert. Dabei wollten wir nächstes Wochenende zusammen an die Ostsee fahren."

„Was für ein Idiot", bekräftigte Monika und schüttelte mitleidig den Kopf. „Dürfte ich Sie dennoch um seine Nummer und Adresse bitten? Sie wissen schon, wegen der ganzen Formalitäten."

Yvonne hatte sich ein wenig in Rage geredet und schniefte. Ohne ein Wort nahm sie einen Zettel und schrieb eine Nummer und Adresse darauf, die sie auswendig kannte.

„Ich danke Ihnen", sagte Monika und langte über den Tresen nach dem Zettel. „Sie haben mir wirklich sehr geholfen. Und machen Sie sich nicht allzu viele Gedanken über diesen Typen. Ich bin sicher, Sie verdienen etwas Besseres."

„Meinen Sie wirklich?", fragte Yvonne mit derart zweifelnder Stimme, dass es Monika ein wenig leidtat, nicht mehr angemessen darauf reagieren zu können, da sie längst zum Ausgang geeilt war.

Vincent Schröter parkte einige Häuser entfernt. Sein eigentliches Ziel war ein Mehrfamilienhaus auf der linken Straßenseite, in dem Volker Grimmich im Erdgeschoss wohnte. Aus der Entfernung und aufgrund des prasselnden Regens war nicht viel zu erkennen. Nur durch eines der mit einem geblümten Vorhang verdeckten Fenster schimmerte Licht. Die Straße vor dem Haus war menschenleer. Wie Monika ihm geraten hatte, war Vincent nicht allein gekommen. Je zwei Beamte warteten in ihren Wagen auf ihren Einsatz. Der eine stand weiter oben am Bürgersteig, der zweite hielt hinter ihm vor einer Baustelle.

Es war kurz nach sechs. Vereinbarungsgemäß würden die Beamten in Zivil sich unbemerkt dem Mehrfamilienhaus nähern, während er kurz darauf an der Tür klingeln und Herrn Grimmich ein paar belanglose Fragen stellen würde. Auf keinen Fall durfte Herr Grimmich dabei Verdacht schöpfen. Es ging zunächst allein darum, in die Wohnung zu gelangen, um die Situation für den weiteren Verlauf besser einschätzen zu können.

Dennoch war Vincent nervös. Die Bilder der beiden Opfer aus seinem Gehirn zu löschen, war aussichtslos. Sie verschwammen unweigerlich mit denen der Ermordeten vor zwei Jahren und mit den Schmerzen und der Angst, die er damals durchlitten hatte. Die Qualen der Opfer von den eigenen, vergangenen zu trennen, war ein Gewaltakt, der ihm misslang. Vielleicht hatte Monika recht. Einem grausamen Fall wie diesem fühlte er sich im Moment nicht gewachsen. Und doch hatte er vor Unterberg um seine Teilnahme gebettelt. Sein Ehrgeiz und seine Weigerung, sich die Schwächen einzugestehen, hatten ihn zu dieser Entscheidung getrieben. Er wollte nicht länger der Bemitleidenswerte sein, der an seinem Beruf zerbrochen war, wie einige vor ihm. Früher hatte er diese Kollegen bedauert, hatte den Kopf geschüttelt und behauptet, sie seien für diesen Beruf nicht geschaffen gewesen. Weil sie zu weich und sensibel waren.

Jetzt war er dieses Weichei und dies zu akzeptieren, dazu war er nicht bereit.

Mit neuer Entschlossenheit stieg Vincent aus dem Auto, überprüfte den Sitz seiner Dienstpistole im Schulterhalfter unter seinem Jackett und näherte sich, trotz des Regens, langsam dem Haus. Hinter den Vorhängen zeigte sich niemand und auch Geräusche waren keine zu hören. Lediglich aus der Wohnung darüber klangen Stimmen aus einem Fernseher.

Vor der Haustür angekommen, betätigte er die Klingel mit der Aufschrift *Grimmich*.

Wenig später meldete sich eine durch die Sprechanlage verzerrte Stimme.

„Mein Name ist Schröter", sagte Vincent, seinen Oberkörper nach vorn gegen die Anlage gebeugt. „Kriminalpolizei. Entschuldigen Sie bitte die Störung. Ich hätte da noch ein paar Fragen hinsichtlich des Mordes im Park."

Eine Antwort blieb aus. Bevor er wiederholt klingeln konnte, ertönte der Summer und Vincent betrat den Hausflur.

Es waren nur wenige Schritte, dann stand er vor der Wohnungstür. Dahinter entriegelte jemand ein Sicherheitsschloss und die Tür öffnete sich vorsichtig einen Spalt.

Was Vincent sah, war eine alte Frau um die siebzig, mit grauem strähnigem Haar und einer Brille vor den misstrauisch blickenden Augen.

Kurz irritiert, hielt Vincent ihr seinen Dienstausweis entgegen und sagte: „Es tut mir leid, so unangemeldet vor Ihrer Tür zu stehen. Ich wollte zu Herrn Volker Grimmich."

Die Frau zwinkerte mehrmals, legte ihren Kopf zur Seite und ließ die Tür weiter aufgehen.

„Zu Volker?", fragte sie und schien leicht amüsiert. „Ich befürchte, junger Mann, da kommen Sie zu spät."

„Wie darf ich das verstehen? Ist er weggegangen? Ich könnte morgen …"

„Nein, nein“, unterbrach sie ihn. „Mein Mann ist tot. Seit über vier Jahren. Wenn Sie wegen des neuen Rentenbescheids hier sind … Ich könnte nachsehen gehen.“

„Das … das wird nicht nötig sein. Ich … seit vier Jahren, sagten Sie?“

Von ihrer Nachricht überrumpelt, wusste Vincent im ersten Moment nicht weiter. Die alte Frau wirkte ebenso verunsichert wie er und war im Begriff, die Tür zu schließen und ihn im Flur zurückzulassen.

„Warten Sie“, rief er. „Sind Sie sicher? Ich meine, was ist mit Ihrem Sohn?“

„Ich habe keine Kinder. Sie müssen sich in der Tür geirrt haben. Bitte gehen Sie.“

„Und wenn ich Ihnen den Mann beschreibe? Vielleicht würden Sie sich erinnern.“

Bereits mitten im Satz wusste Vincent, dass er umsonst gekommen war. Der Zeuge vom Tatort hatte ihn und alle Beteiligten an der Nase herumgeführt. Allein der Name hätte ihn aufhorchen lassen müssen. Grimmich … wie die Brüder Grimm.

Unterdessen schüttelte die Frau den Kopf.

„Mit was die Polizei sich heutzutage die Zeit vertreibt“, murmelte sie. „Kümmern Sie sich lieber um meinen Hugo. Aber das scheint ja niemanden zu interessieren.“

„Wer ist Hugo?“

„Da sehen Sie's. Niemand kümmert sich drum, wenn einer alten Frau der Hund gestohlen wird.“

„Ihren …? Natürlich, ja. Ein weißer Pudel, nicht wahr?“ Vincents Enttäuschung war augenblicklich verschwunden. „Helfen Sie mir kurz auf die Sprünge. Seit wann vermissen Sie ihn?“

„Das hab ich alles schon der Polizistin am Telefon erzählt. Reden Sie denn nicht miteinander? Vor zwei Wochen ist Hugo einfach verschwunden. Ich lasse ihn manchmal allein vor die Tür, wenn ich Probleme mit dem Laufen habe. Arthritis, wissen Sie? Ich öffne einfach die Haus- und die Wohnungstür, damit Hugo hinaus- und wieder herein-kann. Er bleibt nur vorn auf dem Rasen, das weiß ich. Er würde niemals über die Straße rennen oder einfach davonlaufen. Jemand muss ihn gestohlen haben. Eine volle Stunde habe ich gewartet und bin anschließend nachsehen gegangen. Nichts. Dann habe ich die Polizei angerufen. Die Frau hat gedacht, ich sei nicht ganz richtig im Kopf. Dabei sieht man das dauernd bei RTL, dass Hunde gekidnappt werden."

„Solche Ermittlungen brauchen Zeit", versuchte Vincent zu beschwichtigen. „Hat man die Nachbarn befragt?"

„Das hab ich ganz allein machen müssen! Ich hab sogar Zettel aufgehängt, aber passiert ist nichts. Niemand hat ihn gesehen. Mein armer Hugo. Er ist so ein braver Hund und so vertrauensselig."

„Ich bin sicher, wir werden ihn finden."

Die Emotionen hatten Frau Grimmich übermannt. Sie zog ein besticktes Taschentuch aus ihrer Strickjacke, hob die Brille an und tupfte sich die Augen trocken.

„Ich will Sie nicht länger belästigen", sagte Vincent. „Ich werde mich persönlich um Ihren Hugo kümmern und Sie auf dem Laufenden halten."

Die alte Frau nickte. „Hoffentlich ist ihm nichts passiert."

„Ich bin sicher, es geht ihm gut."

Mit dieser Notlüge verabschiedete sich Vincent, eilte durch den Regen zurück zu seinem Wagen und gab seinen Kollegen ein Zeichen zum Rückzug.

Hugo, dachte er dabei kopfschüttelnd. Wer, in aller Welt, nennt seinen Pudel *Hugo*?

Kapitel 9

Gleich nachdem die Kriminalhauptkommissarin sein Sprechzimmer verlassen hatte, eilte Dr. Dennis Albrecht zu seinem Schreibtisch, holte aus der untersten Schublade ein Glas und eine Flasche Bourbon hervor und goss sich großzügig ein.

„Hat dich das Gespräch nervös gemacht?"

Dennis stellte das gierig geleerte Glas auf den Schreibtisch und sah zu der geöffneten Durchgangstür, die zum Sprechzimmer seines Kollegen führte. Jonas Dürer stand dort gegen den Rahmen gelehnt, die Arme vor der Brust verschränkt.

„Wie lange lauschst du da schon?", fragte Dennis zurück.

Jonas zuckte mit den Schultern. „Keine Ahnung. Lange genug jedenfalls, um zu wissen, wie verstörend das für dich gewesen sein muss. Gibst du mir auch was von deinem Beruhigungstrank?"

Aus der Schublade nahm Dennis ein weiteres Glas und schenkte sich und Jonas ein.

„Was machst du hier überhaupt?", fragte Dennis und reichte seinem Kollegen das Glas. „Ich dachte, du wärst längst zu Hause."

„Ich hatte was vergessen. Zum Glück, könnte man sagen. Ansonsten hätte ich sicherlich einiges verpasst."

Jonas hob sein Glas zum Toast und trank. Dennis beobachtete ihn, verärgert über dessen Neugier. Jonas wusste zu viel, als dass er nicht erkennen würde, welche Folgen das geführte Gespräch mit der Kommissarin haben könnte.

„Es ist nur ein dummer Zufall", sagte Dennis. „Zwei wahllose Opfer, die unglücklicherweise bei uns in Behandlung waren."

„Bei dir", verbesserte Jonas. „Die bei dir in Behandlung waren."

„Ja, in unserer Praxis."

Wiederholt zuckte Jonas mit den Schultern und setzte sich in den Sessel.

Wie lange, überlegte Dennis, kannten Sie sich bereits? Seit ungefähr zwanzig Jahren, vielleicht erst neunzehn. Eine lange Zeit jedenfalls, in der sie alles miteinander geteilt hatten. Die Wohnung im Studentenwohnheim, das Geld, das sie bei ihren Aushilfsjobs verdient hatten, wie auch die Höhen und Tiefen ihres jugendlichen Leichtsinns. Es gab wohl kaum ein Thema, über das zwei angehende Psychotherapeuten wie sie nicht gesprochen hätten, um anschließend ihre Antworten gegenseitig zu analysieren.

„Warum hast du ihr nicht die Wahrheit gesagt?"

„Ich habe die Frau nicht belogen. Ich habe ihre Fragen nach bestem Wissen beantwortet."

„Das ist nicht unbedingt dasselbe", erwiderte Jonas. „Zumal es heißen müsste, nach bestem Wissen *und* Gewissen. Was ist mit Letzterem?"

Dennis ging auf seinen Freund und Kollegen zu und sah auf ihn herab. Jonas war so alt wie er. Größer allerdings und weniger attraktiv. Weder hässlich noch gutaussehend. Ein Nullachtfünfzehn-Gesicht, wie eine Kommilitonin einmal bemerkt hatte. Ein Gesicht ohne Eigenschaften, eines, das man sofort wieder vergaß. Früher hatte Jonas darunter gelitten. Während Dennis die jungen Frauen reihenweise abgeschleppt und mit seinen Eskapaden geprahlt hatte, blieb ihm nur die Rolle des Zuhörers. Darüber hatte sich Jonas nie beschwert. Lediglich ein einziges Mal hatte Dennis bemerkt, wie die Schadenfreude in seinem Freund aufgestiegen war. Damals, als seine Ehe in die Brüche ging.

Das alles war Schnee von gestern. Letztendlich hatte nichts und niemand sie auseinandertreiben können.

„Was soll das jetzt?“, fragte er irritiert. „Warum greifst du mich an?“

„Ich greife dich nicht an. Ich verstehe dich bloß nicht.“

Etwas erschöpft von dem Tag hockte sich Dennis auf die breite Lehne des Sofas und starrte in sein halbgeleertes Glas. Ihm war nicht nach Reden zumute. Er wollte nach Hause, zwei Tabletten schlucken und gedankenlos einschlafen.

Nach kurzem Schweigen lehnte Jonas sich vor und berührte mit der flachen Hand sein rechtes Knie.

„Du hast die Kommissarin gehört“, sagte er, in diesem ihm eigenen, vorwurfsvollen Tonfall. „Die Opfer starben wie Rumpelstilzchen und Pechmarie. Wie in den Märchen.“

Dennis hob den Kopf in den Nacken und schloss die Augen.

„Märchen, Dennis! Und die Opfer waren deine Klienten. Das kannst du nicht einfach ignorieren!“

„Was du da sagst, ist kompletter Schwachsinn. Niemals würde Paul etwas derart Grauenvolles tun! Außerdem, woher sollte er von den Problemen meiner zwei Klienten gewusst haben? Wie sollte er an meine Aufzeichnungen gekommen sein?“

„Keine Ahnung“, erwiderte Jonas schulterzuckend. „Aber ganz egal, wer nun die Morde begangen hat, dieser Jemand kannte deine Notizen. Und jetzt sieh mich an und sag mir, dass du dabei nicht zumindest einen Moment lang an Paul gedacht hast.“

Die Hand war von seinem Knie verschwunden. Als Dennis sich Jonas zuwandte, lehnte dieser sich weit im Sessel zurück und blickte ihn durchdringend an.

„Natürlich hat Paul Probleme“, sagte er schließlich. „Und natürlich ist die Sache mit den Märchen verstörend. Eben weil sie genau zu ihm passen würden. Aber Mord? Wir reden hier von meinem Sohn!“

„Ich behaupte ja nicht, dass es unbedingt so sein muss, Dennis. Andererseits … du weißt, wie labil er nach dem Unfall war. Sie hätten Paul in die Psychiatrie gesteckt, wenn er nicht freiwillig die Therapie bei mir gemacht hätte."

Das war ein Fehler gewesen, dachte Dennis, obgleich dies wie die beste und nahestehende Lösung geklungen hatte. Nicht allein deshalb, weil Paul keinen anderen Arzt akzeptieren wollte. Er hatte hartnäckig auf einem Therapeuten bestanden, dem er vertraute, den er seit Kindestagen kannte und vor dem er keine Scheu zu haben brauchte. Von dem er glaubte, dass kein einziges Wort jemals die Wände des Sprechzimmers verlassen würde.

Für seinen Vater ein unerträglicher Zustand.

Denn für Dennis waren lediglich die äußeren Spuren sichtbar geblieben. Die Umstände des Unfalls, der seiner Ex-Frau und Tochter das Leben gekostet hatte, sowie das daraus resultierende abweisende und aggressive Verhalten seines Sohnes, das ihn beinahe in die Klapsmühle gebracht hätte.

Über das Innenleben seines Sohnes dagegen erfuhr er nichts. Diese Ungewissheit hatte Dennis nicht lange ertragen. Er brauchte Antworten. Antworten auf Pauls Flucht in Selbstgespräche und Bücher, auf seinen unterschwelligen Hass, den er ihm gegenüber deutlich spüren ließ, und vor allem auf die Frage, was er – Dennis – falsch gemacht hatte.

„Ich denke, ich kann beurteilen, was in Paul vorgeht", holte Jonas ihn aus seinen Gedanken. „Sein unauffälliges Verhalten der letzten Jahre wird reine Fassade gewesen sein. Er hatte sich damals nicht unter Kontrolle und er wird sich auch jetzt nicht unter Kontrolle haben. Er ist abgehauen, weil er dir nicht schaden wollte. Diese Rücksichtnahme könnte er aufgegeben haben. Und wer kann schon ahnen, wo er im Moment steckt und welche Pläne er schmiedet?"

Da war das unausgesprochene Wort, das Dennis verdrängt hatte: Vergeltung. Weil Paul ihm die Schuld für alles zugeschoben hatte.

„Hat er sich je bei dir gemeldet?", fragte Dennis.

Jonas schüttelte den Kopf. „Glaubst du, ich hätte es dir verschwiegen? Er hat nie wieder nach der Therapie mit mir geredet. Was ist mit dir?"

„Nichts. Ich habe ihn jahrelang, wie du weißt, in meiner Zweitwohnung in Dahlem wohnen lassen. Aber auf meine Besuche und Anrufe hat er nie reagiert. Und nachdem er vor zwei Jahren einfach verschwunden ist … nie ein einziges Wort von ihm. Es ist mir schwergefallen, die Wohnung an Fremde zu vermieten." Dennis sah auf seinen Freund, voller Unbehagen vor dem, was er als Nächstes zum ersten Mal aussprechen würde. „Er gibt mir die Schuld, nicht wahr?"

„Tu nicht so scheinheilig." Jonas nahm den letzten Schluck aus seinem Glas und drehte es in den Handflächen hin und her. „Wir wissen beide, dass du heimlich in meinen Notizen geschnüffelt hast. Also weißt du genau, wie Paul darüber denkt."

Diesen Vertrauensbruch hatte Jonas ihm gegenüber nie erwähnt. Wahrscheinlich, weil er nachvollziehen konnte, wie schwer es für einen Vater sein musste, in Unwissenheit über die Gedanken seines gestörten Kindes zu leben. Aus diesem Grund hatte Dennis die Aufzeichnungen der Therapiesitzungen gelesen und seine Vermutung über den Hergang des Unfalls bestätigt gefunden.

Im Nachhinein wünschte Dennis, er hätte seine Neugier gezügelt.

„Und wenn du recht hast?", fragte er. „Was sollte Paul damit bezwecken? Warum dieser übertriebene Aufwand mit den Morden?"

„Ist das nicht offensichtlich? Die beiden Opfer sind ihm völlig egal gewesen. Es ging ihm *nur* um den Aufwand.

Der penibel durchdachte Bezug zu den Märchen, das ist eine stumme Warnung an die einzige Person, die diesen Bezug verstehen würde ... und der er wirklich damit schaden will."

Dennis schwieg. Dann sprang er auf, ging zum Schreibtisch und wieder zum Sofa. Jonas war ebenfalls aufgestanden.

„Rumpelstilzchen und Pechmarie", sagte er, „das ist erst der Anfang. Paul wird weitermorden und irgendwann wirst *du* der Nächste sein! Und deshalb musst du dringend mit der Kommissarin reden."

„Das kannst du unmöglich von mir verlangen, Jonas! Niemals werde ich meinen Sohn der Polizei ausliefern, ganz egal, was er verbrochen haben mag. Auf keinen Fall! Immerhin sind das alles nichts weiter als Spekulationen. Was ist, wenn du dich irrst? Nein, ich werde Paul allein ausfindig machen und mit ihm reden. Und wenn er tatsächlich für all das verantwortlich sein sollte, werde ich ihn davon überzeugen, den Wahnsinn zu beenden."

Jonas stellte sein Glas auf dem Tisch ab und legte eine Hand auf Dennis' Schulter.

„Genau mit dieser Reaktion", sagte er, „wird Paul gerechnet haben. Bitte, Dennis, denk darüber nach."

„Was willst du dagegen tun? Wirst du mich bei der Kommissarin verpfeifen?"

Langsam glitt die Hand von seiner Schulter. Ihre Blicke trafen sich und Jonas schüttelte den Kopf.

„Nein, das werde ich nicht."

„Dann hilf mir, ihn zu finden."

Sein Freund wandte sich ab, so dass Dennis in seinem Gesicht nicht lesen konnte. Seine Stimme, als er zu reden begann, klang überraschend kontrolliert.

„Paul muss in Berlin sein. Anders wird er seine Pläne nicht durchführen können."

„Aber wo?", fragte Dennis.

„Deine Zweitwohnung ist vermietet, hast du gesagt?"
„Zurzeit steht sie leer. Wieso? Paul hat längst keinen Schlüssel mehr."
„Wann hast du zuletzt die Schlösser ausgetauscht?"
Im ersten Moment wusste Dennis nicht, worauf Jonas hinauswollte. Auf die Idee, dass Paul sich Nachschlüssel hätte machen können, war er nie gekommen.
„Ich verstehe", sagte er schließlich. „Wir sollten hinfahren und nachsehen."
Jonas winkte ab. „Nicht heute. Es ist spät. Und ich muss zu einer Verabredung. Lass uns morgen Vormittag fahren, da ist eh keine Sprechstunde. Das gibt uns die Zeit, alles noch einmal zu überschlafen."
„Wie du willst."
Langsam ging Jonas zur Tür. Dennis sah ihm erschöpft hinterher.
Wie gut, dachte er, konnte man einen Menschen, und sei es der eigene Sohn, wirklich kennen?

Dass Vincent auf ihrer Couch saß, war ein ungewohnter Anblick.
Bereits als er an der Tür geklingelt hatte, war Monika unschlüssig darüber gewesen, ob sie ihn überhaupt hineinbitten sollte. Natürlich hatte sie ihn nicht draußen stehen lassen können, wenngleich seine Anwesenheit alte Erinnerungen heraufbeschwor, mit denen sie eigentlich abgeschlossen hatte. Dies war auch der Grund, weshalb sie am Esstisch nicht neben, sondern ihm vis-à-vis Platz genommen hatte.
„Er hat uns reingelegt", sagte er aufgebracht und fuhr sich mit den Händen durch sein vom Regen durchnässtes Haar. „Und wir sind drauf reingefallen wie blutige Anfänger. Ich bin mir bei der Frau völlig idiotisch vorgekommen!"
So ganz wurde Monika das Gefühl nicht los, dass er mit dem Idioten mehr sie als sich selbst meinen könnte.

Immerhin hatte sie mit dem Mann am Tatort gesprochen, nicht Vincent.

„Tut mir leid“, sagte er mit einem verlegenen Lächeln, „dass ich unangemeldet vorbeigeschneit komme. Ich war aufgebracht und musste einfach mit jemandem reden.“

„Schon in Ordnung. Trinkst du ein Glas Rotwein mit mir?“

Vincent nickte und Monika verschwand in der Küche, um Gläser und eine Flasche zu holen. Im Wohnzimmer nahm er ihr die Flasche ab, griff nach dem Korkenzieher auf dem Tisch und öffnete den Wein.

„Er muss den Ausweis gefälscht haben“, murmelte Vincent, noch immer verärgert, und goss ihnen ein. „Und er muss genau gewusst haben, wessen Identität er da gestohlen hatte. Ausgerechnet Grimmich! Der Kerl macht sich lustig über uns.“

„Hast du auf dem Revier wegen des Hundes nachgefragt?“

„Klar hab ich das. Die Frau hat den Hund vor zwei Wochen als vermisst gemeldet, genau, wie sie behauptet hat.“

Monika schwieg und trank. Es ärgerte sie, dass sie sich kein präzises Bild mehr von dem Mann ins Gedächtnis rufen konnte. Woran sie sich dunkel erinnerte, waren ein zotteliger Bart und ein tief ins Gesicht gezogener Hut. Der Bart war höchstwahrscheinlich falsch oder längst wieder abrasiert worden. Den blöden Köter, ja, den hätte sie bis ins Detail beschreiben können. Der Mann aber blieb eine verschwommene Silhouette. Sie würde mit den Beamten sprechen müssen, die den Verdächtigen mit ihr befragt hatten.

„Unterberg reißt uns den Kopf ab“, sagte Vincent.

„Lass den mal meine Sorge sein. Mein Gespräch mit dem Therapeuten war zum Glück nicht gänzlich umsonst gewesen“, beschwichtigte Monika und berichtete ihm von ihrem Besuch in der Praxis. „Ich werde ihn und seinen Partner überprüfen lassen. Außerdem haben wir jetzt die

Adresse von diesem Torge Steiner. Ganz so blöd stehen wir also gar nicht da, wenn ich Unterberg morgen unter die Augen trete."

„Glaubst du, der Arzt hat was damit zu tun?"

„Schwer zu sagen. Er ist ein arroganter, selbstgefälliger Trottel. Und ich hatte das Gefühl, dass er mehr im Bilde war, als er vorgab. Woher auch immer."

„Wir brauchen DNA-Proben von allen Verdächtigen. Das eine Haar, das ich gefunden habe, ist der einzig konkrete Hinweis, den wir vorweisen können."

„Das habe ich bereits veranlasst."

„Okay", sagte Vincent und sah sie an. „Dann bleibt uns nichts anderes übrig als abzuwarten."

Monika senkte den Blick in ihr Glas. Im Moment war wohl alles gesagt und der unangenehme Teil begann. Wenn sie nicht schnellstens ein unverfängliches Thema fand, würde Vincent fragen, wie es ihr ging, ob sie jemand Neues getroffen hätte oder was sie so machte.

„Und?", fragte er. „Wie geht es dir sonst? Hast du jemanden kennengelernt?"

Sie versuchte zu lächeln. „Nein, niemand. Du?"

Bevor Vincent etwas erwidern konnte, hörte Monika mit Erleichterung das Öffnen der Wohnungstür. Wenige Sekunden später trat Sven ins Wohnzimmer und blickte verwirrt erst auf ihren Ex-Freund, dann auf sie.

„Hallo, Sven", begrüßte ihn Vincent. „Lange nicht gesehen."

„Äh, nein. Hi."

„Tja, ich denke, ich sollte besser gehen." Vincent stellte sein unangetastetes Glas ab und stand auf. „Wir sehen uns morgen früh im Büro." Und an Sven gerichtet sagte er: „Hat mich gefreut. Cooles Trikot übrigens."

„Danke. Mach's gut."

Während Sven darauf wartete, dass Vincent den Weg aus der Wohnung fand, hob Monika entschuldigend die

Augenbrauen. Beide lauschten sie dem Geräusch der zufallenden Tür.

„Sieh mich nicht so komisch an", sagte sie. „Ich habe ihn nicht eingeladen. Vincent war rein beruflich hier."

„Das will ich schwer hoffen."

Die Trennung von Vincent hatte Sven ziemlich zu schaffen gemacht. Immerhin hatte es Wochen gedauert, ehe er sich mit dem Gedanken an einen neuen Liebhaber seiner Mutter anfreunden konnte. Als er die Tatsache endlich akzeptiert hatte, war die Beziehung längst in die Brüche gegangen. Noch einmal konnte sie ihm das nicht antun.

„Wo kommst du jetzt eigentlich her?", fragte Monika ausweichend und deutete auf sein Shirt. „Warst du etwa beim Fußball?"

Sven verdrehte die Augen und ließ sich auf die Couch fallen.

„Ich hab das Datum verwechselt", stöhnte er. „Ich dachte, das Spiel sei einen Tag später, und hab Papa was von wichtigen Terminen morgen erzählt. Und als er mich heute Nachmittag abholen kam, ist mir spontan keine Ausrede mehr eingefallen."

„Hast du dich wenigstens amüsiert?"

Svens Gesichtsausdruck war Antwort genug. „Ich begreife diese Hysterie wegen eines Balls einfach nicht. Zum Glück hat Union gewonnen. Papas Laune beim Rückstand vor der Halbzeit war schlimm genug."

„Warum sagst du deinem Vater nicht, wie bekloppt du den Sport findest. Fußball ist halt nichts für dich. Das hätte ich dir von Anfang an sagen können. Schon als Kind hast du dich in der Schule davor gedrückt."

„Na ja", ruderte Sven ein wenig zurück, „so schlimm war es nun auch wieder nicht. Vielleicht, wenn ich öfter hingehe …"

„Wenn du das wirklich ernst meinst, nur zu. Es gibt bestimmt einen schwulen Fußballverein in Berlin", scherzte sie. „Damit würdest du deinen Vater wenigstens zur Hälfte glücklich machen."

„Sehr witzig, Mama."

„Lass mir doch den Spaß. Mein Tag war anstrengend genug."

„Gab es wieder einen Mord?" Sofort richtete Sven sich auf und hatte das Fußballspiel verdrängt.

„Nein, heute nicht. Aber dein Gerede neulich über Therapeuten hat mich auf eine neue Spur gebracht, der ich nachgehen musste."

„Krieg ich eine Belohnung, wenn meine sachdienlichen Hinweise zur Festnahme führen?"

„Davon sind wir noch weit entfernt", erwiderte sie und fügte resigniert hinzu: „Und wenn die Ermittlungen sich weiter hinziehen wie bisher, wirst du nie eine kriegen."

Sandra Müller stand am Zaun ihres Grundstücks und starrte die laternenbeleuchtete und von Pfützen gesprenkelte Straße entlang in Richtung des Hauses von Walter Steiner und des Parks. Sie hatte den Regenguss abgewartet, bevor sie ohne Jacke und nur mit den Hausschuhen an den Füßen hinausgegangen war. Wie lange sie hier schon stand und gedankenverloren ins Leere starrte, konnte sie nicht mehr mit Sicherheit sagen.

Die letzten zwei Nächte hatte sie, trotz der Tabletten, keine Minute geschlafen. Zu viel ging ihr ständig durch den Kopf. Sie dachte an Walter, an seinen zerstückelten Leichnam, an die Jahrzehnte, die sie mit ihm in dieser Nachbarschaft gelebt hatte, und an seine pathologische Liebe zu ihr, an der sie nie zu zweifeln brauchte und die sie plötzlich vermisste. Seit sie denken konnte, war Walter Teil ihres Lebens gewesen. Er blieb die einzige Konstante, auf die sie sich hatte verlassen können und auf die sie sich verlassen hatte. Wie nie ein anderer hätte Walter alles für sie getan.

Diese Gedanken waren nicht fair. Weder Oliver noch Joachim gegenüber. Immerhin wusste sie genau, dass Walters Hingabe nicht gesund, ja manchmal sogar gefährlich gewesen war. Und dennoch hatte sie diese Aufmerksamkeit genossen.

Damit war endgültig Schluss.

Sie starrte weiter über den Zaun, die Arme schützend vor der kühlen Nachtluft um den Oberkörper geschlungen. Ihren Ehemann bemerkte sie erst, als er vor der Gartentür stand. Er musste aus der entgegengesetzten Richtung gekommen sein, in seinem dunkelblauen Mantel und dem alten verbeulten Hut, den sie längst hatte entsorgen wollen.

„Wo kommst du denn her?", fragte sie erstaunt. „Ich wusste gar nicht, dass du weg warst."

Die gestrige Frage der Kommissarin, wo Joachim und sie am Sonntagmorgen gewesen waren, spukte erneut durch Sandras Kopf. Sie hatte die Polizei belogen. Niemals hätte sie bemerkt, wenn Joachim vor ihr aufgestanden und aus dem Haus gegangen wäre. Das allein war ja der Sinn und Zweck ihrer Tabletten. Für einige Stunden ihr Gehirn auszuschalten, um tief und fest im künstlichen Schlaf der Realität entfliehen zu können.

„Ich hab meinen Spaziergang gemacht", sagte Joachim und betrat das Grundstück. „Wie jeden Abend."

„Im Regen?"

„Ich hab bloß die kleine Runde gedreht, einmal um den Block. Da war der Regen so gut wie vorbei."

Bei ihr angekommen, legte Joachim seinen Arm um sie. Sandra krampfte innerlich ein wenig zusammen und hoffte vergeblich, dass Joachim nichts bemerkte. Er sah zu ihr herab und drückte sie, wie zum Trotz, enger an sich.

Diese Reaktion hatte ihr Mann nicht verdient. Wie Walter wollte auch er nur das Beste für sie. Warum also konnte sie es nicht bedingungslos akzeptieren? Was stimmte nicht mit ihr, dass sie Walter alles verzieh und Joachim nichts?

„Ich dachte, ich hätte ein Licht gesehen“, sagte Sandra und deutete die Straße entlang. „In Walters Haus.“

„Was denn für ein Licht?“

„Ich weiß nicht genau. Es war so ein schwaches, flackerndes, wie von einer Taschenlampe. Ist dir nichts aufgefallen? Du musst doch vorhin dran vorbeigelaufen sein.“

Sein Arm löste sich von ihrer Schulter und Joachim starrte mit ihr auf das im Dunkel liegende Haus ihres ehemaligen Nachbarn.

„Nein“, sagte er. „Mir ist nichts aufgefallen. Wahrscheinlich hast du dich geirrt.“

„Ich bin mir ganz sicher. Glaubst du, das war Torge?“

„Warum sollte Torge eine Taschenlampe benutzen wie ein gewöhnlicher Einbrecher?“, fragte er. „Immerhin wird das Haus jetzt wohl ihm gehören.“

„Er hätte sich ruhig mal bei uns melden können.“

„Vergiss Torge“, antwortete Joachim hart, als meinte er damit den Vater und nicht den Sohn. „Das geht uns alles nichts mehr an. Das ist vorbei.“

„Und wenn er dort einzieht?“

„Das bezweifle ich. Torge wird das Haus verkaufen und mit dem Geld verschwinden.“

Sandra trat einen winzigen Schritt von Joachim fort. Ihr war kalt geworden und sie wollte ins Bett. Zudem begann es zu nieseln.

„Du musst ihn vergessen“, hörte Sandra seine Stimme, als sie das Haus fast erreicht hatte. „Er ist tot. Wann begreifst du das endlich?“

Kapitel 10

Der Leichnam lag bäuchlings im flachen Wasser.

Monika Seyfarth und Vincent Schröter standen vor dem Brunnen auf dem Wittenbergplatz, hinter ihnen das Kaufhaus des Westens, rechts ein Bauzaun, der das Betreten einer Baustelle verhindern sollte. Der Brunnen war quadratisch, an den Ecken mit metallenen Skulpturen verziert und in der Mitte ragte ein merkwürdiges, ebenfalls metallenes Gebilde empor, aus dem Wasser in das Becken plätscherte.

Dieser Teil des Platzes war vollständig abgesperrt. Uniformierte Beamte hinderten die wenigen Schaulustigen, den Ort zu betreten, und weitere Beamte durchkämmten die Rasenflächen neben dem Brunnen. Zum Glück war es früh am Morgen, so dass die Geschäfte entlang der Tauentzienstraße geschlossen und die Passanten keinen Grund zum Einkaufen hatten.

„Mitten in der Stadt", murmelte Vincent neben ihr. „Diesmal muss jemand was gesehen haben."

„Es hat die ganze Nacht geregnet", gab Monika zu bedenken. „Und es ist Mittwoch. Mach dir mal keine allzu großen Hoffnungen."

Der Mann, der vor ihnen im Wasser lag, trug feste Schuhe, eine Jeans unter dem beigen Parka und Lederhandschuhe an beiden Händen. Seine Haare waren dunkel und trieben wie Seetang auf den seichten Wellen. Verletzungen waren keine erkennbar.

„Was ist jetzt? Soll ich ihn umdrehen?"

Erkan Gökdal sah verschlafen aus. Dunkle Ränder zierten seine Tränensäcke und Stoppeln seine Wangen. Wie jeder der Anwesenden war auch er aus dem Schlaf gerissen worden.

„Okay“, bestätigte Monika. „Sehen wir dem armen Kerl ins Gesicht.“

Gökdal winkte einem der Beamten und gemeinsam stiegen sie in das Wasserbecken, griffen nach seinen Beinen und Schultern und drehten ihn auf den Rücken.

Das Gesicht des Mannes war leicht geschwollen, der Mund offen und die Augen waren geweitet. Er schien nicht älter als dreißig zu sein.

„Wenn das wieder einer von Dr. Albrechts Patienten ist“, sagte Monika, „dann wird er mächtig Probleme kriegen.“

„Was meinen Sie, Gökdal?“, fragte Vincent. „Der Mann kann in dem bisschen Wasser doch nicht ertrunken sein, oder?“

„Wahrscheinlich nicht. Zudem hätte es einiges an Kraft gekostet, ihn lange genug nach unten zu drücken.“

Gökdal, der noch immer mit den Schuhen im Wasser stand, kniete sich zu dem Leichnam und deutete auf den geöffneten Mund.

„Da steckt was in seinem Hals.“

„Können Sie erkennen, was es ist?“ Monika war dicht an den Beckenrand getreten und beugte sich vor.

„Schwer zu sagen. Besser, wir nehmen ihn mit, wie er ist, und überlassen die Untersuchung der Gerichtsmedizin.“

„Glauben Sie, er war bereits tot, als man ihn hier reingeworfen hat?“

„Gut möglich.“ Gökdal stieg aus dem Becken und schüttelte abwechselnd seine durchnässten Schuhe und Hosenbeine. „Was allerdings bedeuten würde, dass ihn jemand von der Straße zum Brunnen geschleppt haben muss.“

Monika blickte sich um. Die einzigen Parkmöglichkeiten befanden sich in der Sackgasse vor dem Kaufhaus beziehungsweise in der Straße auf der gegenüberliegenden Seite des Brunnens. Die Tauentzienstraße auf der Nordseite, mit dem U-Bahnhof Wittenbergplatz auf dem breiten Mittelstreifen, bot keinerlei Haltemöglichkeiten.

„Was ist mit Zeugen?", fragte sie. „Irgendjemand mit einem Pudel vielleicht?"

„Einem Pudel?" Gökdal sah sie verwundert an, bevor er auf ihre eigentliche Frage reagierte. „Ja, wir haben einen. Ein Obdachloser, der hinter dem Bauzaun sein Lager aufgeschlagen hat. Einen Hund besitzt er, soweit ich weiß, nicht. Er sitzt dort drüben auf der Bank."

Monika folgte seiner Handbewegung zu dem Mann, der, in eine Decke gehüllt, an einem Becher nippte.

„Okay, ich werde mich gleich darum kümmern. Gibt es weitere Spuren, Abdrücke oder Ähnliches?"

„Sehen Sie sich den Boden und den Rasen doch an. Alles ist nass vom Regen. Selbst wenn wir was finden, wird es uns nicht viel helfen. Die einzigen brauchbaren Hinweise, die es geben könnte, werden Sie an der Leiche finden."

Erneut fiel Monikas Blick auf den Toten. Gemessen an den beiden anderen Opfern war er einen vergleichsweise unscheinbaren Tod gestorben.

„Um welches Märchen handelt es sich diesmal?", fragte Vincent, der dieselben Überlegungen angestellt hatte wie sie. „Ähnlichkeit mit der Hexe aus *Hänsel und Gretel* scheint der Typ ja nicht gerade zu haben. Außerdem hätte man ihn dann wohl eher verbrennen müssen."

Vincent spielte auf die sieben Steine an, die am Tatort im Park gefunden worden waren.

„Womöglich haben wir etwas übersehen", murmelte Monika.

„Wolltest du nicht dein neues Märchenbuch nach Geschichten mit Steinen durchforsten?"

„Wann denn? Die Morde passieren so Schlag auf Schlag, dass ich gar nicht mehr weiß, wo mir der Kopf steht", erwiderte sie gereizt und wandte sich an Gökdal. „Haben Sie irgendwas Ungewöhnliches im Brunnen gefunden?"

„Wir haben bisher nicht alle Spuren gesichert“, sagte er. „Wie es aussieht, schwimmen allerdings nur die üblichen Sachen im Wasser. Papier, Plastikflaschen und … ach ja, in der hinteren Ecke liegt eine tote Ente.“

„Eine Taube, meinen Sie.“

Gökdal sah Monika vorwurfsvoll an. „Nein, eine Ente. Ich kenne den Unterschied, glauben Sie mir.“

Um seine Biologiekenntnisse zu überprüfen, ging Monika mit Vincent auf die andere Seite des Brunnens. Tatsächlich trieb dort eine tote männliche Stockente über einem der Abflüsse.

„Soll das unser nächster Hinweis sein?“, fragte Vincent skeptisch.

„Ich bin mir nicht sicher“, sagte Monika. „Enten gibt es gewöhnlich in Wassernähe. Und damit meine ich Seen und Teiche und nicht dieses abgestandene Brackwasser hier. Außer, jemand hat Tauben gefüttert und die Ente vom Tiergarten angelockt.“

„Woran ist sie gestorben?“

„Jedenfalls nicht durch einen Raubvogel oder einen Zusammenprall mit einem Auto. Dafür sieht sie zu unbeschädigt aus. Am besten, Gökdal nimmt sie mit. Dann kann Baumbach sich darum kümmern.“

Neben ihr begann Vincent zu kichern. „Na, das wird Baumbach gefallen. Einen Toten und eine Ente nebeneinander auf seinem Seziertisch. Ich kann seinen Gesichtsausdruck direkt vor mir sehen.“

„Da muss er durch“, erwiderte Monika trocken. „Wenn wir ansonsten keinen Hinweis finden, muss diese Ente absichtlich zurückgelassen worden sein. Warum sollte unser Mörder plötzlich aufhören, neue Spuren für uns zu legen?“

„Weil dies sein letzter Mord gewesen ist?“, überlegte Vincent.

Sie sahen sich an und ahnten beide, dass dem nicht so sein würde. Serienmörder mochten eine Pause einlegen, manchmal für Jahre, bis der Drang zu töten stärker wurde als die Gefahr, geschnappt zu werden. Eines aber taten sie nicht. Sie hörten nicht auf.

Erkan Gökdal war ihnen langsam um den Brunnen gefolgt und zeigte auf den toten Vogel.

„Der Hals ist unnatürlich nach hinten gekrümmt", sagte er. „Ich tippe auf Genickbruch."

Ohne darauf einzugehen, ließ Monika ihren Blick über den Platz gleiten. Zu den beiden Rasenflächen links und rechts des Brunnens, auf denen Beamte weiterhin nach Spuren suchten, zu den beiden Zufahrtsstraßen, von denen der Täter gekommen sein mochte, und zum Bauzaun, hinter dem eines der Häuser saniert wurde. Dass es nahezu ausgeschlossen war, an solch einem Ort eine Leiche unbemerkt zu deponieren, musste der Mörder gewusst haben. Warum war er dieses Risiko eingegangen?

„Wann werden Sie mit der Spurensuche fertig sein?", fragte sie Gökdal.

„Wird nicht mehr lange dauern", antwortete er. „Wenn Sie genug gesehen haben, könnte die Leiche gleich in die Gerichtsmedizin."

„Dann lassen Sie sie wegschaffen. Je eher der Tote bei Baumbach ist, umso besser. Und vergessen Sie die Ente nicht."

Monika wandte sich von Gökdal ab, der sich seine stoppelige Wange kratzte, und deutete Vincent, sie zu begleiten.

„Wir müssen uns beeilen", sagte sie zu ihm. „Ich habe in einer Stunde einen Termin bei Unterberg."

Vincent sah sie mit erhobener linker Augenbraue an, was Monika mit einem grunzenden Geräusch kommentierte.

„Natürlich wird es Ärger geben“, seufzte sie. „Deshalb brauche ich so viele neue Informationen wie möglich. Du wirst also nachher zu Baumbach ins Leichenschauhaus fahren und ihm Druck machen. Ich will zumindest wissen, woran unser neues Opfer gestorben ist und um wen es sich handelt.“

Während Monika sprach, näherten sie sich dem Obdachlosen, der vornübergebeugt auf den Boden starrte und wie vorhin an seinem Becher nippte. Der Mann schien um die vierzig zu sein, mit eingefallenen Wangen, grau-braunen Haaren und dünnen Beinen, die in einer zerschlissenen Jeans unter seiner Decke hervorragten.

„Ist das der Mann vom ersten Tatort?“, flüsterte Vincent, kurz bevor sie bei der Bank angekommen waren.

„Nein, das ist ein anderer“, erwiderte Monika leicht gereizt, da sie sich weiterhin vorwarf, bei der Befragung am Sonntag derart fahrlässig gehandelt zu haben. Lediglich der zottelige Bart des ersten Zeugen sowie sein altmodischer Hut und Mantel waren ihr in Erinnerung geblieben. Der Mann auf der Bank dagegen schien wesentlich jünger und dünner.

Vincent setzte sich neben ihn und begann, weil Monika stehengeblieben war, die Fragen zu stellen. Die Stimme des Obdachlosen klang tief und rau und seine wässrigen Augen wanderten nervös zwischen Vincent und ihr hin und her.

Er war von seinem Schlafplatz auf der Baustelle aufgeschreckt worden, berichtete der Mann, als er vor dem Zaun betrunkenes Grölen gehört hatte. Jemand in einem langen Mantel und mit Hut hielt einen Kumpel im Arm und eine Bierflasche in der freien Hand. Der Kumpel schien halb bewusstlos, da sein Kopf nach vorn auf die Brust gesackt war und sein rechter Fuß wie taub hinter ihm hergeschleift wurde. Nein, das sei ihm nicht seltsam vorgekommen. Bei den vielen Besoffenen und Junkies, die er fast täglich sah, war dieser Anblick keineswegs ungewöhnlich. Die beiden hatten sich bis zum Brunnen geschleppt und auf den Beckenrand gesetzt. Jedenfalls sah es so aus. Ob der zweite Mann bereits tot war? Gut möglich, immerhin musste er ständig gestützt werden, sonst wäre er einfach zu Boden gefallen wie ein nasser Sack. Er selbst hatte sich wieder hinlegen wollen, als er etwas ins Wasser plumpsen hörte. Zwischen den Zaunlatten sah er dann den Mann mit dem Mantel zurück zur Seitenstraße laufen. Sein Kumpel lag kopfunter im Brunnen. Anschließend war er durch die im Bauzaun eingelassene Holztür geeilt, deren Schloss übrigens schon vorher kaputt war, und wollte dem Kerl im Wasser helfen. Doch der hatte sich nicht mehr geregt.

„Haben Sie gesehen, wohin genau der andere geflüchtet ist?“, fragte Vincent.

„Der ist in ein Auto gestiegen und davongerast. Drüben bei der Frittenbude. In einem schwarzen oder dunkelblauen Wagen. Ich hab nicht wirklich drauf geachtet. Ich wollte ja dem Typ im Brunnen helfen.“

„Und dann?“

„Ich hab um Hilfe geschrien. Aber wenn Sie ein Penner sind wie ich und auch noch schreien, laufen die Leute weg. War ja eh kaum was los um die Zeit. Der Schwule da“, sagte er und zeigte auf den jungen Mann, dessen Personalien gerade von einem der Beamten aufgenommen wurden, „der ist schließlich mit mir zurück zum Brunnen und hat die Bullen gerufen. Mehr weiß ich nicht.“

„Konnten Sie das Gesicht des Täters erkennen?“

Der Obdachlose schüttelte den Kopf. „Nee, dafür war es zu dunkel. Krieg ich jetzt eine Belohnung?“

Monika, die stumm dem Gespräch gefolgt war, bat Vincent mit einer Kopfbewegung zu sich und trat mit ihm außer Hörweite des Zeugen.

„Das wird uns wieder nicht weiterhelfen“, sagte sie enttäuscht. „Versuche wenigstens herauszubekommen, mit was für einem Auto der Täter geflüchtet ist. Ich muss los ins Präsidium."

„Vielleicht kann uns der junge Mann dort Genaueres sagen", antwortete Vincent.

„Das bezweifle ich. Aber wer weiß? Ach, und gib unserem Zeugen seine Belohnung. Ein Zehner dürfte genügen."

Mit diesen Worten ließ Monika ihren Kollegen einfach stehen und hoffte, dass ihr Gespräch mit Unterberg einigermaßen glimpflich verlaufen würde.

Mit einem unguten Gefühl öffnete Dr. Dennis Albrecht die Tür seiner Eigentumswohnung. Seit Längerem war er nicht mehr hier gewesen. Das letzte Mal, nachdem das junge Ehepaar vor einem halben Jahr den Mietvertrag gekündigt und er nach dem Rechten gesehen hatte.

Die Vermutungen seines Freundes und Kollegen gingen Dennis ständig durch den Kopf und hatten ihn um den Schlaf gebracht. Denn ganz egal, wie sehr er sich innerlich dagegen sträubte, er konnte die Morde und ihre perfiden Ausführungen nicht länger ignorieren. Immerhin wusste er, besser als Jonas, um den labilen Geisteszustand seines Sohnes.

„Was ist?", fragte Jonas in seinem Rücken. „Willst du nicht reingehen?"

Er war auf der Türschwelle stehengeblieben und hatte in den Flur gestarrt. Dieser leere Flur verriet nichts. Weiß gestrichen, mit Laminat auf dem Boden, führten Türen in die zwei Zimmer sowie in Küche und Bad.

Langsam ging Dennis voran. Hinter ihnen schloss Jonas die Tür, drängte an ihm vorbei ins Wohnzimmer und wartete, bis er ihm gefolgt war. Auch dieses Zimmer war beinahe leer. Lange Vorhänge waren vor die Fenster gezogen, ein kleiner Esstisch mit zwei Klappstühlen stand in der Mitte und eine wuchtige Standuhr lehnte an einer

Wand. Es gab keine Hinweise darauf, dass Paul oder irgendjemand sonst in den letzten Wochen in dieser Wohnung gewohnt haben könnte.

„Das ist reine Zeitverschwendung“, sagte Dennis.

Jonas blickte sich skeptisch um und trat an den Tisch. Er ließ seinen Zeigefinger über die Tischplatte gleiten, betrachtete die Fingerkuppe und hielt sie Dennis entgegen.

„Nichts“, sagte er. „Nicht das geringste bisschen Staub.“

„Na und? Das ist kein Beweis.“

Über seine Sturheit schüttelte Jonas den Kopf. Ohne ein weiteres Wort ging er zurück in den Flur und von dort in die Küche.

„Sieh dir das an!“

Durch die offenen Türen sah Dennis den Karton. Ein ganz gewöhnlicher Karton auf einem ganz gewöhnlichen Küchentisch. Möglicherweise für einen Umzug gedacht gewesen und von den letzten Mietern vergessen worden.

Dennis folgte ihm, weiterhin nicht gewillt, die fadenscheinigen Indizien seines Freundes anzuerkennen.

„Der Karton ist leer“, sagte er. „Wer weiß, wie lange der hier schon steht.“

„Wir werden weitersuchen. Und es wäre schön, wenn du mir helfen könntest.“

„Warum willst du unbedingt etwas finden?“, fragte Dennis. „Warum kannst du nicht einsehen, dass niemand in der Wohnung gewesen ist?“

„Und was ist damit?“

Jonas beugte sich vor, griff nach etwas, das auf einem der Stühle lag, und hielt ein Stofftier empor. Einen orangefarbenen Bären in einem roten T-Shirt.

Im ersten Moment verschlug es Dennis die Sprache und er fühlte, wie ihm das Blut in den Kopf stieg. Zögernd streckte er seine Hand aus und nahm Jonas den Teddybären ab. Ein Zweifel war ausgeschlossen. Da waren der Fleck auf dem T-Shirt, der notdürftig geflickte Riss hinter dem linken Ohr und die mit Filzstift nachgezogene rechte Augenbraue.

Dabei hätte Dennis schwören können, dass sein Sohn das Stofftier vor Jahren bereits verloren hatte. War der Bär ihm gestohlen worden? Oder hatte Paul gelogen?

„Der gehört Paul", murmelte er. „Ein Geschenk zu seinem siebten Geburtstag. Er hat ihn geliebt, diesen Bären."

„Es tut mir leid, Dennis", sagte Jonas. „Aber das beweist, dass Paul zumindest eine Zeitlang hier sein Quartier aufgeschlagen hat."

„Warum hat er den Bären nicht mitgenommen?"

„Ganz einfach. Weil du ihn finden solltest."

Dennis sah Jonas an. In seiner Stimme schwang Mitgefühl, gepaart mit der Aufforderung, die Tatsachen endlich zu akzeptieren.

„Offenbar will Paul", fuhr Jonas fort, „dass du weißt, dass er in deiner Nähe ist."

Vorsichtig legte Dennis den Bären auf den Tisch. Er hätte Paul nicht aus den Augen verlieren dürfen. Nicht nach der Therapie und nicht nach dem Auszug aus dieser Wohnung. Womöglich, gestand er sich ein, hatte er sich von seinem Sohn befreien wollen, von seinem Hass und seinen Wahnvorstellungen, die er beide nicht begriff. Es war leichter gewesen, Paul aus seinem Leben zu streichen, als die Gewissheit anzuerkennen, ein schlechter Vater gewesen zu sein.

Während er am Tisch stehenblieb und auf den Bären starrte, durchsuchte Jonas die Küchenschränke und eilte dann hinüber ins Schlafzimmer.

Bei seiner Rückkehr zuckte Jonas mit den Schultern. „Bis auf den Bären hat Paul alles Persönliche entfernt. Selbst in den Schränken ist nichts."

„Warum dieses Versteckspiel?"

„Er will dir Angst machen, Dennis. Du sollst dich nirgends mehr sicher fühlen. So lange, bis er …"

„… mich umbringt?“, beendete Dennis fragend den Satz.

„Damit müssen wir rechnen. Und deshalb sollten wir endlich die Polizei benachrichtigen.“

„Auf keinen Fall!“

„Wir müssen, Dennis! Weil dein Leben in Gefahr ist und weil es strafbar ist, die Polizei in ihren Ermittlungen zu behindern.“

„Ich habe es dir gestern schon gesagt und ich bleibe dabei. Ich werde Paul nicht ausliefern, niemals. Soll er mir ruhig Angst einjagen und mich verfolgen. Ich will, dass er mir in die Augen sieht, sobald ich an der Reihe bin.“

„Das kann ich nicht verantworten. Was ist, wenn Paul weitere Morde begeht?“

„Bitte, Jonas. Lass mich ihn aufspüren. Ich werde ihn finden und dann … Du kennst Paul, seit er ein Kind ist. Und du weißt, was er durchgemacht hat. Sicher, das alles ist keine Rechtfertigung, aber … um unserer Freundschaft willen, bitte. Nur ein paar Tage Aufschub, mehr verlange ich nicht.“

„Wie willst du ihn finden?“, fragte Jonas.

„Ich werde mir was überlegen“, erwiderte Dennis mit einer Zuversicht, die er keineswegs spürte. „Also, wirst du mir dabei helfen?“

Jonas zögerte. Die Anspannung um seine Mundwinkel ließ nach und die Härte in seinem Blick verschwand.

„Meinetwegen“, sagte er schließlich. „Um unserer Freundschaft willen.“

„Danke, das bedeutet mir sehr viel.“

„Was hast du jetzt vor?“

Dennis' Blick streifte durch die Küche und anschließend durch den Flur ins Wohnzimmer.

„Hast du alles durchsucht?“, fragte er.

„Bis auf das Wohnzimmer. Da gibt es allerdings keine Schränke, bloß diese …“ Jonas hielt inne. „Wem gehört die Standuhr eigentlich? Ist das deine?“

„Nein. Ich nahm an, die hätten die Vormieter zurückgelassen. Auch wenn ich mich nicht an sie erinnern kann. Wieso?"

Jonas hatte sich bereits abgewandt und Dennis folgte ihm ins andere Zimmer. Vor der Standuhr blieben sie stehen.

„Niemand hat heutzutage noch so eine klobige Uhr", sagte Jonas.

„Außerdem ist sie kaputt. Das Pendel steht still."

Reflexartig griff Dennis nach dem kleinen Knauf an der schmalen Tür, durch deren eingelassenes Glas das Pendel erkennbar war. Das winzige Schloss klemmte und erst mit einem kräftigen Ruck öffnete sich die Tür.

„Was zum …", rief Dennis und trat entsetzt einen Schritt zurück.

Aus dem unteren Teil des Uhrkastens fiel ein kleiner weißer Hund. Sein Fell blutverschmiert, die Augen ausgestochen, lag er mit aufgeschlitztem Bauch auf dem Boden.

Wie versteinert standen sie vor dem toten Pudel.

„Warum …? Wem gehört der?", stotterte Dennis.

„Das muss Paul gewesen sein", erwiderte Jonas. Und fügte nach kurzer Überlegung hinzu: „Das soll überhaupt kein Pudel sein!"

Verwundert sah Dennis ihn an. „Was redest du da? Natürlich ist das ein Pudel."

„Ja, für uns. Nicht jedoch für Paul. Sieh genau hin, Dennis. Ein weißes Tier, das im Kasten einer Standuhr liegt. Glaubst du, das ist Zufall? Denk nach, Dennis!"

Widerwillig sah er auf den Hund und ahnte, was Jonas ihm mitteilen wollte.

Ein Tier mit weißer Wolle, das sich in der Standuhr versteckt hatte, damit der Wolf es nicht findet. Das siebte Geißlein.

„Aber … aber das Geißlein hat überlebt. Es war das Einzige der sieben, das der Wolf nicht gefressen hat."

„Diesmal war das Versteck wohl nicht gut genug", bemerkte Jonas trocken. „Diesmal hat der Wolf es gefunden."

Was diese Worte bedeuteten, brauchte Jonas nicht auszusprechen. Der Hund in der Standuhr war eine weitere Warnung an ihn. An Dennis. An den Vater, der den Tod zweier Menschen nicht verhindert hatte und dem Paul die Schuld daran gab.

„Ich bin enttäuscht von Ihnen, Seyfarth. Sehr enttäuscht sogar."

Unterberg saß kerzengerade hinter seinem gläsernen Schreibtisch, die manikürten Hände auf dem Glas ineinander verschränkt, und blickte Monika mit übertrieben mitleidigen Augen an.

„Mein bestes Team habe ich auf den Fall angesetzt", fuhr er fort, „und was kriege ich? Nichts! Haben Sie eine Ahnung, was die Presse mit mir machen wird? In der Luft zerreißen wird sie mich und mich und mein Team wie Idioten dastehen lassen. Wollen Sie das?"

Monika biss sich auf die Unterlippe und wartete ab. Aus Erfahrung wusste sie, dass es besser war, ihrem Chef nicht ins Wort zu fallen und schon gar nicht, ihm zu widersprechen. Diese Maßregelung, als spräche er zu einem ungezogenen Kind, war einem seiner wirklichen Wutausbrüche allemal vorzuziehen.

„Drei Morde. Innerhalb von wenigen Tagen. Und keine einzige Verhaftung, ja nicht mal einen Verdächtigen. Das ist Schlamperei, Seyfarth. Das ist ungenügend."

Mit diesem Urteil lehnte Unterberg sich zurück und richtete seine Krawatte. Er legte übertrieben viel Wert auf sein Äußeres. Mit seiner stets korrekten Kleidung, seinem glattrasierten, kantigen Gesicht und den akkurat frisierten braunen Haaren hätte er in der Werbebranche gute Chancen gehabt. Kaffeewerbung oder Versicherungen waren die Anzeigen und Spots, die Monika zu ihm einfielen. Vielleicht noch für Falten- und Feuchtigkeitscremes für den reiferen Mann.

„... und von der Sache mit dem falschen Zeugen ganz zu schweigen."

Abgelenkt von Unterbergs makelloser Erscheinung, hatte Monika nicht zugehört. Dass er jetzt den für sie peinlichen Vorfall erwähnte, ließ sie aufhorchen.

„Der Mörder stand vor Ihnen, Seyfarth. Sie haben mit ihm gesprochen. Und Sie wollen sich nicht mehr an ihn erinnern? Wie viele waren vor Ort, die ihn gesehen haben? Fünf, sechs? Ein halbes Dutzend Zeugen und als Ergebnis bekomme ich das hier!" Aus einer Aktenmappe, die unter seinen gefalteten Händen lag, zog Unterberg ein Blatt Papier mit dem Bild einer am Computer gezeichneten Person und wedelte damit nervös in der Luft. „Ein Phantombild nach Ihren Angaben. Die Karikatur eines Mannes mit zotteligem Bart und Hut. Wer soll das sein? Rübezahl?"

Auf seine ständigen rhetorischen Fragen nicht zu reagieren, strengte Monika an. Die möglichen Einwände lagen ihr auf der Zunge und ließen sich schwer unterdrücken. Niemand vor Ort hatte geahnt, dass ein älterer Mann mit Hund so dreist hätte sein können, sich als vermeintlichen Zeugen auszugeben. Vor allem der Hund hatte sie alle hinters Licht geführt. Für diesen Fehler gab es keine Rechtfertigung, weshalb es klüger schien, vor Unterberg weiterhin zu schweigen.

„Ich will, dass Sie mir schnellstens etwas Erbauliches berichten. Etwas, das uns tatsächlich weiterhilft, und nicht diesen ... diesen Schwachsinn!" Mit einer theatralischen Geste zerknüllte Unterberg das Blatt mit der Zeichnung und warf es angewidert in den Papierkorb. Dann sah er Monika mit einem versöhnlichen und gleichzeitig fordernden Lächeln an. „Sie haben doch was Erbauliches für mich, oder nicht?"

„Natürlich“, erwiderte sie selbstbewusst, auch wenn ihr innerlich die Zuversicht fehlte. Zu spärlich waren die Hinweise, zu gering die Zahl der Verdächtigen, als dass sich daraus eine logische Kette der Ereignisse knüpfen ließe. Anders als Rumpelstilzchen war Monika nicht in der Lage, aus Indizien Beweise zu spinnen. Versuchen musste sie es trotzdem.

„Wie Sie den Berichten entnehmen konnten“, sagte sie, „befanden sich die beiden ersten Opfer in psychotherapeutischer Behandlung bei einem Dr. Albrecht. Dies ist, unseren jetzigen Ermittlungen zufolge, die einzige Verbindung zwischen ihnen. Wir werden klären müssen, ob Opfer Nummer drei ebenfalls Patient bei ihm war.“

„Dieser Doktor, hat er Alibis für die Taten?“

„Nein. Er lebt allein und sei während der betreffenden Zeitfenster zu Hause gewesen.“

„Was ist mit einem möglichen Motiv?“, fragte Unterberg.

Diese Frage war schwerer zu beantworten. Die üblichen Motive, wie Geld oder Hass, fanden auf die Morde vermutlich keine Anwendung. Psychopathen brauchten keine äußeren Gründe, um zu töten.

„Das Motiv“, erläuterte Monika, „lautet Gerechtigkeit. Oder das, was der Täter dafür hält. Die Opfer hatten sich schuldig gemacht, wenn nicht juristisch, so doch zumindest moralisch. Laut Zeugenaussagen wollte Herr Steiner die Liebe zu seiner Angebeteten durch Erpressung erzwingen und Frau Holländer hätte versucht, ihre Schwester aus dem Weg zu räumen. Nichts, was sich vor Gericht beweisen ließe. Der Mörder wusste über beide Fälle Bescheid und hat diese Umstände bei seiner Vorgehensweise benutzt. Wobei, wie Sie wissen, die Grimm'schen Märchen die Blaupause boten. Sein Motiv also wäre, den Richter zu spielen. Was in seinem Fall mit einer massiven psychischen Störung daherkommen dürfte.“

Unterberg hatte ihren Ausführungen ungeduldig gelauscht. Was sie sagte, war offenbar nicht das, was er hören wollte.

„Wie wäre es mit einem Haftbefehl?“, schlug er vor. „Wenn die Opfer seine Patienten waren, warum verhaften wir diesen Doktor nicht?“

„Ich halte das im Moment für keine gute Idee“, widersprach Monika. „Ich glaube, dass uns Dr. Albrecht nicht alles gesagt hat, was er weiß oder vermutet. Außerdem glaube ich nicht, dass er der Zeuge mit dem Hund war.“

„Weil er nicht aussieht wie der Typ auf Ihrem Phantombild?“, fragte Unterberg zynisch.

„Niemand“, sagte sie, „sieht aus wie auf diesem Bild. Dennoch bin ich mir sicher, dass ich ihn wiedererkennen würde. Selbst wenn ich ihn nicht richtig beschreiben kann.“

Monika spürte das Blut in den Kopf steigen und ärgerte sich über ihre unbedachte Äußerung. Die Aufmachung des Mannes, mit seinem Hut, dem zotteligen Bart und der Brille, waren im Nachhinein eine so offensichtliche und dennoch so einfache wie wirksame Verkleidung gewesen. Und die Falten des Mannes, mit etwas Schminke aufgetragen, hätten ohne Weiteres sein wahres Alter vertuschen können.

„Womöglich“, versuchte sie abzulenken, „hatten auch andere Personen Zugang zu den Patientenakten des Therapeuten.“

„Zum Beispiel?“

„Zum Beispiel sein Partner, ein gewisser Dr. Dürer. Oder seine Sprechstundenhilfe. Oder einfach jemand, dem Albrecht von seinen Fällen erzählt hat. Wenn wir ihn jetzt verhaften, verlieren wir unter Umständen seine Bereitschaft zur Kooperation. Abgesehen davon bezweifle ich, ob die Beweise für einen Haftbefehl überhaupt ausreichen würden.“

Dass Unterberg dringend eine Festnahme brauchte, um vor der Öffentlichkeit nicht das Gesicht zu verlieren, war Monika durchaus bewusst. Eine falsche Festnahme mit anschließender Entschuldigung könnte jedoch schädigender sein als gar keine.

„Diese Patientensache …", sagte Unterberg und vollzog kreisende Bewegungen mit der Hand, „ist sie die einzige Verbindung zwischen den beiden Opfern? Keine gemeinsamen Bekannten oder Freunde?"

„Soweit wir wissen, nicht. Die Praxis von Dr. Albrecht scheint der Angelpunkt zu sein."

„Was ist mit dem Haar, das gefunden wurde?"

„Ein Männerhaar", bestätigte sie. „Leider wissen Sie ja, wie lange DNA-Untersuchungen dauern. Wir haben zwar die Proben aller Verdächtigen, um sie mit dem Haar abgleichen zu können, aber bisher keine Ergebnisse aus dem Labor."

„Lassen Sie das meine Sorge sein. Ich kümmere mich drum", erwiderte Unterberg und fügte sofort in seinem anklagenden Tonfall hinzu: „Mit anderen Worten, Sie haben mir nichts, rein gar nichts Neues zu berichten."

„Nun ja", antwortete sie verlegen, „eine Sache wäre da vielleicht."

Mit hochgezogenen Brauen, den Kopf zur Seite gelegt, sagte Unterberg: „Ich höre."

„Die Sprechstundenhilfe von Dr. Albrecht, Yvonne Dorn, hat mir erzählt, dass sie seit einigen Monaten ein Verhältnis hat. Mit dem Sohn des zweiten Opfers, Herrn Steiner. Für mich klingt das nicht gerade wie ein Zufall. Steiner Junior könnte sich über Yvonne Informationen zu den Patienten beschafft haben. Dem wollte ich nachgehen."

„So, so. Wollten Sie das?"

„Spricht was dagegen?"

Unterbergs Frage warf Monika aus der Bahn. Sie ergab keinen Sinn. Doch als Unterberg erneut seine Hände faltete und sich weit über den Schreibtisch lehnte, ahnte sie, was er ihr sagen würde.

„Wenn Sie von Torge Steiner reden“, sagte Unterberg mit unnötiger Betonung, „der wurde, kurz bevor sie kleinlaut mein Büro betraten, in die Rechtsmedizin eingeliefert. Sie haben sich bereits kennengelernt. Auf dem Wittenbergplatz.“

Kapitel 11

Mit überhöhter Geschwindigkeit war Monika Seyfarth vom Polizeipräsidium zur Rechtsmedizin der Charité gefahren, hatte unvorschriftsmäßig vor einem Hydranten geparkt und war durch die weißgestrichenen Flure geeilt, auf denen die Absätze ihrer Schuhe von den Wänden hallten. Ein unheilschwangeres Echo, das Vincent Schröter schon von Weitem gehört haben musste. Sein Gesicht, als sie um die letzte Ecke bog, zeigte Anzeichen der Anspannung.

„Wie kannst du mich derart ins Messer laufen lassen", waren ihre Worte zur Begrüßung, noch immer aufgebracht darüber, von niemandem über die Identität des neuen Opfers informiert worden zu sein.

Nach dem Gespräch mit Unterberg hatte sie Vincent wütend über ihr Handy angerufen und ihn augenblicklich zur Rede stellen wollen. Nur mit Mühe war es ihrem Partner gelungen, das Telefonat abzuwürgen, da er sich mit Dr. Baumbach mitten in der Obduktion befand. „Ich sehe dich in zwanzig Minuten!", hatte sie abschließend ins Telefon gerufen und sich überstürzt auf den Weg gemacht.

Jetzt, vor einem der Sezierräume, versuchte Vincent zu beschwichtigen.

„Ich kann nichts dafür", sagte er. „Ehrlich. Baumbach hatte gerade den Ausweis in den Taschen des Toten gefunden, als Unterberg anrief. Mir war gar nicht bewusst, um was es bei dem Telefonat ging."

„Ich bin mir nie zuvor so dämlich vorgekommen", erwiderte Monika, deren Ärger sich mit ihrem Lauf durch die Gänge langsam verflüchtigt hatte.

„Tut mir leid. Lief der Rest des Gesprächs wenigstens okay?"

Sie verzog die Mundwinkel und wackelte abwägend mit dem Kopf. „Eigentlich habe ich mich die ganze Zeit wie ein kleines Schulmädchen gefühlt, das seine Hausaufgaben nicht gemacht hat. Womit er ja nicht ganz im Unrecht ist. Wir sind keinen Schritt weiter."

Vincent berührte leicht ihren Arm. Eine Berührung, vor der sie zurückschreckte, wie bei einem Stromschlag. Mitleid war das Letzte, das sie gebrauchen konnte. Und Zuneigung, sollte dies der Grund für seine Geste gewesen sein, erst recht.

„Ist Baumbach fertig mit der Obduktion?", fragte sie.

„Fast", antwortete Vincent, der ihre Reaktion als Abweisung verstand und ihren Augenkontakt vermied. „Mit *Hänsel und Gretel* lagen wir völlig falsch."

Ehe Monika nachfragen konnte, wandte Vincent sich ab und öffnete ihr die Tür zum Sezierraum. Sie ging an ihm vorbei, zum wiederholten Male über sich selbst verärgert, dass sie das Private vom Beruflichen nicht gänzlich zu trennen vermochte. Immer dann, wenn sie glaubte, der gemeinsamen Vergangenheit mit Vincent keinerlei Bedeutung mehr zuzuschreiben, waren es unbedachte Worte oder Gesten, die alte Gefühle und Enttäuschungen wieder aufleben ließen.

In dem gefliesten Raum mit dem verchromt glänzenden Mobiliar stand Dr. Baumbach hinter einem der Seziertische und pfiff einen Schlager aus dem letzten Jahrhundert, während er gleichzeitig den geöffneten Brustkorb der nackten Leiche verschloss.

„Sie sind zu spät", sagte er und grinste Monika zur Begrüßung freudestrahlend entgegen. „Das Beste haben Sie leider verpasst. Und damit meine ich das leichenblasse Gesicht Ihres Kollegen, als ich das hier aus dem Magen entfernt habe."

Baumbach deutete mit einer Kopfbewegung auf eine Nierenschale, die am Ende des Seziertisches stand. Bevor

Monika sich den Inhalt ansah, entnahm sie einer Schachtel zwei Einweghandschuhe und streifte sie über. Dabei blickte sie auf das Gesicht des Toten. Torge Steiner schien Mitte oder Ende zwanzig zu sein und war, trotz seiner jetzt blassen Haut, den glasig aufgerissenen Augen und dem schief hängenden Unterkiefer, ein gutaussehender Mann. Kein Wunder, dachte Monika, dass Yvonne sich geschmeichelt gefühlt hatte, von ihm beachtet worden zu sein.

Mit diesen Gedanken trat Monika ans Ende des Seziertisches und blickte in die Nierenschale. Fünf runde Steine lagen darin, in unterschiedlicher Größe.

„Nur fünf?", fragte sie an Baumbach gerichtet. „Es müssten sieben sein. Wir haben sieben Steine im Park gefunden."

„Das sind die fünf, die ich aus dem Magen gefischt habe", erwiderte Baumbach. „Ein weiterer steckte in seinem Rachen fest und der letzte in der hinteren Mundhöhle. An allen Steinen fanden sich Reste von Speiseöl. Wahrscheinlich, damit die Steine sich leichter schlucken ließen."

Zur Erläuterung seiner Worte umfasste er das Kinn des Toten und deutete mit dem Zeigefinger seiner anderen Hand in den Mund.

„Ich musste ihm den Kiefer brechen, wegen der Totenstarre. Anders wäre ich an die beiden Steine nicht herangekommen. An dem Stein in seinem Rachen ist der Arme wohl erstickt. Der siebte ist ihm beim Todeskampf oder kurz danach gewaltsam in den Mund geführt worden."

Monika nickte und fühlte sich bestätigt. Mit weniger als sieben Steinen hätte sich der Mörder nicht zufrieden gegeben.

„An seinem linken Handgelenk", fuhr Baumbach fort, „befinden sich Blutergüsse und Abschürfungen, ebenso an beiden Knöcheln. Diese Blessuren fehlen am rechten Handgelenk völlig. Ich tippe auf Kabelbinder, mit denen der Tote gefesselt war, während er sich mit der freien Hand die Steine selbst in den Mund geführt hat. Nicht ganz freiwillig, wie ich annehme."

„*Der Wolf und die sieben Geißlein*", hörte sie Vincent hinter sich sagen. „Für jedes Geißlein, das der Wolf gefressen hat, einen Stein."

Das Märchen zog an Monikas geistigem Auge vorüber. Ein Märchen über die sexuelle Misshandlung von Kindern. Und über die Selbstjustiz einer Mutter, die ihre Geißlein aus dem Bauch des schlafenden Wolfes geschnitten und durch Wackersteine ersetzt hatte.

Etwas allerdings passte nicht zusammen.

„Unser Mörder hat einen Fehler gemacht", sagte sie. „Es hätten trotz allem bloß sechs Steine sein dürfen. Jedenfalls, wenn jeder Stein ein Geißlein repräsentieren soll."

„Es waren doch aber sieben Geißlein, oder nicht?"

„Ja, schon", antwortete sie an Vincent gewandt. „Nur hat der Wolf nicht alle gefressen. Das siebte Geißlein hatte sich im Kasten einer Standuhr versteckt und die Mutter später zum Wolf geführt."

„An den Steinen gestorben ist der Kerl so oder so", sagte Baumbach pragmatisch und faltete die Hände vor seinem ausladenden Bauch. „Ob nun an sechs oder sieben ist vollkommen schnuppe."

„Jetzt versteh ich auch, warum der Mörder die Leiche in einem Brunnen deponieren musste", setzte Monika ihre Gedanken unbeirrt fort. „Der Wolf war durstig geworden, nachdem er die Steine im Bauch gespürt hatte. Er wollte seinen Durst löschen und ist durch das Gewicht der Steine in den Brunnen gefallen und ertrunken."

„Was für eine merkwürdige Welt", sagte Baumbach kopfschüttelnd, „in der Wölfe gefährliche Operationen überleben, nur um dann zu ertrinken."

„Das war seine gerechte Strafe. Und Torge Steiner musste auf die gleiche Weise sterben, weil er Ähnliches verbrochen hatte. Ich bin sicher, wir finden in seiner Vergangenheit irgendwelche Hinweise auf Kindesmissbrauch."

„Glaubst du, er war ebenfalls bei Dr. Albrecht in Behandlung?", fragte Vincent.

„Vielleicht. Oder der Mörder wusste von Torges Vergehen aus den Akten von Steiner Senior. Herr Steiner könnte über die Probleme seines Sohnes mit dem Therapeuten geredet haben."

Monika stellte die Nierenschale zurück auf den Seziertisch und blickte sich um. „Wo sind die Sachen, die Sie vorhin in seinen Taschen gefunden haben?"

Von Baumbachs überraschtem Blick ließ sich Monika nicht beirren. Schließlich musste er ahnen, dass sie Bescheid wusste. Darüber, wer Unterberg den Namen des Toten verraten hatte, noch bevor sie selbst darüber in Kenntnis gesetzt worden war.

„Die liegen da drüben", sagte Baumbach und zeigte auf einen der Metalltische. „Eine Brieftasche, ein Notizbuch, ein Schlüsselbund und ein paar Münzen. Die ersten beiden Dinge befanden sich in der Innentasche seines Mantels, der Schlüssel und das Kleingeld in seiner Hosentasche."

Gemeinsam mit Vincent ging Monika zu dem Tisch. Baumbach blieb bei der Leiche und kümmerte sich um die entnommenen Organe, die er zur Untersuchung ins Labor schicken würde.

„In der Brieftasche ist nichts Verdächtiges drin", sagte Vincent. „Die habe ich bereits überprüft, als du auf den Weg hierher warst. Nur sein Personalausweis, eine EC-Karte und ein paar Euroscheine."

„Wo hat er gewohnt?", fragte sie und nahm das Notizbuch in die Hand. Es war ein in Leder gebundenes kleines Buch, vom Brunnenwasser durchtränkt.

„In einer Wohnung am S-Bahnhof Zehlendorf. Also gar nicht weit von seinem Vater entfernt. Ich habe einige Kollegen mit einem Durchsuchungsbeschluss hingeschickt."

„Okay. Hoffentlich hilft uns das weiter."

Wirklich überzeugt klang Monika nicht. Langsam verlor sie die Zuversicht, dass sie überhaupt jemals etwas Hilfreiches finden würden. Aus diesem Grund blätterte sie desinteressiert durch die teils verklebten Seiten des Notizbuches, nicht darauf gefasst, auf irgendeinen brauchbaren Hinweis zu stoßen. Die aufgeweichten Seiten ließen sich kaum voneinander trennen. Die meisten von ihnen waren ohnehin leer, als hätte Torge Steiner dieses Buch selten benutzt. Erst im letzten Drittel fand Monika zwei beschriftete Seiten, die schwer zu entziffern waren. Torge hatte blaue Tinte benutzt, die das Wasser größtenteils verwischt hatte.

„Kannst du das lesen?", fragte sie Vincent und hielt ihm das aufgeschlagene Buch entgegen. Da er keine Handschuhe trug, lehnte Vincent sich lediglich vor, um das Geschriebene besser erkennen zu können.

„Jung", sagte er nach einiger Überlegung. „Und darunter zwei Nummernfolgen. Beide fangen mit 017 beziehungsweise 016 an, der Rest ist unleserlich. Vermutlich zwei Mobilfunknummern von diesem Herrn oder Frau Jung."

„Bist du sicher?" Monika drehte das Buch zu sich und versuchte erfolglos, die Buchstaben und Zahlen selbst zu entschlüsseln.

„Jung oder Junge, würde ich sagen. Aber ich tippe auf Jung. Ein Name macht mehr Sinn, wegen der Telefonnummern."

„Da ist noch etwas", bemerkte Monika und zeigte auf zwei völlig verschmierte Tintenkleckse. „Jeweils direkt vor den Nummern. Das könnten Buchstaben sein."

Erneut lehnte Vincent sich vor, so weit, dass Monika sein Rasierwasser riechen konnte. Ein Rasierwasser, das sie ihm in glücklicheren Zeiten geschenkt hatte und jetzt nicht mehr ertragen konnte.

„Am besten, wir lassen das Buch schnellstens zu Gökdal bringen", sagte sie und legte es zurück auf den metallenen Tisch. „Wenn wir Glück haben, kann er das Geschriebene rekonstruieren. Und sei so nett und notier dir, was wir bisher entziffert haben."

Mit dieser Aufforderung entfloh sie seiner Duftwolke und wandte sich an Baumbach.

„Was ist mit Ihrer zweiten Patientin?", fragte Monika. „Hatten Sie bereits Gelegenheit, sich um sie zu kümmern?"

Dr. Baumbach warf einen abfälligen Blick auf einen zweiten Seziertisch, der für die Ente viel zu groß war und auf dem sie ziemlich verloren aussah.

„Sie ist ein er", murmelte Baumbach. „Und ich verbitte mir in Zukunft irgendwelches Federvieh in meinen Räumen. Wer bin ich denn? Dr. Doolittle?"

„Das wäre bestimmt sehr hilfreich für uns. Hat die Ente Ihnen gesagt, wer der Mörder ist?"

„Natürlich nicht. Sie ist tot", erwiderte er trocken und konnte sich ein Grinsen kaum verkneifen. „Aber mal im Ernst, ich bin kein Tierarzt."

„Ich weiß, entschuldigen Sie. Ich dachte, es ginge schneller, wenn Sie einen Blick darauf werfen. Wir glauben, dass die Ente getötet wurde, um als Hinweis für den nächsten Mord zu dienen. Sie wissen schon, wie die Steine und die winzigen Strohballen bei den zwei anderen Tatorten."

„Ja, ja. Ich hab sie mir angesehen", gab Baumbach zu. „Ausnahmsweise. Und Kommissar Schröter hatte recht. Der Ente wurde der Hals umgedreht. Die Federn und die Bruchstelle an der Wirbelsäule zeigen deutlich die Fremdeinwirkung."

„Genau, wie ich vermutet habe. Danke."

„Ich bin fertig."

Vincent trat zu ihnen und reichte Monika ein Blatt aus seinem eigenen Notizblock, auf dem er die Buchstaben und Nummern abgeschrieben hatte. Sie nahm es an sich und las.

Jung / Junge?

V? 017 … 56… 934 …

R / P? 016 … 2 … 45 …6

„Das sind zu viele Unbekannte", urteile Monika, auch wenn sie spürte, dass ihre plötzliche Eingebung richtig sein musste.

„Wir müssen los", sagte sie an Baumbach gerichtet. „Und nochmals vielen Dank für Ihre Mühe."

„Wo müssen wir denn hin?", fragte Vincent.

„Zu Dr. Albrecht in die Praxis. Oder genauer, zu seiner Sprechstundenhilfe. Ich bin sicher", sagte sie und tippte mit dem Zeigefinger auf Vincents Zettel, „das ist kein V. Sondern ein Y."

Sie saßen auf den Klappstühlen im Wohnzimmer der Eigentumswohnung und starrten auf den toten Pudel vor der Standuhr. Die nächste Entscheidung zu fällen, fiel schwer. Er musste Jonas davon überzeugen, dass die Polizei ihnen nicht helfen konnte. Dass er allein seinen Sohn aus der Deckung locken und ihn zum freiwilligen Aufgeben bewegen musste. Sofern es ihm gelang, Pauls mörderischen Plänen einen Schritt voraus zu sein.

Dennis blickte auf seinen Freund, der, zusammengesunken und erschöpft und vor allem innerlich zerrissen, seit Minuten kein einziges Wort mehr gesagt hatte. Womöglich verlangte er diesmal zu viel. Schon immer hatte Jonas sich gefügt, war er der Partner einer ungleichen Freundschaft gewesen, der zu Dennis aufgeblickt und ihm blindlings vertraut hatte. Für Jonas blieb er der einzige Freund und seine Familie, mit all ihren Höhen und Tiefen, ein Ersatz für die fehlende eigene. Doch dieses Band, an dem Dennis niemals zuvor hatte zweifeln müssen, bekam spürbare Risse.

„Was denkst du?“, fragte er vorsichtig, da er Jonas' Schweigen nicht länger ertrug.

„Ich denke, du machst einen Fehler. Du wirst Paul nicht aufhalten können.“

Mit dieser Antwort hatte Dennis gerechnet. Jonas' zugesicherte Unterstützung entsprang lediglich dem Drang, seinem Freund einen zweifelhaften Gefallen zu tun. Von der Richtigkeit ihres Vorhabens schien er alles andere als überzeugt.

„Du hast recht“, sagte Dennis. „In Berlin wird uns das nicht gelingen.“

„Wie meinst du das?“

„Die Großstadt bietet ihm viel zu viel Deckung. Paul bleibt unsichtbar, solange es ihm gefällt. Diese Wohnung ist der Beweis. Wir hatten ja nicht mal eine Ahnung, dass er in der Stadt ist. Und jetzt ist er erneut verschwunden. Auch beim nächsten Mal, wenn ich an der Reihe bin, werden wir ihn nicht kommen sehen.“

Dennis' Stimme gewann an Zuversicht. Was eben noch ein diffuser Gedanke gewesen war, fügte sich beim Reden zu einem konkreten Plan. In seinem aufkommenden Eifer griff er über den Tisch nach Jonas' Unterarm und hielt ihn umklammert.

„Wir müssen ihn dorthin locken“, fuhr er aufgeregt fort, „wo er sich nicht verstecken kann. Von wo aus wir seine Schritte vorausahnen können.“

Ein leichtes Zucken in Jonas' Arm verriet ihm, dass sein Freund langsam begriff, worauf er hinauswollte.

„Überlasse mir für ein paar Tage dein Haus. Ich bin sicher, Paul beobachtet uns. Er wird wissen, wohin ich gehe, und er wird mir folgen. In deinem Haus bin ich sicher, weil ich ihn sehen werde, sobald er sich nähert.“

„Das ist Irrsinn", erwiderte Jonas und entriss seinen Arm der Umklammerung.

„Es ist die einzige Möglichkeit, Paul zu stellen."

Jonas schüttelte den Kopf und verzichtete dennoch auf weitere Einwände. Dennis wartete ab. Das Haus, von dem er sprach, hatte Jonas von seinen Eltern geerbt. Ein kleines, unscheinbares und altmodisches Haus außerhalb von Potsdam. Es lag in einem kleinen Waldstück, von der Straße nicht einsehbar und auf der Rückseite von einem der vielen Seen in der Umgebung flankiert. Wer sich dem Haus nähern wollte, musste über den ungepflasterten Zufahrtsweg fahren oder sich zu Fuß durch den Wald kämpfen. Die Fenster boten in jede Richtung einen Blick auf das gerodete Grundstück. Vom Haus bis zu den ersten Bäumen des Waldes waren es mindestens zwanzig Meter. Eine Distanz, die Paul ohne Sichtschutz überwinden musste und die Dennis einen entscheidenden Vorteil verschaffen würde.

„Ich war seit Wochen nicht mehr dort", sagte Jonas. „Die Speisekammer ist leer und der Druck in den Wasserrohren ist mit der Zeit immer schlechter geworden."

„Das ist mir egal. Ich kann einkaufen fahren und das Auto mit Lebensmitteln, Bettdecken und allem Nötigen beladen. Für ein paar Tage werde ich schon klarkommen."

„Was ist mit der Praxis? Du hast Termine."

Mit seinen Einwänden hatte Dennis gerechnet. Einwände, die er nicht gelten ließ, weil sein Plan weiter Gestalt annahm, je länger er darüber sprach. Sich davon abbringen zu lassen, kam nicht in Frage.

„Yvonne wird sich um alles kümmern", antwortete er. „Sie wird meine drei oder vier Termine verschieben. Du weißt, dass ich zurzeit nicht viel zu tun habe. Wenn ich mich gleich auf den Weg mache, kann ich heute Nachmittag dort sein. Bis Sonntag hätte ich vier ganze Tage. Ich bin sicher, Paul wird sich die Gelegenheit nicht entgehen lassen."

„Vorausgesetzt, dass er uns wirklich beobachtet."

Jonas wandte sich zum Fenster um, als könnte er durch die Vorhänge hinaus auf die Straße sehen.

„Wir müssen es versuchen", sagte Dennis.

„Solltest du recht haben, dann ist das viel zu gefährlich."

„Was haben wir denn für eine Wahl?", fragte Dennis und bemerkte selbst, wie aufgeregt seine Stimme klang. „Glaubst du etwa, die Polizei könnte das schneller regeln? Sie würde nur alles hinauszögern und Paul womöglich vertreiben."

Jonas starrte ihn durchdringend an und Dennis ahnte, dass er gewonnen hatte. Sein Freund würde sich ihm anschließen, so wie er es immer getan hatte. Dieses Mal allerdings hatte es länger gedauert als sonst. Vielleicht hatte er den Bogen ein wenig überspannt.

„Also gut. Unter einer Bedingung", sagte Jonas nach längerem Zögern und ohne den Blick von ihm abzuwenden. „Ich komme mit dir."

„Das ist nicht nötig. Paul ist immerhin mein Sohn und ich bin es, der die Sache mit ihm regeln muss. Außerdem soll er glauben, ich wäre allein."

„Paul wird nicht wissen, wer mit dir im Haus ist, wenn wir mit einem Auto fahren und ich mich nicht blicken lasse. Das ist meine einzige Bedingung. Entweder wir fahren gemeinsam oder ich gehe trotz allem zur Polizei."

Mit dieser Entscheidung hatte Dennis gerechnet. Er verzog nachdenklich die Augenbrauen, als müsste er den Vorschlag seines Freundes innerlich abwägen.

„Meinetwegen", antwortete er. „Ich besorge die Lebensmittel und sage Yvonne Bescheid, dass die Praxis bis Freitag geschlossen bleibt. Und du holst die Schlüssel fürs Haus. Ich hole dich anschließend vor deiner Wohnung ab."

Jonas nickte gedankenverloren, nicht restlos überzeugt.

„Okay, lass uns gehen“, forderte Dennis ihn auf.

„Warte einen Moment.“

Dennis fiel zurück auf den Stuhl und folgte dem Blick seines Freundes zu der Standuhr.

„Paul hat bereits einen weiteren Mord begangen“, sagte Jonas plötzlich so sachlich und kalt, dass Dennis darüber erschrak. Darauf zu erwidern, blieb ein stummer Versuch, den Jonas mit einer schwachen Handbewegung unterband.

„Die ersten Morde basierten auf Rumpelstilzchen und Pechmarie“, fuhr er fort. „Und dieser Hund in der Standuhr verweist auf die sieben Geißlein. Es ist eine Ankündigung, Dennis. Eine Warnung. Paul sagt uns damit, was als Nächstes geschehen wird. Und du, wie wir wissen, bist nicht das Opfer. Zumindest dieses Mal nicht.“

„Dann haben wir etwas Zeit gewonnen.“

Jonas erhob sich von seinem Stuhl und sah Dennis beinahe mitleidig an.

„Mag sein“, sagte er. „Und sobald diese Zeit abgelaufen ist, wird Paul es uns mitteilen.“

Worauf Jonas anspielte, war ihm deutlich bewusst. *Der Wolf und die sieben Geißlein* war nicht das Märchen seines Lebens. Dennis’ Märchen war ein anderes, nicht weniger grausam, aber dafür, in Pauls Augen, mit ungerechtem Ausgang. Ein Umstand, den sein Sohn seit Kindertagen beschäftigt hatte und den er nun, Jahre nach dem Unfall, korrigieren wollte.

Von der Charité zur Friedrichstraße war es nicht allzu weit. Die Fahrt in Monikas rotem Ford Fiesta dauerte keine zehn Minuten, die Suche nach einem Parkplatz dagegen die doppelte Zeit. Vincent saß auf dem Beifahrersitz, seine langen Beine angewinkelt, dass die Knie ihm bis an die Brust reichten, und beobachtete das Profil seiner Vorgesetzen und Ex-Freundin. Die Situation erschien ihm dieselbe wie vor zwei Jahren. Gemeinsam waren sie auf der Jagd nach einem Serienmörder, verfolgten gemeinsam die Spuren und versuchten gemeinsam im gedanklichen Austausch, dem Rätsel eine Lösung abzuringen. Rein äußerlich hatte sich nichts geändert. Es waren der gefühllose Tonfall in Monikas Stimme sowie die leichte Ungeduld darin, wenn er ihren Gedankengängen nicht schnell genug folgen konnte, die den Unterschied zu damals verrieten. Und vor allem waren es die getrennten Wege nach getaner Arbeit, die sie an zwei verschiedene Orte führten, jeden in seine eigene Wohnung.

Das alles war seine Entscheidung gewesen. Und zu jener Zeit die einzig richtige. Nachdem Vincent dem Tod so knapp entronnen war, hatte er Abstand gebraucht. Nicht nur von Monika, sondern von allem. Von seiner Arbeit, seiner Angst und den nächtlichen Alpträumen, die in ihm existenzielle Fragen aufgeworfen hatten, deren Antworten ihm niemand geben konnte. Weder sein Therapeut und schon gar nicht er selbst. Vincent war in ein Loch gefallen und es hatte zwei Jahre gedauert, ehe er sich zurück an die Oberfläche wagen konnte.

Womit er später nicht gerechnet hatte, war der banale Umstand, dass die Zeit unterdessen nicht stehengeblieben war. Verdrängung war ein Wort, das allein für ihn Bedeutung besaß. Monika dagegen hatte nichts verdrängen müssen. Für sie war das abrupte Ende ihrer Beziehung mit einer dauerhaften Kränkung einhergegangen, so wie für ihn mit der aufkeimenden Reue eines vermutlich vorschnell gefällten Entschlusses.

„Was ist?", fragte Monika, die seine ständigen Blicke bemerkt hatte.

„Nichts. Ich dachte bloß ..." Vincent führte den Satz nicht zu Ende. Es gab Dinge, über die zu reden er das Recht längst verwirkt hatte. „Wie willst du jetzt vorgehen?"

„Torge Steiner hat mit der Sprechstundenhilfe ein Verhältnis angefangen. Und ich will wissen, warum."

„Damit er leichter an die Patientendaten kommen konnte?"

„Ja, genau das vermute ich. Verdammt! Warum ist heute jeder mit dem Auto unterwegs?"

Zum dritten Mal bereits fuhren sie um denselben Block in der Nähe des Bahnhofs Friedrichstraße und noch immer war kein freier Parkplatz in Sicht.

„Er wird die Daten nicht für sich selbst besorgt haben", fügte Vincent hinzu, bevor er mit ausgestrecktem Arm auf die Straße zeigte. „Da vorne fährt einer raus."

Monika beschleunigte kurz und wartete, bis der Wagen umständlich aus der Parklücke geschert war.

„Natürlich nicht. Jemand hat Torge beauftragt", führte sie seinen Gedankengang fort. „Und ihn anschließend umgebracht."

„Warum aber so spät? Ich meine, Torge hätte längst Verdacht schöpfen müssen. Spätestens als sein Vater ermordet wurde, hätte er wissen können, wozu die geklauten Informationen dienten. Während der Tage zwischen dem Mord an Herrn Steiner und seinem eigenen Tod hätte Torge den Mörder verraten können."

„Es sei denn …", begann Monika und konzentrierte sich darauf, ihren Fiesta in die schmale Lücke zu manövrieren. Erst als sie den Schlüssel aus dem Zündschloss gezogen hatte, beendete sie ihren Satz. „… Torge wusste Bescheid. Vielleicht nicht über die eigentlichen Motive oder die anderen Morde, aber zumindest über den Mord an seinem Vater. Torge hat ihn gebilligt, weil er sich einen Vorteil davon versprochen hatte. Und laut Joachim und Sandra Müller war das Verhältnis zwischen Vater und Sohn ja nicht das beste."

„Oder Torge wurde erpresst. Seinen Mord mit den sieben Geißlein in Verbindung zu setzen, würde bedeuten, dass Torge etwas auf dem Kerbholz hatte. Seine sexuelle Vorliebe für Minderjährige."

„Und genau deshalb muss Yvonne uns helfen", sagte Monika und öffnete die Tür. „Bei meinem letzten Gespräch mit ihr hatte ich schließlich keine Ahnung, wie sehr sie in allem verstrickt ist. Hast du Kleingeld dabei?"

Beide stiegen aus und Vincent kramte in seiner Hosentasche nach ein paar Münzen, die er in den Parkscheinautomaten einwarf.

„Reicht eine Stunde?", fragte er.

„Schmeiß lieber noch was nach. Ich kann mir nicht schon wieder einen Strafzettel leisten."

Vincent tat, wie ihm befohlen, entnahm den Parkschein und reichte ihn weiter. Monika legte ihn durch die offene Tür auf das Armaturenbrett.

„Außerdem", sagte sie und verriegelte den Wagen, „habe ich ein wenig recherchiert. Über unseren Dr. Albrecht."

Vincent hob interessiert seine linke Augenbraue. Ihr verschmitztes Lächeln verriet ihm, dass diese Recherche nicht ergebnislos geblieben war.

„Er ist Witwer", sagte Monika und deutete in die Richtung, in die sie gehen mussten. „Es gab da vor über zehn Jahren einen tragischen Unfall, bei dem seine Frau und eines seiner Kinder, die Tochter, ums Leben kamen. Die Ehe war vorher bereits in die Brüche gegangen. Sie und die zwei Kinder lebten getrennt von ihm in einer Drei-Zimmerwohnung im obersten Stockwerk eines Mietshauses in Moabit. Laut den damaligen Polizeiberichten gab es eine Explosion, hervorgerufen von einer defekten Gasleitung am Küchenherd. Im Ofen hatte sich Gas angesammelt und es brauchte nur einen einzigen Funken, um alles in die Luft zu jagen."

„Wie grauenvoll", murmelte Vincent, der Schwierigkeiten hatte, Monikas schnellen Schritten folgen zu können. „Was wurde aus dem zweiten Kind?"

„Der Sohn hat überlebt. Er war unten beim Spielen gewesen, als es passierte. Die Wohnung brannte vollständig aus. Mutter und Tochter hatten Plätzchen gebacken, heißt es. Jedenfalls fand man verkohlte Überreste auf einem Backblech."

„Und dann?"

Vor dem Hauseingang eines Neubaus in der Friedrichstraße blieb Monika stehen. Auf einem der vielen Messingschilder erkannte Vincent die Namen von Dr. Albrecht und Dr. Dürer.

„Das ist alles", erwiderte sie. „Mehr stand nicht in den Berichten. Es war ein Unfall. Ich nehme an, dass der Sohn zurück zu seinem Vater gezogen ist. Sicherlich nicht einfach, ein traumatisiertes Kind großzuziehen."

„Hat Dr. Albrecht dir gegenüber was davon erwähnt?"

„Nein. Auf dem Schreibtisch stand zwar ein Bild seines Sohnes, den Vorfall hat er allerdings verschwiegen. Genaugenommen war der ja auch nicht Grund meines letzten Besuchs gewesen."

„Meinst du, dieser Unfall steht in Zusammenhang mit den Morden?"

Monika öffnete die schwere Tür und hielt sie ihm auf.

„Keine Ahnung", antwortete sie, als Vincent an ihr vorbei das marmorverkleidete Foyer betrat. „Aber alles, was irgendwann irgendjemandem einen seelischen Schaden zugefügt haben könnte, sollte uns interessieren. Immerhin haben wir es ganz offensichtlich mit einem Verrückten zu tun. Und ich will wissen, wie Dr. Albrecht reagiert, wenn ich ihn direkt auf seine Vergangenheit anspreche."

Kapitel 12

An einen Unfall hatte Dr. Dennis Albrecht nie geglaubt.

Trotz des Fehlens jeglicher Indizien oder gar Beweise, die Paul zumindest eine Mitschuld gegeben hätten, hielt Dennis an seiner Überzeugung fest. Es genügte ein Blick in die Augen seines Sohnes, um zu wissen, dass er log.

Dieser schmerzliche Moment der Erkenntnis blieb unumkehrbar, unauslöschlich.

Es begann mit dem Anruf der Polizei. Trotz der Trennung war er weiterhin Carolas Ehemann und somit bei einem Notfall zu benachrichtigen. Was Dennis zum Zeitpunkt des Telefonats auch getan haben mochte, er hatte es vergessen. Erinnerungen setzten ein, als er hinter einem der Feuerwehrautos aus dem Wagen stieg und die Rauchschwaden bemerkte, die aus dem Küchenfenster der Wohnung im obersten Stock in den Himmel qualmten. Paul stand auf dem Bürgersteig, steif und still. Eine Polizistin beugte sich zu ihm und redete auf ihn ein. Als Dennis seinen Namen rief, wandte Paul wie in Trance seinen Kopf.

Paul hatte nicht geweint. Seine Augen waren weit aufgerissen und sein zierlicher Körper zitterte. Jemand hatte ihm eine Decke über die schmalen Schultern geworfen, die er mit einer Hand vor der Brust zusammenhielt. Für Außenstehende musste es so aussehen, als befände er sich in einem Schockzustand.

Auch Dennis hätte sich täuschen lassen, wären die Pupillen seines Sohnes unruhig und verstört hin- und hergewandert oder hätte er nur ein einziges Mal seine Augen vor dem Unbegreiflichen geschlossen. Die Starr- und Sturheit seines Blickes aber kannte Dennis ganz genau.

Er nahm Paul in die Arme und drückte ihn an sich. Selbst durch die Wolldecke hindurch konnte er spüren, wie kalt sein schmächtiger Körper war.

Irgendwann später erklärte man ihm die Einzelheiten. Seine Frau und Tochter hatten keine Chance gehabt. Das Gas war durch ein Leck in den geschlossenen Ofen geströmt, ohne entweichen zu können. Ein winziger Funke genügte und das hochkonzentrierte Gas explodierte. Mehr hatte Dennis von den Ausführungen des Polizeibeamten nicht verstanden. Denn bereits in diesem Moment, verborgen unter der Trauer um seine Tochter und im geringeren Maße auch um seine noch angetraute Frau, plagte ihn die Frage, deren Beantwortung ihm auf ewig verwehrt bleiben könnte.

Paul verlor über den Vorfall kein einziges Wort. Er blieb verschlossen und still, wie nach einem Trauma nicht anders zu erwarten war. Oder, was Dennis eher befürchten musste, wie nach dem Gelingen eines geheimen Plans.

Später am Abend, nachdem es nichts mehr zu tun gegeben hatte, außer nach Hause zu fahren, saßen sie schweigend in der Küche. Mit großem Appetit aß Paul die von Dennis mit Nutella beschmierten Brote und trank seine Limonade in durstigen Zügen. Ab und an hob er kurz den Kopf und sah seinen Vater mit wachsamen Blicken an.

Was hatte Paul gedacht, als er auf der Schaukel des Spielplatzes die Explosion gehört hatte? Wann hatte er realisiert, dass das zerborstene Küchenfenster, aus dem die Flammen loderten, das Fenster der eigenen Wohnung war, hinter dem seine Mutter und seine Schwester Tanja Kekse buken?

Womöglich hatte Paul diesen Zusammenhang gar nicht herzustellen brauchen. Womöglich hatte er seelenruhig geschaukelt, den Blick dabei nach oben gerichtet, und auf einen Knall gewartet, von dem er wusste, dass er kommen würde.

Diese Gedanken machten Dennis Angst. Weil er seinem dreizehnjährigen Sohn einen zweifachen Mord unterstellte und vor allem, weil er nicht anders konnte, als Paul diese Morde zuzutrauen. Zumal ihm diese kalten, durchdringenden Blicke, mit denen er seinen Vater am Küchentisch beäugte, keineswegs fremd waren.

Schon vor Jahren, als er seinem Sohn vor dem Schlafengehen aus den Grimm'schen Märchen vorgelesen hatte, war ihm bewusst geworden, dass mit Paul etwas nicht stimmte. Nur zu gut erinnerte sich Dennis an die Wutausbrüche, an das unkontrollierte Strampeln seiner Beine und an den Hass in seinem verzerrten Gesicht. Paul hatte es nicht ertragen können, dass die Eltern von Hänsel und Gretel ohne Strafe davongekommen waren. Dabei war es ihm egal, dass die Mutter eines natürlichen Todes starb und der gutmütige Vater sich lediglich dem Willen seiner Frau unterworfen hatte. Paul wollte Gerechtigkeit. Dafür, die Kinder im Wald ausgesetzt und folglich dem sicheren Hungertod überlassen zu haben. Und so, wie den zwei Stiefschwestern von Aschenputtel die Augen von Tauben ausgepickt worden waren, oder so, wie Schneewittchens Stiefmutter in glühenden Schuhen tanzen musste, bis sie tot umfiel, verlangte sein Sohn nach Vergeltung. Dass er dabei Gerechtigkeit mit Rache verwechselte, blieb seinem kindlichen Gemüt verborgen.

Eine gewisse Mitschuld hatte Dennis auch damals nicht leugnen können. Wie die Eltern im Märchen hatten Carola und er ihre Kinder im Stich gelassen. Hin- und hergeschoben zwischen zwei Haushalten, ohne zu wissen, wohin sie gehörten, musste dies Paul und Tanja wie der Weg durch einen dunklen Wald voller Gefahren erschienen sein, aus dem es kein Entrinnen gab.

War der Unfall deshalb in Pauls Augen die gerechte Strafe gewesen? Hatte er tatsächlich die Gaszufuhr im Ofen manipuliert, um anschließend nach draußen zum Spielen zu gehen, wissend, dass seine Mutter nur den Knopf über der Ofentür zu bedienen brauchte, der das Gas im Innern entzünden würde?

Monate nach dem Unfall, als sein Sohn sich in Therapie befand, berichtete ihm Jonas, dass Paul die meiste Zeit von seiner Schwester sprach. Darüber, wie sehr er Tanja vermisste und dass sie es nicht verdient hätte zu sterben. Dass sie versprochen hätte, ihrem Bruder nach draußen zu folgen und dass er sich die ganze Zeit auf der Schaukel gefragt hätte, wo sie denn bliebe. Tanja musste sich umentschieden haben, vielleicht, um beim Plätzchenausstechen zu helfen.

Bei diesen Erinnerungen, hatte Jonas erwähnt, fing Paul jedes Mal an zu weinen. Ansonsten zeigte er keinerlei Gefühle. Angesprochen auf seine Mutter wechselte er das Thema oder verstummte.

Waren dies die Anzeichen von Schuld? Nicht der Tat gegenüber, sondern weil er seine Schwester nicht vor dem Tod bewahrt hatte?

Über diese Fragen hatte Dennis sich jahrelang den Kopf zerbrochen und war zu keinem Ergebnis gelangt. Er hatte zusehen müssen, wie sich Paul immer weiter verschloss und wie sich seine Gefühle in immer heftigeren und unkontrollierbaren Wutausbrüchen entluden. Ganz egal, was er auch unternahm, um es seinem Sohn recht zu machen, es war jedes Mal das Falsche. Was blieb, war die Entscheidung, sich von Paul loszusagen, sobald er das achtzehnte Lebensjahr erreicht hatte. Er überwies ihm monatlich Geld und schickte ihn auf eine Reise, von der er die meiste Zeit nicht wusste, wohin es ihn trieb. Dennis wollte die Vergangenheit endlich begraben.

Denn eins war ihm deutlich bewusst. Sollten seine heimlichen Anschuldigungen der Wahrheit entsprechen, dann hatte Paul sein Ziel bisher nicht erreicht. Er mochte die Mutter, so wie es der Hexe im Märchen widerfahren war, im Ofen verbrannt haben. Der Vater dagegen, den in Pauls Augen eine Mitschuld traf, war noch immer am Leben.

*

Als Monika und Vincent die Praxis betraten, stand Yvonne hinter dem Empfangstresen und telefonierte. Ihr rundes Gesicht war gerötet und ihre Stimme gereizt. Während sie mit aufgesetzter Freundlichkeit den Gesprächspartner zu besänftigen versuchte, bat sie die beiden Neuankömmlinge mit einer Handbewegung um Geduld. Nach einigen Minuten konnte sie das Telefonat schließlich beenden.

„Entschuldigen Sie", seufzte Yvonne, „hier ist heute die Hölle los."

Monika ging auf den Tresen zu und zuckte bedauernd mit den Schultern.

„Tut mir leid, das zu hören. Aber wir müssen dringend mit Ihnen und Dr. Albrecht reden."

„Mit mir?" Verängstigt wanderten Yvonnes Blicke zwischen Monika und Vincent hin und her. „Warum mit mir?"

„Das werden Sie gleich erfahren. Haben Sie einen Moment Zeit?"

„Eigentlich nicht", erwiderte Yvonne. „Ich muss alle Termine bis Ende der Woche absagen. Außerdem muss ich ..."

„Wir verstehen das", unterbrach Vincent sie, der sich an Monika vorbeischob und lässig gegen den Tresen lehnte. „Und verzeihen Sie meine Manieren. Wir wurden einander noch gar nicht vorgestellt. Ich bin Kommissar Vincent Schröter."

Zunächst verunsichert wandelte sich die Abwehr auf Yvonnes Gesicht in ein schulmädchenhaftes Lächeln.

„Yvonne", sagte sie und schüttelte die ihr entgegengestreckte Hand. „Yvonne Dorn."

„Was für ein hübscher Name. Dorn ... das klingt ja fast wie der einer Prinzessin. Wie Dornröschen, umgeben von roten Rosen."

Monika, die keine zwei Meter von ihm entfernt stand, traute ihren Ohren nicht. Was für ein ausgemachter Blödsinn, dachte sie.

„Ich sehe natürlich", fuhr Vincent fort, „wie sehr Sie im Stress sind. Das haben Sie wahrlich nicht verdient, ehrlich. Könnten Sie nicht trotzdem für uns eine kleine Pause einlegen? Für mich? Bitte, Yvonne."

„Na, also gut, meinetwegen. Immerhin habe ich schon einiges geschafft und Dr. Albrecht hat sowieso so wenige Termine, das ist schnell erledigt. Lassen Sie mich nur rasch die Ordner wegräumen."

Sobald Yvonne sich dem Papierkram zugewandt hatte, richtete Vincent sich auf und warf Monika einen triumphierenden Blick zu. Monika verdrehte die Augen.

„Sie erwähnten gerade, dass die beiden … Ärzte die nächsten Tage nicht in der Praxis wären?" Mitten im Satz hatte Monika gestockt. Sie war sich weiterhin unschlüssig darüber, ob man Therapeuten überhaupt als Ärzte bezeichnete.

Yvonne schloss den Aktenschrank und sah Monika beinahe herablassend an. Demonstrativ richtete sie ihre Antwort an Vincent.

„Das kam für mich völlig unerwartet. Niemand hat mir vorher Bescheid gesagt. Dr. Albrecht kam heute Morgen hierher, völlig abgehetzt. Er sagte, er und Dr. Dürer müssten bis zum Wochenende dringend verreisen und ich solle alle Termine verschieben und die nächsten zwei Tage freinehmen. Ich bin völlig durch den Wind."

„Das ist durchaus begreiflich", erwiderte Vincent. „Hat der Doktor erwähnt, wohin die beiden so plötzlich verreisen müssen?"

„Nein. Ich habe absolut keine Ahnung. Er ist in sein Büro gestürmt und seitdem …"

In diesem Moment ging die Tür zum Sprechzimmer auf und Dr. Albrecht hastete mit einer Aktentasche in der Hand in den Empfangsraum. Als er die beiden Kommissare bemerkte, hielt er abrupt inne. Er wirkte übermüdet und angespannt.

„Dr. Albrecht", sagte Monika übertrieben freundlich und ging einen Schritt auf ihn zu. „Gut, dass wir Sie noch erwischen."

„Bitte, nicht jetzt", wehrte er ab und warf einen nervösen Blick über die Schulter zu seiner geschlossenen Sprechzimmertür. „Ich bin sehr in Eile."

„Wir auch, Dr. Albrecht, wir auch. Bevor Sie also in den sicherlich wohlverdienten Urlaub fahren, müssen wir …"

„In den Urlaub?" Dr. Albrecht starrte sie irritiert an. „Ich fahre nicht in den Urlaub. Ich …"

„Aber das haben Sie doch gesagt", rief Yvonne dazwischen.

„Nein, nein, ich sagte bloß …" Er sah kurz zu Monika, dann auf seine Sprechstundenhilfe, ehe er mit schroffer Stimme seinen Satz beendete. „Ich sagte, wir nehmen an einem Kongress teil. Hier in Berlin."

„Aber …"

„Kann ja mal passieren, Yvonne", versuchte er zu beschwichtigen und wandte sich lächelnd an Monika. „Und vorher muss ich dringend zu einer Klientin. Deshalb entschuldigen Sie mich bitte."

„Ich habe einen Job zu erledigen", sagte Monika. „Und ich muss darauf bestehen, dass Sie und Frau Dorn unsere Fragen beantworten."

Sie hielt seinem Blick stand, bis Dr. Albrecht den Augenkontakt unterbrach. Seine Aktentasche wechselte von der einen in die andere Hand.

„Ich mache Ihnen einen Vorschlag. Reden Sie zunächst mit Yvonne. Meine Klientin wohnt nicht weit entfernt. Es wird nicht lange dauern. In spätestens einer Dreiviertelstunde bin ich zurück. Danach stehe ich Ihnen selbstverständlich zur Verfügung."

Nicht gewillt, darauf einzugehen, wandte Monika sich an Vincent. Der zuckte gleichgültig mit den Schultern.

„Also gut“, gab sie schließlich nach. „Fünfundvierzig Minuten. Keine Minute länger.“

„Danke.“ Dr. Albrecht zeigte seine gebleichten Zähne und lehnte sich über den Tresen zu Yvonne. „Und Sie denken später an das, was ich Ihnen aufgetragen habe.“

„Können Sie das nicht selber machen?“, fragte sie verärgert.

„Tun Sie einfach, worum ich Sie bitte!“

Seinen harten Tonfall bemerkend, richtete Dr. Albrecht sich räuspernd auf, bat erneut um Entschuldigung und eilte aus der Praxis. Die Zurückgelassenen starrten ihm nach.

„Tja, dann“, unterbrach Monika das eingetretene Schweigen, „nutzen wir die Zeit und reden von Ihnen.“

Durch das Verhalten ihres Chefs sichtlich aufgelöst, sagte Yvonne: „So hat er mich noch nie behandelt.“

„Derart unfair sollte man seine Angestellten auch nicht behandeln. Schon gar nicht eine hübsche, junge Prinzessin wie Sie.“

Vincents weiche, sanfte Stimme wirkte augenblicklich Wunder. Yvonnes weinerliche Gesichtszüge verschwanden und ihre Augen begannen erneut zu strahlen.

Wenn Monika geglaubt hatte, spätestens jetzt würde Yvonne diese Schmeicheleien durchschauen und sich veralbert vorkommen, wurde sie enttäuscht. Mit diesem hübschen Gesicht und seinem unwiderstehlichen Charme konnte sich Vincent wohl alles erlauben und kam damit durch.

„Okay, können wir endlich anfangen?“

Der Blick, den Yvonne ihr zuwarf, zeigte Monika deutlich, wie die Sympathien verteilt waren. Und wenn das bedeuten würde, guter Cop, böser Cop spielen zu müssen, war ihr das mehr als recht.

„Warum setzen wir uns nicht rüber in den Wartebereich?“, fuhr Monika fort. „Es macht keinen Sinn, die ganze Zeit rumzustehen.“

Nur mit Unbehagen schien Yvonne den Schutz hinter ihrem Tresen aufgeben zu wollen. Monika hatte sich bereits auf einen der Stühle gesetzt und erst, als auch Vincent Platz genommen hatte, folgte sie den beiden.

„Atmen Sie einmal tief durch", schlug Monika vor, „und sagen Sie mir, ob Sie diese Telefonnummern hier wiedererkennen."

Von Monikas forschem Tonfall eingeschüchtert, ließ Yvonne sich auf einen der freien Stühle fallen. Anschließend nahm sie den Zettel entgegen, den Monika ihr über dem niedrigen Tisch mit den Zeitschriften aushändigte.

„Beginnen wir mit der obersten", sagte sie.

Das Blatt Papier stammte aus Monikas Notizblock. Die Worte und Zahlen hatte sie ein weiteres Mal abgeschrieben, wobei sie sich für eine der Varianten entscheiden musste, die die unleserliche Schrift bei einigen der Zeichen zugelassen hatten. Die fehlenden Zahlen der Telefonnummern hatte sie nach eigenem Ermessen ergänzt und anstatt ‚Junge' das Wort ‚Jung' eingefügt. Auch auf die Gefahr hin, mit ihren Interpretationen falsch zu liegen, wollte sie verhindern, dass Yvonne die vielen Variablen als Ausrede benutzen konnte.

Dass Monika mit ihren Entscheidungen nicht völlig danebengelegen hatte, erkannte sie an Yvonnes Reaktion. Die Hand, die den Zettel hielt, begann leicht zu zittern, und ihr Mund öffnete sich zu einem überraschten und stummen Ausruf.

„Woher haben Sie die?", wollte sie wissen.

„Das spielt zunächst keine Rolle. Beantworten Sie einfach meine Frage. Wessen Nummer ist das?"

Nach einem hilfesuchenden Blick zu Vincent, der nicht mehr bereit schien, den edlen Ritter zu spielen, antwortete sie: „Das ist meine. Jedenfalls ... na ja, die 9 stimmt nicht. Aber sonst ... Und das Y davor. Das steht für Yvonne, oder nicht?"

„Danke, Frau Dorn. Was ist mit der Nummer darunter?"

„Die kenne ich nicht."

Damit hatte Monika gerechnet. Sie würde diese Nummer im Präsidium durch den Computer laufen lassen, bis sich mögliche Besitzer gefunden hatten.

„Und jetzt richten Sie Ihre Aufmerksamkeit auf das Wort in der ersten Zeile."

Sofort stieg Yvonne die Röte in die Wangen und sie warf den Zettel wie ein heißes Eisen auf den Tisch.

„Ich verstehe nicht", stammelte sie. „Warum fragen Sie mich das alles? Ich habe nichts getan."

Monika beugte sich vor und sah eisern in Yvonnes verängstigtes Gesicht.

„Da bin ich mir nicht ganz sicher, Frau Dorn. Den Zettel hat Torge Steiner geschrieben und Sie haben Torge das Passwort zu den Patientendaten gegeben, weil er Ihnen schöne Augen gemacht hat. ‚Jung' steht für Carl Gustav Jung, nehme ich an. Der berühmte Psychoanalytiker. Wessen Idee war das? Dr. Albrechts? Für einen Therapeuten nicht besonders originell, wie Sie mir sicherlich zustimmen werden."

„Nein, ich … das würde ich niemals tun."

„Niemand macht Ihnen daraus einen Vorwurf", schaltete Vincent sich ein. „Wir wollen bloß verstehen, woher Torge das Passwort kannte. Er hat Ihnen vorgemacht, Sie zu mögen. War es nicht so?"

Seine einfühlsame Stimme bewirkte, dass Yvonne beschämt den Kopf senkte und nickte.

„Wie sollte ich das denn ahnen?", sagte sie leise. „Torge war immer so nett zu mir. Er hat mir Blumen mitgebracht und wir haben … na ja, ich habe vor ihm nie einen richtigen Freund gehabt. Jedenfalls keinen, der sich wirklich für mich interessiert hat. Aber ich habe ihm das Passwort nicht verraten, ehrlich."

„Wissen Sie, was ich denke, Frau Dorn? Ich denke, Sie lügen."

Abrupt hob Yvonne ihren Kopf und blickte Monika direkt in die Augen.

„Das ist nicht wahr! Und überhaupt, was könnte Torge mit dem Passwort schon anfangen?"

Monika hob stumm ihre Augenbrauen und wartete, bis Yvonne langsam begriff.

„Oh", entfuhr es ihr. „Sie meinen, er steckt hinter diesen furchtbaren Morden? Das ist doch völliger ... Torge würde nie jemandem was zuleide tun!"

„Das sehe ich anders. Und ich werde Ihnen jetzt erzählen, wie es meiner Meinung nach abgelaufen ist." Monika lehnte sich weit auf ihrem Stuhl zurück und beobachtete Yvonnes kreidebleiches Gesicht. „Torge hat Sie um den kleinen Finger gewickelt und Sie ... Sie waren über beide Ohren verliebt. Irgendwann waren Sie und Torge in der Praxis allein, Sie haben geturtelt und Torge hat Ihnen Versprechungen gemacht und Ihnen das Passwort entlockt. Wie hat er das angestellt? Was hat er Ihnen versprochen? Oder hat er vorgeschlagen, sich mit den Patientenakten einen Spaß zu erlauben, um über die Probleme anderer herzhaft lachen zu können? Auf jeden Fall hätten Sie alles für Ihren Torge getan und haben eingewilligt."

„So ist es nicht gewesen. Das denken Sie sich aus!"

„Wollen Sie mir etwa weismachen, dass Sie nie mit Torge allein in der Praxis waren?"

Diese Frage unterbrach Yvonnes aufgebracht vorgetragenen Einwände. Ihre bleiche Gesichtshaut wandelte sich in ein tiefes Rot und sie schien hektisch zu überlegen.

„Na ja", gestand sie kleinlaut. „Es gab da einen Moment, vor ungefähr zwei Wochen. An einem Mittwoch, weil ich mich an diesen Abenden nach der Sprechstunde noch um die Abrechnungen kümmere. Die Doktoren waren gegangen und Torge hat mich abgeholt. Und während er hier auf der Couch auf mich wartete, ist ihm plötzlich ganz übel geworden, von seinem chinesischen Mittagessen. Ich bin sofort runter zur Apotheke an der Ecke, um ihm ein paar Tropfen zu besorgen.“

„Und diese Gelegenheit hat Torge genutzt“, schlussfolgerte Monika.

„Wie denn?“, rief Yvonne aus. „Okay, ich habe ihn kurz in der Praxis allein gelassen und ja, ich hätte das vielleicht nicht tun dürfen, aber ich habe ihm das Passwort nicht verraten! Torge hätte die Akten also gar nicht lesen können!“

„Das sagten Sie bereits.“

„Weil es die Wahrheit ist!“

„Yvonne“, mischte Vincent sich ein und behielt den freundlichen Tonfall bei, den er seit Beginn des Gesprächs eingesetzt hatte. „Von wem sollte Torge das Passwort denn sonst erfahren haben? Dieser Zettel beweist zweifelsfrei, dass er es kannte und wohl auch benutzt hat.“

Dass selbst Vincent Schröter sich plötzlich gegen sie stellte, ließ Yvonne die Tränen in die Augen schießen. Gleichzeitig kniff sie den Mund zu einem dünnen Strich zusammen. Ab diesem Moment, ahnte Monika, würde sie nichts Nützliches mehr von sich geben.

„Sie bleiben also bei Ihrer Aussage“, wiederholte Monika, „Torge gegenüber das Passwort nie erwähnt zu haben.“

„Ja. Wie oft muss ich das noch sagen?“

„Okay, belassen wir es vorerst dabei. Warten wir auf den Doktor. Macht er oft Hausbesuche?“

Nun, da die Befragung vorbei war, hatte Monika sich für eine sanftere Stimmlage entschieden.

„Ich weiß gar nicht“, antwortete Yvonne, „was er da vorhin meinte. Er und Dr. Dürer machen nie Hausbesuche.“

Monika und Vincent wechselten einen unheilschwangeren Blick. Ganz offensichtlich hatte Dr. Albrecht sie angelogen.

„Verdammt!“, entfuhr es Monika und fragte an Yvonne gerichtet: „Haben Sie seine Handynummer?“

„Die darf ich nicht rausgeben. Das ist privat.“

„Und wenn Sie für uns anrufen würden?“, fragte Vincent. „Jetzt gleich? Es ist wirklich sehr wichtig.“

Erneut besänftigt, lenkte Yvonne ein. „Ich kann es ja mal versuchen.“

Sie stand auf, ging zum Tresen und griff nach dem Telefon. Ohne überlegen zu müssen, tippte sie eine Nummer und wartete, den Hörer zwischen Ohr und Schulter geklemmt.

Von irgendwoher erklang ein leises Klingeln.

Alle drei lauschten angespannt, ehe Vincent auf eine der Türen zeigte und sagte: „Das kommt aus dem Zimmer dort.“

Yvonne legte den Hörer beiseite und eilte in das Sprechzimmer zu ihrer Linken. Monika und Vincent folgten ihr.

Auf Dr. Albrechts wuchtigem Schreibtisch vor dem Fenster lagen zwei Mobiltelefone nebeneinander. Das linke, dessen Display erleuchtet war, gab den Klingelton von sich.

„Gehören die Handys beide Dr. Albrecht?“, fragte Monika.

„Nur das eine, das klingelt. Das andere, mit dem kaputten Glas, gehört Dr. Dürer. Ich verstehe bloß nicht, warum …?“

Monika hörte nicht weiter zu, sondern wandte sich verärgert an Vincent.

„Die zwei sind weder verreist noch auf irgendeinem Kongress. Wo immer sie sind, sie wollen verhindern, dass wir ihren Standort über die Handys orten können.“

„Wie sollen wir vorgehen?“, fragte Vincent. „Eine Fahndung rausgeben?“

„Nicht sofort. Lass uns zuerst ins Präsidium fahren. Die Handys nehmen wir mit. Ich will sehen, mit wem die beiden die letzten Wochen kommuniziert haben.“

„Das dürfen Sie nicht!“, rief Yvonne.

Monika winkte ab. „Ach was. Sie kriegen auch eine Quittung dafür, wenn Sie unbedingt wollen. Die Doktoren wissen schließlich, wo sie sie abholen können. Haben Sie eventuell eine kleine Plastiktüte oder so?“

Von der Frage abgelenkt, ging Yvonne ohne weitere Gegenrede aus dem Sprechzimmer und kehrte kurz darauf mit einer bunt bedruckten Tüte zurück. Monika nahm sie entgegen und schob die Handys vorsichtig hinein.

„Ach, bevor ich es vergesse“, sagte Yvonne und händigte Vincent einen Umschlag aus, den sie zusammen mit der Tüte aus dem Vorzimmer geholt hatte. „Ich soll Ihnen den hier von Dr. Dürer geben. Er hat ihn mir heute Morgen überreicht. Er dachte sich wohl, dass Sie vorbeikommen werden.“

Vincent nahm den unverschlossenen Umschlag entgegen, auf dem Monikas Nachname stand, und öffnete ihn. Darin lagen ein Schlüssel sowie ein Zettel mit einer Adresse darauf.

„Kennen Sie diese Anschrift?“, fragte er an Yvonne gerichtet.

„Das ist die Zweitwohnung von Dr. Albrecht.“

„Vielleicht halten sich die beiden dort versteckt“, mutmaßte Monika, die Vincent den Zettel abgenommen hatte.

„Warum sollten sie ihre Handys zurücklassen und uns dann ihren Aufenthaltsort verraten?“, entgegnete Vincent.

„Soweit ich weiß, steht die Wohnung leer“, sagte Yvonne. „Zuletzt wohnte da ein Ehepaar. Und davor musste ich den Umzug von Dr. Albrechts Sohn Paul organisieren, deshalb weiß ich das.“

„Wann war das?“

„Oh, das ist schon einige Zeit her. Ein, zwei Jahre bestimmt.“

„Wissen Sie, wo der Sohn jetzt wohnt?“

Yvonne schüttelte den Kopf. „Keine Ahnung. Ich habe nur den Termin mit der Umzugsfirma vereinbart und die Leute zu der alten Adresse geschickt."

„Okay, und vielen Dank, Frau Dorn", sagte Monika. „Sie haben uns trotz allem sehr geholfen. Über das Passwort denken Sie bitte noch einmal gründlich nach."

Bevor Yvonne etwas darauf erwidern konnte, verließen sie und Vincent das Sprechzimmer. Vincent hatte die Praxistür bereits geöffnet, als Yvonne ihnen nachgeeilt kam.

„Torge ist hoffentlich nicht in Schwierigkeiten, oder?", fragte sie ängstlich. „Ich meine, auch wenn er das Passwort kannte … Er hat bestimmt nichts damit angestellt. Das alles muss ein riesiges Missverständnis sein."

An der Tür warf Vincent seiner Vorgesetzten einen auffordernden Blick zu, der sie in die Zwickmühle brachte. Denn obwohl Yvonne sicherlich ein Anrecht darauf hatte, vom Tod ihres Freundes in Kenntnis gesetzt zu werden, würde sie, sollte sie jetzt davon erfahren, unweigerlich in Heulkrämpfe ausbrechen. Eine Situation, auf die Monika liebend gern verzichtet hätte.

„Tja, wissen Sie", sagte Monika nach kurzem Zögern, „da gibt es etwas, das Kommissar Schröter Ihnen mitteilen muss."

Im ersten Moment von ihrer Ankündigung überrumpelt, wusste Vincent nicht zu reagieren. Ehe er sich allerdings besinnen konnte, hatte Monika ihren Kopf weit vorgebeugt und flüsterte ihm ins Ohr.

„Na, los, du edler Ritter. Bring es deiner Prinzessin schonend bei. Ich warte draußen."

Das Haus mit dem Giebeldach lag im Schatten der Bäume.

Nachdem sie über Berlin-Wannsee die Stadt verlassen hatten, um vor Potsdam in Richtung Norden zu fahren, bogen sie jetzt von der Landstraße auf einen ungepflasterten und von Kiefern und Eichen gesäumten Weg ein, der auf einem freien Platz rund um das Haus endete.

Dennis hielt einige Meter vor dem Haupteingang, zog den Schlüssel ab und wartete. Weder er noch Jonas waren bereit auszusteigen.

„Glaubst du wirklich, wir tun das Richtige?“, fragte Jonas.

Durch die Windschutzscheibe starrte Dennis auf das grauverputzte Haus mit den geschlossenen Fensterläden, auf das spitz zulaufende Dach über dem zweiten Stockwerk und den Schornstein, der etwas schief in den Himmel ragte.

Als Kinder hatten Jonas und er hier gespielt. Auf dem Dachboden, im angrenzenden Wald und am Ufer des Sees.

Eine Generation später spielten auch Paul und Tanja auf diesem Rasen, auf dem damals eine Schaukel stand. Dennis erinnerte sich an ihr Kreischen und Lachen, das zu ihm in die Küche drang, während er und Carola über irgendeine Lappalie stritten. Es ging immer nur um Lappalien. Um einen nichtigen Auslöser, der ihnen das Recht zu geben schien, den Partner anzuklagen und zu beschimpfen. Dass Jonas irgendwo im Haus alles mit anhören konnte, störte sie schon lange nicht mehr. Carola, die bei diesen Auseinandersetzungen hysterisch schrie und ihr Gesicht dabei zu einer Fratze verzog, und er, der mit geballten Fäusten gestikulierte, als probte er den körperlichen Kampf. Er erinnerte sich an die plötzliche Stille außerhalb der Küche und daran, wie er den Kopf wandte und zwei kleine Gesichter vor dem Fensterglas erkannte, die mit verängstigten Augen und offenen Mündern zu ihnen hereinblickten.

Und noch einmal sah er, wie Paul und Tanja zurückschraken, sich umdrehten und vor ihren Eltern in den Wald flüchteten.

Das alles war eine Ewigkeit her. Seit dem tragischen Unfall war er nie wieder an diesem Ort gewesen und auch

Jonas nutzte dieses Haus immer seltener als Wochenenddomizil.

„Niemand außer Paul wird ahnen, wohin ich verschwunden bin“, antwortete Dennis schließlich. „Wenn er mich sucht, wird er wissen, wo ich bin.“

Dies war nicht die Antwort auf Jonas' Frage. Denn ob das, was er tat, richtig oder falsch war, interessierte ihn nicht. Er wollte einzig und allein seinem Sohn gegenüberstehen, um in ihm das Monster zu erkennen, das er großgezogen hatte. Was danach geschehen würde, lag außerhalb seiner Vorstellungskraft.

„Lass uns die Sachen ins Haus bringen“, sagte er.

Jonas zögerte und Dennis hegte erneute Zweifel daran, ob er seinem Freund restlos vertrauen durfte. Immerhin verschwiegen sie der Polizei wichtige Hinweise und machten sich strafbar. Noch aber tat Jonas, was er von ihm verlangte, und in wenigen Tagen, so hoffte Dennis, würden all diese Bedenken keinerlei Rolle mehr spielen.

Dennis stieg aus seinem BMW und öffnete den Kofferraum. Nachdem Jonas und er sich vor seiner Zweitwohnung getrennt hatten, war er nach Hause gefahren, hatte eine paar Sachen gepackt und anschließend in einem Supermarkt Lebensmittel eingekauft. Und er war, was er beinahe schon wieder verdrängt hatte, den beiden Kommissaren in der Praxis über den Weg gelaufen. Nur kurz hatte er dort vorbeischauen und ihre Handys in seinem Sprechzimmer deponieren wollen. Die Idee war von Jonas gekommen und sollte ihre Spuren auf ihrer kleinen Flucht verwischen helfen. Eine Idee, bei deren Umsetzung er um Haaresbreite aufgeflogen wäre.

„Kannst du wenigstens die Tür aufschließen?“, fragte er, mit zwei Plastiktüten bepackt, da Jonas im Wagen sitzengeblieben war.

Dennis wartete nicht auf eine Antwort, sondern ging voran. Hinter ihm hörte er, wie Jonas die Autotür unsanft zuschlug, wie er die verbleibende Tüte sowie ihre beiden Reisetaschen aus dem Kofferraum zog und ihm folgte. Vor den beiden Stufen, die zur Haustür führten, überholte Jonas ihn, stellte die Sachen ab und fischte den Schlüssel aus der Hosentasche.

Innen war es dunkel und roch muffig nach alten Möbeln und abgestandener Luft. Durch den schmalen Flur gingen sie, vorbei an der Treppe zum ersten Stock, in die Küche am anderen Ende. Jonas stellte seine Sachen auf dem Holztisch in der Mitte des Zimmers ab und öffnete Fenster und Fensterläden.

Nichts hatte sich geändert. Es waren dieselben Möbel, bedeckt von dem Staub der vergangenen Jahre, und hinter dem Fenster derselbe Wald, in dem Dennis' Kinder vor ihren zankenden Eltern Zuflucht gesucht hatten.

„Wann warst du das letzte Mal hier?", fragte er.

Jonas zuckte mit den Schultern. „Das muss eine Weile her sein. Ein halbes Jahr vielleicht? Mir ist es zu einsam, so ganz allein. Seit Carola ... na ja, seit dem Unfall fühlt es sich merkwürdig an im Haus. Mit euch war das anders. Ich sollte das Grundstück endlich verkaufen."

Dennis wich seinem Blick aus und begann, den Inhalt der Tüten auf der Küchenzeile auszubreiten. Die Stimme seines Freundes klang melancholisch. Ohne eigene Familie oder gar Freundin war er immer Teil seiner eigenen gewesen.

„Funktioniert der Kühlschrank nicht?"

„Müsste er eigentlich", antwortete Jonas. „Warte einen Moment. Kann sein, dass ich beim letzten Mal die Sicherungen rausgeschraubt habe."

Er verließ die Küche und Dennis blieb vor dem offenen Kühlschrank stehen. Natürlich war er nicht sicher, ob er das Richtige tat. Diese Frage hätte Jonas vorhin nicht stellen dürfen. Jetzt kehrten all die Zweifel und Ungereimtheiten zurück, die er bisher nicht wahrhaben wollte. Und Jonas würde nicht aufhören, ihn daran zu erinnern.

Es wäre besser, Jonas würde verschwinden.

Die kleine Lampe im Kühlschrank ging an und mit ihr ein summendes Geräusch. Dennis stellte die Milch, das Mineralwasser, die Joghurts und Würstchen in die entsprechenden Fächer und schloss die Tür.

„Ich nehme an, du willst in dein altes Zimmer." Jonas war zurück und ging zum Tisch, auf dem ihre Taschen standen. „Bettzeug und Handtücher liegen im Schrank. Ich bringe schnell unsere Sachen rauf."

„Warte kurz", hielt Dennis ihn auf. „Ich finde, es wäre besser, wenn ... wenn ich das allein durchstehe. Ich habe dich schon tief genug mit hineingezogen. Außerdem könnte Paul abgeschreckt werden, falls er mitkriegt, dass eine zweite Person im Haus ist."

„Du willst mich loswerden?"

„Es ist sicherer für dich. Wir wissen schließlich beide, wozu Paul in der Lage ist."

„Genau. Und deshalb ist es viel zu gefährlich allein."

Mit Widerspruch hatte Dennis gerechnet. Doch Jonas, spürte er, ging es nicht bloß darum, seinem Freund in der drohenden Gefahr beizustehen. In seiner Stimme hatte der versteckte Vorwurf gelegen, ein weiteres Mal benutzt worden zu sein. Wie früher zu ihrer Studentenzeit war Dennis der Bestimmer und Jonas derjenige, der bedingungslos folgte.

„Wo soll ich denn hin?", fragte Jonas aufgebracht. „Unsere Handys liegen in der Praxis und sobald die Polizei sie dort findet, wird sie uns suchen. Was, bitte schön, soll ich denen sagen, wenn sie vor meiner Wohnung stehen?"

„Geh in ein Hotel. Nur für ein, zwei Nächte. Und wir bleiben über den Festnetzanschluss in Kontakt. Wenn du in Potsdam bleibst, bist du zur Not in einer halben Stunde hier."

„Und dann? Was machen wir dann?"

Weiter hatte Dennis bisher nicht gedacht. Er ging davon aus, dass sich spätestens am Wochenende alles geklärt haben würde. Ganz egal, wie.

„Dann reden wir mit der Polizei", sagte er. „Versprochen. Gib mir bloß diese paar Tage. Sollte Paul bis dahin nicht aufgetaucht sein, tue ich, was immer du verlangst."

Jonas antwortete nicht sofort. Seine Blicke wanderten unruhig durch die Küche, als suchte er nach irgendeinem Argument, das Dennis zum Einlenken bewegen könnte.

„Meinetwegen", sagte er resigniert und streckte die Hand aus. „Gib mir die Autoschlüssel und ich verschwinde."

Dennis überreichte ihm die Schlüssel. Gemeinsam gingen sie hinaus und Jonas warf seine Tasche auf den Beifahrersitz.

„Mir gefällt das nicht, Dennis", sagte er.

„Ich weiß. Aber es geht nicht anders."

„Die Polizei ..."

Dennis unterbrach ihn. „Die Polizei tappt im Dunklen. Sie weiß ja nichts von meiner Zweitwohnung und dem toten Hund. Wie sollen sie da einen Bezug herstellen?"

Ihm war, als wollte Jonas etwas erwidern. Stattdessen schwieg er und setzte sich ins Auto.

„Ruf mich an, wenn du im Hotel bist, okay?"

Auch darauf erwiderte Jonas nichts, sondern warf mit gesenktem Kopf den Motor an und fuhr über den Waldweg davon.

Kapitel 13

Monika trat auf den Bürgersteig, um der stickigen Luft in der Zweizimmerwohnung für ein paar Minuten zu entkommen. Der Himmel war nach den Regenfällen der letzten Nacht beinahe wolkenlos und die Temperatur angenehm kühl. Drinnen waren alle möglichen Beamte damit beschäftigt, Fingerabdrücke und sonstige Spuren zu sichten und das arme Tier in der Standuhr zu untersuchen.

Kurz nachdem Vincent eine völlig verstörte Yvonne in der Praxis zurückgelassen hatte, war Monika mit ihm zu der Adresse gefahren, die Dr. Dürer ihr auf einem Zettel hatte zukommen lassen. Die Verstärkung, die sie telefonisch anfordern ließ, war gleichzeitig mit ihnen eingetroffen. Jetzt hieß es abwarten und hoffen, dass dieser neue Tatort mehr verriet, als die letzten es getan hatten.

„Armer Hugo", sagte Vincent kopfschüttelnd, der ihr nach draußen gefolgt war.

„Hugo? Heißt so etwa der Pudel?"

Vincent nickte. „Frau Grimmich wird völlig am Boden zerstört sein, wenn sie das erfährt."

„Und Baumbach wird mich zum Teufel wünschen, wenn ich ihm nach der Ente auch noch einen Hund schicke."

„Ich nehme mal an, unser Mörder hat keine Ziege auftreiben können."

„Worüber er alles andere als glücklich gewesen sein dürfte", mutmaßte Monika. „Wo er sich ansonsten so gewissenhaft an die Märchen hält."

„Hast du schon eine Bestätigung, dass die Wohnung tatsächlich Dr. Albrecht gehört?", fragte Vincent.

„Ja, der Neue hat es überprüft. Hast du gewusst, dass der bei uns arbeitet?"

„Den Mielke meinst du? Klar weiß ich das. Wie kannst du den übersehen, bei seiner riesigen Nase?"

Vielleicht, dachte Monika, war sie zu beschäftigt gewesen, um Neuankömmlinge zu begrüßen. Oder es hatte sie einfach nicht interessiert. Jedenfalls war Mielke ihr, bevor sie gemeinsam vor ein paar Tagen das Ehepaar Müller befragt hatten, nie aufgefallen.

„Ist auch egal“, winkte sie ab. „Der Eigentümer der Wohnung ist unser Doktor. Genau, wie Frau Dorn gesagt hat.“

„Wieso überlässt uns ausgerechnet Dr. Dürer den Schlüssel zu einer Wohnung, die ihm nicht gehört?“

„Da gibt es zwei Möglichkeiten. Entweder er hat in Absprache mit Dr. Albrecht gehandelt oder es hinter seinem Rücken getan. Ich tippe auf die zweite Version. Fragt sich bloß, warum?“

„Auf jeden Fall scheint Dürer gewusst zu haben, was wir hier finden werden.“

Über Vincents Schulter hinweg blickte Monika zu den Fenstern im Erdgeschoss, auf deren von innen beleuchteten Vorhängen sie die Schatten der Beamten erkennen konnte, wie in einem chinesischen Puppentheater.

„So oder so“, fuhr Vincent fort, „mindestens einer von beiden ist unser Mann. Wir müssen nur herausfinden, wo sie sich versteckt halten.“

Monika war nicht überzeugt.

„Das ergibt keinen Sinn“, sagte sie. „Unser Mörder hat Torge Steiner auf Yvonne angesetzt, um sich das Passwort zu den Patientendaten zu verschaffen. Ein Passwort, das Dürer und Albrecht bekannt sein dürfte. Immerhin ist es ihr eigenes Passwort. Yvonne becircen zu lassen, wäre für beide Doktoren völlig überflüssig. Nein, auch wenn sie uns sicherlich einiges verschweigen, als Mörder kommen sie nicht in Frage.“

„Du bist also sicher, dass Yvonne lügt.“

„Klar, du etwa nicht?“

Vincent wich der Frage aus. „Wie kommt ein Dritter dann in diese Wohnung?“

„Gute Frage“, murmelte Monika. „Albrechts Sohn hätte mal hier gewohnt, hat Yvonne erwähnt. Und wer weiß, wer die Nachmieter waren.“

„Frau Hauptkommissarin?“ Die Haustür hatte sich geöffnet und Kommissar Mielke kam eilig auf sie zu. „Herr Gökdal will Sie sprechen.“

„Gehen wir rein“, sagte Monika zu Vincent, „und hoffen auf neue Erkenntnisse.“

„Ach, und Frau Hauptkommissarin …“

Sie blieb neben Mielke stehen und sah ihn an. Sein Tonfall klang übertrieben unterwürfig, während sein Blick dem ihren angestrengt auswich.

„Der Chef hat mich gerade angerufen“, sagte er. „Das Haar, das Sie gefunden und ins Labor geschickt haben … Die Ergebnisse sind da.“

„Und das erzählt er Ihnen? Warum ruft Unterberg Sie an und nicht mich?“

„Das … das weiß ich nicht, Frau Hauptkommissarin.“

An Mielkes zittriger Stimme bemerkte Monika, dass sie zu harsch reagiert hatte. Natürlich war es nicht seine Schuld. Sie zu übergehen, war Unterbergs Art, ihr zu zeigen, wie sehr sie in Ungnade gefallen war. Um sich zu beruhigen, holte sie einmal tief Luft.

„Hat er auch gesagt, was bei der Analyse herausgekommen ist?“, fragte sie mit einem erzwungenen Lächeln, das wohl furchteinflößender war als ihre Worte zuvor. Mielke schien weiterhin verunsichert und kratzte sich an seinem Dreitagebart.

„Ja, er … er meinte, die DNA weist eine hohe Übereinstimmung mit der von einem Dr. Albrecht auf.“

„Und das bedeutet jetzt was? Ist es nun seine oder nicht?“

„Nein, das … das hat das Labor ausgeschlossen. Es handelt sich wahrscheinlich um die DNA eines nahen Verwandten.“

Sie wandte sich erfreut an Vincent, der ihr mit der Schlussfolgerung zuvorkam.

„Der Sohn", rief er aus. „Es muss die DNA von Paul Albrecht sein."

„Ganz offensichtlich", stimmte Monika zu. „Lass uns reingehen und horchen, ob Gökdal das mit seinen neuen Erkenntnissen bestätigen kann."

Die Wohnung war noch immer grell beleuchtet und die Luft drückender als zuvor. Die Mitarbeiter der kriminaltechnischen Untersuchung, unter der Leitung von Erkan Gökdal, hatten sämtliche Oberflächen der Möbel und Türen zur Erkennung von Abdrücken behandelt und dokumentiert. Der tote Hund lag wie vorhin vor der Standuhr, sein Fundort fotografisch festgehalten und zum Transport in die Rechtsmedizin bereit.

Zurück im Wohnzimmer ging Monika zunächst zu Gökdal, der kopfschüttelnd neben dem Hund stand und wehleidig auf den Kadaver sah.

„Sie werden doch nicht anfangen zu weinen, oder?", fragte sie scherzhaft, was Gökdal mit einem entrüsteten Blick erwiderte.

„Ich mag Hunde", antwortete er gekränkt. „Und der arme Kerl ist gequält worden, ehe er von seinen Leiden erlöst wurde."

„Ja, sehr traurig. – Was ist mit den Spuren, die Sie hoffentlich gefunden haben?"

So ganz war Monikas Ärger über Unterbergs Verhalten nicht verschwunden. Dass sie ihre Laune deshalb erst an Mielke und jetzt an Gökdal ausließ, war den beiden gegenüber sicherlich unfair. Hinzu kam, dass sie Hunden, mit ihrer Anhänglichkeit und dem ständigen Gesabber, nie viel abgewinnen konnte.

Neben ihr atmete Gökdal tief durch und bat einen seiner Helfer, das Tier wegzutragen. Unterdessen näherte sich Monika dem Tisch, auf dessen Platte Fingerabrücke erkennbar waren, die das verwendete Pulver sichtbar gemacht hatte. Ebensolche Spuren waren ihr bereits an der Standuhr aufgefallen.

„Irgendeine Idee, was hier vorgefallen ist?“, fragte sie, nachdem Gökdal dem Pudel herzerweichend hinterhergeschaut und sich zu ihr gesellt hatte.

„Es gibt ein paar Ungereimtheiten“, sagte er und fuhr sich durch sein pechschwarzes, kurzgeschorenes Haar.

„Und welche?“

„Was Sie hier sehen, sind immer dieselben Fingerabdrücke derselben Personen. Die zweier Männer, wenn ich von der Breite der Abdrücke ausgehe. Fast überall. Sei es auf dem Tisch, an der Standuhr, an den Türklinken oder drüben in der Küche.“

„Ist das ungewöhnlich?“

„Für sich genommen wahrscheinlich nicht. Wäre da nicht die Tatsache, dass die gesamte Wohnung, ausgenommen das Schlafzimmer, mit einem aggressiven Reinigungsmittel geputzt worden ist. Und zwar, bevor die beiden Männer ihre Abdrücke hinterlassen haben.“

„Und was schließen Sie daraus?“, fragte Monika, angestrengt bemüht, ihre Stimme neutral zu halten. Mit diesen scheibchenweise vorgetragenen Ausführungen schien sich Gökdal, weil sie seine Trauer um den Hund nicht ernst genommen hatte, ein wenig rächen zu wollen.

„Kommen Sie mit, ich zeige es Ihnen“, antwortete er und ging voraus in den Flur und von dort in die Küche. Monika folgte ihm.

Die Küche war ebenfalls auf Spuren untersucht worden, was die sichtbaren Fingerabdrücke auf dem Tisch, dem darauf stehenden Karton und den beiden Stühlen verrieten. Vincent stand vor einem der Stühle und starrte auf einen orangefarbenen Teddybären in einem roten T-Shirt.

„Zu dem Teddy kann ich im Moment noch nichts sagen“, bemerkte Gökdal, um Vincents dahingehende Frage im Keim zu ersticken. „Aber sehen Sie sich den anderen Stuhl an, Frau Seyfarth.“

Monika trat um den Tisch und ging vor dem besagten Stuhl in die Hocke. Lange brauchte sie ihn nicht zu betrachten, um zu wissen, worauf er hinauswollte. An den beiden vorderen Stuhlbeinen sowie an der linken Armlehne waren deutliche Schürfspuren zu erkennen, wo der Lack teilweise abgesplittert war.

„Jemand war an diesen Stuhl gefesselt“, schlussfolgerte sie. „Und dieser Jemand muss sich heftig gewehrt haben.“

„Torge Steiner hatte Schürfwunden am linken Handgelenk und an den Knöcheln“, sagte Vincent, der sich von dem Teddybären abgewandt hatte.

„Außerdem“, ergänzte Gökdal, „haben wir einen benutzten Teller in der Spüle gefunden. Mit Resten von Speiseöl.“

Etwas mühsam erhob sich Monika aus der Hocke.

„Dann ist Torge in dieser Wohnung ermordet worden und wurde von hier zum Wittenbergplatz geschleppt. Wo ist dieser Mielke?“

„Der ist drüben im Wohnzimmer, nehme ich an“, sagte Vincent.

„Okay, sag ihm, er soll im gesamten Haus und in der Nachbarschaft an den Türen klingeln und fragen, ob den Leuten irgendwas aufgefallen ist.“

Beinahe mitleidig sah Vincent sie an. „Willst du für so was wirklich den Mielke schicken? Kann das nicht einer der Streifenbeamten erledigen?“

„Jeder Kommissar hat mal klein angefangen“, erwiderte sie. „Was glaubst du, für was ich alles herhalten musste früher. Mielke schafft das schon.“

Mit einem Kopfschütteln, das Monika sehr wohl bemerkte, verließ Vincent die Küche.

„Was wollten Sie mir eigentlich berichten?“, fragte sie an Gökdal gewandt. „Wegen des Reinigungsmittels, meine ich.“

„Ach ja“, murmelte er und brauchte einen Augenblick, um an die unterbrochenen Ausführungen anknüpfen zu können. „Die Wohnung, wie gesagt, wurde ausgiebig geputzt. Auch die Küche, inklusive des Stuhls. Alle Spuren, die der Mord hinterlassen haben könnte, sind fort. Die Fingerabdrücke, die wir gefunden haben, befinden sich nur an einigen Stellen. Drüben am Esstisch und an der Standuhr und hier in der Küche auf dem Tisch und auf dem Karton. Aber weder am Stuhl mit den Abschürfungen noch am Teller in der Spüle.“

„Wollen Sie andeuten, dass nach der Tat jemand am Tatort gewesen ist?“

„Zwei, um genau zu sein. Und wie ich schon sagte, zwei Männer. Die Frage ist, warum sie nicht die Polizei gerufen haben, sondern klammheimlich wieder verschwunden sind, obwohl sie den toten Hund ja zweifellos entdeckt haben dürften.“

Monika blickte von dem Stuhl durch die offene Tür bis ins Wohnzimmer und zur Standuhr. Dort, wo der Pudel gelegen hatte, befand sich ein dunkelroter Fleck. Anders als Gökdal hatte sie eine genaue Ahnung davon, was hier passiert war. Bevor sie ihre Schlussfolgerungen jedoch in Worte fassen konnte, kehrte Vincent von seinem Auftrag zurück und lehnte sich, mit verschränkten Armen, gegen den Türrahmen.

„Kommissar Mielke ist auf dem Weg“, sagte er und zuckte etwas verständnislos mit den Schultern. „Er war sogar ziemlich euphorisch. Ich bin sicher, er würde selbst Mülltonnen durchwühlen, wenn du es ihm befiehlst.“

„Jung und ehrgeizig“, grummelte Monika. „Aus dem wird noch mal was.“

„Lass den Sarkasmus", erwiderte Vincent grinsend. „Sag mir lieber, wie du die Sache hier einschätzt."

„Meinetwegen." Monika fuhr sich kurz mit der Hand über das Gesicht, in der Hoffnung, Unterbergs Anruf bei Mielke endgültig aus ihren Gedanken zu vertreiben. „Ich denke, wir können mit ziemlicher Sicherheit davon ausgehen, dass Torge Steiner in dieser Küche ermordet wurde. Womöglich ist er freiwillig hergekommen, weil er seinen Mörder kannte und eine Verabredung hatte. Unser Mörder hat ihn an diesen Stuhl gebunden und gezwungen, die Steine zu schlucken. Dann hat er die Leiche zum Wittenbergplatz gefahren. Mit ein wenig Glück wird jemand in der Nachbarschaft aus dem Fenster geguckt und etwas Brauchbares gesehen haben. Anschließend ist der Mörder zurückgekehrt, um alle Spuren gründlich zu entfernen. Vielleicht hat er schon vor der Fahrt geputzt, wer weiß? Das alles geschah, wie wir wissen, gestern Abend oder gestern Nacht. Es müssen also im Laufe des heutigen Vormittags zwei weitere Personen in die Wohnung gekommen sein und zwar mit einem Schlüssel, da es keinerlei Einbruchsspuren gibt. Diese beiden haben sich umgesehen, haben ihre Fingerabdrücke auf den polierten Oberflächen und dem Karton hinterlassen und sind wieder verschwunden. Ohne den Vorfall zu melden."

Sie legte eine Pause ein, damit Vincent die fehlenden Details ergänzen konnte. Erkan Gökdal hatte sich in eine Ecke der Küche zurückgezogen und hörte aufmerksam zu.

„Das waren die beiden Doktoren", sagte Vincent. „Sie wussten, was in dieser Wohnung geschehen ist, und wollten nachsehen."

„Zumindest dürften sie eine Ahnung gehabt haben. Und Dr. Dürer hat später kalte Füße gekriegt, weshalb er uns diese Nachricht über Yvonne zukommen ließ. Bevor er und Dr. Albrecht einfach verschwanden."

„Also kennen die beiden den Mörder."

„Davon können wir ausgehen. Was auch der Grund für ihre Flucht gewesen sein dürfte. Entweder, weil sie mit dem Mörder unter einer Decke stecken oder weil sie Angst bekommen haben. Angst davor, zu viel zu wissen. Womit wir wieder bei Dr. Albrechts Sohn wären. Erinnere dich nur an das Notizheft, das wir bei Torge Steiner gefunden haben."

Aus ihrer Jackentasche zog Monika ihr eigenes Heft hervor, in dem sie die Aufzeichnungen kopiert hatte. Aufgeschlagen hielt sie es Vincent entgegen.

„Sieh dir die zweite Telefonnummer an, unter der von Yvonnes. Da ist ein P oder ein R davor. Und ich wette, es ist ein P."

„Paul Albrecht", murmelte Vincent. „Und das Haar vom Tatort von Frau Goldschmied gehörte zu einem nahen Verwandten des Doktors. Es passt alles zusammen."

„Wir müssen herausfinden, wo Paul sich aufhält."

„Das dürfte kein Problem sein, mit seiner Handynummer."

„Falls das Handy noch existiert", gab Monika zu bedenken. „Paul wird es vernichtet haben, nachdem Torge seinen Auftrag erfüllt hat. Wer weiß, was Paul ihm als Gegenleistung versprechen musste. Dafür, dass Torge mit Yvonne ein Techtelmechtel anfangen und ihr das Passwort entlocken würde."

Vincent löste sich aus seiner entspannten Haltung am Türrahmen und näherte sich dem Tisch mit dem leeren Karton darauf.

„Was mag da wohl drin gewesen sein?", überlegte er.

„Etwas, das für Torge wertvoll genug war, um auf Pauls Forderungen einzugehen. Sobald wir mehr über Torges Vergangenheit wissen, werden wir es sicherlich erraten können. Die Art seines Todes ist ja bereits ein wertvoller Hinweis."

„Er kam also zu Paul, um sich seinen verdienten Lohn abzuholen." Vincent schüttelte ungläubig den Kopf und blickte auf das orangefarbene Stofftier. „Und der Teddybär? Was hat der hier zu suchen?"

„Winnie Pooh? Tja, keine Ahnung. Obwohl ..." Monika hielt einen Moment lang inne. „Ich kenne diesen Bären. Von einem Foto in Albrechts Sprechzimmer. Paul hat ihn als Kind geschenkt bekommen. Und sicherlich wird er sein Lieblingsstofftier nicht rein zufällig zurückgelassen haben. Zu blöd, dass der Bär nicht reden kann."

Es entstand eine Pause, in der Erkan Gökdal demonstrativ einen Blick auf seine Armbanduhr warf, was Monika aus den Augenwinkeln bemerkte.

„Okay, wir sollten gehen", sagte sie. „Gökdal will den Laden endlich dichtmachen."

„Oh, lassen Sie sich ruhig Zeit", erwiderte Gökdal spöttisch. „Ich arbeite gern die ganze Nacht durch. Warum nicht?"

„Schon verstanden. Wie spät ist es denn?"

Zur Beantwortung ihrer Frage sah Monika durch das Küchenfenster. Draußen hatte die Dämmerung eingesetzt und die Straßenlaterne vor dem Haus zu leuchten begonnen.

„Ich fahr ins Büro", sagte sie zu Vincent, „und erstatte Unterberg Bericht. Er soll schnellstens erfahren, dass wir einen gewaltigen Schritt vorwärtsgekommen sind. Und wenn es dir nichts ausmacht, könntest du dich um Paul Albrecht kümmern? Versuche herauszufinden, wo er polizeilich gemeldet ist, und überhaupt alles, was du sonst über ihn erfahren kannst."

„Klar, mach ich."

„Ach, und Gökdal?", sagte Monika, als sie sich an der Küchentür noch einmal umdrehte. „Geben Sie Mielke Bescheid, wenn er mit seinem Rundgang durch die Nachbarschaft fertig ist. Er soll sich morgen früh im Präsidium bei mir oder Kommissar Schröter melden."

Kapitel 14

Die Tage wurden kürzer. Bereits jetzt, kurz nach sieben, war die Sonne hinter den Bäumen am anderen Seeufer verschwunden, der Himmel darüber rot-violett gefärbt und die Luft merklich kühler. Das Licht, das durch das Küchenfenster lange Schatten warf, wurde von Minute zu Minute schwächer und ließ die Umrisse einer bisher klar definierten Welt wie Tusche mit der Nacht verschwimmen.

Zwischen richtig und falsch zu unterscheiden, fiel weiterhin schwer. Allein am Tisch, die Flasche Rotwein geöffnet und halb geleert, wurden die Zweifel über seinen Entschluss immer stärker. Vermutlich hatte er es sich zu leichtgemacht und seinen Sohn, bewusst oder unbewusst, die Oberhand gewinnen lassen. Denn nichts anderes war sein Vorhaben, an diesem verlassenen Ort auf Paul zu warten, wohl gewesen. Er hatte sich gefügt. Ohne eine Strategie und ohne Hilfe anzufordern, wollte er sich einem Verrückten stellen, dessen einziges Ziel es war, ihn zu töten.

War das nicht ebenso verrückt?

Natürlich war es das, wie er jedem seiner Klienten gesagt hätte. Es gab keine Sackgassen im Leben, nur den eigenen, freien Willen, der das Schicksal bestimmte. Man hatte die Wahl, jederzeit.

Weshalb also hatte er nicht auf Jonas gehört und die Polizei verständigt? Denn spätestens nach dem, was er in seiner Zweitwohnung vorgefunden hatte – den toten Hund und den Teddybären aus einer längst begrabenen Kindheit –, war jegliche Weigerung, an Pauls Schuld zu glauben, aus ihm gewichen. Sein Sohn war ein Mörder und er, der Vater, sein nächstes, bereitwilliges Opfer.

Vielleicht lag die Entscheidung darin begründet, seinen Sohn verstehen zu wollen. Ihn nach dem Warum zu fragen, um anschließend, wenn er die Antwort aus Pauls Mund gehört hatte, die eigene Schuld und das daraus resultierende Urteil zu akzeptieren. Hier draußen, abgeschieden von der Einmischung Außenstehender, schien dieses Ziel leichter erreichbar als irgendwo sonst.

Dass er schuldig geworden war, konnte Dennis nicht länger verleugnen. Sein Privatleben und seine Karriere waren ihm jederzeit wichtiger gewesen als die Familie, die er aus Egoismus zerbrochen hatte wie altes Porzellan. Er hatte weder um seine Ehe noch um das Sorgerecht der Kinder gekämpft. Was ihn störte, hatte er verdrängt und den Dingen ihren Lauf gelassen. Und nach dem furchtbaren Unfall hatte er Paul erst in Behandlung gegeben und dann, als sein Geisteszustand keine Besserung zeigte, ihn für immer – mit einem monatlichen Scheck – aus seinem Leben verbannt. Er hatte sich freigekauft, weil er glaubte, von Neuem beginnen zu können.

Jetzt aber war Paul zurückgekehrt. Und mit ihm all die grausamen Märchen, die er ihm als Kind vor dem Schlafengehen vorlesen musste und die Paul schon damals keine Ruhe gelassen hatten, ehe die Bösewichter nicht unter Schmerzen für ihre Taten gebüßt hatten.

Wer davongekommen war, den erledigte Paul nun selbst.

Dennis wandte den Blick vom Fenster ab, hinter dem die Dunkelheit alles verschluckt hatte, und trank. Der Wein war ihm längst zu Kopf gestiegen und verstärkte seine düsteren Gedanken. Um ihn herum war es totenstill. Er hatte vergessen, wie die fehlenden Geräusche einer Großstadt das Unbehagen vor der schweigsamen Natur zu steigern vermochten.

In diese Stille hinein klingelte schrill das Telefon.

Erschrocken zuckte Dennis zusammen und erhob sich schwerfällig von seinem Stuhl. Das altmodische schwarze Telefon mit Wählscheibe stand auf einer schmalen Kommode im Flur. Die Deckenlampe funktionierte nicht, so dass er die Küchentür offen ließ, um das dortige Licht in den länglichen Flur zu leiten. Vor einer Stunde bereits hatte Jonas sich gemeldet und ihm mitgeteilt, dass er in einer kleinen Pension kurz vor Potsdam untergekommen sei, keine fünfzehn Minuten Fahrweg entfernt.

„Was gibt's?", fragte Dennis, nachdem er den Hörer abgenommen hatte.

„Hallo, Dennis. Ich wollte mich vergewissern, ob bei dir alles in Ordnung ist."

Jonas' Stimme klang unsicher, beinahe ängstlich. Es war ihm nicht leichtgefallen, der Aufforderung seines Freundes nachzukommen und ihn einfach allein zurückzulassen. Und wahrscheinlich wäre Dennis von dieser Forderung abgewichen, hätte Jonas seinen Bedenken etwas mehr Nachdruck verliehen.

„Hier ist alles in Ordnung", bestätigte Dennis. „Mach dir um mich keine Sorgen. Wie ist die Pension?"

„Die ist okay. Hast du die Abendschau gesehen?"

„Wie denn? Du hast keinen Fernseher im Haus, soweit ich weiß."

„Ach ja, richtig."

Einen Augenblick lang war es still, dann hörte Dennis ein tiefes Seufzen.

„Es gab einen weiteren Mord", sagte Jonas leise. „Ein junger Mann. In einem der Brunnen am Wittenbergplatz. Es heißt, sie haben Steine in seinem Magen gefunden."

Jetzt war es an Dennis zu schweigen. Er blickte den dunklen Flur entlang und lauschte. Zu hören war nichts.

„Wir wussten, dass das passiert", sagte Dennis. „Wir haben den Hund schließlich gesehen. Und genau wie der Wolf im Märchen musste der Mann im Brunnen ertrinken. Weiß man, wer der Typ war?"

„Nein. Jedenfalls haben sie nichts darüber berichtet. Aber das ist nicht alles."

Wieder entstand eine Pause, die Dennis kaum ertrug.

„Es lag noch etwas anderes in dem Brunnen. Eine tote Ente. Die Polizei ist ratlos, wie sie dahin gekommen ist."

„Ich verstehe nicht", murmelte Dennis in den Hörer, auch wenn er tief in sich die Antwort kannte.

„Es war eine Ente", fasste Jonas seine Gedanken in Worte, „die Hänsel und Gretel nach ihrer Flucht aus dem Hexenhaus über einen See getragen hat. Zurück nach Hause. Zu ihrem Vater."

Zurück zu mir, dachte Dennis. Zurück zu dem Mann, der seine Kinder verlassen hatte.

„Dennis? Bist du noch dran?"

„Ja, natürlich. Reg dich nicht auf."

„Soll ich nicht doch zu dir rauskommen? Zu zweit ist es sicherer."

„Nein, nein. Auf keinen Fall", lehnte Dennis ab. „Das alles ist gerade erst passiert. Paul wird so schnell nicht wissen, wo ich bin."

„Wie du meinst. Wenn irgendwas sein sollte, ruf mich an. Ich hab dir die Nummer vorhin ja gegeben. Mein Telefon steht gleich neben dem Bett."

„Das mach ich, Jonas. Versprochen."

Dieses Versprechen war eine Lüge. Bei Jonas' erstem Telefonat hatte er Stift und Papier nicht zur Hand gehabt. Unwillig, danach zu suchen, hatte Dennis seinem Freund gegenüber getan, als würde er mitschreiben.

„Ich melde mich morgen früh", sagte Jonas. „Und komme am Vormittag vorbei."

„Das ist wirklich nicht nötig."

„Ich bin ebenso in die Sache verwickelt wie du. Paul ist mein Patenkind, vergiss das nicht. Und ich weiß besser über ihn Bescheid als irgendjemand sonst."

Besser sogar als sein eigener Vater, sollte das heißen. Womit Jonas wohl recht hatte.

„Wir stecken tief in der Scheiße", fuhr sein Freund fort, „das ist dir hoffentlich bewusst. Egal, wie die Sache ausgehen mag, wir haben uns strafbar gemacht. Wir beide, Dennis. Du hast mich da mit reingezogen und ich werde dir beistehen, egal, was kommt. So, wie ich es immer getan habe."

„Also gut", gab Dennis nach. „Ruf mich morgen an und wir sehen weiter."

Bevor Jonas etwas erwidern konnte, legte Dennis den Hörer zurück auf die Gabel.

Erschöpft blieb er neben der Kommode stehen. Was Jonas ihm bezüglich der toten Ente eröffnet hatte, ließ keine andere Schlussfolgerung zu. Darüber war er sich im Klaren. Paul war endlich bereit, sich seinem Vater zu stellen.

Unschlüssig, was er tun sollte, blickte Dennis die Treppe hinauf in den ersten Stock. Es hatte keinen Sinn, weiter in der Küche zu hocken und aus einem Fenster zu starren, dessen dunkle Scheibe ihm lediglich sein eigenes Gesicht spiegeln würde. Es war besser, er nahm die angebrochene Flasche und das Glas mit nach oben, legte sich ins Bett und versuchte zu schlafen.

Das Telefon klingelte erneut.

„Was ist jetzt wieder, Jonas?", rief er in den Hörer.

Niemand antwortete.

„Jonas? – Das ist nicht witzig. Wenn du glaubst, dass du mich …"

Noch immer kam keine Antwort. Was Dennis zu hören glaubte, war ein leises Atmen, mehr nicht. Plötzlich fühlte er sich kraftlos und leer.

„Paul?", flüsterte er. „Paul, bist du das?"

Keine Reaktion.

„Paul, bitte", flehte er. „Sag etwas. Rede mit mir. Bitte!"

Dann erklang ein entferntes Klickgeräusch und die Leitung war tot.

Paul hatte ihn – schneller als gedacht und schneller, als ihm lieb sein konnte – gefunden.

*

Zurück im Präsidium fuhr Monika mit dem Fahrstuhl direkt in das oberste Stockwerk, in der Hoffnung, Unterberg trotz der fortgeschrittenen Stunde in seinem Büro zu erwischen. Seine Sekretärin hatte längst Feierabend gemacht. Monika eilte an ihrem Schreibtisch vorbei, klopfte an die Tür ihres Vorgesetzten und trat, ohne auf eine Antwort zu warten, ein.

Unterberg stand in der Mitte seines riesigen Büros, umgeben von Möbeln und Sitzgelegenheiten, von denen Monika in ihrem eigenen Dienstzimmer nur träumen konnte. Auch die Aussicht hier oben war eine völlig andere. Statt kahler Hinterhöfe fiel der Blick hinter Unterbergs Schreibtisch durch die breite Fensterfront über die imposanten Gebäude des ehemaligen Tempelhofer Flughafens hinweg auf das langgestreckte Rollfeld.

Unterberg, der im Begriff war, seinen Kaschmirmantel überzuziehen, sah Monika überrascht und ungläubig an.

„Nanu", sagte er, seine Stirn theatralisch in Falten gelegt. „Wenn das nicht Kriminalhauptkommissarin Seyfarth ist. Was verschafft mir so spät noch die Ehre?"

„Ich war den ganzen Tag unterwegs. Und es gibt Fortschritte. Deshalb muss ich unbedingt mit Ihnen reden."

„Hat das nicht Zeit bis morgen?" Mit hektischen Handbewegungen klopfte Unterberg gegen die Taschen seines Mantels. „Wo habe ich bloß …? Ah, dort", murmelte er, trat an den Schreibtisch und griff nach einem Schlüsselbund.

Innerlich war Monika am Kochen. Dieses aufgesetzte Desinteresse diente lediglich dazu, ihr die Ungnade, in die sie gefallen war, deutlicher vor Augen zu führen. Für solche Faxen war sie nicht in der Stimmung.

„Ich wäre Ihnen sehr verbunden", erwiderte sie so trocken, dass Unterberg aufhorchen musste, „wenn wir diese Spielchen endlich lassen könnten."

„Spielchen, Frau Seyfarth?"

„Sie haben mich schon verstanden."

Sein glattrasiertes und, wie sie vermutete, gestrafftes Gesicht bekam eine unnatürliche Röte. Unterberg machte sogar einen Schritt auf sie zu. Vor dem nächsten besann er sich, blieb stehen und schüttelte den Kopf.

„Ich verrate Ihnen mal was", sagte er, „und das ist wahrlich kein Witz. Für heute, falls Sie sich erinnern, war eine Pressekonferenz angesetzt, die ich kleinlaut absagen musste. Wissen Sie, was das für einen Eindruck auf die Presse macht? Da hätte ich gleich vor die Mikrofone treten und die Achseln zucken können. Das ist wie das Eingeständnis, dass die Polizei keine Ahnung hat. Dass ein Serienkiller ungehindert frei herumläuft, weil meine Leute nicht in der Lage sind, den Kerl zu schnappen."

„Erwarten Sie nicht etwas zu viel auf einmal?"

„Nein, zum Donnerwetter!", schrie Unterberg. „Ich erwarte nicht zu viel. Ich erwarte, dass jeder in meiner Abteilung seine Arbeit macht!"

Beide sahen sich an, bevor Monika ihren Ärger herunterschluckte, sich abwandte und langsam zur Tür ging.

„Wo wollen Sie denn auf einmal hin?", fragte Unterberg verblüfft.

„Mir ist gerade bewusst geworden, dass Sie wie immer recht haben", antwortete sie über die Schulter hinweg. „Das alles kann bis morgen warten. Einen schönen Feierabend wünsche ich."

„Jetzt seien Sie nicht derart empfindlich", rief er ihr nach, sein Tonfall deutlich versöhnlicher. „Wir kennen uns schließlich lange genug. Sie wissen, wie gern ich brülle. Aber ich beiße nicht. Also, raus mit den Neuigkeiten."

Innerlich lächelnd, Herrn Unterberg zum Einlenken bewogen zu haben, ging Monika erneut auf ihn zu.

„Ich denke, wir wissen, wer der Mörder ist", sagte sie ohne Umschweife.

Erstaunt hob Unterberg die Augenbrauen.

„Und das erzählen Sie mir so ganz nebenbei?" Die Lautstärke seiner Stimme schwoll zum wiederholten Male an. Sofort korrigierte er sich und fuhr beherrscht fort. „Ich meine, das ist wunderbar. Ich gratuliere. Wer ist es?"

„Ihre Euphorie in allen Ehren, Herr Unterberg. Allerdings wissen wir zurzeit nicht, wo er sich aufhält. Es handelt sich mit höchster Wahrscheinlichkeit um den Sohn des Therapeuten, der zwei der Opfer behandelt hat."

„Was heißt, mit höchster Wahrscheinlichkeit?", fragte Unterberg, dessen Ungeduld deutlich spürbar wurde. „Ist er es oder ist er es nicht?"

„Die DNA des Haares, das wir gefunden haben, deutet stark darauf hin. Ebenso wie einige Spuren, die wir heute in der Zweitwohnung des Therapeuten, Dr. Albrecht, gefunden haben."

„Fein!", sagte Unterberg und machte eine Handbewegung, als wollte er in die Hände klatschen. „Wann werden Sie ihn verhaften können?"

„Kommissar Schröter ist dabei, seinen letzten Wohnort ausfindig zu machen. Spätestens morgen früh werden wir Bescheid wissen. Ich bräuchte dann einen Durchsuchungsbeschluss und …"

Unterberg schnitt ihr das Wort ab. „Ja, ja, alles, was Sie wollen. Jederzeit. Endlich stehe ich nicht mehr da wie ein Idiot. Die Presse wird Augen machen!"

„Vielleicht wäre es besser, wenn …"

„Keine Sorge, ich mach das schon. Gehen Sie ruhig nach Hause und machen Sie …" Seine Hand fuhr unbestimmt durch die Luft. „… na, was Sie halt so machen, in Ihrer freien Zeit."

„Danke, Herr Unterberg. Genau das werde ich tun."

Die Ironie in Monikas Stimme hatte ihr Chef nicht gehört. Er überprüfte ein letztes Mal den Inhalt seiner Taschen, schritt an ihr vorbei und hielt ihr die Tür auf.

Gemeinsam gingen sie zum Fahrstuhl.

„Wie macht sich eigentlich der Neue im Team? Kommissar Michael Mielke?“, fragte Unterberg, während sie auf den Aufzug warteten.

„Nun ja“, begann sie zögerlich und sah Unterberg von der Seite an. Ihr Chef starrte angestrengt gegen die geschlossene Fahrstuhltür und trommelte ungeduldig mit der rechten Schuhspitze auf den steinernen Boden.

Ihr kleiner Disput mit Mielke, beschloss Monika, gehörte nicht hierher. Sie wollte nicht werden wie ihre männlichen Kollegen damals, die ihr das Leben als neue weibliche Kommissarin unnötig schwergemacht hatten. Ganz egal, wie unbeholfen sich Mielke auch anstellte, das würde sich legen. Und für seine zu große Nase konnte er schließlich nichts.

„Er bemüht sich“, begann Monika, bevor sie bemerkte, wie abwertend das klang. „Ich will sagen, er ist tüchtig. Und sehr aufnahmefähig. Ich denke, aus ihm kann ein guter Kriminalpolizist werden.“

Unterdessen waren sie und Unterberg in den Fahrstuhl getreten und fuhren ins Erdgeschoss.

„Ist er aus einem anderen Bundesland nach Berlin versetzt worden?“, fragte sie.

„Was? Nein, nein. Aber gut zu wissen, dass Sie mit Michael zufrieden sind. Meine Frau wird entzückt sein.“

„Ihre Frau?“

„Sie hat sich Sorgen gemacht. Weil der Michi, also Herr Mielke ... weil er schon mal eine Ausbildung hingeschmissen hat. Ich habe ihr versprechen müssen, dass es nicht wieder vorkommt.“

Die Fahrstuhltür öffnete sich und Unterberg stieg aus. Von seinen letzten Worten irritiert, blieb Monika in der grell beleuchteten Kabine stehen und starrte ihm nach.

„Ich verstehe nicht ganz“, sagte sie.

„Der Neffe meiner Frau“, rief Unterberg, ohne sich umzudrehen, und winkte. „Ich muss mich wirklich beeilen. Schönen Feierabend.“

Langsam trat Monika aus dem Fahrstuhl, verärgert über das, was sie gerade gehört hatte. Kein Wunder, dachte sie, dass Unterberg seinen Neffen über die DNA-Untersuchung unterrichtet hatte, anstatt zunächst sie, als leitende Hauptkommissarin, darüber zu informieren. Vetternwirtschaft nannte man das.

Ihre Meinung zu Mielke wurde dadurch nicht besser.

Mitten in der Nacht stand sie auf, warf einen Blick auf den schlafenden Ehemann und verließ leise das Schlafzimmer. Auf Zehenspitzen eilte sie in das Badezimmer, verschloss die Tür hinter sich und schaltete das Licht an. Aus dem Schrank unter dem Waschbecken holte sie ihre Kleidung hervor, die sie kurz vor dem Zubettgehen dort deponiert hatte, zog das Nachthemd aus und stieg in die Jeans. Ohne T-Shirt oder BH warf sie sich ihr altes Sweatshirt über und riskierte einen kurzen Blick in den Spiegel.

Ihr müdes Gesicht zeigte deutlich die Zweifel, von denen sie unablässig geplagt wurde, seit sie das Licht in Walters Haus gesehen hatte. Denn ein Irrtum war ausgeschlossen, ganz gleich, was Joachim ihr weiszumachen versuchte. Und die Vorstellung, dass jemand die Zimmer durchwühlt haben könnte, ließ ihr keine Ruhe. Sie musste handeln, ehe alles zu spät war. Ehe alles um sie herum zerbrach.

Sie knipste das Licht aus, öffnete vorsichtig die Tür und horchte. Nichts war zu hören, außer Joachims lautes Schnarchen, das gedämpft durch die Wände drang. Im Dunkeln schlüpfte Sandra im Flur in die Turnschuhe und die Jacke, nahm ihren Hausschlüssel aus der Schale auf der Kommode und griff nach der Taschenlampe im mittleren Schubfach.

Sie horchte erneut. Oliver war ein tiefer Schläfer und würde nichts merken. Bei ihrem Mann war das anders.

Zumindest in dieser Nacht aber wäre nichts und niemand imstande, ihn zu wecken.

Bei diesen Gedanken fühlte sie Reue. Was sie getan hatte, war unentschuldbar, selbst wenn sie sich einzureden versuchte, dass der Zweck die Mittel schon heiligen würde. Immerhin geschah es zu seinem Besten. Davon war Sandra überzeugt.

Aus diesem Grund hatte es keine andere Wahl gegeben, als Joachim eines ihrer starken Schlafmittel zu verabreichen, das sie unbemerkt in sein Essen gemischt hatte. Was sie erledigen musste, davon durfte Joachim nie etwas erfahren.

Sie öffnete die Haustür und zog sie geräuschlos hinter sich zu. Der Himmel war bedeckt, mit einem Halbmond hinter dünnen Wolken. Wenn sie sich beeilte, war sie in einer halben Stunde zurück.

Hastig verließ Sandra das Grundstück und bog nach rechts. Um zwei Uhr nachts war die Straße menschenleer und hinter den Fenstern der Häuser brannte nirgendwo Licht.

Bei Walter angekommen, vermied sie den Haupteingang, umrundete stattdessen das Haus und griff vor der schmalen Holztür, die in die Küche führte, in die vordere Tasche ihrer Jeans.

Den einzelnen Schlüssel, den sie hervorzog, steckte sie ins Schloss und betrat das Haus.

Dieser Schlüssel war Sandras kleines Geheimnis. Seit wann sie ihn besaß, hatte sie vergessen. Es mussten bestimmt an die zehn Jahre sein. Joachim wusste nichts von seiner Existenz und auch, als die Polizei vor ein paar Tagen um die Schlüssel zu Walters Haus gebeten hatte, hatte sie ihn verschwiegen.

Von der Küche ging Sandra hinüber ins Wohnzimmer und knipste die Taschenlampe an. Den Lichtkegel ließ sie über die Möbel schweifen, in der bangen Erwartung, die

Spuren jenes Einbrechers zu erkennen, den sie gestern in diesen Räumen vermutet hatte. Äußerlich jedoch schien alles in Ordnung.

Konnte es wirklich Torge gewesen sein, der hier eingedrungen war, wie Joachim angenommen hatte? Wieso aber sollte der Sohn in ein Haus einbrechen, dessen Eigentümer er durch den Tod seines Vaters geworden war? Das ergab keinen Sinn. Torge brauchte sich nicht wie ein Dieb in der Nacht unerlaubt Zutritt zu verschaffen. Nein, eher verdächtigte Sandra ihren eigenen Mann, der an besagtem Abend bei Regen einen Spaziergang unternommen hatte. Zwar war er aus der entgegengesetzten Richtung gekommen, doch das war kein stichfestes Alibi. Um seinen Aufenthalt in Walters Haus zu verheimlichen, hätte er anschließend ohne Weiteres den Häuserblock umrunden können.

Wenn Sandra mit diesen Überlegungen recht behielt, dann sollte sie zweierlei anerkennen. Erstens, dass Joachim die Existenz ihres Schlüssels kannte, den er sich heimlich geborgt haben musste, um das Haus betreten zu können. Und zweitens, dass er auf der Suche nach etwas gewesen war, das er niemals finden durfte und das er, seinem gestrigen Verhalten nach zu urteilen, auch nicht gefunden hatte. Andernfalls hätte sie es bemerkt. Joachim war kein Mann, der seine Wut unterdrücken konnte.

Um sicherzugehen, öffnete Sandra die Türen und Schubladen des Wandschranks und des Schreibtischs. Was sie fand, waren Papiere und Nippes, ordentlich gestapelt oder sorgfältig aufgereiht. Dass jemand in Eile diese Sachen durchsucht hatte, dafür gab es keinerlei Anzeichen. Dennoch war sie nicht beruhigt.

Für einen Moment knipste sie die Taschenlampe aus und versuchte sich zu erinnern. Daran, was Walter ihr vor zehn Jahren versprochen, und daran, wie er ihr seitdem gedroht hatte, weil sie, wie er behauptete, ihren Teil der getroffenen Vereinbarung gebrochen hätte.

Wenn ich nachts nicht schlafen kann … So hatte er mit seinen Drohungen regelmäßig begonnen.

Mit neuer Zuversicht verließ Sandra das Wohnzimmer und eilte die Treppe hinauf ins Schlafzimmer. Ein schmales Bett stand mit dem Kopfende zur Wand, daneben ein kleiner Nachttisch mit einer Lampe darauf.

Der Nachttisch war leer.

Verzweifelt und mit Blick auf die Armbanduhr setzte sie sich auf die Kante des Bettes. Wenn ich nicht schlafen kann, hatte Walter gesagt. Was Sandra suchte, musste demnach in diesem Zimmer sein, irgendwo. Und wie bei einer Eingebung beugte sie sich vor und rückte den Nachttisch von der Wand. Über der Fußleiste befand sich ein rundes Loch, gerade groß genug, um hineinfassen zu können.

Sandra schob das Tischchen weiter fort, ging auf die Knie und steckte die rechte Hand in die hohle Wand. Und tatsächlich, da waren sie!

Vorsichtig zog Sandra ihre Hand zurück, die ein Bündel Briefe hielt, mit einem Gummiband zusammengehalten. Vergilbte Umschläge, teils an den Rändern angerissen, mit Walters Namen darauf. In ihrer Handschrift.

Erleichtert lehnte Sandra sich gegen das Bett und zählte die Briefe. Die genaue Anzahl war ihr entfallen, auch wenn sie schwören könnte, es wären mehr gewesen.

Noch einmal griff sie in das Loch, tastete jeden erreichbaren Winkel ab, aber ohne Erfolg. Wahrscheinlich, dachte sie, spielte die Erinnerung ihr einen Streich.

Sandra stand auf, schob den Nachttisch an seinen ursprünglichen Platz und ging hinunter in die Küche. Die Briefe legte sie in die Spüle, suchte in den Schränken nach Streichhölzern, die sie in einer der Schubläden fand, und setzte die Briefe in Brand.

Angestrengt starrte sie in die Flammen und wartete darauf, dass alle Beweise vernichtet wurden. Mehrmals entzündete sie weitere Streichhölzer, damit die restlichen Fetzen Papier in Flammen aufgingen.

Derweil schweiften ihre Gedanken erneut zu Walter und mit ihm zu ihrer eigenen Schuld, die sie bei der Art seines Todes nicht völlig verleugnen konnte. Natürlich war ihr bewusst gewesen, worauf der zerstückelte Leichnam verweisen sollte. Walter war ihr Rumpelstilzchen gewesen. Und sie die Tochter eines, wenn nicht Müllers, so doch eines Bäckers, dem das Männlein das Goldspinnen beigebracht und dafür ihr Kind verlangt hatte. Das Gold entsprach dem Geld, das Walter ihrem Vater geliehen und weswegen Sandra ihm auf ewig dankbar zu sein hatte.

Nein, das war falsch. Eine Pflicht Walter gegenüber hatte sie nie gespürt. Aus freien Stücken war sie ihm zugetan gewesen, seines großzügigen Herzens wegen. Jedenfalls bis Oliver geboren wurde und Walter Ansprüche erhob.

Hatte Joachim je etwas geahnt? Obwohl er nie ein Wort darüber verloren hatte, konnte Sandra nicht gänzlich sicher sein. Denn wer immer Walter ermordet hatte, musste gewusst haben, dass das Märchen vom Rumpelstilzchen sich in ihr wiederholte.

Die Briefe waren zu Asche geworden und für Sandra drängte die Zeit. Sie öffnete den Wasserhahn, ließ die Asche im Abguss verschwinden, legte die Streichhölzer in die Schublade und zog den Schlüssel aus der Tasche ihrer Jeans.

Mit Blick auf den Schlüssel kehrte ein weiteres Detail zurück. Dieses Haus sollte ihr gehören, das hatte Walter einmal beiläufig erwähnt. Auf diese Neuigkeit war sie damals nicht eingegangen, schließlich hatte Walter einen Sohn. Was also könnte er mit dieser Äußerung gemeint haben? Gab es ein Testament, das Torge in der Erbfolge überging?

Womöglich wusste Torge um dieses Testament und hatte es gestern Nacht hier gesucht.

So viele unbeantwortete Fragen, über die sie sich jetzt keine Gedanken machen durfte. Sie sollte zufrieden damit sein, die Briefe gefunden und vernichtet zu haben. Alles andere wurde bedeutungslos.

Erleichtert verließ Sandra Müller das Haus und hoffte, dass Joachim von ihrem heimlichen Ausflug nichts mitbekommen hatte.

Kapitel 15

Monika Seyfarth hatte schlecht geschlafen.

Nachdem sie gestern am späten Abend nach Hause gekommen war, fühlte sie sich völlig erschöpft. Lediglich zwei belegte Scheiben Brot hatte sie gegessen, dazu eine koffeinfreie Cola getrunken und war ins Bett gefallen. Dennoch hatte sie die halbe Nacht wachgelegen.

Zum einen, weil sie den Ärger über Unterberg und seinen Neffen nicht vergessen konnte, zum anderen, weil sie das in ihren Augen notwendige Gespräch mit ihrem Sohn zum wiederholten Male hinausgeschoben hatte.

Was Unterberg betraf, so musste sie mit ihrem Unmut leben. Eine Meldung beim Betriebsrat, oder wer oder was auch immer für solche Angelegenheit zuständig war, würde letzten Endes mehr ihr als ihrem Chef und am meisten wohl Michael Mielke schaden. Damit war niemandem geholfen, zumal Mielke bisher nicht unangenehm aufgefallen war. Im Gegenteil. Wenn sie ehrlich und vorurteilsfrei darüber nachdachte, und dazu hatte Monika sich durchgerungen, dann schien er ein fähiger Mann zu sein.

Als weitaus belastender empfand sie den Groll über das versäumte Gespräch. Sie hatte gekniffen, zu müde und abgekämpft vom Trubel der Arbeit, und hätte Svens begriffsstutziges Gesicht bei ihren sorgfältig vorbereiteten Argumenten nicht ertragen. Aus diesem Grund hatte sie eine weitere Gelegenheit verstreichen lassen und war gezwungen, auf die nächste zu warten. Dabei würde Sven, sollte es endlich zu einer Aussprache kommen, vermutlich überhaupt nicht begreifen, worum es ihr ging.

Es ging ihr um nichts Geringeres, als ihren Sohn in Schutz nehmen zu wollen. Vor der nächsten Enttäuschung, die sie unweigerlich kommen sah, sollte Sven seine Bindung zu seinem Vater weiterhin ausbauen. Schließlich hatte Fred seinen Sohn schon einmal verlassen, damals, als Kind. Und Monika erinnerte sich nur allzu gut, wie sehr Sven unter der Scheidung gelitten hatte. Sein Vater kam nicht wieder, schickte höchstens mal eine Karte zu Svens Geburtstag und zahlte keine Alimente. Das hatte Monika ihm bisher nicht verziehen.

In den letzten Wochen aber war Fred zurückgekehrt. Stärker als jemals zuvor schien er sich plötzlich für seinen Sohn zu interessieren. Und dass Sven auf seine Bemühungen einging, verletzte Monika zutiefst. Wahrscheinlich hatte Fred zurzeit keine Beziehung oder zu wenig Freunde und fühlte sich einsam. Das Alleinsein hatte ihr Ex-Mann nie lange ertragen. Dass er bei seinen Vorschlägen für gemeinsame Unternehmungen nicht auf Sven und dessen Vorlieben Rücksicht nahm, sondern lediglich auf die eigenen achtete, spielte für Fred keine Rolle. Fußball war das Einzige, für das er jemals Begeisterung gezeigt hatte, und Fußball musste deshalb auch für Sven gut genug sein.

Natürlich begriff Monika, warum ihr Sohn darauf einging. Besonders, nachdem ihre Beziehung zu Vincent in die Brüche gegangen war, schien Sven erneut eine Vaterfigur zu brauchen. Da kam ihm der biologische Vater, von dem er, außer ein paar äußerlichen und zugegebenermaßen sehr ansehnlichen Attributen, rein gar nichts geerbt hatte, gerade recht. Dass Sven ihr gegenüber tat, als wäre ihm die ganze Sache unangenehm, konnte Monika nicht täuschen. Immerhin war er trotz allem zu diesem Fußballspiel gegangen und trug das hässliche Trikot sogar zu Hause.

Besser jedoch als Sven kannte Monika die antiquierten Ansichten seines Vaters, insbesondere was Schwule und Lesben betraf. Und wie Fred reagieren würde, sollte er unerwartet an Svens Leben ein ehrliches Interesse zeigen, das konnte sie sich lebhaft vorstellen. Da war der nächste Bruch zwischen Vater und Sohn unausweichlich.

Genau darüber hatte Monika mit Sven reden und ihn zumindest vorwarnen wollen. Was sie abgeschreckt hatte, war der starke Verdacht, dass Sven seiner Mutter vorwerfen würde, selbst nach all den Jahren ihre eigene Abneigung Fred gegenüber nicht überwinden zu können. Diesem Vorwurf war sie schon einmal ausgesetzt gewesen und es hatte eine Ewigkeit gedauert, ehe Sven die Schuld an der Scheidung nicht allein ihr zugeschoben hatte.

Nein, die Rolle des Bösewichts wollte sie nicht ein zweites Mal spielen. Zumal sie einfach nur zu schweigen und abzuwarten brauchte, bis Fred endlich begriff, mit welchem Geschlecht sein Sohn in die Betten stieg.

So bequem diese Variante auch schien, sie wäre Sven gegenüber nicht fair.

Mit diesem Zwiespalt war Monika ins Bett gegangen, hatte mit sich gehadert, sich im Bett hin und her gewälzt und war mit verquollenen Augen vorzeitig ins Präsidium gefahren.

Anders als Vincent.

Auf dem Weg ins Büro hatte sie seinen Arbeitsplatz verwaist vorgefunden und ihn um seine Abwesenheit beneidet. Nach dem Stress der letzten Tage war es vernünftig, mal richtig auszuschlafen und zumindest für ein paar Stunden die Pflicht Pflicht sein zu lassen.

Monika musste sich derweil mit einem Espresso nach dem anderen begnügen und war überrascht, als es bei Tasse Nummer drei an die Tür klopfte und Harald Lüders seinen Kopf ins Zimmer steckte.

„Was machst du denn hier?“, fragte sie.

„Dir ebenfalls einen guten Morgen“, erwiderte Lüders und betrat das Büro. „Eigentlich wollte ich zum Frühstück bei dir zu Hause vorbeikommen. Aber Sven meinte, du wärst längst auf Arbeit.“

„Sven war um die Zeit schon wach?“

„Na ja, sagen wir, nach meinem Anruf war er es.“

Monika grinste und bot ihm mit einer Handbewegung einen Platz an.

„Freut mich, dich zu sehen, Harald“, sagte sie. „Was verschafft mir die Ehre zu dieser frühen Stunde?“

„Das Rentnerdasein“, antwortete er und ließ sich auf dem Stuhl vor ihrem Schreibtisch nieder. „Alte Männer brauchen nicht viel Schlaf. Vor allem neugierige Männer nicht.“

„Du willst also dabei sein, wenn dein einstiger Zögling versagt. Kaffee?“

„Unbedingt“, erwiderte er und fügte hinzu: „Den Kaffee, nicht das andere. Läuft es wirklich so schlimm?“

Seitlich von ihm, vor dem hüfthohen Aktenschrank, steckte Monika eine neue Kapsel in die Espressomaschine und stellte eine saubere Tasse darunter. Sie selbst sollte auf einen vierten Espresso besser verzichten.

„Schlimmer als schlimm“, seufzte sie. „Unterberg ist am Platzen. Doch jetzt, glaube ich, haben wir den Mörder identifiziert. Wir müssen nur herausfinden, wo er steckt.“

„Drei Morde waren es bisher, richtig?“

„Und zu einem vierten wird es hoffentlich nicht kommen.“

„Habt ihr Beweise?“

Sie wartete, bis der Kaffee in die Tasse getröpfelt war, stellte die Tasse vor Harald ab und setzte sich ihm gegenüber an den Schreibtisch.

„Haben wir“, sagte sie und lehnte sich zufrieden zurück.

Den Mund gespitzt, nahm Harald seinen Kaffee und schlürfte. Über den Rand der Tasse sah er ihr tief in die Augen.

„Was ist?“, fragte sie verunsichert. Sie hasste es, wenn Harald diesen ungläubigen und zugleich spöttischen Blick aufsetzte.

„Nichts. Ich würde bloß gern wissen, was dich so sicher macht.“

„Du willst dich in Polizeiarbeit einmischen, die dich nichts mehr angeht?"

Harald zuckte mit den Schultern. „Ich hab grad nichts Wichtiges vor. Amüsiere mich."

„Na schön", gab Monika nach und berichtete ihm, was seit ihrem letzten Zusammentreffen in Haralds Gartenlaube geschehen war. Als sie geendet hatte, blickte sie ihn herausfordernd an.

„Das alles ist ziemlich eindeutig, findest du nicht?", fragte sie.

Wenn Monika annahm, er würde ihren Ausführungen bedingungslos zustimmen, war sie auf dem Holzweg. Damit hatte sie auch von Anfang an nicht gerechnet. Und wie zu erwarten, verdrehte Harald nachdenklich die Augen, prüfte den Sitz seiner vor Pomade glänzenden Haare und faltete anschließend die Hände vor seinem Bauch.

„Nur, damit ich das richtig verstehe …", begann er. „Ihr habt ein einzelnes Haar vom ersten Tatort, dessen DNA auf diesen … wie hieß er doch gleich? … Auf diesen Paul verweist. Und es wurde ein toter Hund in der leerstehenden Wohnung seines Vaters entdeckt, in der Paul vor Jahren gewohnt hat und zu der er noch immer einen Schlüssel besitzen könnte. Des Weiteren ist da dieses Notizbuch mit den zwei Telefonnummern und dem Passwort zu den Klientendaten, gefunden an der Leiche im Brunnen. Deinen Ermittlungen zufolge ist dieser dritte Tote, Torge Steiner, ein Verhältnis mit der Sprechstundenhilfe der beiden Therapeuten eingegangen, um in Pauls Auftrag an das Passwort zu kommen. Und nachdem Torge das gelungen ist, hat Paul ihn zum Schweigen gebracht. Richtig?"

„Richtig."

„Obwohl die Sprechstundenhilfe steif und fest behauptet, sie hätte in Torges Anwesenheit das Passwort nie erwähnt."

„Yvonne war über beide Ohren in diesen Typen verknallt“, sagte Monika. „Und sie hat gespürt, dass sie etwas Falsches getan hat. Natürlich musste sie lügen.“

„Gut möglich“, stimmte Harald ihr zaghaft zu. „Dennoch … deine Theorie steht und fällt mit diesem Notizbuch. Ein Glücksfall, könnte man sagen. Bleibt zu hoffen, dass du nicht von falschen Prämissen ausgegangen bist. Aber okay, lassen wir das. Was ist mit Paul? Weiß man etwas über ihn? Immerhin reden wir hier über einen Täter, der seine Morde akribisch plant und skrupellos ausführt.“

Auf diese Frage hatte Monika keine ausreichende Antwort parat. Sie musste improvisieren.

„Leider wissen wir bisher nicht besonders viel über Paul Albrecht. Erst recht nicht, was sein Motiv sein könnte. Uns fehlt der Zusammenhang zwischen ihm und den Morden. Was wir wissen ist, dass es vor Jahren einen Unfall gegeben hat, bei dem seine Mutter und Schwester ums Leben kamen. Ein Gasofen explodierte, als beide in der Küche waren. Paul spielte draußen vor dem Haus und sah die Wohnung in Flammen aufgehen. Dr. Albrecht lebte zu dieser Zeit bereits von seiner Familie getrennt.“

„Ein Ofen, sagst du?“ Schlagartig klang Haralds Stimme heller und aufgeregter. „Was haben Mutter und Tochter in der Küche getan?“

„Kekse gebacken, soweit ich weiß. Ist das wichtig?“

Mit einem Ruck fiel Harald auf seinem Stuhl zurück, dass die Lehne ächzte. „Selbstredend ist das wichtig! Weil es kein Zufall sein kann. Eine alleinstehemde Frau hat gebacken und ist am Ofen verbrannt. Obwohl sie eigentlich *im* Ofen hätte verbrennen müssen.“

Harald machte eine Pause, bis Monika erstaunt die Augenbrauen hob und er sein überlegenes Lächeln aufsetzen konnte.

„Da hast du deinen Zusammenhang, der Paul mit den Morden verbindet“, sagte Harald. „Sein inneres Motiv.

Dieser furchtbare Unfall muss den Anstoß gegeben haben. Pauls erlittenes Trauma hat die Ereignisse seines Lebens und später die seiner Opfer mit den Grimm'schen Märchen in Bezug gesetzt. Angefangen bei seiner Mutter. Er wird sie bei der Scheidung seiner Eltern als die Schuldige angesehen haben, wofür sie von Gott, oder von wem auch immer, gerichtet wurde. Und weil weitere Bestrafungen göttlicherseits ausgeblieben sind, fühlte Paul sich persönlich zum Richter berufen. Ja, ich denke, das macht Sinn. Psychologisch betrachtet. Fragt sich bloß, was sein Ziel ist."

„Du glaubst, er verfolgt ein Ziel?"

„Er hinterlässt an den Tatorten Hinweise auf den nächsten Mord, Monika. Er lenkt uns in eine gewünschte Richtung. Seine Richtung. Die uns irgendwann zu einem ganz bestimmten Punkt bringen soll."

„Was könnte das sein?", fragte sie.

Harald nahm den letzten Schluck seines Espressos und schob die Tasse auf der gläsernen Schreibtischplatte von sich.

„Oh, keine Ahnung", sagte er und erhob sich schwerfällig aus dem Stuhl. „Das herauszufinden ist deine Aufgabe. Für mich wird es Zeit. Falls du dich erinnerst, ich habe noch nichts gefrühstückt."

„Du kommst hierher, ziehst mir geheime Informationen aus der Nase und lässt mich mit deinen mysteriösen Andeutungen allein?"

Schulterzuckend wischte Harald sich einen Fussel vom Mantel und sah tatsächlich ein wenig niedergeschlagen aus.

„Für mich ist Pauls vermeintliches Ziel genauso rätselhaft wie für dich", gestand er. „Da weiß selbst ich im Moment nicht weiter. Also … Wie sieht dein weiteres Vorgehen aus?"

Monika erhob sich ebenfalls, um Harald bis zur Tür zu begleiten.

„Vincent wollte gestern Abend die aktuelle Adresse von Paul Albrecht aufspüren. Sobald er hier eintrifft und ich den Durchsuchungsbeschluss habe, werden wir hinfahren und sehen, ob sich in Pauls Wohnung irgendwelche Hinweise befinden."

Mit einem durchdringenden Blick hatte Harald sich zu ihr umgedreht. Und dieser Blick, wusste Monika, galt nicht den angesprochenen Ermittlungen.

„Nein, Harald", musste Monika ungewollt lachen. „Ich bin nicht erneut schwach geworden. Ehrlich."

„Okay. Ich wollte bloß sichergehen."

„Sei unbesorgt. Vincent und ich, wir sind ..." Sie stockte, plötzlich unsicher darüber, was sie eigentlich waren. „... einfach nur gute Kollegen."

Diese Worte ließ Harald unkommentiert, auch wenn Monika spürte, dass sein Schweigen sehr wohl einem Kommentar gleichkam.

Nach dem Erwachen sah Dennis Albrecht auf seine Armbanduhr, die er auf dem Tischchen neben dem Bett abgelegt hatte. Es war später als gedacht. Das Sonnenlicht fiel grell durch die dünnen Vorhänge am Fenster und die Luft des kleinen Zimmers war stickig und kalt. Er stand auf, zog die gestrige Kleidung an und putzte sich im engen Bad auf der anderen Seite des Flurs die Zähne.

Geschlafen hatte er wenig. Pauls später Anruf war ihm nicht aus dem Kopf gegangen, er hatte sich unter der Decke hin und her gewälzt und den Geräuschen einer Nacht gelauscht, die so undurchdringlich gewesen war, dass er kaum vom Bett bis zur Tür sehen konnte. In diesem Dunkel bekam jedes Geräusch einen menschlichen Ursprung. Jedes Knacken stammte von Pauls Schuhen auf einem toten Ast und jedes Knarren von seinem Versuch, ins Haus zu gelangen. Die eigenen Beschwichtigungsversuche, es handele sich dabei um die Klänge der Natur und ihrer Tiere – Rehe vielleicht oder Wildschweine –, hatten ihn nicht beruhigen können. Die Ohren gespitzt, musste Stunde um Stunde vergangen sein, ehe er trotz allem eingenickt war. Diese unruhige Nacht, befand Dennis mit Blick in den matten Spiegel, sah man ihm deutlich an.

Er stieg die steile Treppe hinunter und kontrollierte den Vorder- sowie den Hintereingang in der Küche. Beide Türen waren verschlossen, wie auch die Fenster in allen Räumen. Mit dieser Gewissheit ging Dennis zurück in die Küche, kochte Wasser, um auf altmodische Weise Kaffee mit einem Filter zu brühen, und setzte sich anschließend, den heißen Becher mit beiden Händen umschließend, an den Tisch.

Noch hatte Jonas nicht angerufen. Oder Dennis hatte das Klingeln im Schlaf überhört. Wie dem auch sei, Jonas würde sich melden. Und er würde darauf bestehen, ihm Gesellschaft zu leisten, damit sie gemeinsam auf ein Ereignis warten konnten, das ihm nach dieser Nacht immer surrealer erschien. War er wirklich gewillt zu glauben, dass sein eigener Sohn ihn ermorden wollte?

Dennis stand auf, entriegelte die Hintertür und trat ins Freie. Von hier führte der Rasen leicht abschüssig hinunter zum See. Auf einem Drittel des Weges stand seitlich ein alter Holzschuppen, in dem sich früher ein Paddelboot befunden hatte, mit dem Jonas und er und später Paul und Tanja in ihren Schwimmwesten über das Wasser gepaddelt waren.

Den Becher in der Hand, ging er ein paar Schritte auf dem taufeuchten Gras in Richtung See. Unkraut wucherte ungehindert zwischen den Halmen, das Laub der umliegenden Bäume lag überall verstreut und der gepflasterte Weg zum Schuppen war voller Risse. Immerhin schien die Sonne an einem blauen Himmel, kein Wölkchen war zu sehen und nur der frische Wind zeugte davon, dass der Sommer vorüber war. Ein idyllischer Ort, dachte Dennis, umgeben von Wasser und Wald und abgeschirmt von jeglicher Zivilisation. Das Grundstück verkaufen zu wollen, wie Jonas es angedeutet hatte, wäre ein Jammer. Zu viele schöne Erinnerungen lagen auf diesem Ort. Schöne Momente, die sich nicht halten ließen und ihm gerade deshalb so wertvoll erschienen.

Mit Blick auf das Haus wanderten seine Gedanken erneut zu Paul. Wahrscheinlich käme er mit dem Auto den Waldweg entlang oder er schlug sich durchs Unterholz, den Wagen weiter oben an der Straße geparkt. Ganz egal, wie Paul sich entscheiden würde, es wäre besser, ihn nicht im Freien, sondern im verschlossenen Haus zu erwarten. Dies war sicherlich die gefahrloseste Variante, auch wenn Dennis sich keinesfalls verbarrikadieren wollte. Er musste seinem Sohn gegenüberstehen. Selbst auf die Gefahr hin, dass Paul auf seine Fragen nach dem Warum nicht eingehen und stattdessen wortlos erledigen würde, weswegen er gekommen war.

Bei diesen Überlegungen fiel es schwer, einfach innezuhalten. Unwillkürlich ging Dennis gedanklich einen Schritt weiter und dachte an das Wie. Es gab keine Vorlage für den Tod des Vaters von Hänsel und Gretel, kein grausames Ende, wie es in anderen Märchen für den Bösewicht vorgesehen war. Denn laut den Brüdern Grimm traf den Vater keine Schuld. Er war lediglich Mitläufer gewesen und hatte sich dem Wunsch seiner Frau, die Kinder im Wald zurückzulassen, widerspruchslos gebeugt. Diese Mittäterschaft war für Paul Grund genug, den Vater zu bestrafen, und er wäre gezwungen, die Art des Todes selbst zu bestimmen.

Für welche würde er sich entscheiden?

Dennis glaubte nicht an einen schnellen Tod, wie durch den Schuss einer Pistole oder den Stich eines Messers. Ausgehend von den bisherigen Morden, würde Paul eine ausgefallenere Methode wählen, vielleicht auf der Grundlage eines weiteren Märchens, das die Verfehlung eines Vaters zum Thema hatte.

Der Kaffee in seiner Hand war kalt geworden und der Wind hatte zugelegt. Er sollte zurück ins Haus. Zuvor aber nahm Dennis einen kleinen Umweg und umrundete einmal den Schuppen. An vielen Stellen war die hölzerne Außenverkleidung morsch geworden, so dass er durch die Latten hindurchsehen konnte. Auf dem Boden lag das alte Paddelboot mit dem Kiel nach oben. Ansonsten erkannte er ein altes Holzfass und daneben, vor einer der Wände, eine Werkbank, auf der Hammer und Schraubenzieher sowie unzählige Nägel lagen. Die Tür des Schuppens war zum See hin ausgerichtet und, wie Dennis überprüfte, verschlossen.

Er hatte sich bereits von dem Schuppen abgewandt, als ihm die Unstimmigkeit bewusst wurde. Er trat näher an die Tür, beugte sich vor und betrachtete das Vorhängeschloss, dessen Metall vor dem dunklen Holz in der Sonne glänzte. Es war ein neues Schloss ohne Roststellen, das noch nicht lange dort hängen konnte.

Hatte Jonas nicht behauptet, er wäre monatelang nicht auf dem Grundstück gewesen?

Nur kurz irritiert, weil er seinen Freund sicherlich missverstanden hatte, blickte Dennis zum Haus, dessen seitlicher Schatten durch die aufsteigende Sonne immer weiter geschrumpft war. Der Vormittag näherte sich dem Ende und Jonas hatte sich nicht gemeldet. Durch die offene Küchentür hätte Dennis selbst hier draußen das Klingeln gehört. Ein Anruf aber war nicht erfolgt.

Wahrscheinlich, dachte er und ging lächelnd über die zerbrochenen Steinplatten den ansteigenden Weg entlang, hatte Jonas befürchtet, dass Dennis ihm am Telefon untersagt hätte zu kommen. Aus diesem Grund würde Jonas auf ein Telefonat verzichtet und sich im Auto längst auf den Weg gemacht haben.

*

„Warum musstest du Mielke unbedingt bitten mitzukommen?“

„Warum nicht? Er braucht Erfahrung und außerdem ist es sein erster Durchsuchungsbeschluss. Sei froh, dass er nicht auf der Rückbank sitzt.“

„Wusstest du, dass er Unterbergs Neffe ist?“

Vincent sah sie von der Seite an. „Ist es das, was dich stört?“

„Beantworte meine Frage. Hast du es gewusst?“

„Das ist doch kein Geheimnis. Jeder weiß es.“

Vincent saß am Steuer, Monika auf dem Beifahrersitz, ihre Hände auf die Knie gelegt, um nicht wie wild zu gestikulieren.

„Ich weiß es erst seit gestern Abend“, grummelte sie. „Findest du das etwa in Ordnung?“

Ihr Kollege zuckte mit den Schultern und konzentrierte sich auf den Straßenverkehr.

„Mein Vater war auch Polizist“, antwortete er und fügte, als sie Einwände erheben wollte, eiligst hinzu: „Aber ich kann mir denken, was du meinst. Unterberg sollte sich raushalten.“

„Allerdings.“

„Andererseits brauchen wir Mielkes Unterstützung. Wir sind seit Jahren unterbesetzt.“

„Das ist mir bewusst“, sagte Monika und blickte aus dem Seitenfenster auf den vorbeiziehenden Fernsehturm. „Mielke hat mich einfach auf dem falschen Fuß erwischt, nehme ich an. Ich werde versuchen, netter zu ihm zu sein. – Was?“

Sein Grinsen hatte Monika bemerkt und schlug ihm leicht gegen die Schulter.

„Nichts“, erwiderte Vincent. „Ich weiß ja, dass du nett sein kannst … wenn du willst.“

Das Gespräch driftete schlagartig in eine Vertrautheit, die Monika lieber vermieden hätte. Es wäre besser, beim rein Beruflichen zu bleiben.

„Also", wich Monika deshalb aus, „wohin fahren wir genau?"

Es dauerte einen Moment, ehe Vincent reagierte. Er hatte die Absicht hinter ihrem Themenwechsel wohl deutlich gespürt.

„In den Wedding", sagte er schließlich. „Zur Pankstraße. Da ist Paul Albrecht seit zwei Jahren gemeldet."

Am Jakob-Kaiser-Platz nahmen sie die Ausfahrt in Richtung Seestraße. Vorschriftsmäßig hielt sich Vincent an die Geschwindigkeitsbegrenzung, was Monika übertrieben vorkam. Immerhin waren sie im Dienst und die Zeit drängte.

„Hast du sonst etwas über ihn rausgefunden?", fragte sie, als das Ende der Autobahn erreicht war.

„Nicht viel. Paul Albrecht hat keinerlei Vorstrafen. Polizeilich ist er ein unbeschriebenes Blatt. Und ich habe die Berichte gelesen, die du erwähntest. Über den Tod der Mutter und seiner Schwester."

„Das heißt, es gibt keine aktuellen Fotos von ihm?"

Vincent schüttelte den Kopf. „Nein. Ich musste mir die Daten beim Einwohnermeldeamt besorgen. Laut deren System ist er vierundzwanzig Jahre alt und ein Meter sechsundsiebzig groß. Das Bild, das er für seinen Personalausweis eingereicht hat, ist so nichtssagend wie jedes Passbild. Also vollkommen nutzlos und hoffnungslos veraltet. Eine leichte Ähnlichkeit mit seinem Vater ist erkennbar, das ist alles."

„Was ist mit seinen Kontobewegungen?"

„Das war ziemlich kompliziert", sagte Vincent. „Du weißt, wie die Banken sich anstellen. Letztendlich habe ich die Auskünfte gekriegt, die wir wollten. Paul bekommt monatlich einen nicht unwesentlichen Betrag überwiesen."

„Von seinem Vater?", fragte Monika.

„Genau. Und für jemanden, der mit seinem Sohn keinen Kontakt mehr pflegt, eigentlich erstaunlich. Abgesehen davon hätte ich nicht gedacht, dass ein Therapeut derart viel Geld verdient. Genug jedenfalls, um zwei Haushalte damit großzügig finanzieren zu können."

Darüber hatte sich Monika bisher keine Gedanken gemacht. Womöglich lebte Dr. Albrecht über seine Verhältnisse, selbst als Alleinstehender. Das ließe sich recherchieren. Wichtiger erschien ihr eine andere Frage.

„Bleibt der merkwürdige Umstand, warum die beiden Doktoren einfach abgehauen sind", sagte sie. „Dass der Vater verschwindet, um seinen Sohn zu warnen, das könnte ich ja verstehen. Aber warum Dr. Dürer?"

„Laut Yvonnes Aussage kennen sich die beiden schon lange. Sie seien wie beste Freunde, die gemeinsam durch dick und dünn gegangen sind. Deshalb vielleicht."

„Ich tendiere eher zu unserer zweiten Theorie."

Von der Seestraße bogen sie in die Osloer Straße, auf der der Verkehr merklich zähflüssiger wurde. An der nächsten roten Ampel sah Vincent sie an.

„Aus Angst, meinst du."

„Ja", bestätigte sie. „Der letzte Mord muss ihnen einen derartigen Schrecken eingejagt haben, dass sie alles stehen und liegen ließen und die Flucht ergriffen. Weil sie befürchten mussten, die nächsten Opfer zu sein."

Die Ampel wechselte zu Grün und wenige Querstraßen später bog Vincent nach rechts in die Pankstraße ein.

„Das würde bedeuten", sagte er, „dass es egal ist, wen wir zuerst finden werden. Die beiden Therapeuten oder Paul."

Monika schwieg und stimmte innerlich ihrem Kollegen zu. Wo der eine war, da wären auch die anderen. Jetzt kam es bloß darauf an, rechtzeitig einzuschreiten, um das Schlimmste zu verhindern.

Kapitel 16

Zum Mittag gab es Kartoffeln mit Würstchen. Er aß am Küchentisch, ohne großen Hunger, in Gedanken versunken, die sich nicht ordnen wollten, und mit dem ständigen Blick hinaus auf den See. Anschließend spülte er die Töpfe und das Geschirr, räumte alles zurück in die Schränke und stieg zum wiederholten Male an diesem Tag die Treppe hinauf.

Auf diesem Stockwerk befanden sich ein enges Badezimmer und drei Schlafzimmer, zwei davon nach Osten ausgerichtet, von denen man die ungepflasterte Straße sehen konnte, die in einiger Entfernung zwischen den Bäumen verschwand. Er betrat das linke der beiden Zimmer, setzte sich vor dem Fenster auf einen Rattan-Sessel, die Hände im Schoß gefaltet, und starrte auf den Wald.

Dieses Zimmer, erinnerte sich Dennis, hatte früher Jonas' Eltern gehört. Der Vater starb vor dreizehn Jahren bei einem Autounfall und die Mutter eineinhalb Jahre später an Herzversagen. Zwei fürsorgliche, ältere Leute, die den besten Freund ihres Sohnes herzlich aufgenommen hatten, wann immer Jonas und er die Wochenenden in dieser kleinen Idylle verbringen wollten. Und doch hatte Dennis geahnt, dass Erika Dürer mit dieser Freundschaft nie ganz einverstanden gewesen war. Sie erkannte zu Recht, wie uneingeschränkt Jonas an seinem Freund hing, wie er ihn regelrecht vergötterte und ihm und seinen Ratschlägen blindlings folgte. Auch dass Jonas der Schmächtige, Unscheinbare von ihnen beiden war, der sich mit Mädchen schwertat, während Dennis mit seinen Eroberungen prahlte, entging Erika nicht. Ihre wachsende Abneigung spürte er in ihren kritischen Blicken oder dem manchmal abwertenden Schnalzen ihrer Zunge, wenn er einen

Vorschlag machte, den Jonas widerstandslos akzeptierte, ohne die eigenen Wünsche zu berücksichtigen. Ob Jonas ihr von seinem ewigen Liebeskummer erzählte, hatte Dennis nie erfahren. Vor allem, als er Carola geheiratet und Jonas zum Trauzeugen und ein Jahr darauf zu Pauls Patenonkel erkoren hatte, da spätestens dürfte Erika begriffen haben, wie schwer es ihrem Sohn gefallen sein musste, diese Verpflichtungen auf sich zu nehmen.

Das alles war lange her und fast jeder der damals Beteiligten tot. Jonas und er waren übriggeblieben, gemeinsam mit Paul.

Bei diesen Gedanken blickte er erneut über den Wald und die Straße und hoffte, dass sein Sohn endlich auftauchen würde. Das Warten zerrte an den Nerven und verstärkte das Gefühl der eigenen Schuld.

Dennis stand auf und sah auf die Uhr. Es war kurz vor eins. Jonas hatte weder angerufen noch war er in seinem Auto hier eingetroffen. Etwas musste ihn aufgehalten haben.

Was aber sollte so wichtig gewesen sein, dass selbst für ein Telefonat keine Zeit geblieben war?

Langsam stieg er die Stufen hinab und blieb vor dem Telefon stehen. Die Telefonnummer der Pension, in der Jonas abgestiegen war, kannte er nicht und ihre Handys lagen in der Praxis auf seinem Schreibtisch. Es gab nur eine einzige Nummer, die er anrufen konnte.

Nach mehrmaligem Klingeln nahm Yvonne schließlich ab.

„Gut, dass ich Sie erreiche“, sagte er ohne Begrüßung in den Hörer. „Ich muss wissen, ob …?

„Wo stecken Sie denn, Herr Doktor?“ Ihre Stimme klang schrill und aufgeregt. „Die Polizei sucht nach Ihnen, ganz dringend. Sie müssen schnellstens zurückkommen.“

„Das geht wirklich nicht. Sie müssen mir glauben.“

Am anderen Ende blieb es still.

„Warum ich anrufe, Yvonne … Hat Dr. Dürer sich bei Ihnen gemeldet?"

„Wieso …? Ich verstehe nicht. Ich dachte, der ist mit Ihnen zusammen weggefahren."

„Ja, ja. Aber wir … er musste was erledigen und ich kann ihn nicht erreichen. Und ich dachte, vielleicht …"

„Nein, er hat sich nicht gemeldet. Ich hab keine Ahnung. Bitte, Dr. Albrecht, es wäre wirklich besser, wenn …"

„Ich muss Schluss machen, Yvonne. Gehen Sie nach Hause und gönnen Sie sich ein langes Wochenende."

Bevor sie etwas erwidern konnte, legte er auf.

Dennis fuhr sich über das Gesicht und versuchte, einen klaren Gedanken zu fassen. Was auch immer Jonas aufgehalten haben mochte, es versprach nichts Gutes.

Ein, zwei Minuten blieb er wie angewurzelt stehen. Dann eilte Dennis in die Küche, öffnete die Speisekammer und ging in die Hocke. Wie früher befand sich im unteren Fach ein kleiner Werkzeugkasten, aus dem er einen großen Schraubenzieher und einen Hammer nahm. Mit beidem verließ er das Haus und rannte zum Schuppen.

Bereits heute Morgen hatte ihn das neue Schloss irritiert, das jemand erst in letzter Zeit angebracht haben konnte. Und dieser Jemand, vermutete er, war nicht Jonas gewesen.

Hektisch setzte er den Schraubenzieher unter dem metallenen Riegel an, in dem die Öse und das Schloss steckten, und schlug mit dem Hammer auf den Griff des Schraubenziehers, bis das morsche Holz den Riegel aus der Verankerung riss.

Er warf den Riegel und das Werkzeug beiseite, öffnete die Tür und betrat den Schuppen.

Die Wohnung von Paul Albrecht befand sich im zweiten Stock eines Altbaus in der Pankstraße. Kommissar Michael Mielke und einige Beamte der kriminaltechnischen Untersuchung standen vor der Haustür und warteten. Erkan Gökdal, bemerkte Monika, war nicht darunter. Aus den Häusern gegenüber starrten Schaulustige, einige sogar mit Kissen auf den Fensterbrettern, um kein Detail dieses Polizeieinsatzes zu verpassen.

Monika begrüßte die Kollegen, die ihr bestätigten, dass Paul Albrecht nicht zu Hause war, und wandte sich dann an Mielke.

„Ich habe Ihren Bericht vermisst", sagte sie, bemüht, ihre Stimme nicht allzu vorwurfsvoll klingen zu lassen. „Über Ihren Rundgang durch die Nachbarschaft gestern."

Mielke lief rot an und versuchte eine Erklärung.

„Der … der ist fast fertig. Wenn Kommissar Schröter mich nicht zu diesem Einsatz gerufen hätte …"

„Lassen Sie bitte Kommissar Schröter aus dem Spiel. Sie können von Glück sagen, dass er Sie überhaupt dabeihaben wollte. Also, klären Sie mich auf."

Ein wenig verzweifelt blickte Mielke auf Vincent, der sich entschieden hatte, lieber nicht einzugreifen.

„Leider habe ich ziemlich wenig herausgefunden", sagte Mielke betrübt. „Alle, mit denen ich gesprochen habe, wollen rein gar nichts bemerkt haben."

Damit hatte Monika gerechnet. „Das ist wirklich ziemlich wenig. Um nicht zu sagen, weniger als wenig. Ich kann für Sie nur hoffen, dass …"

„Ich denke", fuhr Vincent dazwischen, „wir sollten nach oben gehen. Ein Problem nach dem anderen, nicht wahr, Frau Seyfarth?"

Um Monikas Antwort im Keim zu ersticken, hatte Vincent ihren Ellenbogen berührt und bugsierte sie zur Haustür.

„Ja, ja, meinetwegen", murmelte sie ihm zu und drückte, nach einer kurzen Betrachtung der Namensschilder, die Klingel neben der von Paul Albrecht.

Nachdem der Summer betätigt wurde, betraten alle anwesenden Beamten den Hausflur und stiegen in den zweiten Stock. Die gesuchte Wohnungstür befand sich auf der rechten Seite, mit einem einfachen Steck- und ohne weiteres Sicherheitsschloss. Für die Kollegen der kriminaltechnischen Untersuchung ein leichtes Spiel. Mit ein paar Handgriffen hatten sie die Tür aufgebrochen.

Durch die Geräusche aufgeschreckt, öffnete sich die Tür gegenüber. Ein Mann Anfang dreißig, in Jogginghose, einem schwarzen T-Shirt und einem Vollbart in einem verschlafenen Gesicht lehnte gegen den Rahmen und nahm einen Schluck aus seinem Kaffeebecher.

„Was is'n los?", fragte er, an niemanden direkt gerichtet.

„Verzeihen Sie die Störung", sagte Monika und zückte ihren Dienstausweis. „Kriminalpolizei. Wir haben einen Durchsuchungsbeschluss."

Der Mann hob erstaunt die Augenbrauen und nahm einen weiteren Schluck.

„Polizei? Was hat Paul denn angestellt?", fragte er.

„Sie kennen Herrn Albrecht?"

„Ja, doch. Wir wohnen ja nebeneinander."

„Sie haben gerade seinen Vornamen benutzt. Kennen Sie ihn genauer?"

Mit dem Blick in den Kaffeebecher zuckte der Mann mit den Schultern.

„Ein bisschen", gestand er. „Wir haben manchmal zusammen Fußball geguckt und einige Bierchen gezischt. Was man halt so macht."

„Klar", sagte Monika und wandte sich an Vincent. „Geht schon mal rein und seht nach, ob ihr was Interessantes findet. Ich kümmere mich derweil um diesen Nachbarn."

Vincent nickte und führte die Beamten und Kommissar Mielke in die Wohnung. Als die Tür von innen angelehnt wurde, richtete Monika ihre Aufmerksamkeit zurück auf den unbekannten Mann.

„Wenn Sie nichts dagegen haben", begann sie, „würde ich Ihnen gern ein paar Fragen stellen, Herr ...?

Der Mann starrte nervös ins Leere.

„Oh, ich. Klar", sagte er wenige Sekunden später. „Torsten. Torsten Hoffmann", sagte er, mit Fingerzeig auf sein Klingelschild.

„Sehr erfreut, Herr Hoffmann. Macht es Ihnen was aus, wenn wir reingehen? Im Flur ist es ziemlich ungemütlich."

„Äh, ich weiß nicht recht ... ich meine ..."

„Kein Problem", erwiderte Monika, die dieser Hemmschwelle regelmäßig begegnete. Aus den eigenen vier Wänden machten die meisten ein Heiligtum, das für Polizisten tabu schien. „Dann begleiten Sie uns nachher einfach aufs Revier."

Der Mann starrte sie aus seinen müden Augen an, kratzte sich am Bart und änderte, wie Monika vorausgeahnt hatte, seine Meinung.

„Nee, is' schon okay. Kommen Sie rein."

Torsten Hoffmann drehte sich um und ging durch einen quadratischen Flur in das angrenzende Zimmer. Monika folgte ihm. Eine durchgesessene Couch, ein Tisch mit zwei Stühlen und ein riesiger Fernseher waren die einzigen Einrichtungsgegenstände.

Hoffmann nahm einige Zeitschriften vom Tisch und ein paar Kleidungsstücke von den Stühlen, legte alles in eine der Ecken des Zimmers und setzte sich.

„Was is' denn nun mit Paul?", fragte er, nicht sonderlich beunruhigt.

„Das kann ich Ihnen zum jetzigen Zeitpunkt nicht verraten", sagte Monika und nahm unaufgefordert ihm gegenüber Platz. „Laufende Ermittlungen. Mich würde allerdings interessieren, was Herr Albrecht so für ein Typ ist."

„Typ? Na, Paul is' ein ganz Ruhiger. Redet nicht viel. Hat auch lange gedauert, ehe wir mal gequatscht haben, zufällig im Flur. Und weil ich den größeren Fernseher hab, ist er manchmal rübergekommen, wenn Fußball war."

„Ist Ihnen an ihm was aufgefallen, besonders während der letzten Wochen? War er über irgendetwas beunruhigt, war er nervös oder gereizt?"

Erneut kratzte Herr Hoffmann seinen Bart und kniff konzentriert die Augen zusammen.

„Eigentlich nicht", sagte er schließlich. „Er war wie immer."

„Wann haben Sie ihn das letzte Mal gesehen?"

„Ich weiß nicht … Montag? Ja, Montagnachmittag."

„Haben Sie mit ihm gesprochen?"

„Nur wenig. Er hätte noch viel zu erledigen. Weil er wegwollte, für ein paar Tage."

„Hat er erwähnt, wohin?"

Wieder war da das Kratzen am Bart, bevor Hoffmann, nach einem Schluck Kaffee, mit seiner einschläfernden Stimme antwortete.

„Ich hab nicht genau zugehört. Er wollte, glaub ich, zu seinem Onkel. Zu Onkel J."

Das J sprach Hoffmann englisch aus und zog es übertrieben in die Länge.

„Wissen Sie, wer dieser Onkel J ist?", fragte Monika, die bisher von einem Onkel nichts gewusst hatte.

Hoffmann schüttelte den Kopf. „Keine Ahnung."

„Und wo der Onkel wohnt, wissen Sie daher auch nicht."

„Korrekt."

„Hat Paul sonst jemals über seine Familie gesprochen?"

„Nein, nie. Ich hab letztes Weihnachten mal gefragt, ob er zu seinen Eltern fährt oder so. Paul hat gar nicht drauf reagiert. War wohl das falsche Thema für ihn. – Hat Paul was angestellt?"

„Herr Hoffmann, bitte."

Abwehrend hob Hoffmann beide Hände. „Ja, ja, 'tschuldige. Laufende Ermittlungen."

„Kein Problem. Würden Sie Paul ein Verbrechen denn zutrauen?"

Diese Frage warf Hoffmann aus der Bahn. Er blinzelte und wirkte verstört. Wahrscheinlich, dachte Monika, litt er am Kater der vergangenen Nacht.

„Das … das kann ich nicht sagen. Immerhin … manchmal fand ich schon, dass er merkwürdig war."

„Inwiefern merkwürdig?"

„Na, manchmal hat er diesen Blick drauf. Ich weiß gar nicht, wie ich den beschreiben soll. Voll abwesend und unheimlich halt. Wie, als wenn er grad in einem Paralleluniversum lebt. Total irre, der Blick."

Monika wartete, ob er etwas hinzufügen würde. Doch Hoffmann starrte sie nur aus müden Augen an und schwieg.

„Ich denke, damit wäre ich alle meine Fragen losgeworden", sagte sie und stand auf. „Ich werde Sie nicht weiter belästigen."

Erst als Monika auf halbem Weg zur Wohnzimmertür war, sprang Hoffmann von seinem Stuhl und geleitete sie in den Flur.

„Ach ja, ehe ich es vergesse. Sie haben nicht zufällig ein aktuelles Foto von Paul Albrecht?"

„Ein …?" Mit ihrer Frage hatte sie Hoffmann jetzt vollkommen aus dem Konzept gebracht. „Wieso sollte ich …? Nee, ich hab keins."

„Wie sieht er eigentlich aus?"

„Paul? Na, wie man halt so aussieht. Ungefähr die Größe …" Hoffmann hielt seine Hand in Höhe seiner Stirn. „… braune Haare. Ziemlich unsportlich, würd ich sagen. Und 'nen Bart hat er. Nicht so voll wie meiner, aber ähnlich."

„Vielen Dank, Herr Hoffmann. Sie haben uns sehr geholfen."

Monika verließ die Wohnung und betrat durch die gegenüberliegende, angelehnte Tür die Nachbarwohnung.

Die Beamten hatten in der Zwischenzeit gute Arbeit geleistet. In den zwei Zimmern, der Küche und dem Badezimmer waren alle Schubläden und Schränke ausgeräumt und durchsucht worden.

Als Vincent seine Vorgesetzte im Wohnzimmer bemerkte, trat er auf sie zu.

„Und?", fragte er. „Hast du was erfahren können?"

„Nicht sonderlich viel", gestand sie und wiederholte, was Hoffmann ihr berichtet hatte. „Seit Montag hat der Nachbar Paul nicht mehr gesehen, angeblich, weil Paul an diesem oder an einem späteren Tag seinen Onkel besuchen wollte. Einen Onkel J."

Monika dehnte das J in die Länge.

„Heißt Dr. Dürer nicht mit Vornamen Jonas?"

„Verdammt, Vincent, du hast recht. Das war mir entfallen."

Beide sahen sich an und schienen denselben Gedanken zu haben. Jemandem einen Besuch abzustatten, bekam plötzlich eine neue, finstere Bedeutung. Monika war die Erste, die diese Überlegung in Worte fasste.

„Wenn das wirklich stimmt, was wir da gerade vermuten", sagte sie, „dann sollten wir die beiden Doktoren schleunigst finden."

„Fragt sich bloß, wie. In dieser Wohnung gibt es nicht den geringsten Hinweis. Außer ein paar Kleidungsstücken und sonstigem Hausrat haben wir rein gar nichts Persönliches finden können. Nicht einmal Fotos. Das einzig Nützliche könnte das hier sein."

Vincent ging zwei Schritte auf einen Esstisch zu und brachte ihr von dort ein dickes, in Leder gebundenes Buch.

„Die Fingerabrücke auf dem Einband haben wir dokumentiert", sagte er. „Du kannst es also unbeschadet nehmen."

Was Monika in den Händen hielt, war eine ältere Ausgabe der Grimm'schen *Kinder- und Hausmärchen*, mit einer

Lithografie im Jugendstil auf dem Buchdeckel. Mehrere Lesezeichen ragten oben aus den Seiten hervor.

„Ich habe mir die markierten Märchen angesehen", sagte Vincent. „*Frau Holle*, *Rumpelstilzchen*, *Hänsel und Gretel* und eins, von dem ich nie was gehört habe. *Die Gänsemagd*."

„Und *Der Wolf und die sieben Geißlein?*"

„Nein, das nicht."

Gedankenverloren starrte Monika auf das schwere Buch.

„Merkwürdig", murmelte sie. „Zwei markierte Märchen, für die es bisher keine entsprechenden Morde gibt. Was ich ziemlich beunruhigend finde. Am besten, wir nehmen das Buch mit."

„Hauptkommissarin Seyfarth?"

Michael Mielke war unbemerkt an sie herangetreten und richtete sich bei seiner Anrede kerzengerade auf, als wollte er Haltung annehmen. Ihrem Blick wich er vorsichtshalber aus.

„Mein … äh, Herr Unterberg lässt anfragen, ob er eine Fahndung nach Paul Albrecht veranlassen soll?"

Den kurzen Versprecher versuchte Monika zu ignorieren. Dass Unterberg erneut seinen Neffen vor ihr kontaktiert hatte, war degradierend genug. Und natürlich machte der Chef, so kurz vor seiner Pressekonferenz, Druck. Eine Fahndung zu diesem Zeitpunkt erschien ihr allerdings wenig sinnvoll.

Hilfesuchend wandte Monika sich an Vincent.

„Alles, was ich von dem Nachbarn erfahren konnte, ist, dass Paul zurzeit einen Bart trägt. Wie unser unbekannter Zeuge am Park."

„Und wenn wir versuchen, ein Phantombild zu erstellen?", fragte Vincent. „Das könnte helfen und Unterberg erst mal beruhigen."

„Ich weiß nicht, wie …"

Unwillkürlich dachte Monika an das andere, nutzlose Phantombild, das Unterberg vor ihren Augen zerknüllt und weggeworfen hatte. Andererseits konnte ein Versuch nicht schaden und Mielke dürfte mit dieser Aufgabe für eine Weile beschäftigt sein.

„Okay, Mielke", sagte sie zu ihm. „Sie gehen rüber und nehmen Herrn Hoffmann mit. Er soll uns eine genauere Beschreibung von Herrn Albrecht geben. Wenn er sich weigert, erzählen Sie ihm irgendwas von schwerwiegenden Konsequenzen, wegen Behinderung der Staatsgewalt oder so. Lassen Sie Ihre Fantasie spielen. Ach ja, und anschließend fahren Sie mit dem Phantombild zu Yvonne Dorn. Vielleicht kann sie Paul darauf erkennen und uns weitere Details liefern, sollte Paul in letzter Zeit in der Praxis gewesen sein."

Mielke hatte angestrengt zugehört. Jetzt schien er unsicher, ob er bereits entlassen war.

„Na los", half Monika ihm auf die Sprünge. „Worauf warten Sie?"

Sofort eilte Mielke aus der Wohnung. Vincent blickte ihm schmunzelnd nach.

„Der arme Kerl."

„Wieso?", fragte Monika schulterzuckend. „Er war doch ganz versessen darauf, richtige Polizeiarbeit zu machen. Soll er uns beweisen, was er taugt."

„Und was machen wir?"

„Wir? Wir fahren zurück ins Präsidium", sagte sie, das dicke Buch dabei in die Höhe haltend, „und lesen, was es mit der Gänsemagd auf sich hat."

„Ich befürchte, dass es für jemanden in diesem Märchen kein allzu gutes Ende nehmen wird."

Davon, dachte Monika, konnten sie zweifellos ausgehen.

Im Schuppen gab es kein elektrisches Licht. Die Sonne, die durch die Holzlatten der Außenverkleidung drang, warf helle Streifen auf die Werkbank, das Paddelboot am Boden und auf ein schiefes Regal voller kleiner Schachteln an der gegenüberliegenden Wand.

Mit vorsichtigen Schritten, als befürchtete er, diesen Ort zu stören, trat Dennis über die Schwelle. Unter seinen Schuhen knirschten Kies und Späne und es dauerte einen Moment, ehe sich seine Augen an das Halbdunkel gewöhnt hatten. Ein leicht beißender Gestank drang in seine Nase, dessen Ursprung er nicht zuordnen konnte.

Das Boot hatte früher an zwei Haken gehangen, jetzt lehnte es schräg gegen die Wand, die verschrammte Unterseite nach oben gekehrt. Eines der Paddel ragte halb unter dem Bootsrumpf hervor, das andere lag quer auf der Werkbank.

Dennis ging darauf zu, strich mit den Fingern über das Paddel, um ein Gefühl und mit ihm die Zeit wiederaufleben zu lassen, in der jedes Märchen eine glückliche Zukunft versprochen hatte.

Wann genau hatte für ihn das Leben aufgehört, die Happy Ends dieser Märchen zu imitieren?

Er hätte ahnen können, dass die kindliche Sorglosigkeit nicht ewig andauern würde und dass all die Geschichten, die er Paul an seinem Bett vorgelesen und die sein Sohn so begierig in sich aufgenommen hatte, von eben jenem Bruch erzählten. Von dem Verlust der Unschuld und damit der Gewissheit, sich in einer Welt voller Gefahren behaupten zu müssen. Sei es im Kampf ums Überleben, wie bei Hänsel und Gretel in der Gefangenschaft der Hexe, oder um das eigene Kind, wie bei Rumpelstilzchen. Oder wie beim Erwachen der Sexualität, die in Gestalt des Wolfes in die Welt der kleinen Geißlein eingedrungen war und sie verschlang.

Viel früher als er hatte Paul wohl begriffen, wovon diese Geschichten tatsächlich erzählten und wer die Schuld für die Ungerechtigkeiten zu begleichen hatte.

Kein Wunder also, dachte Dennis, dass die Märchen dem Leser verschweigen, wie das Leben nach der Heirat der Helden weitergehen mochte. Die Welt der meist minderjährigen Protagonisten war schon einmal aus den Fugen geraten und die bevorstehende Ehe kein Garant für ein glückliches Ende. Das wusste Dennis nur allzu gut.

Seine Finger verloren den Kontakt zum Paddel, glitten ins Leere und warfen Dennis zurück in die Gegenwart. Neben ihm stand das Fass, das er am Morgen mit Blick durch die Planken der Wand bemerkt hatte. Es war ein riesiges Fass aus Holz, mit eisernen Riemen um den wuchtigen Bauch, und reichte ihm bis zur Brust. Ein altes Weinfass vermutlich, dessen Deckel gegen die gewölbte Außenseite lehnte und an das sich Dennis nicht erinnern konnte. Innen war das Fass leer, bis auf mehrere Dutzend Nägel, die von außen in unterschiedlicher Höhe durch das Holz geschlagen worden waren und deren spitze Enden in den Hohlraum ragten.

Beim Anblick der Nägel sah Dennis auf die Werkbank. Überall um das Paddel herum lagen weitere lange Nägel verstreut sowie ein schwerer Hammer. Er trat ans Regal, öffnete eine der kleinen Schachteln und fand auch in ihr Nägel derselben Größe.

Verwundert stellte Dennis die Schachtel an seinen vorherigen Platz. Wie lange das Fass und die Nägel bereits in dem Schuppen lagerten, wusste er nicht. Ebenso wenig, wie er in beiden einen Sinn erkennen sollte. Wozu hatte jemand Nägel in ein Fass geschlagen? Weder dieses Fass noch irgendetwas sonst an diesem Ort verriet ihm, wer zuletzt hier gewesen sein und das neue Schloss angebracht haben könnte.

Ein weiteres Mal blickte er aufmerksam durch den Schuppen und ein weiteres Mal rümpfte er die Nase. Wahrscheinlich kam der widerliche Geruch von einem toten Tier. Von einer Ratte, einem Kaninchen oder Ähnlichem, dessen Kadaver unter der Werkbank verrottete. Danach zu suchen hatte er keine Lust. Er beschloss, ins Haus zurückzukehren und weiterhin auf Paul zu warten.

Den Kopf gesenkt, damit er beim Weg hinaus nicht über das zweite Paddel am Boden stolperte, bemerkte Dennis den Plastiksack unter dem Boot. Beim Hereinkommen war der Sack vollständig vom Rumpf verdeckt gewesen und erst jetzt, von der anderen Seite aus, wo das Heck ein wenig in die Höhe ragte, war das schwarze Plastik erkennbar.

Dennis ging in die Hocke und hob das Paddelboot aus leichtem Fiberglas ein paar Zentimeter an. Darunter befand sich ein länglicher großer Sack, das offene Ende mit einem Stück Seil zusammengebunden. Es schien, als wäre das Boot absichtlich darübergelegt worden, um den Sack vor neugierigen Blicken zu verbergen. Zudem war der Gestank in der Nähe des riesigen Bündels intensiver geworden.

Mit mulmigem Gefühl ergriff Dennis das Boot in der Mitte zu beiden Seiten und legte es hinter sich gegen die Rückwand des Schuppens.

Der Sack vor ihm war keinesfalls leer. Etwas Großes, Unförmiges war dort hineingestopft worden, etwas, das unter dem schwarz glänzenden Plastik aussah wie …

Entsetzt sprang Dennis einen Schritt zur Seite und stieß dabei gegen die Werkbank, dass einige der Nägel zu Boden rollten. Unfähig, sich abzuwenden, starrte er auf den Sack mit der Silhouette eines zusammengekauerten Menschen. Ganz deutlich zeichneten sich die angewinkelten Beine und der gekrümmte Rücken unter dem Plastik ab. Und am vorderen Ende, wo der Sack an seiner Öffnung mit dem Seil verschlossen war, lag unverkennbar der Kopf.

Zögernd blieb Dennis an der Werkbank stehen. Ihm war bewusst, dass er den Sack nicht zu öffnen brauchte, um seinen aufkommenden Verdacht bestätigt zu finden.

Die minimale Chance eines möglichen Irrtums aber war wie ein Zwang, der ihn erneut in die Hocke gehen und die Hände nach dem Sack ausstrecken ließ.

Das verknotete Seil war feucht und seine Finger zitterten in der hektischen Bemühung, den festen Knoten zu lösen. Nur langsam und Zentimeter für Zentimeter konnte Dennis das eine Ende des Seils aus den Schlaufen befreien.

Plötzlich horchte er auf.

Ihm war, als hätte er von ferne ein Geräusch gehört. Den Motor eines Bootes vielleicht oder die Düsen eines vorüberfliegenden Flugzeugs. Angestrengt lauschte er, die Finger regungslos am Seil. Nein, er musste sich getäuscht haben. Auf dem See durften Motorboote nicht fahren und die Einflugschneise des Flughafens Tegel lag weit im Norden von hier.

Ein letztes Mal zog und zerrte Dennis an dem klammen Seil, dann fiel es zu Boden. Der Sack war offen. Und wieder war da dieses Motorengeräusch, lauter und näher als zuvor.

Und diesmal wusste Dennis genau, was dieses Geräusch verursacht hatte.

Er durfte keine Zeit verlieren. Er musste so schnell wie möglich ins Haus. Wenn er sofort losrannte, könnte er es schaffen. Denn noch hatte das Auto nicht angehalten und noch war Paul nicht ausgestiegen und um das Haus gelaufen, ihm den Weg abzuschneiden. Noch hatte er einen winzigen Vorsprung.

Bereit, sich aus seiner gebückten Haltung zu erheben, fiel Dennis' Blick auf die Öffnung des Sacks. Was er erkennen konnte, waren zwei Strähnen der Kopfhaare, die sich vom Schwarz des Plastiks deutlich abhoben. Und für den Bruchteil einer Sekunde glaubte er, sich trotz seines anfänglichen Verdachts geirrt zu haben.

Ein lautes Hupen tönte über das Grundstück bis zu ihm. Das Plastikende schon in der Hand, entschied er, dass die

Flucht ins Haus wichtiger war als der bestätigende Blick in den Sack, und stand auf.

Dann rannte er aus dem Schuppen und die leichte Steigung des Gartens hinauf in die vermeintliche Sicherheit.

In ihrem Büro im Präsidium eingetroffen, warf Monika ihre Jacke und Tasche achtlos auf einen der Stühle, setzte sich an den Schreibtisch und blätterte ungeduldig in dem Buch.

Vincent Schröter schloss hinter ihnen die Tür, ging gemächlich zur Espressomaschine und begann, den Kaffee aufzusetzen. Er wusste, dass Monika jetzt nicht ansprechbar war, dass sie sich auf ihre Aufgabe voll und ganz konzentrieren und bis zu ihrer Erledigung alles um sich herum vergessen würde. Es blieb also genügend Zeit, die benutzten Espressokapseln zu entsorgen, beide Tassen an den Schreibtisch zu bringen und ihre Jacke und seinen Mantel ordentlich an der Garderobe aufzuhängen. Anschließend setzte er sich ihr gegenüber.

Monika las vornübergebeugt, den Zeigefinger jeweils unter die entsprechende Zeile des Textes gelegt, und bewegte dabei den Kopf von links nach rechts und wieder zurück. Eine kindliche Art zu lesen, wie Vincent fand, und eine, die ihn amüsierte und die ihn daran erinnerte, was er früher an ihr so faszinierend gefunden hatte. Diese unerwarteten, jugendlichen Kleinigkeiten, die in solch banalen Situationen zum Vorschein kamen und ihr ansonsten oft ruppiges Verhalten schlagartig durchbrachen. Wäre er vor zwei Jahren nicht durch den Serienmörder aus dem seelischen Gleichgewicht geworfen worden, wer weiß, wohin ihre Beziehung sie geführt hätte.

„Was starrst du mich so an?“, fragte Monika, die das Märchen schneller zu Ende gelesen hatte als erwartet.

„Nichts. Ich bin nur gespannt, wie die Geschichte ausgegangen ist.“

„Willst du sie lesen?"

Vincent schüttelte seinen, wie er spürte, leicht geröteten Kopf. „Erzähl mir lieber, worum es geht."

„Wie du willst."

Sie zog ihre Tasse zu sich heran und nahm einen Schluck des extra starken Espressos.

„Es geht um eine Prinzessin und ihre Kammerjungfer oder Zofe", begann sie. „Die beiden machen sich auf den Weg in ein anderes Königreich, damit die Prinzessin den dortigen Prinzen heiraten kann. Unterwegs zeigt sich allerdings, was für ein Biest diese Kammerjungfer ist. Sie kommandiert die Prinzessin herum und lässt sich von ihr bedienen. Und die Prinzessin, dieses gutmütige Ding, lässt alles mit sich geschehen. Das geht so weit, dass die Zofe am neuen Hof für die Prinzessin gehalten wird und den Prinzen heiraten darf, während die eigentliche Prinzessin als Gänsemagd arbeiten muss."

Monika brach ab und runzelte die Stirn.

„Ist dir mal aufgefallen", überlegte sie laut, „wie häufig diese Märchen von Geschwistern handeln? Okay, in diesem Fall haben wir zwar keine Schwestern, aber immerhin zwei junge Frauen, die zwei Extreme verkörpern. Die eine das Gute und die andere das Böse. Dasselbe Prinzip wie bei *Frau Holle* oder bei *Aschenputtel*. Die gleichen Ausgangskonstellationen in wechselnden Situationen."

„Worauf willst du hinaus?", fragte Vincent.

„Auf gar nichts", erwiderte sie und trank ihre Tasse leer. „Ist mir bloß grad eingefallen. Na, jedenfalls, um auf die Gänsemagd zurückzukommen … nach ein paar merkwürdigen Begebenheiten mit einem abgeschlagenen und sprechenden Pferdekopf erkennt der Vater des Prinzen den ganzen Schwindel. Bei einem Festmahl fragt er deshalb die Zofe Schrägstrich Prinzessin, was sie für die gerechte Strafe für jemanden halte, der den Prinzen hintergangen hätte. Und die böse Zofe antwortet, solch einen

Verräter sollte man nackt in ein Fass stecken, das innen mit Nägeln beschlagen sei, und zwei weiße Pferde sollten das Fass durch die Gassen ziehen, bis der Verräter zu Tode geschleift wäre."

Monika legte eine theatralische Pause ein.

„Und genau dies", fuhr sie fort, „ist dann die Strafe, die die Zofe für ihre Lügen erleiden muss. Danach darf die Gänsemagd endlich ihren Prinzen heiraten und bis an ihr Ende glücklich werden."

„In einem mit Nägeln beschlagenen Fass zu Tode geschleift", wiederholte Vincent ungläubig. „Wie früher diese sogenannten eisernen Jungfern während der Hexenverfolgung?"

„Ich nehme an, dass diese mittelalterliche Methode später von den Brüdern Grimm für das Märchen übernommen wurde."

„Kein schöner Tod. Und ein ziemlicher Aufwand für unseren Täter, wenn er seinen nächsten Mord auf diese Weise planen sollte."

„Wofür es", gab Monika zu bedenken, „keinerlei Anhaltspunkte gibt. Wir haben schließlich eine Ente im Brunnen gefunden und keinen Pferdekopf."

„Vermutlich, weil der zu schwer zu beschaffen war. Noch dazu einen sprechenden Pferdekopf."

Diese Antwort, wie Vincent selber bemerkte, war kein Ausschlusskriterium. Bisher hatte der Mörder es jedes Mal geschafft, entsprechende Alternativen zu finden, was der Austausch einer Ziege durch einen weißen Pudel belegte.

„Dass Paul Albrecht bestimmte Märchen in seinem Buch markiert hat", sagte Monika, „muss nicht automatisch bedeuten, dass er sie alle umsetzen wird. Vielleicht hat er lediglich Anregungen gesucht und einige Märchen wieder verworfen."

„Kann sein. Wir wissen ja nicht mal, zu welcher Geschichte unsere Ente im Brunnen gehört."

„Warte!“, rief Monika und blätterte aufgeregt durch das Buch. „Mir fällt grad ein, was Lüders heute Morgen erwähnt hat. Nämlich, dass der Unfall von Pauls Mutter vor zehn Jahren dem Tod der Hexe aus *Hänsel und Gretel* ähnelt.“

„Das im Märchen sind doch zwei völlig verschiedene Personen. Und soweit ich weiß, ist die Mutter im Märchen nicht verbrannt.“

„Psychologisch gesehen *sind* Mutter und Hexe dieselbe Person“, widersprach sie, ohne ihr Blättern zu unterbrechen. „Wie beim Schwesternmotiv geht es um die Verkörperung von Gut und Böse. Meist im Zusammenhang mit der Liebe und dem Hass, die das heranwachsende Kind dem Elternteil gegenüber empfindet. Die Mutter wird zur doppelten Persönlichkeit, eben als Mutter *und* als Hexe. Eine ähnliche Persönlichkeitsspaltung findet sich übrigens auch in *Rapunzel* und in *Schneewittchen*.“

Diese Ausführungen versetzten Vincent ins Staunen. Monika blickte von ihrer Lektüre in sein verblüfftes Gesicht und grinste.

„Habe ich vor ein paar Tagen zufällig in einem schlauen Artikel gelesen“, sagte sie und ließ ihren Zeigefinger erneut über die Zeilen des Buches fahren. „Da! Eine Ente.“

Sie schob ihm das Buch entgegen und deutete auf die relevante Passage im Text. Vincent beugte sich vor und las. Tatsächlich erwähnte das Märchen eine Ente, die die beiden Kinder über den See beförderte.

„Also suchen wir jetzt nach Hänsel und Gretel“, schlussfolgerte Vincent. „Nach einem Geschwisterpaar. Oder zumindest nach zwei Menschen, die sich sehr nahe stehen.“

„Du meinst, wie Dr. Albrecht und Dr. Dürer.“

Dieser Gedanke war auch Vincent gekommen, bevor er die Schwachstelle erkannte.

„Nein“, widersprach er stirnrunzelnd, „das ergibt keinen Sinn. Hänsel und Gretel sind die Guten in diesem Märchen. Und unser Mörder, wie wir wissen, bringt nur die Bösen um. Was die beiden Therapeuten, wenn wir sie mit den Kindern gleichsetzen, ausschließen würde."

„Gott, was für ein Durcheinander. Wer sind denn die Bösen in diesem Fall?"

„Na, die Hexe natürlich. Obwohl, wenn die Hexe alias Pauls Mutter, wie du gesagt hast, längst tot ist, dann …"

„… dann gibt es in dem Märchen keine Bösewichter mehr", vollendete Monika den Satz.

„Und dennoch", seufzte er, „hat der Mörder uns diese Ente hinterlassen."

„Etwas Entscheidendes muss uns entgangen sein."

Beide schwiegen. Während Monika auf ihrem Stuhl zusammensackte und ihr Kinn in die hohle Hand stützte, blieb Vincent aufrecht sitzen und sah sie an. An ihrer Stirn konnte er deutlich ablesen, wie sehr es in Monikas Kopf rumorte.

„Was ist? Hast du eine Idee?", fragte er.

„Nicht die Spur. Ich musste an etwas anderes denken."

Vincent hob die linke Augenbraue weit in die Höhe und wartete.

„Ach, an nichts Konkretes", antwortete sie mit einer wischenden Handbewegung. „Bloß an Harald. Du weißt, wie er ist. Manchmal gibt er derart kryptische Sachen von sich, die kein Mensch versteht. Ich glaube, er sagte, dass wir es uns zu leicht machen und von falschen Prämissen ausgehen würden, oder so ähnlich."

„Zum Beispiel?"

„Das ist es ja gerade", sagte sie ärgerlich. „Ich versuche mich die ganze Zeit schon an seine genaue Wortwahl zu erinnern. Was er angedeutet hat, war irgendwie einleuchtend gewesen und hat mich spontan auf eine Idee gebracht. Ehe ich mir allerdings darüber im Klaren werden konnte … schwupp! War sie weg."

„Das kenn ich. Irgendwann fällt es dir wieder ein."

„Irgendwann", erwiderte Monika, ein wenig resigniert, „ist es womöglich zu spät."

Kapitel 17

Die Einladung Vincents, ihn zum Mittagessen zu begleiten, hatte Monika ausgeschlagen. Stattdessen wollte sie kurz nach Hause und sich eine halbe Stunde auf die Couch legen. Nur die Augen zumachen, weiter nichts. Danach wären die Nachwehen ihrer unruhigen Nacht hoffentlich verschwunden.

Nachdem sie am Straßenrand geparkt hatte und ausgestiegen war, fiel ihr der alte Manta auf, der wenige Autos von ihrem entfernt im Halteverbot stand. Sie ging darauf zu und blickte ins Seitenfenster.

Verdammt, dachte sie, das hatte ihr gerade noch gefehlt!

„He, Moni", sagte Fred zur Begrüßung, während er die Fensterscheibe herunterkurbelte. „Was geht?"

„Was zum Teufel hast du hier verloren?"

„Mach mal halblang", antwortete er, beide Handflächen erhoben. „Mein Sohn wohnt da drüben, schon vergessen?"

„Nein, hab ich nicht. Im Gegensatz zu dir, der ja offenbar die letzten fünfzehn Jahre lang vergessen hat, überhaupt einen Sohn zu haben. Deshalb tu mir den Gefallen und verschwinde. Ich will dich vor meinem Haus nicht mehr sehen."

So schnell aber ließ sich Fred, wie sie wusste, nicht abwimmeln. Er stieg aus dem Manta, lehnte sich lässig dagegen und steckte die Hände in die Hosentaschen.

„Ich denke", sagte er, „das zu entscheiden überlassen wir Sven."

„Darüber diskutiere ich nicht mit dir. Solange er unter meinem Dach lebt, gelten meine Regeln. Das weiß Sven ganz genau."

„Sven ist erwachsen. Er wird allein entscheiden können, wen er sehen will und wen nicht. Und mich wollte er sehen. Also, spar dir die Puste."

„Lass uns in Frieden", antwortete Monika zornig, was ihr wie ein Fauchen entkam. „Ein für alle Mal."

Einen Moment lang starrten sie einander an, dann wandte Monika sich ab. Nach zwei Schritten spürte sie Freds Hand, die von hinten ihren Arm packte und sie unsanft zurückhielt. Ihr war entgangen, wie viel Kraft in ihm steckte und wie reizbar er war.

„Du kannst mich hier nicht einfach abservieren", sagte er, die Hand weiterhin an ihrem Arm und den Zeigefinger der anderen dicht vor ihrem Gesicht. „Mag ja sein, dass ich bisher nicht viel Zeit hatte, um …"

Monika riss ihren Arm aus seinem Griff und fiel ihm ins Wort.

„Nicht viel Zeit?", erwiderte sie spöttisch. „Ist das deine Definition von jahrelanger Abwesenheit? Du hattest gar keine Zeit, jedenfalls nicht für Sven. Für deine ganzen Frauengeschichten, klar, dafür hast du dir Zeit genommen. Aber dabei hätte Sven wohl nur gestört. Wo bitte warst du, als dein Sohn dich wirklich gebraucht hat, bei seiner Einschulung, bei seiner Abiturfeier, ganz zu schweigen von seinen Geburtstagen? Und wie, glaubst du, haben wir uns durchgeschlagen, ohne einen einzigen Cent von dir?"

Mit diesem kleinen, wütenden Monolog hatte Fred nicht gerechnet. Seine Hände wanderten erneut in die Hosentaschen und sein aggressiver Gesichtsausdruck verschwand. Auch er, bemerkte sie, war älter geworden. Da waren dunkle Ringe unter seinen Augen und die Haare an den Schläfen weiß durchsetzt. Er trug ausgewaschene Jeans, Turnschuhe, ein T-Shirt, eine dunkelblaue Bomberjacke und eine goldene Kette um den Hals. So war er bereits mit Anfang zwanzig herumgelaufen. Jetzt, mit

Mitte vierzig, fiel es ihm weitaus schwerer, sein damaliges Macho-Image aufrechtzuerhalten.

„Willst du mir das ewig vorwerfen?", fragte er, seine Stimme plötzlich versöhnlich. „Das ist alles vorbei, ehrlich. Und was ist verkehrt daran, wenn ich Sven ab und an mit zum Fußball nehme?"

Diese Worte, sollten sie Monika besänftigen, waren falsch gewählt.

„Natürlich ist das alles längst vorbei. Deine Alimente hätte ich gebraucht, als er klein war. Darum geht es mir gar nicht. Es geht darum, dass du wie früher nur an dich selber denkst! Fußball! Ist das das Einzige, was dir einfällt? Hast du Sven mal gefragt, was er mit seinem Vater unternehmen möchte?"

„Was ist falsch an Fußball?"

„Was falsch daran ist?" Kurz davor, die Fassung zu verlieren, atmete Monika tief durch und wartete, bis zwei Jugendliche an ihnen vorbeigegangen und außer Hörweite waren. „Für Sven ist Fußball ein Buch mit sieben Siegeln, das ist falsch daran. Wenn du unbedingt Zeit mit deinem Sohn verbringen willst, dann fang endlich an, dich für ihn und seine Hobbys zu interessieren, anstatt immer bloß für deine!"

„Was regst du dich so auf? Ich hab ihn gefragt und er ist mitgekommen."

„Ja, weil er mit seinem Vater zusammen sein wollte. Völlig egal, wie sehr er sich dabei auch gelangweilt hat."

Fred kniff leicht die Augen zusammen, als hätte sie bei ihm einen Nerv getroffen.

„Ach, was soll's", sagte Monika, da es sinnlos schien, mit Fred zu diskutieren. Außerdem rückte ihr wohlverdientes Nickerchen in weite Ferne. „Ich habe keine Lust, mit dir zu streiten. Noch dazu hier draußen. Halt dich in Zukunft einfach von meiner Wohnung fern. Wenn du Sven sehen willst, lad ihn zu dir in deine Wohnung ein. Dann habe ich wenigstens meine Ruhe."

„Bist du fertig?", fragte Fred, hörbar gereizt.

„Ja, bin ich."

„Gut, dann sag ich dir jetzt mal was. Mein Sohn kann mir persönlich ins Gesicht sagen, wenn ihm was nicht passt. Dafür braucht er nicht seine Mama. Und ich werde Sven wieder fragen, ob er mit zum Fußball kommt. Es ist seine Entscheidung. Nicht deine."

„Du hast keine Ahnung, was in deinem Sohn vorgeht, habe ich recht? Was ihn beschäftigt oder wer seine Freunde sind. Und wie er sich im Stadion fühlen muss, unter all den … den besoffenen Proleten, mit ihren Witzen über Frauen und …"

Mitten im Satz hielt sie inne. Beinahe wäre ihr das Wort über die Lippen gerutscht, das Fred am allerwenigsten verstehen würde.

„Und was?"

Ganz dicht war Fred an sie herangetreten. Sein Atem roch nach Tabak und seine Stimme klang provokativ. Monika winkte verächtlich ab.

„Was für Witze, Moni?", wiederholte er. „Sag's mir. Oder soll ich raten? Über Schwule, nicht wahr? Diese Art von Witzen meinst du doch."

Sie starrte Fred an, verärgert über sich selbst. So hatte sie sich die Konfrontation, die seit Jahren überfällig war, nicht vorgestellt. Nicht auf offener Straße.

„Bitte, Fred", versuchte sie der Situation zu entgehen. „Es ist weder die Zeit noch der Ort …"

Unerwartet fing Fred zu lachen an. Ein lautes, überhebliches Lachen, bevor er sich besann und den Kopf schüttelte.

„Für wie bekloppt hältst du mich denn? Man riecht zehn Meilen gegen den Wind, dass Sven schwul ist. Na und?"

Mit jeder Reaktion hatte Monika gerechnet. Mit dieser nicht. Sie kannte seine Einstellung zu Homosexuellen, zu jeder Art von Minderheit, um genau zu sein, und erinnerte sich gut an die Auseinandersetzungen während ihrer Ehe, wenn Fred mit seinen abwertenden Äußerungen unerträglich geworden war. Aus diesem Grund glaubte Monika jetzt, sich verhört zu haben, und suchte in seinem Gesichtsausdruck nach einem Zeichen dafür, dass Fred sie auf den Arm nahm. Dass er ins Blaue hineingeraten hatte. Tatsächlich aber schien es ihm ernst.

„Warum …“, fragte Monika verunsichert, „hast du nie etwas erwähnt? Sven denkt wirklich, du hättest keine Ahnung, und traut sich nicht, es dir zu sagen. Aus Angst, wie du reagieren könntest.“

„Ich wollte ihn nicht drängen. Irgendwann wäre er schon damit rausgerückt.“

„Und für dich ist das in Ordnung?“

„Was heißt in Ordnung?“, antwortete Fred schulterzuckend. „Ich werde ihn ja wohl nicht umpolen können. Sicher wär's mir lieber, er steigt mit Frauen ins Bett, wie jeder nor… na, wie die meisten halt. Aber ich komm klar.“

„Und trotzdem schleppst du ihn mit zum Fußball.“

Jetzt war sie es, die Fred provozierte, und das mit Absicht. Sie misstraute ihrem Ex-Mann zutiefst, auch wenn sie nicht begreifen konnte, weshalb er in diesem Moment lügen sollte.

Freds Lippen formten sich zu einem Grinsen und wieder war da sein Zeigefinger, den er ihr vors Gesicht hielt.

„Hörst du dir selber eigentlich zu, Monika? Du sorgst dich um meine Ansichten, weil ich unseren Sohn diskriminieren könnte, und du? Was ist mit deinen Vorurteilen?“

„Meine …?“

„Du hast mich schon verstanden. Schwule können nicht Fußball spielen und Schwule interessieren sich nicht für

Fußball. So ungefähr hast du dich doch gerade ausgedrückt."

Bei diesen Worten war Monika sprachlos. Selbstverständlich hatte sie etwas Derartiges nie gesagt. Sollte sie es unbewusst gedacht haben, weil dieses Klischee weit verbreitet war und sie es deshalb unreflektiert übernommen hatte? Strenggenommen hatte sie Sven nie direkt nach seiner Meinung zu diesem Sport befragt. Eher hatte sie, wenn das Thema zur Sprache kam, ihre eigene Ansicht vertreten und den Fußball vor ihrem Sohn lächerlich gemacht. Was Sven wiederum veranlasst haben könnte, ihr nach dem Mund zu reden.

„Du gehst von falschen Voraussetzungen aus", fuhr Fred fort, da sie weiterhin unfähig war zu antworten. „Und genau das ist dein Problem. Lass Sven doch für einige Spiele dabei sein. Vielleicht findet er ja Gefallen an dem Sport, wer weiß? Und wenn nicht ... tja, dann halt nicht. Aber zieh bitte keine voreiligen Schlüsse. Okay?"

Er senkte den Zeigefinger, wandte sich ab und ging ohne Verabschiedung zu seinem Manta. Monika starrte ihm nach, wie er ins Auto stieg, den Motor aufheulen ließ und davonraste.

Das erste Mal fühlte sie sich Fred gegenüber moralisch unterlegen. Wenn er früher gewalttätig geworden war, hatte sie wenigstens die Gewissheit gehabt, im Recht gewesen zu sein. Jetzt musste Monika sich eingestehen, dass sie womöglich, wie Fred sich ausgedrückt hatte, falsche Schlüsse aus falschen Voraussetzungen zog.

Bei diesen Gedanken kam sie ins Grübeln. War Harald Lüders heute Morgen, wenn auch in einem gänzlich anderen Zusammenhang, nicht zu demselben Ergebnis gelangt?

Eilig holte sie ihr Handy aus der Jackentasche und tippte Vincents Nummer.

„Mir ist endlich eingefallen, was Harald gemeint hat", rief sie ins Telefon, noch bevor ihr Kollege sich mit Namen melden konnte.

„Könntest du bitte etwas genauer werden? Wovon sprichst du?"

„Na, dass wir bei den Morden von falschen Prämissen ausgegangen sind, natürlich."

„Klar, was sonst?"

Auf Vincents Ironie ging sie nicht ein. „Ich bin in einer halben Stunde im Büro! Also bleib, wo du bist. Wir haben einen riesigen Fehler gemacht!"

Monika beendete abrupt das Gespräch und eilte zu ihrem Wagen. Auf das Schläfchen würde sie notgedrungen verzichten müssen. Dafür war der Geistesblitz, den Fred unfreiwillig in ihr ausgelöst hatte, zu schwerwiegend, als dass sie ihn einfach verschlafen durfte.

Sie öffnete die Fahrertür und hob den Blick an der Hauswand empor zu ihrer Wohnung. Sven lehnte aus dem Fenster seines Zimmers und sah zu ihr herunter. Weder Fred noch sie hatten ihn während ihres hitzigen Gesprächs bemerkt. Wie lange, fragte sie sich schuldbewusst, stand er schon dort? Und bis wohin waren Freds und ihre Stimme zu hören gewesen?

Sandra Müller bog in die Auffahrt ihres Hauses und hielt vor dem geschlossenen Garagentor. Oliver saß angeschnallt neben ihr und spielte mit seinem grünen Plastiksaurier, den sie ihm im Einkaufszentrum hatte kaufen müssen, weil sein Quengeln unerträglich geworden war. Lieber hätte sie ihm etwas Sinnvolles geschenkt, ein Brettspiel oder Ähnliches, aber Oliver hatte auf diesem hässlichen Spielzeug bestanden. Arlo, so hieß der Saurier, wenn sie sich richtig erinnerte. Aus einem Disney-Film, den ihr Sohn ein dutzend Mal bereits auf DVD gesehen hatte. Ein merkwürdiger Film war das, in dem die Saurier intelligent und die Menschen rückständige Idioten waren.

„Leg das Ding weg und hilf mir, die Tüten reinzutragen", sagte Sandra zu ihm und stieg aus. Im Kofferraum lagen die Vorräte für das kommende Wochenende.

Oliver ließ sich Zeit, redete mit dem Saurier in merkwürdigen Lauten und schlenderte selbstvergessen zu ihr an die geöffnete Heckklappe. Sie gab ihm eine der Tüten, nahm die anderen drei und ging voran zur Haustür. Mit der freien Hand zog sie die Schlüssel aus der Hosentasche und schloss auf.

„Wir sind wieder da", rief sie und ging in die Küche, um die Einkäufe abzustellen.

Nachdem auch Oliver seine Tüte gebracht hatte, rannte er, den Saurier wie ein Flugzeug vor sich herhaltend, die Treppe hinauf in sein Zimmer.

„Joachim?", rief Sandra erneut, öffnete den Kühlschrank und begann, die verderblichen Lebensmittel in die Fächer zu räumen.

Eine Antwort erhielt sie nicht. Sie schloss den Kühlschrank und eilte über den Flur ins Wohnzimmer. Joachims Kaffeebecher stand wie heute Morgen auf dem Couchtisch, die Tageszeitung lag ungeordnet auf einem der Sessel und sein rechter Hausschuh ragte halb unter der Couch hervor.

Sie wandte sich ab, stieg die Stufen nach oben und betrat Olivers Zimmer. Ihr Sohn hockte auf dem Teppich, den Saurier aufrecht in seine Lego-Burg gesteckt.

„Hast du deinen Vater gesehen?", fragte sie.

Oliver sah zu ihr auf und schüttelte den Kopf.

Manchmal verspürte sie, wie jetzt, das Verlangen, ihn an seinen schmalen Schultern zu packen und anzuschreien, damit er endlich mal den Mund aufmachte. Sein ewiges Schweigen war wie ein stummer Vorwurf, den sie kaum ertrug. Ein Vorwurf, den Oliver wahrscheinlich gar nicht empfand und den sie lediglich in ihn hineinprojizierte. Und ihren Sohn für etwas zu bestrafen, für das sie allein die Schuld trug, wäre nicht fair. Das war ihr durchaus bewusst und dennoch schwer zu kontrollieren.

Sandra lächelte Oliver entgegen und schloss von außen die Tür.

Wohin könnte Joachim verschwunden sein? Er war bis morgen, Freitag, krankgeschrieben und als sie vor einigen Stunden Oliver von der Schule abholen und anschließend einkaufen gefahren war, hatte Joachim ihr gegenüber nichts erwähnt.

Sie warf einen Blick ins Schlafzimmer, auf das ungemachte Bett, und stand anschließend ratlos im Flur. Vielleicht, dachte sie, war er spazieren gegangen oder zum Arzt.

Zuletzt ging Sandra zu dem kleinen Zimmer hinter dem von Oliver, das ihrem Mann als Rückzugsort diente. Vor der Tür blieb sie stehen, lauschte und klopfte.

Das Zimmer war kaum größer als eine Abstellkammer. Aber es ließ Platz für einen Sessel und einen schmalen Schreibtisch, auf dem sein Computer stand. Joachim war nicht da.

Ohne zu wissen, warum, betrat Sandra das Zimmer und ging zu dem Fenster, das hinaus auf die Auffahrt und die Straße zeigte. Von hier aus konnte sie, den Kopf seitlich gegen die Scheibe gelehnt, den Holzzaun erkennen, der Walters Grundstück umschloss.

Wenn sie geglaubt hatte, dass mit seinem gewaltsamen Tod die Erinnerungen verblassen würden, dann hatte sie sich getäuscht. Walter war für sie präsenter als jemals zuvor.

Sie zwang sich, vom Fenster zurückzutreten, und sah gedankenverloren über den Schreibtisch. Von dem, was Joachim am Computer arbeitete, hatte sie keine Ahnung. Wahrscheinlich schrieb er E-Mails oder surfte im Internet.

Dann bemerkte Sandra drei Umschläge unter der Tastatur.

Mit zittriger Hand zog sie die Briefe hervor und erkannte auf ihnen ihre eigene Handschrift. Das Geschriebene zu lesen, war unnötig. Sandra wusste wie damals, was sie Wort für Wort aufs Papier gebracht hatte.

Joachim also war ihr zuvorgekommen. Er hatte sich Zutritt zu Walters Haus verschafft und das Versteck in der Wand gefunden. Kein Wunder, dass ihr gestern Nacht die Anzahl der Briefe so gering vorgekommen war.

Ermattet ließ sie sich in den Sessel fallen und starrte ins Leere. Joachim hatte die Briefe, die er zweifellos gelesen haben musste, nicht erwähnt. Warum? Wartete er einen geeigneten Moment ab, um sie zur Rechenschaft zu ziehen?

Vermutlich, spekulierte sie, war dies der Grund, weshalb Joachim nicht zu Hause war. Er hatte sie und Oliver verlassen.

Sandra erhob sich und legte die Briefe zurück unter die Tastatur. Dass dieser Tag kommen würde, damit hatte sie jahrelang gerechnet. In letzter Zeit aber mochte sie zu selbstsicher geworden sein und sich spätestens seit Walters Tod in falscher Gewissheit gewiegt haben. Darüber, dass ihr Geheimnis für immer gewahrt bleiben würde.

In dieser trügerischen Hoffnung war sie schmerzlich getäuscht geworden. Und Sandra musste sich fragen, wie Joachim reagieren würde, sollte er trotz allem zurückkehren.

Vincent Schröter saß, als Monika abgehetzt ihr Büro betrat, in dem gepolsterten Stuhl hinter ihrem mit unzähligen Papieren übersäten Schreibtisch, seine Füße rechts außen auf die Glasplatte gelegt, und las Zeitung.

„Sag mal, hast du sie noch alle? Nimm die Füße runter. Wenn die Akten runterfallen, werde ich sie nie wieder ordnen können."

„Die sind sowieso nicht sortiert, falls ich das richtig überblicke“, erwiderte Vincent und setzte sich in eine aufrechte Position. Die Zeitung faltete er zusammen und warf sie in den Papierkorb. „Was ist denn so ungeheuer wichtig gewesen, dass ich mich nicht vom Fleck rühren durfte?“

Monika zog ihre Jacke aus, warf sie und die Tasche auf einen der beiden Stühle und setzte sich vor dem Schreibtisch auf den zweiten. Auf der Besucherseite ihres Tisches zu sitzen, war ungewohnt. Nie zuvor war ihr aufgefallen, wie hässlich der gerahmte Siebdruck war, der gewöhnlich seitlich in ihrem Rücken an der Wand hing. Was, um alles in der Welt, sollten diese Farbkleckse darstellen? Dieses formlose grelle Rot und Gelb war verstörend.

„Ein tolles Bild“, sagte Vincent, der ihren Blick an ihm vorbei bemerkt hatte. „Eins der besten, das Rothko je gemalt hat.“

„Schön, dass es dir gefällt. Du kannst es nachher mitnehmen, wenn du willst. Doch jetzt hör mir zu.“

Mit dem Stuhl rückte Monika dichter an den Schreibtisch heran, schob ein paar der Akten beiseite und lehnte sich vor.

„Ich war grad bei mir zu Hause und hatte eine kleine Auseinandersetzung mit Fred.“ Die erhobene linke Braue von Vincent erwiderte sie mit einem entnervten Augenrollen. „Ja, ja, erspar mir deinen Kommentar. Ich konnte nichts dafür. Er stand schon vor dem Haus, als ich ankam. Darum geht es auch gar nicht. Nur, dass er am Schluss etwas gesagt hat, das mich an Haralds Worte erinnerte.“

„Die falschen Prämissen, von denen du am Telefon gesprochen hast?“

„Genau. Und da wurde mir klar, wie falsch wir gelegen haben.“

„Womit denn?“

„Denk nach“, forderte sie ihn auf, was Vincent veranlasste, seinerseits die Augen zu verdrehen. Er hasste es, wenn sie diesen Tonfall aufsetzte, wie eine Lehrerin vor ihrem begriffsstutzigen Schüler. Für Rücksichtnahme fehlte Monika allerdings die Geduld. „Was hat uns auf Paul Albrechts Spur geführt?“

„Das Notizbuch, das wir bei Torge Steiners Leiche gefunden haben. Das mit dem Passwort und den Telefonnummern von Yvonne und Paul. Worauf willst du hinaus?“

„Dazu komme ich gleich. Bleiben wir kurz bei Torge. Sein Notizbuch war der Beweis, dass er mit Hilfe von Yvonne an das Passwort gelangt war und somit die Klientenakten einsehen und an Paul weitergeben konnte. Und weil wir diese Notizen gefunden haben, waren wir überzeugt davon, dass Yvonne uns angelogen hat.“

„Das hatten wir doch alles schon geklärt.“

„Was aber wäre, wenn Yvonne uns trotz allem die Wahrheit gesagt und sie Torge gegenüber das Passwort niemals erwähnt hätte? Du weißt, wie beharrlich sie unsere Anschuldigungen unter Tränen verneint hat.“

„Das macht keinen Sinn. Woher sollte Torge Steiner sonst das Passwort kennen? Es gibt keine andere Möglichkeit. Außerdem waren er und Yvonne befreundet. Vielleicht hat sie sich Torge gegenüber irgendwann verplappert, ohne es zu merken.“

„Unwahrscheinlich“, gab Monika zu bedenken. „Zumal wir erneut etwas voraussetzen, das unsere ganzen Ermittlungen erst in Gang gesetzt hat. Etwas, das wir gar nicht voraussetzen durften.“

Jetzt hatte sie Vincent gänzlich verwirrt. Er lehnte sich auf ihrem Stuhl zurück und fuhr sich über das Gesicht.

„Ich rede von dem Notizbuch“, erläuterte sie. „Unsere sämtlichen Nachforschungen beruhen auf der Annahme, dass dieses Notizbuch echt ist.“

Vincent ließ die Hand sinken und starrte sie an. Langsam schien er zu begreifen, wohin ihre Andeutungen führten.

„Wenn es jedoch nicht echt wäre", schlussfolgerte er, „und der Mörder das Buch in Torges Jacke gesteckt hätte …"

Vincent brach ab, um seine Gedanken zu sortieren. Monika sprang für ihn ein, da sie bereits länger Zeit gehabt hatte, sich darüber den Kopf zu zerbrechen.

„Dann haben wir keinerlei Hinweis darauf, dass Paul Albrecht jemals Torge Steiner beauftragt hat, das Passwort herauszufinden. Was wiederum erklären würde, warum Yvonne so vehement bei ihrer Behauptung geblieben ist. Torge hat das Passwort überhaupt nicht von ihr wissen wollen und somit hat Yvonne auch nicht gelogen."

„Warum aber", fragte Vincent, „sollte der Mörder sich die Mühe machen, eine Fälschung anzufertigen und sie bei seinem Opfer zu platzieren?"

„Offensichtlich wollte er, dass wir genau das glauben, was wir ja auch geglaubt haben. Nämlich, dass Torge das Passwort von Yvonne erfahren hat, um es dann an Paul Albrecht weiterzugeben. Womit unser Täter zweifellos erfolgreich war. Jedenfalls bis jetzt."

„Schön. Nehmen wir für einen Moment an, du hättest recht und das Notizbuch stammt nicht von Torge. Demnach wären wir wieder am Anfang und bei der Frage, wie der Mörder an das Passwort und die Patientendaten herangekommen ist."

„Ja, das ist ein Problem", sagte Monika nachdenklich. „Am besten, wir konzentrieren uns zunächst auf den eigentlichen Zweck, den der Mörder mit dem falschen Notizbuch verfolgt haben könnte. Denn wie es scheint, wollte er den Verdacht auf Torge lenken, weil er jemanden brauchte, der das Passwort hätte kennen können. Wahrscheinlich, damit wir uns keine weiteren Gedanken darüber machen würden, woher der Mörder das Passwort tatsächlich kannte."

„Ganz schön viele Konjunktive, findest du nicht?"

„Ich weiß, ich weiß. Doch über Grammatik zu jammern, hat noch nie einen Fall gelöst. Also, denk weiter."

„Wenn alles gelogen war, was in dem Büchlein stand", versuchte Vincent ihrer Aufforderung Folge zu leisten, „und sowohl die beiden Telefonnummern als auch das Passwort keinerlei Rolle spielen ..."

„Na ja", fiel Monika dazwischen, „ganz so weit würde ich nicht gehen. Immerhin sind alle drei Angaben in dem Notizbuch korrekt. Wir haben die Nummern überprüft und Yvonne hat uns das Passwort bestätigt."

„Okay. Angenommen, der Mörder wusste von dem Passwort. Bleibt die Frage, von wem er es wusste."

„Was wir mit Sicherheit sagen können, ist, dass ..."

Mitten in Monikas Satz stürmte jemand in ihrem Rücken ins Büro.

„Hauptkommissarin Seyfarth", hörte sie Mielkes aufgeregte Stimme, bevor sie sich ruckartig auf ihrem Stuhl umdrehte und ihn wütend ansah.

„Was? Wir sind mitten in einer Besprechung."

„Entschuldigen Sie bitte, es ... es ist wichtig."

Von ihrer Schroffheit sichtlich verunsichert, blieb Mielke an der Tür stehen. Da Monika nicht antwortete, fuhr er stammelnd fort.

„Ich ... ich war in der Praxis, wie Sie verlangt haben. Wegen des Phantombilds, das wir aufgrund von Herrn Hoffmanns Angaben anfertigen ließen. Die Sprechstundenhilfe hat den Mann darauf allerdings nicht identifizieren können."

„Verstehe", sagte Monika. „Und diese Mitteilung ist so verdammt wichtig, dass sie keine paar Minuten mehr warten konnte?"

„Doch, schon … Nein. Das ist ja nicht alles." Mielke blickte von ihr zu Vincent und als Vincent keine Regung zeigte, zurück auf sie. „Die Frau Dorn in der Praxis hat erwähnt, dass einer der Therapeuten sie gegen Mittag angerufen hat."

Augenblicklich wurde Monika hellhörig.

„Und die Nummer war noch im Telefon gespeichert", sagte Mielke triumphierend und hielt einen Zettel in die Höhe. „Ich habe sie aufgeschrieben und gleich die Adresse dazu ausfindig gemacht. Dieser Dr. Albrecht hat von einem Festnetzapparat aus angerufen, außerhalb von Potsdam."

Monika war aufgesprungen und eilte auf Mielke zu, der bei ihrer Hektik unwillkürlich zurückschreckte.

„Sie sind ein Engel", rief sie überschwänglich und erstaunt darüber, Mielke derart betitelt zu haben. Kurz davor, ihn umarmen zu wollen, riss sie sich zusammen, nahm ihm den Zettel aus der Hand und wandte sich an Vincent. „Jetzt haben wir die beiden!"

Vincent ließ sich von ihrer Euphorie nicht anstecken.

„Weshalb hat Dr. Albrecht denn bei Frau Dorn angerufen?", fragte er vom Schreibtisch aus. „Haben er und Dürer ihre Handys nicht extra in der Praxis gelassen, um ihren Aufenthaltsort zu verschleiern? Albrecht musste doch klar gewesen sein, dass sein Anruf zurückverfolgt werden könnte."

Er und Monika sahen auffordernd zu Mielke, der unter ihren Blicken sichtlich errötete.

„Es … es ging um Dr. Dürer", sagte er zögerlich. „Dr. Albrecht hat ihn gesucht. Frau Dorn meinte, er hätte deswegen ziemlich beunruhigt geklungen."

Auch für Monika erschien dies wie ein ungutes Zeichen. Vor allem im Hinblick auf einen Mörder, vor dem die beiden Therapeuten geflohen waren.

„Ich nehme an“, mutmaßte Vincent und grinste ihr entgegen, „du willst sofort nach Potsdam fahren.“

„Allerdings. Ich muss endlich wissen, warum uns die Doktoren Hals über Kopf davongelaufen sind.“

Vincent erhob sich von seinem Stuhl und reichte Monika ihre Jacke und die Tasche. Während sie die Jacke überzog, bemerkte sie aus den Augenwinkeln, wie Mielke sie erwartungsvoll ansah. Diesem hündischen Blick zu widerstehen, fiel schwer.

„Also meinetwegen“, seufzte sie. „Begleiten Sie uns, wenn Sie unbedingt wollen.“ Und fügte, weil sie seine Leistung wohl anerkennen musste, hinzu: „Das war gute Arbeit, Mielke, ehrlich.“

Michael Mielke strahlte über sein ganzes Gesicht. Restlos überzeugt von ihrem spontanen Vorschlag war Monika jedoch nicht, da sie keineswegs abschätzen konnte, was sie bei der mysteriösen Adresse erwarten würde.

„Dann lasst uns aufbrechen“, sagte sie und ließ Mielke vorangehen.

Als Vincent bei ihr an der Bürotür war, fragte er leise: „Dir ist hoffentlich klar, was es bedeuten würde, wenn das Notizbuch eine Fälschung ist und Torge nichts mit dem Passwort zu tun hat, oder?“

Monikas Griff um die Türklinke verstärkte sich. Worauf Vincent hinauswollte, war ihr durchaus bewusst. Sollte das Buch eine Täuschung sein, wäre alles, woran sie bisher geglaubt hatten, ebenfalls eine Täuschung.

Dennis rannte, so schnell er konnte.

Vorhin, bei seinem Weg zum Schuppen, hatte er die Neigung des Gartens kaum wahrgenommen und spürte erst jetzt den Anstieg zum Haus in seinen untrainierten Beinen. Zudem war der Rasen uneben und von Maulwurfslöchern durchsetzt. Immer wieder stolperte er, fing die Fehltritte mit den Händen rechtzeitig ab und hastete weiter.

Er hatte keine Ahnung, wie groß sein Vorsprung war und ob er die Küchentür rechtzeitig erreichen würde. Die Vordertür hatte er glücklicherweise verriegelt und auch die Fenster im Erdgeschoss waren alle verschlossen. Der einzig unversperrte Weg führte durch die Küche.

Wie lange würde es dauern, ehe der Ankömmling das Auto verlassen, an der Klinke erfolglos gerüttelt, sich gewundert und das Gebäude umrundet hatte? Dennis musste vor ihm ins Haus gelangen. Er musste sich verbarrikadieren und einen geeigneten Gegenstand finden, um den Feind notfalls abzuwehren.

Erneut trat Dennis in eines der Löcher. Sein Fuß blieb darin hängen. Er fiel auf die Knie und fühlte einen stechenden Schmerz im Knöchel, den er angestrengt ignorierte. Die rettende Tür war kaum mehr zwanzig Meter entfernt. So kurz vor dem Ziel aufzugeben, war keine Option.

Humpelnd kam er langsamer voran. Seine Gedanken waren wirr. Er sah den schwarzen Plastiksack vor seinem geistigen Auge, sah die Öffnung mit der Haarsträhne sowie seine zitternde Hand, die es nicht gewagt hatte, das Gesicht des Toten freizulegen. Er hatte nicht sehen wollen, was er längst zu wissen glaubte.

Und spätestens die Leiche im Sack hatte ihm unmissverständlich klargemacht, wie nah die Gefahr an ihn herangerückt war. Viel zu nah. Was hatte er denn geglaubt, erreichen zu können? Paul auf diesem verlassenen Grundstück gegenüberzutreten, um ihn mit Argumenten davon zu überzeugen, dass jede weitere Bluttat alles nur schlimmer machen würde, war ein irrwitziges Unterfangen gewesen, das von Anfang an zum Scheitern verurteilt war. Dennis hatte sich blenden lassen. Von der Vorstellung, dass Blut dicker sein würde als Wasser. Er hätte auf Jonas hören und zur Polizei gehen sollen.

Mit letzter Anstrengung erreichte er die Küche. Er schlug die Tür hinter sich zu, schloss sie ab und schob den Riegel vor. Dann eilte er zu den Schränken neben der Spüle und öffnete hektisch die Schubladen. Neben dem Besteck fand er, wonach er gesucht hatte. Er griff nach dem Messer mit der längsten Klinge und humpelte, den verstauchten Fuß hinter sich her ziehend, in den Flur.

Mit Blick auf die Eingangstür und den hektischen Atem unterdrückend, horchte er in die Stille. Kein Geräusch verriet, wo sich der ungebetene Gast befand. Ob er noch am Auto stand, das Haus bereits umrundet hatte oder, was unwahrscheinlich schien, wieder davongefahren war.

Nach einer gefühlten Ewigkeit wurde die Ungewissheit unerträglich. Er näherte sich der Tür, hielt das Messer hoch und streckte die freie Hand nach der Klinke aus.

Im selben Moment hörte er, wie von außen ein Schlüssel ins Schloss gesteckt wurde.

An die Möglichkeit eines Zweitschlüssels hatte Dennis nicht gedacht.

Kapitel 18

„Wie weit ist es denn noch?“, fragte Monika ungeduldig, da ihr die Fahrt wie eine Ewigkeit vorkam.

Sie hatten Berlin über die Avus verlassen, waren in Richtung Potsdam und dann um Potsdam herum gefahren. Jetzt, als die Stadt hinter ihnen lag, wurden die Häuser links und rechts der Landstraße spärlicher.

„Wir sollten gleich da sein“, antwortete Mielke von der Rückbank aus, der den Streckenverlauf über Google auf seinem Handy überprüfte.

„Wäre es nicht besser gewesen, wir hätten Verstärkung angefordert?“

„Ach, was“, verneinte Monika an Vincent gewandt. „Wir wollen doch bloß mit den Therapeuten reden. Außerdem müssten wir sonst die Kollegen in Potsdam einschalten. Das gäbe viel zu viele Komplikationen. Lass uns erst sehen, was wir erreichen können.“

„Ich hab grad eine SMS von Herrn Gökdal erhalten“, sagte Mielke und streckte ihr zwischen den Sitzen sein Handy entgegen. „Das Haus, zu dem wir fahren, gehört Dr. Dürer.“

Monika warf einen kurzen Blick auf das Display und schlug sich erfreut mit einer Hand auf ihr Knie. „Na, bitte. Es fügt sich alles zusammen. Hat Herr Hoffmann nicht behauptet, Paul Albrecht wollte seinen Onkel J besuchen? Genau zu diesem Haus wird er gefahren sein.“

„Ist es nicht etwas leichtsinnig von den beiden Therapeuten“, gab Vincent zu bedenken, „exakt an dem Ort zu verschwinden, wo ein vermeintlicher Serienmörder lauert?“

„Vielleicht wussten sie nicht, dass Paul ebenfalls dort sein würde. Oder Paul war bereits wieder weg.“

So ganz traute Monika ihren eigenen Worten nicht. Wie Vincent richtig vermutete, war es höchst unwahrscheinlich, vor allem aber keineswegs ungefährlich, Paul in dieser einsamen Gegend absichtlich in die Arme zu laufen.

Bevor sie weiter darüber nachdenken konnte, wurde das Auto langsamer und kam am Straßenrand zum Stehen.

„Was ist?", fragte sie. „Warum hältst du an?"

Vincent hatte sich weit über das Lenkrad gebeugt und starrte durch die Windschutzscheibe.

„Da vorn, seht ihr das?"

Rechts vom Wagen lagen mehrere Einfamilienhäuser und dahinter, in einiger Entfernung, die Havel. Vor ihnen begann ein Waldstück, durch das die Straße hindurchführte. Vincents Zeigefinger deutete über die Baumkronen hinweg auf eine schwarze Rauchwolke, die zwischen den Wipfeln in den Himmel stieg.

„Es brennt", fasste Vincent das Offensichtliche in Worte und wandte sich an Michael Mielke auf der Rückbank. „Wie weit sind wir vom Zielort entfernt?"

Mielke starrte angestrengt auf sein Handy. „Keine fünfhundert Meter, schätze ich."

„Fahr los!", rief Monika, ohne den Blick von der Rauchsäule zu nehmen. „Das Feuer ist sicher kein Zufall."

Vincent fuhr an und beschleunigte. Kurz darauf hatten sie die Baumgrenze erreicht. Ein dichter Mischwald umgab zu beiden Seiten die Straße, der das späte Sonnenlicht verschluckte und, wie Monika feststellen musste, wie der Wald aus einem der Grimm'schen Märchen erschien.

„Nicht so schnell", warnte Mielke. „Gleich sind wir da."

Die Straße machte eine leichte Biegung. Vor ihrem Ende, kaum erkennbar, führte rechts ein breiter Weg in den Wald. Ihr Auto wäre daran vorbeigefahren, hätte ein Polizeiwagen nicht seitlich in der Ausfahrt geparkt. Vincent bremste, bog ab und kam neben dem Fahrzeug der brandenburgischen Kollegen zum Stehen.

Die beiden Polizisten in Uniform, die gegen die Motorhaube gelehnt standen, richteten sich auf und kamen an der Fahrerseite auf sie zu.

„Hier können Sie nicht durch“, sagte der Erste schroff, nachdem Vincent die Fensterscheibe heruntergelassen hatte.

„Was ist denn passiert?“

„Feuerwehreinsatz. Drehen Sie bitte um.“

An Vincent vorbei, streckte Monika ihren Dienstausweis gegen das geöffnete Fenster. „Kriminalpolizei Berlin. Wir müssen dringend weiter. Es ist dienstlich.“

Der Polizist hatte den Ausweis entgegengenommen, starrte ungläubig darauf und reichte ihn an seinen Kollegen.

„Wann ist das Feuer gemeldet worden?“, fragte sie.

„Ist noch nicht lange her. Wieso wissen Sie überhaupt davon?“

„Es geht nicht um das Feuer. Es geht um die Personen, die sich dort aufhalten sollen. Kann ich jetzt meinen Ausweis wiederhaben? Wir dürfen keine Zeit verlieren.“

Etwas unschlüssig ließ der Polizist seinen Blick über die drei Insassen schweifen, bevor er Vincent den Ausweis aushändigte, der ihn an Monika weitergab.

„Okay“, stimmte er schließlich zu. „Melden Sie sich am Haus bei Kommissar Aulich.“

Vincent bedankte sich, schloss per Knopfdruck das Fenster und legte den ersten Gang ein. Nach wenigen Metern sah Monika durch die Heckscheibe.

„Was tut er?“, fragte Vincent.

„Er telefoniert und wird uns ankündigen“, antwortete sie. „Und Mielke? Rufen Sie Ihren … rufen Sie Unterberg an. Er soll sich dringend mit Potsdam in Verbindung setzen. Ganz egal, wie, Unterberg muss dafür sorgen, dass wir hier die Kontrolle behalten. Das Letzte, das wir gebrauchen können, sind ungeklärte Zuständigkeiten. Ich bin sicher, wir werden gleich mehr vorfinden als nur ein verkohltes Haus."

Während Mielke sein Handy bediente, fuhr der Wagen über den unbefestigten Sandweg. Die Kiefern, Buchen und Eichen zu beiden Seiten ragten weit in die Höhe und verdeckten mit ihren Kronen den Himmel. Der kurvenreiche und mit Schlaglöchern durchsetzte Weg verhinderte die Sicht auf das, was sie an seinem Ende erwartete. Mit Anspannung starrte Monika geradeaus und horchte mit halbem Ohr auf Mielkes Gespräch mit seinem Onkel. Unterberg schien nicht begreifen zu wollen, jedenfalls wurde Mielke mehrfach unterbrochen und musste die Situation von Neuem schildern.

Beim Lauschen war Monika überrascht, mit welch fester, fast herrischer Stimme ihr junger Kollege mit seinem Verwandten und Vorgesetzen sprach. Die Scheu und Unterwürfigkeit, die er ihr gegenüber an den Tag legte, war völlig aus ihm gewichen. Mielke redete mit Unterberg, wie sie selbst es nie gewagt hätte.

„Und?", fragte sie, sobald Mielke das Telefonat beendet hatte.

„Er wird tun, was er kann. Und er war ziemlich wütend, als ich erwähnte, wohin wir zu dritt gefahren sind."

„Es war keine Zeit, ihn um Erlaubnis zu bitten", versuchte Monika eine Rechtfertigung.

„Hab ich ihm auch gesagt."

In diesem Moment fuhr Vincent in eine Kurve, hinter der der Wald sich öffnete. Vor ihnen lag eine große Lichtung und in einiger Entfernung ein See, in dem die neigende Sonne sich spiegelte. Inmitten der freien Fläche stand das Haus von Dr. Dürer. Die linke Seite war gänzlich niedergebrannt, die rechte dagegen wirkte beinahe unbeschadet. Der Rauch, den sie von Weitem gesehen hatten, stieg nur noch schwach aus dem Mauerwerk und der verkohlten Holzverkleidung empor. Rund um das Haus standen drei Feuerwehrwagen, ein ziviler Pkw sowie ein Streifenwagen. Die Einsatzkräfte hatten ihre Arbeit beendet und waren dabei, die Schläuche aufzurollen.

Vincent fuhr langsam zum Haus und hielt in einigem Abstand. Ein Mann im blauen Anzug hatte sie bemerkt und kam eilig auf sie zu.

„Kommissar Aulich?"

Monika war ausgestiegen und hatte den Beifahrersitz nach vorn geklappt, damit Mielke sich hinauszwängen konnte.

„Kollegen aus Berlin, hab ich gehört", war seine Antwort, die mehr amüsiert als verärgert klang.

„Wir waren auf dem Weg hierher, um einen Zeugen zu befragen. Was ist passiert?"

Aulich war ein Mann um die fünfzig, durchtrainiert und mit vollem, rötlichen Haar. Sommersprossen zierten seine etwas wulstige Nase und sein schmaler, verkniffener Mund verriet eine allgemeine Unzufriedenheit.

„Anwohner aus Neu Fahrland haben Rauch gesehen und die Feuerwehr alarmiert. Das ist passiert."

„Wann war das?"

„Vor zwei Stunden etwa. Ich bin seit einer halben Stunde vor Ort, weil …" Aulich unterbrach sich und blickte Monika argwöhnisch an. „Was denn für einen Zeugen?"

„Wir bearbeiten den Fall eines Serienmörders. Vielleicht haben Sie davon gehört."

Aulich pfiff durch seine schmalen Lippen. „Der mit den Märchen? Ja, hab davon gehört. Und deshalb glauben Sie, Sie können einfach die Regie übernehmen, richtig?"

„Das ist auf keinen Fall unsere Absicht. Ich weiß ja, wie …"

„Bitte, bloß keine falsche Scham. Machen Sie, was Sie wollen. Ich hab schon genug um die Ohren, als dass ich mich zusätzlich um einen Toten kümmern könnte."

Bei diesen Worten horchte Monika auf.

„Ein Toter?“, fragte Vincent neben ihr.

„Aus diesem Grund bin ich überhaupt erst herbeordert worden“, sagte Aulich und deutete, wie nebensächlich, auf das Haus. „Beim Löschen haben die Feuerwehrleute eine verbrannte Person entdeckt.“

Hinter Aulich blickte Monika auf die qualmende Ruine der linken Haushälfte.

„Wäre es in Ordnung, wenn wir uns umsehen?“, fragte sie.

„Nur zu. Ich hab nichts dagegen. Gehen Sie aber nicht zu nah ran. Einsturzgefahr. Außerdem ist die Hitze noch viel zu groß. Deshalb kann die Leiche zurzeit nicht geborgen werden. Vielleicht heute Abend.“

Monika deutete ihren Kollegen, ihr zu folgen. Aulich blieb zunächst stehen, die Hände in die Taschen seiner Anzughose gestopft, und schien zufrieden, den Fall so schnell und unkompliziert losgeworden zu sein.

Mit jedem Schritt, den Monika sich dem Haus näherte, spürte sie die ansteigende Wärme, die das verkohlte Holz ausstrahlte. Das untere Stockwerk und vor allem die Zimmer zum See hin waren restlos ausgebrannt und glänzten tiefschwarz vom Löschwasser. An der hinteren Ecke war es am schlimmsten. Den arg zugesetzten Möbeln und dem rußgeschwärzten Herd nach zu urteilen, hatte sich hier die Küche befunden. Gut möglich, dachte sie, dass das Feuer an dieser Stelle ausgebrochen war.

In einigem Abstand blieb Monika stehen und starrte durch die zerborstenen Fensterscheiben und die aus den Angeln gefallene Tür in die verwüstete Küche.

In der Mitte stand ein solider Holztisch, der das Feuer weitgehend überstanden hatte. Darauf einiges Geschirr, alles mit Asche bedeckt. Die zwei Stühle lagen am Boden, die Holzlehnen schwarz wie Kohle. Zwischen den Stühlen, halb unter dem Tisch, lag bäuchlings ein Mann. Das Gesicht war zur Wand gedreht, die Kopfhaut versengt.

Auch die Kleidung war fast vollständig von den Flammen vernichtet worden.

„Wer ist es?“, fragte Vincent.

„Dr. Albrecht vermutlich“, erwiderte Monika. „Aber ich kann mich irren.“

„Ich habe nie zuvor eine verbrannte Leiche gesehen.“

Monika sah ihn vorsichtig an. Da war sie wieder, diese Angst auf Vincents Gesicht, die sie nur allzu gut kannte und die er bisher so tapfer unterdrückt hatte. Dennoch wandte er sich nicht ab, sondern starrte, als müsste er sich etwas beweisen, auf den Toten.

Hinter ihnen standen Mielke und Kommissar Aulich. Mielke blickte angestrengt an der Küche vorbei, während Aulich unbeeindruckt mit den Schultern zuckte.

„Ihr Zeuge hat sich Ihrem Verhör wohl rechtzeitig entzogen“, sagte er und fügte, als Monika ihn fragend ansah, hinzu: „Hinter einem der Tischbeine liegt ein Benzinkanister. Wie es aussieht, hat sich der Kerl selbst angezündet.“

„Warum sollte er das tun?“, fragte Vincent.

„Was weiß ich? Sagen Sie es mir. Es ist Ihr Fall, oder nicht?“

„Die Leiche muss so schnell wie möglich in die Gerichtsmedizin“, sagte Monika.

Aulich zog seine rötlichen Augenbrauen zusammen und schüttelte leicht den Kopf. „Ich hab Ihnen doch gesagt, dass das nicht geht. Der Leichenwagen ist unterwegs, aber ich muss die Freigabe der Feuerwehr abwarten.“

Monika tat, als hätte sie nicht zugehört.

„Und ich möchte“, forderte sie, „dass Sie ihn in die Charité bringen lassen.“

„Nach Berlin? Na, ich weiß nicht, ob …“

Monika ließ Aulich nicht ausreden.

„Rufen Sie Unterberg an“, sagte sie an Mielke gewandt. „Finden Sie raus, was er bisher erreicht hat. Dann soll

Kommissar Aulich mit ihm reden. Die Leiche muss auf jeden Fall zu Dr. Baumbach. Und zwar noch heute!"

„Monika?"

„Was?", fragte sie, verärgert über die Unterbrechung.

Vincent deutete schweigend auf einen abseits stehenden Schuppen zu ihrer Rechten. Die Tür aus vernagelten Holzlatten stand offen.

„Ist der Schuppen bereits untersucht worden?", richtete sie ihre Frage an Aulich.

„Natürlich nicht", grunzte er ungehalten. „Wir hatten ein kleines Feuer zu löschen, erinnern Sie sich?"

„Ja, ja. Schon gut." Monika versuchte, entschuldigend zu lächeln. „Bitte reden Sie mit unserem Vorgesetzten. Es ist wirklich sehr wichtig. Mein Kollege und ich werden uns derweil diesen Schuppen da ansehen."

„Klar, machen Sie das."

Mielke hatte sein Handy längst am Ohr, darauf wartend, dass Unterberg abnahm. Diesen Moment nutzten Monika und Vincent, um sich gemeinsam dem Schuppen zu nähern.

„Glaubst du wirklich, Dr. Albrecht hat Selbstmord begangen?", wollte Vincent wissen.

„Nein, das ist Unsinn. Ich vermute, dass sein Sohn aufgetaucht ist und alles in die Luft gejagt hat."

„Und Dr. Dürer? Wo ist der?"

Bevor Monika darauf antworten konnte, hatten sie und Vincent den Schuppen erreicht. Die Tür, bemerkte sie, war aufgebrochen worden. Ein rostiger Riegel und ein nagelneues Schloss lagen unweit entfernt im Gras. Um den möglichen Tatort nicht zu verunreinigen, blieb sie vor der Schwelle stehen und sah in den beengten Raum.

Drinnen gab es nicht viel zu entdecken. Da waren eine Werkbank, auf der Nägel verstreut herumlagen, und ein Paddelboot auf dem Boden. Das war alles.

„Nichts“, sagte sie frustriert, ohne zu wissen, was sie eigentlich erwartet hatte.

„Siehst du die Schleifspuren?“, fragte Vincent und zeigte mit dem Finger auf den staubigen Fußboden.

„Vielleicht von dem Paddelboot.“

Nicht restlos von ihren Worten überzeugt, trat Monika einige Schritte zurück und betrachtete aufmerksam das Grundstück. Auf der Rasenfläche, die vom Haus bis hinunter zum See reichte, gab es weder Bäume noch Büsche und somit keinerlei Möglichkeiten eines Verstecks. Von dort, wo sie stand, verlief das Areal abschüssig zum Ufer, das bis auf eine schmale sandige Stelle von Schilf und Wasserpflanzen bedeckt war. Zwei Enten und ein Blässhuhn glitten dahinter über das Wasser. Boote gab es auf dem See keine.

Enttäuscht wandte Monika sich ab.

„Guck mal da!“, rief Vincent. „Zwischen dem Schilf.“

Was ihr Kollege meinte, hatte sie zunächst als Treibgut abgetan. Jetzt erschien es ihr dafür zu groß.

„Sieht aus wie ein Fass“, sagte Vincent. „Wer wirft denn so was ins Wasser?“

Plötzlich beschlich Monika eine furchtbare Ahnung. Noch einmal trat sie an den Schuppen, damit sie sich von dem, was sie gerade erst gesehen hatte, überzeugen konnte.

„Nägel“, sagte sie nachdenklich. „In dem Schuppen sind lauter Nägel. Und unten am Ufer liegt ein Fass.“

Vincent starrte sie an. Auch er hatte die Parallele erkannt.

Schweigend eilten sie den Hang hinunter ans Ufer. Vor ihnen rollte das Fass im seichten Wasser vor und zurück. Ein riesiges Fass, groß genug, um einen Menschen darin zu verstecken. Und überall in dem Holz steckten Nagelköpfe, deren Spitzen weit in den Hohlraum dringen mussten.

„Jemand hat das Ding vom Schuppen den Hang heruntergestoßen", sagte Vincent fassungslos.

Monika ging in die Hocke. Der runde Deckel hatte sich während des Falls gelockert und ließe sich sicherlich mit einem kräftigen Ruck aus der Fassöffnung ziehen.

„Die Zofe hatte sich angemaßt, etwas Besseres zu sein", murmelte sie. „Dafür wurde sie in einem Fass voller Nägel durch die Straßen gezogen."

Sie blickte zu Vincent auf und wartete stillschweigend auf seine Zustimmung. Er nickte ihr zu, trat mit den Schuhen ins Wasser und beugte sich vor. Mit beiden Händen griff er den Rand des Deckels und zog ihn mit einiger Anstrengung aus dem Fass. Dann legte er ihn auf das Gras am Ufer.

Unterdessen hatte Monika in die Öffnung gestarrt. Was sie sah, war eine grausame Bestätigung, die sie ihrem Kollegen lieber ersparen wollte. Sie stand auf und stellte sich zwischen Vincent und das Fass.

„Es ist Dr. Albrecht", sagte sie. Vincent machte keinerlei Anstalten, sich an ihr vorbei von dem Anblick zu überzeugen. „Die Nägel, sie haben ihn beim Herunterrollen völlig … sie haben ihn durchlöchert. Das Gesicht, die Augen …"

Bei der Vorstellung, was Dr. Albrecht in dem Fass durchlitten haben musste, versagte Monika kurz die Sprache.

„Na los", sagte sie schließlich. „Wir sollten zurück zu Aulich und Mielke."

Vincent runzelte die Stirn.

„Aber das würde bedeuten …", begann er und blickte hinauf zum Haus.

Es zeugte von ihrer langjährigen Zusammenarbeit, dass Monika das Ende seines begonnenen Satzes nicht abwarten musste, um seine Gedanken zu erraten.

„… dass Dr. Dürer verbrannt ist", ergänzte sie.

Kapitel 19

Auch am nächsten Morgen war das Bett neben ihr verwaist. Joachim war, wie sie befürchtet hatte, fortgeblieben. Womöglich für immer.

Nur schwerfällig gelang es Sandra Müller, sich zu erheben und einen Tag zu beginnen, von dem sie nicht wusste, wie sie ihn überstehen sollte. Sie zog ihren Morgenmantel über und ging hinunter. Aus dem Wohnzimmer erklangen leise die Stimmen einer Kindersendung. Sie blickte ins Zimmer und sah Oliver im Schneidersitz auf dem Fußboden sitzen, viel zu dicht vor dem Fernseher.

„Warum bist du nicht in der Schule?", fragte sie, bevor ihr bewusst wurde, dass es heute Joachims Aufgabe gewesen wäre, ihn zu fahren.

Oliver blickte sie an, seine Augen weit geöffnet.

„Papa ist nicht da", sagte er, als wäre dies Begründung genug.

„Du hast recht", erwiderte sie und zwang sich zu einem Lächeln. „Er … er hatte etwas Wichtiges vor. Ich schreibe dir für heute eine Entschuldigung. Sag deiner Lehrerin am Montag, du hättest Magenschmerzen gehabt, okay?"

„Okay. Darf ich die Sendung zu Ende gucken?"

„Ausnahmsweise, mein Schatz."

Sandra schloss leise die Tür und betrat die Küche. Sie hatte nicht die geringste Ahnung, was sie denken oder tun sollte. Müsste sie nicht die Polizei anrufen und ihren Mann als vermisst melden? Oder war es dafür zu früh? Zumal, wie sie glaubte, Joachim gar nicht gefunden werden wollte.

Gedankenverloren stand sie vor der Kaffeemaschine und starrte auf die gläserne Kanne, in die der Kaffee Tropfen für Tropfen hineingluckerte. Es dauerte eine gefühlte Ewigkeit. Dann füllte sie ihren Becher und setzte sich, trotz des gerade beendeten Schlafes, erschöpft an den Küchentisch. An die Zukunft wollte sie im Augenblick nicht denken, ebenso wenig wie an die Vergangenheit, die sie willentlich und Schritt für Schritt an diesen jetzigen Punkt gebracht hatte. Sie wollte einfach für einen Moment lang alles vergessen, ehe die Realität sie erneut einholen würde.

Der Schlüssel im Schloss der Haustür klang weit entfernt. Und erst, als Joachim vor ihr stand, sein Gesicht blass und wie das ihre übermüdet, sah sie von ihrem Kaffeebecher auf.

„Wo bist du gewesen?“, fragte Sandra, ihre Stimme seltsam unbeteiligt.

Joachim zuckte mit den Schultern, goss sich Kaffee ein und setzte sich ihr gegenüber.

„Ist das so wichtig?“

Nein, dachte sie und schüttelte als Antwort den Kopf. Das Wo interessierte sie nicht. Die Frage, die sie eigentlich stellen wollte, war die nach dem Grund seiner Rückkehr. Doch dazu fehlte ihr der Mut.

„Ich musste mir über einiges klarwerden“, sagte er. „Die letzte Woche, seit Walters Tod …“

„Bitte, Joachim“, unterbrach sie ihn, „du brauchst mir nichts zu erklären. Die Briefe, die waren ein dummer Fehler. Ich konnte nicht ahnen, dass …“

„Du warst in meinem Zimmer?“

Erschrocken sah Sandra auf. Sie war davon ausgegangen, dass Joachim die Briefe absichtlich auf seinem Schreibtisch hinterlassen hatte. Als stummen Vorwurf an sie.

„Natürlich war ich das“, versuchte sie sich zu rechtfertigen. „Ich hatte mir Sorgen gemacht. Du warst ohne ein Wort verschwunden.“

Joachim nickte und der Ärger auf seinem Gesicht verschwand.

„Ist auch egal“, sagte er, den Blick in seine Tasse gesenkt. „Die Briefe sind unwichtig. Es ist ja nicht so, dass ich von dem Inhalt nichts gewusst hätte. Und trotzdem … Ich dachte, ich bräuchte einen Beweis. Für später, für … keine Ahnung, wofür. Jedenfalls, bevor Walters Haus verkauft oder abgerissen worden wäre."

„Es tut mir leid."

„Ich weiß."

Sandra und Joachim schwiegen. Weil sie zum wiederholten Mal in dieselbe Sackgasse geraten waren, aus der sie seit über zehn Jahren keinen Ausweg fanden. Die einst getroffene Entscheidung hatte ihre weitere Ehe bestimmt. Und alles, was diese Ehe seitdem in Gefahr bringen konnte, hatten sie erfolgreich und stumm bekämpft. Bis jetzt.

„Wie wird es nun weitergehen?", fragte Sandra vorsichtig. Dass Joachim ihr weiterhin eine Erklärung darüber schuldete, wo er die vergangene Nacht gewesen war, hatte sie längst vergessen.

„Na, wie schon? Oliver ist mein Sohn, das hatten wir damals beschlossen. Ich habe mich darauf eingelassen und es nie bereut. Es hat sich nichts geändert."

Beide sahen einander an, sich dieser Lüge durchaus bewusst. Es gab etliche Momente, in denen Sandra seine Zweifel deutlich hatte erkennen können. Heimliche Blicke auf Oliver, die ihr verrieten, wie verzweifelt Joachim innerlich mit sich rang. Wie die Vergangenheit ihn einholte und er die Richtigkeit seiner Entscheidung immer aufs Neue infrage stellte. Und dass Walter, als sichtbare Verkörperung ihres Fehltritts, keine hundert Meter entfernt wohnen blieb, war ein weiterer, schmerzender Stachel in seinem Selbstwertgefühl. Selbst hierbei hatte Joachim Größe bewiesen.

Ganz gleich, wie sehr er sich Tag für Tag auch gewünscht haben mochte, Walter würde auf ewig aus ihrem Leben verschwinden.

„Bist du dir sicher?"

Joachim lächelte und streckte ihr seine Hand über der Tischplatte entgegen.

„Das bin ich", sagte er. „Wir werden weitermachen, wie bisher."

Sie ergriff seine Hand und lächelte zaghaft zurück.

Denn so weiterzumachen wie bisher, davon war Sandra überzeugt, würde ihnen nicht mehr gelingen.

Eins musste sie Unterberg zugutehalten. Wenn es darum ging, Beziehungen spielen zu lassen und alte Gefälligkeiten einzufordern, dann machte ihm keiner was vor. Dabei war es egal, ob es sich um die eigenen Vorgesetzten im Präsidium oder um die Kollegen in anderen Bundesländern handelte. Wie Unterberg das anstellte, blieb ihr ein Rätsel. Im Augenblick war Monika lediglich froh, dass die beiden Leichen noch am gestrigen Abend zu Dr. Baumbach in die Charité gebracht worden waren und ihr damit eine Menge Verzögerungen und Ärger erspart blieb.

Mit Vincent und Mielke hatte sie am Tatort gewartet, bis die Leichenwagen und Erkan Gökdal von der kriminaltechnischen Untersuchung eingetroffen waren, und zu dritt hatten sie sich nach Sonnenuntergang auf den Weg zurück nach Berlin gemacht.

Monikas eigentliches Vorhaben, zu Hause mit Sven ein klärendes Gespräch über seinen Vater zu führen, hatte sie aus Müdigkeit und vor allem aus Ermangelung an Willenskraft verschoben. Zudem war Sven bei ihrer Rückkehr wohlweislich in seinem Zimmer geblieben, was ihr die Entscheidung erleichtert hatte. Immerhin, redete sie sich ein, wäre ihr die Aussprache mit ihm gar nicht erst in den Sinn gekommen, hätte Sven in seiner Neugier nicht am Fenster gestanden und den Streit seiner Eltern belauscht.

Jetzt, nach einer weiteren, unruhigen Nacht, in der Monika sich ihrer Feigheit geschämt hatte, eilte sie durch das Gebäude der Charité und hoffte, dass Baumbach, trotz der frühen Stunde, bereits seiner Arbeit nachging. Als sie ihn gestern spät abends angerufen hatte, um ihn vorzuwarnen, was am Morgen auf ihn zukommen würde, war sein fehlender Enthusiasmus deutlich zu hören gewesen.

Mit wachsender Zuversicht, die Morde aufgeklärt zu haben, betrat sie den Obduktionssaal. Baumbach stand vor einem der Seziertische, hatte den Brustkorb der verbrannten Leiche geöffnet, die Organe entnommen und in die entsprechenden Edelstahlschalen gelegt. Vincent wartete abseits, kreidebleich im Gesicht, und betrachtete ausweichend den zweiten Toten, dessen tiefe, von Nägeln verursachte Wunden ihm dankenswerterweise unter einem weißen Laken verborgen blieben.

Von ihrer Anwesenheit ließ sich Baumbach in seinem fleckigen Kittel nicht aufhalten. Er streifte die blutverschmierten Gummihandschuhe ab, fuhr sich mit dem Ärmel über seine verschwitzte Stirn und griff aus einem Behälter nach einem neuen Paar Handschuhe. Monika gesellte sich zu ihm. Das Gesicht des Toten auf dem Seziertisch war durch das Feuer völlig entstellt. Die Haut hatte sich eng über den Schädel gezogen und die Zähne lagen von den fehlenden Lippen entblößt. Die Ellenbogen standen unnatürlich vom Oberkörper ab und die Finger, deren Muskeln sich aufgrund der Hitze zusammengezogen hatten, waren wie zu Krallen verbogen.

Dass Vincent diesen Anblick nur schwer ertrug, konnte Monika nachvollziehen. Auch in ihr spürte sie den Ekel aufsteigen, den sie mühsam zu unterdrücken versuchte.

„Hatten Sie schon Gelegenheit, sich den Zweiten anzusehen?“, fragte sie.

Baumbach antwortete mit einem verächtlichen Schnauben.

„Klar, ich hab ja mitten in der Nacht nichts Besseres zu tun“, sagte er zynisch und streifte die neuen Handschuhe über. „Wissen Sie, wie lange es gedauert hat, den Kerl aus dem Fass zu kriegen? Wir mussten das Holz längsseitig aufschneiden, sonst hätten wir ihn beim Rausziehen in Stücke gerissen. Und selbst mit dieser Methode war es nicht leicht, den Körper unbeschadet aus den Nägeln zu heben."

Monika sah hinüber zu dem bedeckten Leichnam. „Es muss ein grauenhafter Tod für ihn gewesen sein."

„Nicht unbedingt. Ich habe ihn zwar bislang nicht obduzieren können, aber ich glaube kaum, dass er groß gelitten hat. Da ist eine klaffende Wunde am Hinterkopf, die nicht von den Nägeln stammt. Mit etwas Glück war er bereits tot oder zumindest bewusstlos, als man ihn in der Tonne umhergerollt hat. Falls nicht … tja, dann dürfte er qualvoll an seinen Stichverletzungen verblutet sein. So oder so, was für ein krankes Hirn denkt sich solche Foltermethoden aus?"

„Wir wissen zum Glück, wer dieses kranke Hirn ist."

„Gut. Denn sobald ich mit den beiden fertig bin, brauche ich dringend Urlaub."

„Wir wissen allerdings nicht, wo Paul Albrecht sich versteckt hält", sagte Vincent aus seiner sicheren Entfernung heraus.

„Ah, wusste ich's doch", seufzte Baumbach. „Es gibt immer irgendeinen Haken. Das Morden wird also weitergehen."

„Wer weiß", gab Monika zu bedenken. „Eventuell hat Paul sein Ziel längst erreicht. Jetzt, wo er seinen Vater und seinen Patenonkel umgebracht hat."

„Glaubst du das wirklich?" Um nicht weiter als Angsthase zu gelten, machte Vincent einige zaghafte Schritte auf den Seziertisch zu.

Ihre Worte hatte Monika auf Äußerungen von Harald Lüders bezogen, der von einem Ziel gesprochen hatte, das der Mörder mit seinen aufwändigen Morden verfolgte.

Sollte dem so gewesen sein, war es Paul vermutlich von Anfang an um die beiden Therapeuten gegangen und der grausame Spuk hätte endlich ein Ende.

„He, Augenblick mal", warf Baumbach ein. „Sagten Sie eben was von einem Vater und einem Patenonkel?"

Monika sah Baumbach verwundert an. Warum die Verwandtschaftsverhältnisse plötzlich eine Rolle spielten, war ihr schleierhaft.

„Ja", bestätigte sie. „Der in dem Fass gesteckt hat, ist Dr. Albrecht, der Vater des Mörders. Und der vor Ihnen ist Dr. Dürer, sein Patenonkel. Warum?"

„Wie alt sind die beiden Männer Ihrer Meinung nach denn gewesen?"

Weiterhin irritiert darüber, worauf Baumbach hinauswollte, erwiderte sie: „Keine Ahnung. So Ende vierzig, würde ich schätzen. Dem Dr. Dürer bin ich leider nie begegnet."

„In diesem Fall war der Tote wohl kaum der Patenonkel von irgendjemandem. Und erst recht nicht der Vater von dem da drüben. Na ja …", überlegte er und starrte auf das verbrannte Gesicht der Leiche. „Rein biologisch sicherlich möglich, aber nicht sehr wahrscheinlich."

Die Pause, die Baumbach entstehen ließ, wurde für Monika unerträglich.

„Können Sie bitte zum Punkt kommen", forderte sie ihn auf, was Baumbach mit einem Grinsen kommentierte.

„Natürlich", sagte er und steckte, zur Bekräftigung seiner Ausführungen, einen Zeigefinger in den Mund des Toten. „Dieser Mann ist keine dreißig Jahre alt. Eher Mitte zwanzig. Sehen Sie dort hinten die Weisheitszähne? Sind alle noch drin. Und nehme ich den Zustand der Organe und die Röntgenaufnahme seiner Knochen hinzu, dann zeigt dies ziemlich eindeutig, dass …"

Monika wandte sich ruckartig zu Vincent, der ebenso verblüfft dreinschaute wie sie.

„Das ist unmöglich", murmelte er. „Das hieße ja, dass ... Mitte zwanzig, behaupten Sie?"

Baumbach nickte.

„Es ist Paul", sagte Monika fassungslos. „Paul Albrecht. Er hat seinen Vater in das Fass gesteckt und den Abhang hinuntergerollt. Anschließend ist er ins Haus und hat sich mit Benzin übergossen und angezündet. Weil er sein Ziel erreicht hatte."

„Und Dr. Dürer?", fragte Vincent.

„Dennis Albrecht rief bei seiner Sprechstundenhilfe an, weil er seinen Kollegen vermisst hatte. Was bedeutet, dass wir den Wald rund um das Haus absuchen oder warten müssen, bis Dürers Leiche entdeckt wird."

Hinter ihr begann Baumbach sich lautstark zu räuspern. „Wenn ich erneut etwas anmerken dürfte?"

„Was habe ich jetzt wieder Falsches gesagt?" Monika drehte sich zurück zu Baumbach, dem sein Einwand beinahe peinlich schien.

„Kommt darauf an", sagte er. „Wieso glauben Sie, der Kerl hätte sich selbst in Brand gesetzt?"

„Weil man einen leeren Benzinkanister neben der Leiche gefunden hat. Später, als wir dachten, der Tote sei Dr. Dürer, haben wir diese Möglichkeit wieder verworfen. Handelt es sich allerdings um Paul Albrecht, wäre ein Suizid durchaus vorstellbar."

„Ein Selbstmord ist so gut wie ausgeschlossen", zerschlug Baumbach ihre Theorie. „Auf seiner Haut sind zwar Spuren von Benzin nachweisbar, jedoch keinerlei Ruß- oder sonstigen Brandrückstände in seiner Lunge. Und das wiederum weist darauf hin, dass er den Rauch nicht eingeatmet hat. Den er aber eingeatmet haben müsste, wenn er inmitten der Flammen gestorben wäre."

„Und was", fragte Vincent, „schlussfolgern Sie daraus?"

„Ganz einfach. Der Selbstmord war vorgetäuscht. Wahrscheinlich hoffte der Mörder, dass das Feuer alle Indizien vernichten würde. Glücklicherweise muss die Feuerwehr rechtzeitig vor Ort gewesen sein und die Flammen gelöscht haben, bevor der Körper vollständig verbrannte. Vorausgesetzt, meine Ergebnisse stimmen und lassen sich nachweisen, was aufgrund des Zustands seiner Organe nicht einfach sein dürfte … dann war der Mann, als er verbrannte, bereits tot."

Kapitel 20

Jonas Dürer war erleichtert. Yvonne war an diesem Freitag zu Hause geblieben und die Praxis somit vollkommen verwaist. Er würde sich auch nicht lange hier aufhalten, lediglich einige Akten zusammensuchen und wieder verschwinden.

Natürlich war er erschöpft. Nach den Ereignissen des vergangenen Tages steckte ihm die Anspannung noch in den Knochen. Geschlafen hatte er kaum. Was geschehen war, hatte ihm Alpträume beschert, so real und bedrohlich und dabei die tatsächlichen Geschehnisse verzerrend, dass er mehrmals schweißgebadet aus dem ohnehin unruhigen Schlaf geschreckt war. Mit diesen Träumen, befürchtete er, würde er von nun an leben müssen.

In seinem Sprechzimmer setzte sich Jonas in den Ledersessel, schob die Füße auf den Fußschemel und legte den Kopf gegen das weiche Polster der Rückenlehne. Einen Moment lang würde er trotz allem verweilen und die Augen schließen. Nur einen Moment lang wollte er das Gestern Revue passieren lassen, vielleicht, um seine zukünftigen Träume willentlich in die richtige Bahn zu lenken. Jedes Detail musste er deshalb heraufbeschwören, jedes Wort gedanklich wiederholen. Er brauchte eine verlässliche Version, eine, die sein Handeln, zumindest vor dem eigenen Gewissen, rechtfertigen würde. Er musste zurück zu dem Ort und dem Zeitpunkt, an dem alles seinen grausamen Abschluss fand. Zurück also zu jenem Augenblick am frühen Nachmittag, als er den ungepflasterten Weg zu seinem Haus am See entlanggefahren war und seine Ankunft mit einem lauten Hupen angekündigt hatte.

Bei seinem Eintreffen, erinnerte sich Jonas, bemerkte er nichts Ungewöhnliches. Kein Auto stand auf dem Platz vor dem Haus und niemand war in Sicht. Dennis würde drinnen ungeduldig auf ihn warten und sich fragen, was seinen Freund und Partner aufgehalten hatte. Ohne Eile stieg er aus, ging zur Eingangstür und drückte die Klinke. Die Tür war von innen abgeschlossen worden. Statt um das Haus herumzulaufen und sich bemerkbar zu machen, zog Jonas seinen Zweitschlüssel aus der Tasche seiner Jeans und schloss auf.

Als er die Tür endlich öffnen konnte, stand Dennis vor ihm im Flur, ein langes Messer in seiner erhobenen Hand. Unwillkürlich schrak Jonas zurück.

„Was zum …? Bist du verrückt geworden? Nimm das Messer runter!"

Dennis' verkrampfte Gesichtszüge entspannten sich. Er starrte auf die Hand, die das Messer hielt, und ließ es sinken.

„Du hättest mich fast erstochen", sagte Jonas vorwurfsvoll.

„Entschuldige, ich … ich dachte, du wärst Paul."

„Wieso, hast du ihn gesehen? Ist er in der Nähe?" Jonas trat über die Schwelle und verschloss von innen die Tür.

„Nein", antwortete Dennis. „Aber ich dachte, er hätte dich …. Wo bist du so lange gewesen? Ich habe mir Sorgen gemacht."

„Es ging nicht anders, wirklich. Ich habe bis zehn geschlafen und … Ich will ehrlich sein, Dennis. Ich habe den ganzen Vormittag mit mir gehadert, ob ich nicht doch die Polizei verständigen soll."

Anstatt sofort zu widersprechen, wie Jonas vermutet hätte, wandte Dennis sich schweigend ab. Er legte das Messer neben das Telefon auf die Kommode und ging voran in die Küche. Jonas folgte ihm.

„Was ist los mit dir", fragte er.

„Ich war in dem Schuppen", erwiderte Dennis, seine Hände geballt, während er wie ein Tier im Käfig in der Küche auf und ab humpelte.

„Im Schuppen? Wieso warst du im Schuppen? Da war ein Schloss davor, oder nicht?“

Seine Stimme war unangemessen laut geworden. Dennis verharrte in seinem nervösen Lauf und blickte ihn verwundert an.

„Ich habe es aufgebrochen“, gestand er. „Was ist schon dabei?“

„Nichts, gar nichts. Erzähl weiter.“

Bevor Dennis fortfahren konnte, wurde sein Gesicht kreidebleich.

„Im … im Schuppen ist ein Sack. Ich habe ihn aufgemacht, aber nicht reingesehen. Ein großer, schwarzer Plastiksack. Mit einer Leiche. Ich dachte, *du* hättest in dem Sack gelegen und dass Paul dich in dem Schuppen eingeschlossen und versteckt hätte. Dann habe ich dein Auto gehört und geglaubt, jetzt bin ich an der Reihe und Paul wird mich ebenfalls umbringen. Deshalb habe ich mit dem Messer hinter der Tür gestanden. Weil ich Angst hatte. Dabei war ich mir sicher gewesen, ich könnte das. Mit Paul reden, meine ich, ihn überzeugen. Verdammt, Jonas, ich wüsste nicht mal, worüber. Ich habe mir was vorgemacht, die ganze Zeit. Ich …“

Seine Hysterie hatte sich aufgebraucht. Dennis atmete schwer, setzte sich auf einen der Küchenstühle und vergrub sein Gesicht in den Händen.

Jonas wusste nichts zu erwidern. Derart aufgelöst hatte er seinen Freund nie zuvor erlebt. Er ging auf ihn zu und legte eine Hand auf seine Schulter.

Langsam beruhigte sich sein hektischer Atem und Dennis hob sein Gesicht und blickte an ihm vorbei ins Leere. „Aber wenn … wenn du es nicht warst in dem Sack, wer dann?“

„Du bist ja völlig am Ende, Dennis. Du solltest dich hinlegen. Wie sollte Paul denn unbemerkt in den Schuppen gelangen?“

„Du denkst", sagte Dennis ungläubig, „dass ich spinne, nicht wahr? Dass ich in der einen Nacht hier verrückt geworden bin."

„Nein, natürlich nicht. Ich will bloß, dass du …"

Mit einem unvorhergesehenen Satz sprang Dennis von seinem Stuhl.

„Ich werde es dir beweisen, Jonas", sagte er und eilte zur Küchentür, die er entriegeln und aufschließen musste.

„Das ist wirklich nicht nötig. Du …"

Dennis war längst nach draußen geeilt, so dass Jonas sich gezwungen sah, ihm zu folgen. Das eine Bein, bemerkte er, schien Dennis Schmerzen zu bereiten. Er zog es kraftlos hinter sich her, was seinen Gang verlangsamte.

Am Schuppen angekommen, hielt Dennis ihm die Tür auf und deutete auf den schwarzen Plastiksack am Boden.

„Ich habe nicht gewagt hineinzusehen", wiederholte Dennis. „Ich glaubte ja zu wissen, wer es ist. Aber jetzt, da du …?"

„Also schön, ich tu dir den Gefallen."

Jonas drängte in den Schuppen und ging vor dem Sack in die Knie. Während sein Blick auf Dennis gerichtet blieb, warf er das Plastik am offenen Kopfende zurück.

Dennis hob entsetzt eine Hand vor den Mund, als müsste er einen Schrei unterdrücken, der nicht kam. Vorsichtig trat auch er in den Schuppen und starrte auf das Gesicht seines toten Sohnes.

„Oh, nein. Paul!", stammelte er. „Wie … wie kann das sein? Was ist mit ihm passiert?"

Jonas antwortete nicht. Er erhob sich aus der Hocke und betrachtete das völlige Unverständnis, gepaart mit der einsetzenden Trauer seines Freundes.

„Wie lange liegt er schon dort?" Dennis' Stimme wurde weinerlich. In seinem Kopf schienen sich die Gedanken zu überschlagen. „Heißt das etwa … Paul hat die Morde gar nicht begangen?"

Noch immer sagte Jonas kein Wort.

„Aber wir beide … wir waren gemeinsam in meiner Zweitwohnung. Und in der Küche war sein Teddybär. Paul war der Einzige, der wusste, was es mit den Märchen und dem Unfall seiner Mutter auf sich hatte. Niemand sonst hätte darüber Bescheid wissen können. Nur Paul und …"

„… wir", beendete Jonas den Satz.

Die Konsequenz dieser Worte zu begreifen, fiel sichtlich schwer. Dennis' Pupillen waren unnatürlich geweitet. Seine Blicke wanderten hektisch über das Gesicht des Freundes, auf der Suche nach dem misslungenen Scherz. Nach etwas, das das Gesagte ad absurdum führen musste. Etwas, das Dennis nicht finden würde.

„Warum?", fragte er hilflos. „Warum das alles?"

Jonas zuckte mit den Schultern. „Weil ich dich hasse, Dennis. Darum."

Ungewollt entkam Dennis ein kurzes Lachen, das augenblicklich wieder verstummte. „Hassen? Wie kannst du mich hassen? Ich bin dein bester Freund."

„Nein. Du warst lediglich jemand, der sich mit mir abgegeben hat. Ich war nur der Außenseiter gewesen, derjenige, der keine Freunde hatte. Du warst der Erste, der mein Freund sein wollte, auch wenn ich dafür einen hohen Preis zahlen musste."

Dennis lehnte sich gegen die Werkbank hinter ihm. Einige der Nägel gerieten dabei ins Rollen und fielen zu Boden.

„Du redest Unsinn, Jonas."

„Der Preis", fuhr Jonas unbeirrt fort, „war meine unbegrenzte Loyalität. Dir nach dem Mund zu reden und den eigenen zu halten. Ganz egal, worum es ging. Es hat mir nichts ausgemacht. Zunächst jedenfalls. Bis ich Carola kennenlernte. Ab da habe ich erst begriffen, dass es bei allem zuerst um dich gehen musste. Du hast Carola nie geliebt, nicht wahr? Du wolltest nur etwas besitzen, das ich besessen hatte. Und wie zu erwarten war es ein Leichtes für dich, sie mir auszuspannen. Weißt du, wie sich das angefühlt hat, dein Trauzeuge zu sein? Hast du an mich oder meine Situation je einen einzigen Gedanken verloren, bevor du mich darum gebeten hattest? Nein, wieso auch? Und ich, ich habe meine Eifersucht und meine Wut heruntergeschluckt, weil du mein Freund warst, Dennis."

In der kurzen Pause, die entstand, wanderte Dennis' Blick auf die Leiche seines Sohnes. Mit der Zunge fuhr er sich über die trockenen Lippen, die zu einer Erwiderung nicht fähig waren. Jonas war das recht.

„Als Carola starb", sagte er, „war das Maß endgültig voll. Sie zurückzugewinnen, war unmöglich geworden. Von diesem Zeitpunkt an habe ich mir geschworen, dich zu töten. Doch es sollte kein leichter Tod sein, er sollte schmerzhaft sein und langwierig. Darüber habe ich mir viele Gedanken gemacht, das kannst du mir glauben. Und Paul hat mir unwissentlich bei meinem Plan geholfen. Sein wirres Gerede während unserer Therapiesitzungen hatte mich auf die Idee gebracht. Die Grimm'schen Märchen. Ich sammelte Daten deiner Klienten, ich legte mir Szenarien zurecht, was Jahre in Anspruch nahm. Das alles war es mir wert. Zeit spielte keine Rolle. Mein Hass trieb mich voran und endlich war es so weit. Ich wollte dir alles nehmen, Dennis. Deinen Sohn, deinen Anteil an der Praxis, einfach alles. Ich wollte sehen, wie mit jedem Mord deine Angst vor dem eigenen Tod zu wachsen beginnt, wie diese Angst dich beherrschen würde, ehe du selber qualvoll sterben solltest."

„Aber … dein ständiges Drängen, die Polizei einzuschalten? Ich hätte mich auf den Vorschlag einlassen können."

„Nein, das hättest du nicht. Schon allein deshalb, weil ich darauf bestand. Ich kenne dich viel zu lange, als dass ich dein Handeln nicht vorausahnen könnte. Du bist wie ein offenes Buch für mich. Und als wir in deiner Wohnung waren und du den Teddybären gesehen hast und den toten Hund in der Uhr, da wusste ich, ich hatte gewonnen. Spätestens ab diesem Moment warst du von Pauls Schuld überzeugt. Was sagt das über dich aus, Dennis? Dass du dem eigenen Sohn, ohne einen einzigen stichhaltigen Beweis, all die Grausamkeiten zutrauen konntest?"

Dennis fiel es weiterhin schwer zu begreifen, was wirklich geschehen war. Seine hektischen Blicke, die in Falten gelegte Stirn und seine zittrigen Hände, all dies waren Zeichen seiner völligen Ratlosigkeit.

„Und der Tod von Carola und Tanja?", versuchte er von Neuem, der Situation eine Logik abzuverlangen. „Paul hatte den Gasofen manipuliert. Ich bin mir sicher, weil Paul sich danach so komplett verändert hat. Das war ja der Grund, warum ich ihn nicht länger in meiner Nähe ertragen konnte. Und auch in den Aufzeichnungen deiner Therapiesitzungen mit ihm hast du geschrieben, dass meine Vermutungen richtig waren. Du glaubtest ebenso wie ich, dass der Unfall kein Unfall war und dass Paul schuld daran hatte."

„Nein", antwortete Jonas, „das tat ich nicht. Weil ich ganz genau wusste, dass es ein Unfall war. Paul hatte nichts mit der Sache zu tun. Schon damals warst du bereit, in deinem Sohn nur das Böse zu sehen. Also brauchte ich nichts weiter zu tun, als deine Ahnungen zu bestärken und meine Notizen ein wenig anzupassen. Dass du sie in deiner Neugier heimlich lesen würdest, war mir natürlich bewusst."

„Das heißt", sagte Dennis, mit Tränen in den Augen, „du hast Paul und mich die ganze Zeit benutzt."

Er sah erneut auf den Leichnam, diesmal mit der Gewissheit auf seinem Gesicht, dass er seinen Sohn nie genug geliebt hatte und letztendlich für seinen Tod verantwortlich war. Auf diese Erkenntnis hatte Jonas gewartet.

„Paul war mir gegenüber immer zu gutgläubig. Weil er sich mir näher fühlte als seinem eigenen Vater, der mit ihm nichts mehr zu tun haben wollte. Er ahnte schließlich, dass du an einen Unfall nie geglaubt hattest. Deshalb war es ein Leichtes für mich, sein Vertrauen zu gewinnen. Bis zuletzt hatte Paul keinen Verdacht geschöpft. Selbst letzten Montag nicht, als ich ihn der alten Zeiten wegen einlud, ein, zwei Tage hier am See zu verbringen. Zu meiner Erleichterung stimmte er zu und ich holte ihn von seiner Wohnung ab, da Paul verschwinden musste, ehe die Polizei ihn verhören konnte. Am ersten Abend habe ich ihn betäubt und dann erstickt. Es durften keine äußerlichen Spuren eines gewaltsamen Todes erkennbar sein. Er hat nichts gespürt, falls dich das beruhigt."

„Und jetzt ist die Reihe wohl an mir", sagte Dennis, mit einem Rest von Widerstand in der Stimme. „Was hast du dir ausgedacht für deinen alten Freund? Hänsels Vater hat überlebt, wie du weißt."

Jonas lächelte. „Das war ein Problem, das gebe ich zu. Die Ente, die ich am letzten Tatort hinterlassen habe, sollte dir lediglich vor Augen führen, für welches Vergehen du gebrandmarkt werden solltest. Für die Trennung von Carola und das Verlassen deiner Kinder. Die Strafe selbst aber wird sich auf dein zweites Vergehen beziehen. Auf deinen Hochmut. Darauf, dich für etwas Besseres zu halten als alle anderen. Zu glauben, deine Mitmenschen herumkommandieren und auf sie herabsehen zu können, so wie du es jahrelang mit mir getan hast. Und zum Glück halten die Brüder Grimm auch für dieses Vergehen das passende Märchen bereit. – Siehst du das Fass?"

Ohne auf eine Antwort zu warten, streckte Jonas die Hand aus und kippte das Fass in seine Richtung. Dennis kam der stummen Aufforderung nach und starrte in die runde Öffnung.

„Ich habe es mit Nägeln ausgeschlagen", sagte Jonas. „Wie es das Märchen *Die Gänsemagd* verlangt. Um denjenigen darin durch die Straßen zu zerren, der in seiner Eitelkeit glaubt, über andere herrschen zu können."

Gedankenverloren nahm Dennis einen der Nägel von der Werkbank und warf ihn in das leere Fass.

„Ich hatte mich schon gewundert", sagte er und wandte kurz seinen Kopf zu der offenen Tür des Schuppens, „was die vielen Nägel hier sollen."

„Jetzt weißt du es. Und es hat keinen Sinn, an Flucht zu denken. Du hast dir den Fuß verstaucht, nicht wahr? Weit wirst du damit nicht kommen."

Sie sahen sich an, so dass Jonas in seinen Augen deutlich erkennen konnte, wie erst die Enttäuschung über die nie existierende Freundschaft stieg und gleichzeitig die Hoffnung auf einen Ausweg schwand.

Und dennoch gab Dennis sich nicht geschlagen. Ruckartig drehte er sich um und hastete zur Tür.

Mit dieser Reaktion hatte Jonas gerechnet. Er nahm das Paddel von der Werkbank und folgte ihm.

Wie erwartet kam Dennis nur schleppend voran. Er humpelte über den Rasen dem Haus entgegen, als wäre er dort in Sicherheit. Jonas brauchte nicht zu rennen, es genügte ein schneller Schritt, um ihn einzuholen. Er hob das Ende des Paddels mit dem hölzernen Knauf in die Höhe und schlug zu.

Am Hinterkopf getroffen, sackte Dennis bewusstlos zu Boden.

Der Rest war schnell erledigt. Er zog Dennis an den Füßen zurück zum Schuppen und brachte das Fass nach draußen. Ihn in das liegende Fass zu bekommen, bereitete unerwartete Schwierigkeiten, da die Nägel sich in Dennis' Kleidung verhakten. Endlich war es geschafft und Jonas holte den Deckel, der an der Werkbank lehnte, und drückte ihn fest auf die Öffnung. Ein dumpfes Stöhnen drang durch das Holz, das Jonas ignorierte.

Nach einem kräftigen Fußtritt rollte das Fass den leichten Abhang hinunter und landete im seichten Wasser des Sees.

Was Jonas in diesem Moment empfand, war schwer zu beschreiben. Erleichterung, weil er nach Jahren der Planung sein Ziel erreicht hatte, und ein Gefühl von Wehmut vielleicht, weil Dennis trotz allem sein einziger Freund geblieben war.

Er ging in den Schuppen, griff nach dem Ende des Plastiksacks und zerrte Pauls Leichnam die Anhöhe hinauf zum Haus. In der Küche setzte er den Toten auf einen der Stühle, den Oberkörper auf die Tischplatte gelegt. Anschließend eilte er zum Auto, nahm den Benzinkanister, den er an einer Tankstelle bei Potsdam gestohlen hatte, und goss den Inhalt über Paul und die Kücheneinrichtung.

Das Feuer würde jeglichen Beweis, dass Paul bei dem Brand nicht mehr am Leben gewesen war, restlos vernichten. Es würde aussehen, als hätte Paul seinen Vater ermordet und sich im Anschluss das Leben genommen. Für die Polizei gäbe es keinerlei Zweifel. Paul hatte das Motiv für die Morde und die falschen Spuren, die Jonas den Ermittlern hinterlassen hatte, waren erdrückend. Er allein wäre der Überlebende, der in seiner Trauer die Praxis verkaufen und Deutschland für immer den Rücken kehren würde, um die Ereignisse vergessen zu können.

Der Schachtel, die Jonas im Küchenschrank fand, entnahm er eines der Streichhölzer, entzündete es und schnipste das flackernde Hölzchen auf den leblosen Körper seines Patenkindes.

Auf dem Weg von der Charité ins Präsidium sagten beide kein Wort. Zu verwirrend erschienen ihnen die neuen Erkenntnisse, als dass Monika und Vincent einen klaren

Gedanken fassen konnten. Erst im Büro, hinter geschlossener Tür, wandelte sich die Sprachlosigkeit in erste Vermutungen.

„Wenn das stimmt, was Baumbach behauptet“, begann Monika zögernd, „dann weiß ich partout nicht mehr weiter.“

„Warum sollte Baumbach sich irren? Ich bin sicher, man wird die Leiche einwandfrei als Paul Albrecht identifizieren können.“

„Ja, natürlich ist es Paul. Und er war tot, als das Feuer ausbrach. Was bedeutet, der Mörder läuft weiterhin frei herum.“

Keiner von beiden hatte sich hingesetzt. Monika stand hinter ihrem Schreibtisch, die Hände auf die Glasplatte gestützt, während ihr Kollege gegen den Aktenschrank lehnte.

„Warum machen wir nicht da weiter“, schlug Vincent vor, „wo wir gestern aufgehört haben. Bevor Mielke uns unterbrochen hat.“

„Du meinst die Sache mit dem Notizbuch?“

„Genau. Wir hatten unsere Überlegungen nicht zu Ende gedacht.“

„Meinetwegen“, seufzte sie und ließ sich auf ihren Stuhl fallen. „Bis wohin waren wir gekommen?“

„Du sagtest, dass, wenn das Notizbuch eine Fälschung sei, weder Yvonne noch Torge Steiner mit dem Passwort oder mit Paul in Verbindung gebracht werden können. Demnach muss unser Mörder diese falsche Spur absichtlich gelegt haben, um den Verdacht auf Paul Albrecht zu lenken.“

„Diese Spur hat sich ja wohl erledigt. Jetzt, wo Paul selbst zum Opfer geworden ist.“

„Also lag der Grund für das gefälschte Notizbuch darin“, spann Vincent seine Gedanken weiter, „Paul zum Verdächtigen abzustempeln. Und gleichzeitig wollte der

Mörder verschleiern, woher er das Passwort zu den Patientendaten kannte."

„Die Frage ist, warum er es überhaupt verschleiern wollte?"

„Weil die Antwort ansonsten auf der Hand gelegen hätte."

Monika starrte ihn an, ehe sie den Sinn hinter seinen Worten begriff. „Ja, du hast recht. Lässt man das Notizbuch außer Acht, liegt die Antwort auf der Hand. Weil es nur drei Personen gab, die das Passwort auf jeden Fall kannten."

„Yvonne Dorn, Dennis Albrecht und Jonas Dürer", zählte Vincent die Personen an den Fingern ab und grinste zufrieden über das ganze Gesicht.

„Dr. Dürer! Den Einzigen der drei, den wir nie zu Gesicht bekommen haben. Und der Einzige, den ich deshalb nie mit dem falschen Zeugen am Park in Verbindung bringen konnte."

„Die irreführenden Angaben im Notizbuch, das Haar von Paul Albrecht, das ich bei der Leiche von Maria Holländer gefunden habe ... alles falsche Fährten."

Monika lehnte sich auf ihrem Stuhl weit zurück und legte die Finger ihrer Hände zu einem Dach zusammen. Nur wenige Sekunden lang, da sie sich daran erinnerte, dass dies eine der bevorzugten Gesten von Harald Lüders gewesen war, die sie früher spöttisch belächelt hatte.

„Endlich begreife ich auch", fuhr sie fort, „warum die Wohnung, in der Torge Steiner ermordet wurde, so akribisch geputzt worden war. Er musste sichergehen, dass wir keinerlei Spuren finden würden, *bevor* er zusammen mit Dr. Albrecht am Tatort eintraf."

„Wieso das? Dürers Fingerabdrücke haben wir sowieso dort gefunden. Was macht es für einen Unterschied, zu welchem Zeitpunkt er sie hinterlassen hat?"

„Weil wir annehmen sollten, dass Paul und nicht er sich am Tatort befand, um Torge zu ermorden. Allerdings hat

Paul die Wohnung seit seinem Auszug vor zwei Jahren nie wieder betreten und die Nachmieter hätten in der Zwischenzeit sämtliche Abdrücke vernichtet. Demnach hätten wir *seine* Spuren gar nicht finden können! Obwohl wir sie hätten finden müssen, wäre Paul am Tag von Torges Ermordung in der Wohnung gewesen. Deshalb hat Dr. Dürer wie ein Besessener geputzt."

„Es ist dieselbe Taktik wie im Park", sagte Vincent kopfschüttelnd. „Auch die Lichtung war gefegt worden, um alte Spuren zu zerstören. Dürer hat uns beinahe reingelegt."

„Und wahrscheinlich denkt er, wir würden Pauls Tod für einen Selbstmord halten. In diesem Fall hätte der Mörder sich selbst gerichtet und für Dürer wäre die Sache erledigt."

„Wo, glaubst du, wird er sich im Moment aufhalten?"

„Na ja", überlegte sie. „Er wiegt sich in Sicherheit. Dürer hat momentan keinen Grund, sich zu verstecken."

„Bei sich in seiner Wohnung oder in der Praxis also. Wir brauchen bloß hinzufahren und verhaften ihn."

„Immer mit der Ruhe", hielt Monika seine Euphorie zurück. „Unsere Überlegungen mögen ja plausibel und richtig sein. Dummerweise haben wir nicht den geringsten Beweis."

Vincent runzelte die Stirn. So wie sie schien er sich die Befunde der Tatorte ins Gedächtnis zurückzurufen und im Hinblick auf die veränderte Situation neu zu bewerten.

Genaugenommen hatten sie nichts in der Hand, das vor Gericht Bestand haben würde. Keine Fingerabdrücke und keine DNA-Spuren geschweige denn Zeugen, die Dr. Dürer eindeutig identifizieren könnten. Das Notizbuch war durch das Wasser im Brunnen aufgeweicht und die Schrift nahezu unleserlich geworden. Ein grafologischer Vergleich wäre aussichtslos. Im Park und im Keller von Frau Holländer sowie in der Zweitwohnung von Dr. Albrecht hatte nichts auf seinen Partner verwiesen. Und selbst wenn Erkan Gökdal in der verbrannten Küche des Potsdamer Hauses oder im Schuppen Dürers Anwesenheit nachweisen könnte, wären diese Befunde auf einem Grundstück, das dem Therapeuten gehörte, wohl völlig belanglos.

„Was wir haben“, sagte Monika, „sind Indizien, weiter nichts. Wenn ich damit zu Unterberg gehe, wird er mir den Kopf abreißen. Ich kann ihm nicht schon wieder einen neuen Verdächtigen präsentieren. Nicht, ohne diesmal stichhaltige Gründe vorzulegen.“

„Und jetzt?“, fragte Vincent hörbar enttäuscht.

„Jetzt fahren wir in die Praxis. Und sollten wir Dürer dort nicht antreffen, zu seiner Privatadresse. Ich will zumindest wissen, wer uns da seit einer Woche an der Nase herumgeführt hat.“

Jonas Dürer verschloss seinen Aktenkoffer und sah sich ein letztes Mal in seinem Sprechzimmer um. Diese altbackene Einrichtung mit den schweren Eichenmöbeln, den ledernen Sesseln und diesen gerahmten Kopien alter Meister, die den Klienten eine vertrauensvolle Atmosphäre vermitteln sollte, würde er nicht vermissen. Nichts würde er vermissen. Weder die Praxis noch irgendetwas sonst. Die Überlassung der Räume sowie der Klienten hatte er seit Wochen hinter Dennis' Rücken in die Wege geleitet, dessen Zustimmung nicht mehr vonnöten war. Der vereinbarte Preis dürfte genügen, um in Amerika einen neuen Anfang zu wagen.

Zunächst aber musste er dieser Kommissarin, von der Dennis gesprochen hatte, einen Besuch abstatten. Er durfte sich im letzten Moment nicht verdächtiger machen, als er ohnehin schon war. Er musste Trauer und Bestürzung heucheln und sich vergewissern, dass sein Plan erfolgreich gewesen war und die Polizei ihm, wegen Mangel an Beweisen, nichts anhaben konnte. Die jahrelange Vorbereitung würde sich endlich bezahlt machen. Alle Spuren verwiesen auf Paul. Das Haar, das Notizheft, das Märchenbuch in Pauls Wohnung sowie seine gestörte Psyche, die in den Aufzeichnungen seiner Therapiesitzungen eindeutig belegt war. Jedes Detail hatte Jonas sorgfältig bedacht. Unter diesen Voraussetzungen erschien Pauls vermeintlicher Selbstmord wie die logische Konsequenz eines geisteskranken und schuldbeladenen Verrückten.

Jonas zog seinen Mantel über, nahm den Aktenkoffer und horchte auf. Die Eingangstür zur Praxis war geöffnet worden und er hörte gedämpfte Stimmen aus dem Vorzimmer.

Als er aus seinem Sprechzimmer trat, standen eine Frau und ein etwas jüngerer Mann vor ihm, die gleichzeitig ihre Dienstausweise zückten und ihm entgegenhielten. Den Weg ins Präsidium konnte er sich sparen.

„Ich habe im Radio gehört, was passiert ist", sagte er, seine Stimme leidend und sein Blick gequält. „Ist es wahr, dass mein Haus abgebrannt und dass Dennis … dass Dr. Albrecht darin umgekommen ist?"

„Das ist leider nur die halbe Wahrheit", antwortete die Frau, der er zuvor bereits begegnet war. Jonas erinnerte sich an ihren etwas merkwürdigen Haarschnitt und an ihre schmalen, glasklaren Augen. „Können wir uns irgendwo setzen und reden?"

„Natürlich. Ich wollte sowieso gerade zu Ihnen."

Die Frau sah ihn an und Jonas wusste, was ihr durch den Kopf ging. Sie versuchte, sein Gesicht und seine Statur mit dem Mann und seinem Pudel in Verbindung zu bringen, den er am Parkeingang letzten Sonntag verkörpert hatte. Jonas erwiderte ihren Blick mit einem freundlichen, aber innerlich überlegenen Lächeln, da ihr Versuch scheitern musste. Er selbst hätte sich nicht wiedererkannt, mit diesem falschen Bart, der Theaterschminke, die sein Gesicht um Jahre älter wirken ließ, dem Hut und dem zerschlissenen Trenchcoat.

Jonas führte die beiden Kommissare in sein Sprechzimmer, bot ihnen an, in den Sesseln Platz zu nehmen, und setzte sich hinter seinen wuchtigen Schreibtisch.

„Wenn ich geahnt hätte", sagte er, „was Paul seinem Vater antun würde … Aber Dennis … Dr. Albrecht, meine ich, er wollte unbedingt die Nacht allein in dem Haus verbringen. Sie verstehen sicherlich, welche Vorwürfe ich mir mache."

„Demnach wussten Sie, dass Dr. Albrecht dort war?", fragte der jüngere Kollege, ein gutaussehender Bursche, der, soweit Jonas das richtig verstanden hatte, in der Rangordnung unter der Kommissarin stand.

„Ja, gewiss. Ich bin am Tag zuvor mit ihm hingefahren. Dennis hoffte, dass sein Sohn ihm zum Haus folgen würde, damit er ihn zur Rede stellen konnte. Mich hat er fortgeschickt und ich habe in einer Pension in der Nähe übernachtet. Mir gefiel sein Plan ganz und gar nicht. Doch Dennis kann ziemlich stur sein. Am nächsten Morgen wollte ich eigentlich zurück und nachsehen, wie Dennis zurechtkam. Stattdessen bin ich mittags nach Berlin gefahren. Spät abends habe ich dann von dem Brand gehört. Wenn ich bloß …" Jonas senkte den Kopf und fuhr sich kurz mit der Hand über das Gesicht. „Sie können das alles nachprüfen. Die Leute in der Pension …"

„Das ist ja alles schön und gut", unterbrach ihn die Frau und ihr Tonfall wurde unangenehm kalt. „Allerdings muss ich Ihre Worte von vorhin korrigieren. Es war nicht Dr. Albrecht, der in den Flammen umgekommen ist. Er starb in einem Fass voller Nägel, das man den Abhang zum See hinuntergestoßen hat. Es war sein Sohn, Paul, der im Haus verbrannte."

Jonas sah auf und wirkte bestürzt. „Soll das bedeuten, Paul hat …?"

„Nein. Wir wissen, dass Paul Albrecht den Mord an seinem Vater nicht begangen haben kann."

Dieses Mal war seine Betroffenheit echt. „Wie meinen Sie das?"

„Ich meine, dass es so aussehen sollte, als hätte Paul Selbstmord begangen. Die Obduktion ergab jedoch ein gänzlich anderes Bild. Paul war bei dem Brand bereits tot gewesen."

Auf diese Neuigkeit war Jonas nicht gefasst. Was hatte er übersehen? Angestrengt versuchte er, sich nichts anmerken zu lassen.

„Und jetzt glauben Sie", fragte er, „dass ich ...?

„Es wäre eine durchaus logische Schlussfolgerung."

„Das ist vollkommen absurd! Wieso sollte ich etwas derart Abscheuliches tun? Dennis war mein bester Freund und Paul war mein Patenkind. Und auch die anderen Opfer ... ich kannte sie ja nicht einmal."

„War Paul Albrecht nach dem Tod seiner Mutter und Schwester nicht bei Ihnen in Behandlung gewesen?", fragte der Mann.

„Was hat das damit zu tun?"

„Eine ganze Menge, würde ich annehmen. Sie wussten um Pauls Probleme und sein Faible für Märchen. Und Sie wussten, dass der Verdacht zunächst auf ihn fallen würde."

„Ich hatte gar keinen Grund, all diese Menschen umzubringen!", rief Jonas, dessen Unbehagen nicht mehr gespielt war.

Für einen kurzen Moment sahen die beiden Kommissare sich an.

„Diese Praxis hier", übernahm die Frau das Wort und fuhr mit einer ausladenden Handbewegung durch den Raum. „Was, würden Sie sagen, ist sie wert?"

„Die ... Praxis? Ich habe keine Ahnung. Darüber habe ich mir nie Gedanken gemacht. Bisher konnte ich ... konnten wir gut davon leben."

„Ihr Partner hatte einen ziemlich teuren Lebenswandel, oder nicht? Zumal er Paul finanziell unterstützen musste."

Die Fragerei drang tiefer, als Jonas es sich vorgestellt hatte. Offensichtlich war die Polizei nicht untätig gewesen und hatte gründlich recherchiert. Er durfte jetzt keinen Fehler begehen. Dass der vermeintliche Selbstmord von Paul durchschaut worden war, traf ihn schwer genug.

„Unsere Einkünfte", sagte Jonas, „haben wir geteilt. Wie Dennis mit seiner Hälfte verfahren ist, war seine Angelegenheit."

„Na schön", gab die Kommissarin vorerst nach. „Nehmen wir an, Ihre Äußerungen entsprechen der Wahrheit. Was wir folglich noch bräuchten, wäre ein Alibi. Wer hat Sie gesehen, als Sie gestern von Potsdam nach Hause zurückgefahren sind?"

Sofort fühlte sich Jonas auf sicherem Terrain.

„Niemand", behauptete er. „Nachdem ich die Pension verlassen habe, war ich die ganze Zeit allein. Ist das ein Problem?"

„Eventuell, ja. Denn wenn ich Sie richtig verstanden habe, dann hätten Sie ohne Weiteres bei Ihrem Haus am See vorbeifahren, Ihren Partner brutal ermorden und Paul in der Küche in Brand setzen können."

Ihre behutsame Ausdrucksweise, bemerkte Jonas, hatte die Kommissarin aufgegeben. Sie wollte ihn aus der Reserve locken. Auf solche Spielchen ließ er sich nicht ein.

„Können Sie das beweisen?", fragte er.

„Darum geht es im Moment nicht, Dr. Dürer. Das wird ein Gericht zu entscheiden haben."

Jonas richtete sich in seinem Schreibtischstuhl auf und blickte ihr auffordernd ins Gesicht. „Werden Sie mich verhaften?"

Dass der junge Kommissar bei seiner Frage kurz zu Boden sah, verriet Jonas, dass er nichts zu befürchten hatte.

Die Frau stand auf und trat einen Schritt auf den Schreibtisch zu.

„Im Augenblick", sagte sie herablassend, was Jonas mit einem leichten Grinsen erwiderte, „werden wir darauf verzichten."

„Sie haben also die ganze Zeit über geblufft."

Die Frau zog krampfhaft die Lippen zusammen und ihre Augen bekamen einen seltsamen Glanz. Um nicht länger zu ihr aufschauen zu müssen, erhob Jonas sich ebenfalls und deutete zur Tür.

„Wenn ich Ihnen ansonsten nicht weiter behilflich sein kann, möchte ich Sie höflichst bitten zu gehen."

„Das wäre im Moment wohl alles", antwortete die Kommissarin. „Ich erwarte, dass Sie uns für Fragen weiterhin zur Verfügung stehen."

„Das kann ich Ihnen leider nicht versprechen. Ich fliege morgen für einige Tage zu einem Psychologenkongress in die Staaten."

„Nach New York?"

„Dallas. Ich werde mich melden, sobald ich zurück bin. Oder wollen Sie mir verbieten zu fliegen?"

Ihre Blicke hielten einander stand. Dann zuckte die Frau mit den Schultern und wandte sich an ihren Kollegen.

„Gehen wir", sagte sie zu ihm. „Wir verschwenden bloß unsere Zeit."

Innerlich konnte Jonas seine Erleichterung kaum verbergen. Alles lief exakt, wie er es vorausgeahnt hatte. Fast alles jedenfalls. Dass Pauls Leiche nicht vollständig verbrannte, so dass die Obduktion die wahre Todesurasche noch feststellen konnte, war ein Fehler, der nicht hätte passieren dürfen. Dadurch war Jonas zum Verdächtigen Nummer eins geworden. Zum Glück gab keinerlei stichhaltige Beweise gegen ihn, sondern lediglich Indizien, die für eine Verurteilung nicht ausreichen würden. Andernfalls hätten die beiden Kommissare einen Haftbefehl bei sich gehabt und ihn abgeführt. Diese Chance hatten sie vertan. Und morgen früh um acht saß er mit seiner Greencard in einem Flieger in Richtung Freiheit.

Jonas war um den Schreibtisch geeilt, griff nach dem Aktenkoffer, den er vorhin dort abgestellt hatte, und hielt seinen ungebetenen Gästen die Tür auf.

„Ich bin sicher, Sie finden den Mörder", sagte er, mit einer Schadenfreude in der Stimme, die er nicht einmal zu überspielen versuchte.

Kapitel 21

Monika verabschiedete sich von Dr. Dürer mit einem Nicken und verließ das Sprechzimmer. Vincent folgte ihr, sichtlich niedergeschlagen, ins Vorzimmer.

„Willst du ihn einfach so laufen lassen?", flüsterte er ihr zu.

Ohne ihm zu antworten, ging Monika gemächlich zur gläsernen Eingangstür der Praxis. Davor blieb sie stehen und drehte sich zu dem Therapeuten um.

„Ach, Dr. Dürer", sagte sie. „Eine letzte Frage hätte ich da noch."

„Und die wäre?"

An seinem Gesichtsausdruck erkannte Monika, dass er trotz seines überheblichen Auftretens eine gewisse Anspannung kaum verbergen konnte. Neben ihr hatte Vincent die Glastür geöffnet und seine linke Augenbraue interessiert in die Höhe gezogen.

„Hatte Paul Albrecht als Kind nicht einen Teddybären?"

„Einen …?" Dr. Dürer schien einen Augenblick lang irritiert. Er stellte den Aktenkoffer ab und lehnte sich in einer gewollt lässigen Haltung gegen den Empfangstresen. „Ich weiß nicht, ich … Sicher wird er einen gehabt haben. Wie jedes Kind."

„Ich spreche von einem ganz bestimmten Teddybären. Von Winnie Pooh."

Offensichtlich hatte Dr. Dürer nicht die geringste Ahnung, worauf sie hinauswollte. Was genau ihrer Absicht entsprach.

„Ja, ich erinnere mich", antwortete er. „Ein orangefarbenes Stofftier mit einem roten T-Shirt."

„Exakt den meine ich. Können Sie sich auch erinnern, was mit dem Bären passiert ist? Hat Paul ihn behalten?"

bringen, wird man Sie des fünffachen Mordes anklagen und für schuldig befinden."

Dr. Dürer starrte sie ungläubig an. Während Vincent an der Tür gespannt von Monika zu Dürer und wieder zu ihr zurückblickte, konnte sie sich ein leichtes Lächeln kaum verkneifen. Für Monika war es ein unerwarteter Glücksfall gewesen, dass sie sich, als sie vor wenigen Minuten im Sprechzimmer saß, an das Foto von Paul und dem Bären auf Dr. Albrechts Schreibtisch erinnert hatte. Vermutlich, weil die Einrichtungen der beiden Sprechzimmer beinahe identisch waren, hatte sie das gerahmte Bild erneut vor Augen gehabt.

„Sie bluffen", sagte Dr. Dürer. „Sie haben nichts, rein gar nichts gegen mich in der Hand."

„Der Stoff des Teddys ist aus Filz", erwiderte sie gelassen. „Es würde an ein Wunder grenzen, wenn sich nicht ein einziges Haar oder eine einzige Schuppe in ihm verfangen hätte. Wie schon erwähnt, wir brauchen lediglich ..."

Weiter kam sie nicht. Dr. Dürer war durch die Tür geeilt und rannte die Stufen des Treppenaufgangs hinunter.

„Lass ihn", sagte Monika, da ihr Kollege die Verfolgung aufnehmen wollte.

Vincent blieb abrupt im Hausflur stehen. „Willst du ihn etwa entwischen lassen?"

Statt einer Antwort lehnte Monika sich mit dem Rücken gegen die zufallende Tür, zückte ihr Handy aus der Jackentasche und drückte auf Wahlwiederholung.

„Er kommt jetzt die Treppe herunter", sagte sie zu Mielke ins Telefon. „Blockieren Sie Vorder- und Hintereingang. Und dann ... ja, nehmen Sie ihn mit aufs Revier. Ich kümmere mich um den Rest."

Monika beendete das Gespräch und trat zu Vincent an das Treppengeländer. Dr. Dürers Schritte hallten auf dem Marmor der Stufen bis zu ihnen.

„Er wird ganz schön geschafft sein, wenn er nach elf Stockwerken im Foyer ankommt", sagte sie, mit Blick nach unten. „Und eine unangenehme Überraschung erleben. Gott sei Dank sind wir nicht allein hergefahren."

„Warum hast du mich vorher nicht eingeweiht?" Vincents Stimme klang vorwurfsvoll.

„Entschuldige, aber das ging nicht. Mir fiel erst im Sprechzimmer wieder ein, was Dr. Albrecht über den Teddy erzählt hatte."

„Wo befindet sich der Bär zurzeit eigentlich? Bei Gökdal in der Asservatenkammer?"

„Das will ich schwer hoffen. Er muss so schnell wie möglich das Fell analysieren. Ach, und holst du bitte den Fahrstuhl? Ich muss Unterberg Bescheid geben, dass wir dringend einen Haftbefehl brauchen."

Nach einem kurzen Telefonat mit Unterberg, ging Monika die wenigen Meter zum Fahrstuhl. Vincent hielt ihr die Tür auf und drückte, als sie beide die Kabine betreten hatten, den Knopf für das Erdgeschoss.

Auf halber Strecke nach unten sagte sie: „Wir haben es endlich geschafft, Vincent."

„Hast du je daran gezweifelt?", fragte er und hob schelmisch seine linke Augenbraue weit in die Höhe. „Wir sind eben ein verdammt gutes Team. Und dass ich dich nach unserem letzten Serienmörder vor zwei Jahren im Stich gelassen habe, tut mir aufrichtig leid. Du weißt ja, woran es lag. Das wird nie wieder vorkommen, versprochen."

„Schon in Ordnung."

Mehr erwiderte Monika dazu nicht. Zunächst mussten die letzten Dinge erledigt werden, um Dr. Dürer endgültig und zweifelsfrei der fünf Morde überführen zu können. Über alles andere, was die weitere Zusammenarbeit mit Vincent anbelangte und vor allem, wie der persönliche Umgang mit ihm in Zukunft aussehen sollte, darüber würde sie sich später Gedanken machen.

Einige Tage Urlaub, dachte sie, wären nicht verkehrt. Allerdings hätte sie Sven dann die ganze Zeit um die Ohren und müsste über ihn und seinen Vater reden. Einfach klammheimlich verschwinden, das wäre das Beste. Aber wohin?

„Ist es nicht verrückt", sagte Vincent, der ihre abschweifenden Gedanken nicht bemerkt hatte, „dass letztendlich ein Stofftier den entscheidenden Beweis geliefert hat? Wir sollten nachher einen Toast auf Winnie Pooh anstimmen."

Monika lächelte höflich und setzte sich auf ihren Schreibtischstuhl. Sie war, ungeachtet des Ermittlungserfolges, noch immer verärgert darüber, dass sie so lange gebraucht hatte, Dr. Dürer zu überführen. Sein Plan, Paul Albrecht zum Sündenbock abzustempeln, wäre beinahe aufgegangen. Und trotz aller inneren Widerstände konnte sie seine langjährige Vorbereitung und die Akribie, mit der er die Morde ausgeführt hatte, in ihrer Beharrlichkeit nur bewundern. Wie viel Hass musste sich in ihm aufgestaut haben, dass er sein Ziel niemals aus den Augen verloren hatte und selbst Unschuldige, ohne mit der Wimper zu zucken, mit in seinen Wahnsinn reißen konnte? Es waren die Taten eines Scheusals, verborgen hinter der Fassade eines gutbürgerlichen Lebens.

Dass Vincent etwas gesagt hatte, war ihr entgangen.

„Ob du nach Unterbergs Lobrede schon was vorhast, hab ich gefragt."

„Nichts Konkretes, wieso?"

„Na, ich dachte", schlug er vor, „wir könnten im Anschluss was essen gehen."

Von diesem Vorschlag überrumpelt und weil sie ihm unwillkürlich unlautere Absichten unterstellte, wusste Monika im ersten Augenblick nichts zu erwidern. Seit dem Moment, als Vincent sich ohne ihr Einverständnis in den Mordfall gedrängt hatte, musste sie sich fragen, welche Strategie er verfolgte. Wollte er ihrer Beziehung wirklich eine zweite Chance geben? Seine Signale waren widersprüchlich gewesen und hatten Monika ratlos zurückgelassen. Einerseits geschmeichelt, fühlte sie sich andererseits nicht bereit, die Tortur einer möglichen weiteren Trennung zu wiederholen.

„Nett, dass du fragst", antwortete sie schließlich. „Aber ich sollte ein ernstes Gespräch mit meinem Sohn führen. Ich hatte ja erwähnt, dass Fred bei uns war, und du hast das Trikot gesehen, das er Sven geschenkt hat. Fred sucht plötzlich Anschluss. Und ich weiß nicht recht, was ich davon halten soll."

„Kein Problem. Das versteh ich." Vincent hob ihr beide Handflächen entgegen und lächelte. Ein wenig gezwungen, wie Monika fand.

„Du bist hoffentlich nicht enttäuscht", sagte sie.

„Ach was, natürlich nicht. Vielleicht ein andermal."

„Ja, klar." Monika erhob sich von ihrem Stuhl. „Okay, dann ... Gehen wir rauf zu Unterberg und bringen es hinter uns."

Möglicherweise, dachte sie, als Vincent voran das Büro verließ, machte sie einen Fehler. Was konnte es schaden, mit ihrem langjährigen Kollegen eine Kleinigkeit essen zu gehen? Ganz gleich, was zwischen ihnen vorgefallen sein mochte, der Freundschaft hatte es keinen Abbruch getan. Das hatte sie in der vergangenen Woche erneut feststellen können.

Zunächst jedoch, da hatte sie Vincent gegenüber nicht gelogen, musste sie in einem Gespräch mit Sven ihre Gefühle offen zum Ausdruck bringen. Sie sollte ihm beichten, als wie verletzend sie es empfand, dass er das Verhältnis zu seinem Vater intensivieren wollte. Und sie musste ihm verständlich machen, dass dies allein ihr Problem mit Fred betraf und dass Sven sich dadurch weder eingeschüchtert noch in seinen Aktivitäten mit seinem Vater beeinträchtigt fühlen sollte. Würde sie also ein weiteres

Mal abfällig über Fred und seine Liebe zum Fußball reden, dürfte Sven ihr das nicht übelnehmen. Sie würde Besserung geloben. Selbst dann, wenn ihr schwuler Sohn ein für sie unergründliches Interesse an Fußball entwickeln sollte.

Das alles würde sie Sven heute Abend sagen. Alles Weitere, Vincent eingeschlossen, konnte warten.

Mord am Wannsee
Markus Dullin
12,90 €
978-3-89656-213-5

Als Hauptkommissarin Monika Seyfarth in der Villa der 67jährigen Christin Wohlfahrt am Berliner Wannsee eintrifft, scheint der Fall schnell gelöst, doch jede Familie hat Leichen im Keller.

Angst ist stärker als der Tod
Felix Haß
12,90 €
978-3-89656-235-7

Ein Toter in einer schwulen Szenebar – leider ausgerechnet im Stammlokal von Kommissar Steffen Lenz. Schade, dass er am Tatabend selbst dort Gast war und den Toten kannte.

Trans*Later
Bennet Bialojahn
12,90 €
978-3-89656-249-4

Ausgerechnet am CSD-Wochenende wird ein Toter im Hinterhof des Kölner Szeneclubs Trans*Later aufgefunden. Kriminalhauptkommissarin Frieda Leippold ermittelt.

Zehntausend Kilometer
Ria Klug
12,90 €
978-3-89656-250-0

Semret, eine Ärztin aus Eritrea, und Karla, eine Taxifahrerin in Berlin, geraten in die Fänge Organisierter Kriminalität.

Aus Hass
Jan Stressenreuter
14,90 €
978-3-89656-251-7

Plasberg und Brinkhoff sind zurück! Die Opfer werden nach den literarischen Vorlagen des exzentrischen Krimiautors Stephen Gatler ermordet. Die Tat eines Einzelnen, eine perverse Form der Ehrerbietung?

Sein letzter Schritt
Felix Haß
12,90 €
978-3-89656-255-5

Am Schwulenstrand des Berliner Wannsees wird ein menschliches Bein angeschwemmt. Der Fund stellt den Kommissar Steffen Lenz und sein Team vor ein Rätsel, das in ungeahnte Abgründe führt.

WWW.QUERVERLAG.DE/CRIMINAL

Mord auf Irisch
Helmi Schausberger
14,90 €
978-3-89656-256-2

Gerda braucht dringend Abstand von ihrem Alltag, also beschließt sie, ihre einfühlsame, Chat-Freundin Karen in Irland zu besuchen. Doch unter der angegebenen Adresse findet sie nicht Karen, sondern eine männliche Leiche.

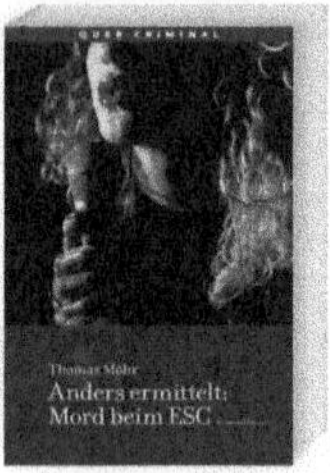

Anders ermittelt – Mord beim ESC
Thomas Mohr
14,90 €
978-3-89656-259-3

Live dabei: Mordserie während der größten Unterhaltungsshow der Welt – dem Eurovision Song Contest!Ein schwieriger Fall für den Hamburger Kommissar Anders Lövgren.

Gefährliche Vergangenheit
Ria Klug
14,00 €
978-3-89656-265-4

Ex-Rotbrigadist Riva taucht in Berlin unter, weil er sich von Genossen verfolgt wähnt. Ein Informant des LKA sucht Hinweise zu eihem unentdeckten Geldversteck der Bewegung 2. Juni. Die Suche nach Riva und dem Geld wird für alle Beteiligten lebensgefährlich ...

Dass niemand weiß ...
Markus Dullin
14,00 €
978-3-89656-266-1

Im Park wird eine zerstückelte Leiche entdeckt. Als Kriminalhauptkommissarin Seyfarth endlich dahinter kommt, werden nicht nur in ihr die Ängste einer Kindheit zum Leben erweckt, die seit den Brüdern Grimm in jedem von uns schlummern.